U0025907

幼女戰記
Plus Ultra
〔2〕

カルロ・ゼン
Carlo Zen

Kadokawa Fantastic Novels

contents

[chapter]

I

第壹章

達基亞戰爭

The Dacian War

現代戰爭是以屍體為尺度，
將先進國與後進國難以掩蓋的差距展現出來。

——漢斯·馮·傑圖亞《達基亞戰爭總結》——

統一曆一九二四年九月二十四日　蘭西瓦尼亞地區圖拉歐郡帝國軍野外演習場

提古雷查夫大隊長開口第一句話，就是詢問空戰的戰況。

當司令部通訊人員答覆並無與敵航空戰力接觸的情報時，提古雷查夫大隊長就像是聽到無法理解的報告般歪著頭，毫不掩飾質疑態度的再次詢問。所謂：友軍的通訊狀況是否正常。

面對這句詢問，通訊兵很肯定地表示無線、有線通訊一切正常，甚至有與達基亞控制塔的FAC（前線管制官）的通訊頻道連接上。

然後下一瞬間，司令部裡在場的司令部人員，同時感到一陣毛骨悚然的寒氣竄上背脊……那個提古雷查夫少校居然笑了。而且還是一臉陶然的微笑？霎時間，司令部迴盪起一股無以言喻的驚愕漣漪。

畢竟當時還沒有人知道那個結果。不過現在要是讓我看到那抹微笑，說不定也會露出相同的微笑吧。那是猙獰至極的獵人微笑，是飢餓野狼發現獵物時難掩喜悅的微笑。

譚雅就感性上有些難以置信這份天大的幸運，但理性表示這是無庸置疑的事實，而沉浸在爆發性的喜悅之中。感激不盡正是指這種情況。面對如此良機，會難以抑制嘴角的微笑，也是情有可原的。

沒有敵航空戰力的戰場？

沒錯，是「沒有敵航空戰力的戰場啊」！

這所意味的事實太過甜美，同時也蠱惑到令人害怕。有多少將兵在諾登、在萊茵乞求友軍「相對性的空中優勢」呢？

然而在達基亞，在譚雅的眼前，卻因為「不存在敵航空戰力」這種在現代戰爭中不該有的理由，而保證能獲得完全的制空權。

空中不存在著我等痛恨的敵航空戰力？只能老實坦白了……達基亞大公國軍竟然……竟然會天真到這種地步！

儘管不想犯下過於輕估敵人的愚行，但沒想到會過於高估敵人到這種程度。常言道戰場上的意外多不可數，但如此令人高興的意外可是大為歡迎。

命運竟會有如此程度的逆轉！沒錯，一如字面意思的逆轉。

僅在文件上代表生日的九月二十四日。

但這可說是她有生以來的第一件生日禮物。今天看來會是個美好到讓她有如孩童般蹦蹦跳跳表示喜悅的一天。無意識中，興奮得臉頰發紅的譚雅喃喃說出這句話：

「神呀，感謝您賜我這千載難逢的良機。」

這是在正常精神狀況下，她絕對不可能脫口而出的一句話。不過就連這點，也流露出她身為指揮官的濃厚情感。

確立起絕對的制空權。能明確理解這件事的意義的人，至少在這瞬間就只有譚雅一個。正因為如此，譚雅才會幾乎是毫不猶豫地踏著小跳步，還不掩欣喜地飛奔而出。

然後，這一切的景象，全都發生在正因為接到達基亞六十萬大軍越境的報告，導致顏面神經痙攣的雷魯根中校眼前。看在雷魯根中校眼中，這是光想到突如其來的報告會對戰線造成的嚴重影響，就讓他不得不抱頭苦惱的狀況。

所以他與其他多名司令部人員，才會覺得踏著輕快腳步接下部隊的出擊命令，宛如小跳步般飛奔前去進行簡報的嬌小軍官的身影，看起來是種超乎現實的光景。

倘若有人問，就連宣稱是實戰訓練的一環，而把人從阿爾卑斯山脈的山脊上踢下去的苦行都撐過去的第二〇三航空魔導大隊還欠缺什麼，譚雅會立刻斷言是實戰經驗。同伴間的合作意識與各種訓練的反覆操演等其他問題也不是說不重要，但缺乏對軍隊而言最重要的實戰洗禮這點，對譚雅來說是怎麼樣都無法忍受。畢竟，不論在訓練所訓練得再久，新人這種東西就是會在配屬到現場的瞬間把事情搞砸。

更別說是在東南方，位置與主戰場完全相反的圖拉歐野外演習場進行訓練，儘管在安全面上

是無話可說，卻也無法否定讓隊員們沾染到後方特有的鬆懈氛圍。他們可是要作為自身盾牌的人力資源，在這種地方就報廢掉也太可惜了。所以當聽到上頭要她警戒達基亞時，頂多認為這是要讓部隊多少維持些緊張感的好手段。

反正考慮到國力差距，並理解到帝國是會毫不猶豫動用武力的國家，想必達基亞也會感到退縮吧。這是合理的想法。

正因為如此，譚雅打從心底無法理解響起的警報聲。為了國際協調，而抱著讓祖國遭到占領的覺悟參戰？這種笨蛋想不到真的存在！甚至讓她半信半疑，等下會不會突然傳來嚴令，說這其實是誤報，要他們立刻中止戰術行動。

但不知是幸還是不幸，對譚雅來說，在她理解範圍之外的事情，就算真的爆發戰爭她也無所謂的樣子。

「第二〇三航空魔導大隊即刻起就戰鬥位置。國境司令部有消息嗎？」

慌慌張張的司令部人員四處奔波，朝著無線電與電話持續不斷地發出怒吼，毫不停歇地試圖與某處取得聯絡。各種情報此起彼落，嘈雜不已。

「拜斯中尉！你負責再次招集部隊與彈藥配給的指揮！」

「少校，第七航空艦隊傳來戰區情報。已收到指揮所的頻率。」

「立即與他們照會。還有，把謝列布里亞科夫少尉給我帶來！」

譚雅邊俐落下達中止演習的命令與事後處理的指示，邊微微板起臉來看向恐怕早就料到事態會如此發展的雷魯根中校。儘管有過暗示，但既然知道鄰國的達基亞有敵對的可能性，希望至少能讓她以駐外武官或聯絡官的身分前往當地一趟，這樣她才有辦法掌握住該炸掉哪裡才好的地理感覺。

「……還真是意外的攻擊——我該如此驚訝嗎，雷魯根中校？」

「諷刺就免了。少校，我要妳前去執行遲滯作戰。」

由於直屬於參謀本部，因此有不少高級參謀進出自己的基地。他們所關心的對象大致上是達基亞相關的事情吧——譚雅的這種推測似乎無誤。正因為如此，當懷著從國境傳來的急報的雷魯根中校帶著密封命令從參謀本部過來時，他們也在譚雅的嘆息聲下一齊緘默下來。

「咦？你是說遲滯作戰嗎？也就是說中校，你要我的大隊去阻止達基亞公國軍進軍？」

「我知道這很勉強。但不論是動用東部軍還是從中央派遣增援，既然抱持著多方戰線，就一定得要有某處進行遲滯作戰……」

解說

【密封命令】 嚴密封起的命令文件。直到特定時間、抵達特定地點，或是面臨到特定戰局時，才首次准許開封的命令。原則上是由傳令軍官遞送。

然而就算是新編成部隊的新任大隊長，也不容許遭到如此輕蔑。根據通知，目前逐漸穿越國境線的就只有總數六十萬的達基亞公國軍。沒錯，就只有地面部隊，在山岳地帶，宛如童子軍般大搖大擺的行軍。

「請恕我發言，達基亞公國軍是未受過嚴格訓練的前現代兵農混合軍。」

就她赴任後邊學達基亞語邊調查的資訊來看，達基亞大公國是所謂連國家基礎都還未整頓好的小國。儘管為數眾多，但要是面對這種水準連童子軍都不如的烏合之眾，還被認為只能做到阻止進軍的程度，簡直是笑掉人家的大牙。

「別說是動用其他方面軍，就算只召集周邊四個師團，也足以充分蹂躪他們吧。而以我部隊的水準來講，別說是遲滯作戰，甚至能擊退敵軍先鋒。」

「……妳知道自己在說什麼嗎，少校？」

「是的，下官知道。就下官所見，這就像用全副武裝的軍隊擊潰童子軍一樣。搞不好比這還要簡單。」

他們還不是國民警衛隊或是兼職士兵，而是像「朝鮮人民軍」那樣半農狀態的士兵。就連武裝強盜程度的紀律都沒有的烏合之眾，只要一擊就能擊潰。要是無法擊潰，可就羞恥到無法自稱自己是軍隊了。畢竟現代國家的軍隊，是將稠密的暴力細密控管的國家暴力裝置。現代國家的暴力裝置，怎麼可能擊潰不了只是隨便把當地民眾抓來當士兵的時代錯誤集團。

現代與前現代的差距有著絕對性的戰力差。

「密封命令所指示的項目，只有『針對國境防衛採取最適當的行動』。」

允許任意行動的狀況。也就是說，得要採取自認為是最適當的行動。這是擔任指揮官的最低條件，同時也是一切的評價基準。全副武裝的軍隊被前來郊遊的群眾嚇到逃跑？這會在經歷上留下永遠的汙點，在戰史上受到永遠的嘲笑吧。

既然受領任務，就得在原則裁量權的範圍內挑選手段。失敗就等同表示自己的才能不足。她無論如何都不想被人叫作無能之輩。

「中校。達基亞那邊在越境前，有進行攻擊準備砲擊或制空戰嗎？」

「不，並沒有。」

這假如是有空中支援的聯邦或共和國的六十萬大軍，她恐怕會毫不知恥地立即連續呼叫增援吧；但面對儘管發動攻勢，卻毫無事前砲擊與確保空中優勢動向的對手，再多擔憂也只是杞人憂天。這可是只有人數比人多的傢伙們，特意排好隊列方便我們瞄準啊。

就以經驗作為教師，來教導這些未開化之民何謂文明差距吧。

「這些傢伙就只有這種水準。就讓這群蠻族嚐嚐文明鐵鎚的厲害吧。」

就來徹底教導他們，在確保空中優勢之下的魔導師兵科的威脅性吧。

「什麼？」

「我的大隊可是全副武裝並受過軍紀教練的軍隊。就請看我等是如何擊潰敵軍吧。」

現代戰爭是國力即是一切到幾近殘酷的戰爭。教育、訓練、後勤。列強與非列強在這全方面上的差距有多麼絕對，歷史可說是最強而有力的證人吧。就讓我以征服者之姿，擊潰達基亞軍給你看吧。

「光是前鋒就將近有三個師團喔。」

地圖上標示著化作複數箭矢射來的達基亞軍的進軍路線。當中侵入帝國領土最深的敵軍，似乎是由常備師團所組成，規模約有三個師團的達基亞軍的最精銳部隊。

現實還真是最棒的笑話啊。簡直是可笑至極。理當是代表達基亞全軍的先鋒部隊，竟然是連裝甲部隊與機械化步兵都沒有的步兵師團。看在譚雅眼中，這等同是反映出他們悽慘到令人哀傷的國力。

競爭原理的基本是助強凌弱，不過她還是有生以來第一次因為敵人的慘狀萌生罪惡感，感到這是一場不公平的競爭。

「看來這甚至算不上鬥爭，單純是種懲罰行為罷了。就來教育一下這些傢伙，何謂軍隊、何謂戰爭吧。」

不過是相當於三個師團的業餘人士。就這種程度罷了。西班牙征服者儘管帶著馬匹與槍枝，也依舊是在平地上戰鬥，但這邊只要從三次元的空中單方面射擊就能確實獲勝。這簡直是簡單明瞭到只能說是實彈演習的屠殺吧。

「然後我該前進到哪裡才好？」

「妳說什麼？」

「要是敵軍的抵抗太脆弱，一不小心超出後勤極限也是個問題。」

「等等，少校。貴官究竟是在說什麼？」

「是的，是要對達基亞施行教育指導。下官認為，要讓那群傢伙親身體會『經驗』這名教師的學費究竟有多麼高昂。」

很好，戰爭的時間到了。不對，這或許該說是看似戰爭的欺凌弱小的時間吧。

畢竟這可是有弱兵剛剛好跑到自己面前來討打呢，這讓她無意間舔了舔唇。有別於萊茵的汙泥、諾登的極寒，在東南方氣候穩定的達基亞上空，肯定會是個飛行的好日子。目前還是九月。在太陽西沉之前，襲擊的機會是要多少有多少吧。陷入如此沉思的譚雅，在看到小跑步趕來的副官身影後隨即回過神來。是工作的時間了。

「謝列布里亞科夫少尉前來報到。」

「很好。少尉，大隊的狀況如何？」

「已重新集結完畢。現在拜斯中尉正在配給彈藥與說明狀況。」

狀況相當順利。凡事都跟安排好的一樣。看到這種令自己滿意的進展狀況，無意間露出微笑的譚雅，隨即強迫自己繃緊神情。到家之前都算是遠足這種事，就連小學生都知道。在出發前表現得這麼興奮，未免也太過輕率了。

不過就譚雅在司令部的所見所聞，就算她不想，也不得不意識到司令部人員並不如自己所想的這麼樂觀。

而當中為首的，就是不掩焦慮，錯愕看著自己這邊動向的雷魯根中校。看來在參謀本部的辦公桌上，仍舊過於高估達基亞六十萬大軍這個數字。他們雖是英才，卻也離現場太遠了，譚雅儘管有些感慨，也還是不得不正視這個現實。所以譚雅在對副官報告的大隊狀況滿意地點頭後，才會像是在跟雷魯根中校表示「這一切就交給我吧」似的，用自己的小拳頭敲打胸口給他看。

基於訓練扛著全副武裝並配給完彈藥的部隊，一如已迅速備妥裝備集結完畢的報告，準備好萬全的出擊態勢。訓練中多少有些疲憊的程度，看來不足以妨礙實戰的樣子。非常好。

「大隊注意！恭請大隊長訓示！」

符合軍禮，連腳跟都併攏擺出標準四十五度角的拜斯中尉發出號令。而在他一聲號令下，大隊成員動作機敏地併攏雙腳，抬頭挺胸。這甚至讓譚雅在無意間忍不住露出滿意的微笑。不論是對誰來說，徹底的規律都帶有一種令人陶醉的獨特魅力。

「辛苦了，中尉。然後大隊各員聽好，開戰了。不對……是類似戰爭的東西開始了。」

應該說正因為如此嗎？儘管毫無自覺，但略感興奮的譚雅帶著甚至充滿純真喜悅的笑容走上台，宛如歌唱般歡喜地朗朗說道。

「今天是我的生日。或許是知道這件事吧，就如同各位所聽到的，親切的達基亞大公國提供了我們實彈演習的標靶，作為讓我驚喜的生日禮物。」

譚雅她所想要的實彈演習的標靶。達基亞的溫柔叔叔們竟然主動接下這個任務，還真是教人欣喜。

「各位，這些不論你是要用槍射擊也好，還是要用術式轟炸也好。」

從空中單方面地屠殺。在比馬里亞納海戰的打火雞還要壓倒性的制空權下，這場戰鬥的焦點恐怕會是「能獲得多麼傑出的大勝」吧。

「各位，就讓我們以鐵鎚教育這些侵犯帝國的傢伙吧。」

因此，譚雅握緊拳頭朝假想的達基亞軍豪邁地敲下，大喊著「將其擊潰」。將他們擊潰給我看吧。譚雅這充滿幹勁的意圖，任誰都一目了然。

她的怒吼一如字面上的意思，是要他們作為帝國軍的先鋒，將敵軍的先鋒擊潰。成功是當然的事，所以這種程度的敵人就給我趕快收拾掉之類的號令。

「最後一點。儘管我也無法確定，但這次的標靶基本上是會反擊的……應該吧。雖然我不認為你們當中有會被擊墜的蠢蛋，但姑且還是注意一下。那麼就重啟實彈演習。各位紳士，運動的時間到了。」

這算是某種獵人頭活動。一如字面意思的運動。

或是把英雄般的唐吉訶德一腳踢飛的某種行動。畢竟敵人是以可悲的前現代技術，挑戰現代這種可怕怪物的時代錯誤的勇者們。

除了後勤人員與少數參謀本部的派遣人員留守基地外，譚雅率領著大隊全部戰力，作為帝國軍快速反應部隊的最前鋒飛上天際。目標是在開戰同時越境進軍的達基亞軍的先遣集團，規模約三個師團。各隊員在空中形成一絲不亂的突擊隊列，他們依照訓練行動的表現，讓譚雅感到一種工作迅速獲得成果的滿足感。

航程途中，沒多久就與從國境線上撤退的帝國軍國境警備隊的部隊取得聯繫，從他們那裡取得最新敵情的譚雅確信一件事。

毫無疑問的，達基亞軍腦袋裡的東西就相當於是中世紀的遺物。片刻後，邊細部修正前進路線，邊準備對地掃射急忙趕路的大隊，就在地平線上目視到蠢動的人群。

對方還親切地穿著色彩繽紛的軍服排成密集隊形。是絲毫沒有考慮過魔導師的對地掃射與空襲，時代錯誤的行動準則。這是美好的獵物，同時也是一大群以毫無效率的方式遭到浪費的人力資源。無法有效運用如此龐大的人力資本的國家也太可悲了。

但不管怎麼說，把這些年輕人炸飛可是帝國軍人的工作。所以寡婦的悲傷與老人的悲嘆，就留給達基亞大公國愚蠢的首腦陣營去煩惱吧。

「Aconitum01呼叫大隊各員。行動開始。去教導那群傢伙何謂戰爭吧！」

在四個中隊當中派遣三個中隊從三個方向展開襲擊，是照本宣科、極為理所當然的對地掃射戰術。而作為令人高興的煩惱，就是有一個中隊沒事幹吧。一般來說，會有敵方的直接掩護部隊迎戰，所以要分出一個中隊投入制空戰……然而今天卻無事可做。

「呼叫各中隊長，我期待你們達到符合命令規定的戰果。」

「「「收到！」」」

就算想把中隊作為預備戰力保留下來，戰況也順利到令人懷疑有沒有這個必要性。以敏銳機動發動突擊的各中隊，甚至沒受到多少防空砲火。光是旁觀部下從空中發動攻擊，單方面地把東逃西竄的地面部隊炸飛，也很可能被人批評是薪水小偷。

「副官，這下麻煩了。沒事幹耶。」

她並不是好戰主義者或是工作狂，但是當周遭人都在工作時，就只有自己無所事事，也會讓人在意起旁人的觀感。大隊編成至今還只有短短兩個月，大隊動向正受到參謀本部關注的情況，也讓譚雅覺得有必要採取積極行動並拿出適當的戰果。

「……我原本做好了會陷入苦戰的覺悟呢。」

「面對才三個師團的暴徒就感到緊張，實在不像是從萊茵回來的人啊，少尉。」

「少校，那個……可是有『三個師團』喔。我常在想……少校的感性，稍微有點……不，請當我沒說吧。」

原來如此，譚雅稍微理解到謝列布里亞科夫少尉說得沒錯。名詞是該要正確使用。她記得自己是稱呼達基亞軍為「三個師團」。

副官如今欲言又止的態度，是對自己草率使用專有名詞的擔憂表現嗎？……確實是無法否定此事。看來也不能瞧不起後結構主義呢。經由語言來判斷事情非常危險。必須要進行解構，修正錯誤才行。

「……抱歉，謝列布里亞科夫少尉。看來貴官是對的。」

「咦，是的？」

「嗯，正確來講，應該是說五萬出頭的群眾或是暴徒吧。要是不正確定義，可是會招惹誤會的。我也真是的……」

看樣子謝列布里亞科夫少尉等人似乎有所覺悟，認為這會是場再稍微嚴苛一點的戰鬥。大敵當前，抱持著會陷入苦戰的覺悟是相當了不起的心態。不過得再重申一次，達基亞公國軍是等同暴徒的舊時代遺產。然而自己卻稱呼他們為師團導致誤會，譚雅由衷反省起當時讓部下們誤認為達基亞軍是軍隊的講法。

這次的大戰，將會是這個世界首次的世界大戰。就連航空戰力的威脅，大多數的軍人都是在這次大戰中首次體驗。人們的注意力皆被二次元的戰爭所吸引，尚未理解在三次元戰爭中天空的真正價值。

「很好。那麼我們也參加吧。司令部中隊跟我前進。去欺負對面的司令部吧。」

所以譚雅可以斷言，在戰場上以航空戰力襲擊沒有制空權的軍隊，完全是一面倒的賽局。倒不如說，這甚至讓她覺得謝列布里亞科夫少尉等人的擔憂有些可笑。說到這種層次的戰爭重點，很簡單，只要砍掉敵方的腦袋就好。之後再進行掃蕩戰，將殘留敵兵一如字面意思地炸成灰燼就結束了。

「跟我前進！跟我前進！」

伴隨著俯衝，投下封入術式的對地投擲用榴彈。目的是讓碎片飛散的榴彈在敵方上空炸開，化作金屬碎片襲向連鋼盔都沒戴的士兵頭部。還來不及觀看他們的下場，中隊就一邊啟動術式，一邊找出最適當的位置，全力投射。

這麼做的結果，讓密集的敵兵遭到炸飛，士兵們為了躲避爆炸火焰東逃西竄，導致地面陷入嚴重混亂。儘管不是沒有零星的對空射擊，但步槍程度的威力想要射穿防禦殼，就只能靠彈幕射擊的密度來磨耗。

就連重機槍的沉重槍聲都聽不見的戰場，對步兵來說是極為殘酷的對空戰局，對飛在空中的單位來說則是輕鬆愉快的戰場。

「達基亞軍的反應真慢。也太慢了……各中隊回報狀況。」

「少校，一切順利。」「沒有問題。」「有說這是實彈演習對吧。」

「真奇怪。我們不是被攻打的一方嗎？」

由於打得太不起勁，甚至讓人想嘟囔攻守立場是不是搞錯了，眼前的光景就是這麼愚蠢。協約聯合那群蠢蛋儘管沒有開戰的打算就擅自越境，不過一旦打起仗來也有認真作戰，發揮出有點過於熱衷的激情。然而幹勁十足主動宣戰的達基亞公國軍，則完全是在瞧不起戰爭。

「真是太不可思議了。那群傢伙是不是誤會啦？認為發動攻擊後不會遭到反擊。」

「還真令人困擾的一群人。」

就算是一般打架，只要動手打人就會遭到還擊。況且這可是國家的暴力裝置——軍隊與軍隊之間的互毆，就算是無聊的打鬧，也應該能用大砲確保最低限度的威嚴才對。那群傢伙還真該向腓特烈大帝好好學習。

得要與這種對手打仗的自己，肯定是受害最深的受害者。雖然自從平凡的社會人士的人生遭到充滿惡意的存在X玩弄以來，她就再也不曾樂觀看待過命運這件事了。

「話說回來，那是什麼？那群傢伙在做什麼啊？」

就在譚雅結束與各中隊指揮官的通訊，準備調整高度再度發動地面襲擊時，她的目光捕捉到地面終於出現某種組織性的行動。根據帝國軍教則的預測狀況，是假定敵軍會為了對應眼前的狀況讓敵兵散開，前往指揮官所指定的地區進行對空射擊。

但問題是，敵兵不僅沒有散開，甚至還開始各自組成密集的正方形隊伍。

「是陷入恐慌了嗎？」

在戰場上遭到孤立確實很恐怖。副官這句話算是最為現實的理解方式吧……但就情況看來，敵軍是在一群看似軍官的指揮官率領下聚集起來的耶。

「……那個該不會並非恐慌，而是方陣吧？」

「這怎麼可能……又不是騎兵的時代。」

沒錯，就一如謝列布里亞科夫少尉的錯愕，這不是騎兵突擊，而是魔導師的對地掃射隊列。散開才是正解，實在很難想像，在這個時代竟會有人自信滿滿地組成方陣。就算不是軍人，也該明白聚集起來的危險性吧。

「不對，就算是時代錯誤也該有個限度。這是有哪裡搞錯了吧？」

半信半疑。或者，這說不定是其他列強提供的某種新型態行動準則或是新技術。譚雅的腦海中開始閃過這種不太可能的想像，而她想到的解決對策很簡單，就是與其煩惱，倒不如轟一發下去觀察對方的反應比較快。

然而下一瞬間，眼前發生的情景讓譚雅的情緒忍不住爆發開來。

「拜斯！你這傢伙是想敵前逃亡嗎！」

令她懷疑起自己眼睛的情景。拜斯中尉的中隊竟在敵方陣前急忙掉頭轉向。

聚集起來的敵方步兵組成方陣，堅強等待自己被一擊炸飛的模樣惹人哀憐。部下的舉動，將她對於這種不當運用人力資源的感傷一擊炸飛。

自覺到全身開始憤怒地顫抖的譚雅發出吶喊。

「為什麼要拉開距離！為什麼要解散突擊隊列！」

「少校！」

就連謝列布里亞科夫少尉的啞然呼喚，如今也排除在譚雅的意識之外。眼前的情景就是足以讓譚雅如此震怒。

從原本的突擊態勢，就像是在害怕什麼似的突然在敵人面前回轉。但是就譚雅所見，敵軍完全沒有做出能容許他回轉的反擊。

在這種狀況下所能預期到的最壞答案，讓她的腦海中迅速充斥起「敵前逃亡」的嫌疑。在某種程度的迎擊前散開，甚至還開始保持距離，自己的部下在眼前表現出的丟臉舉動，足以讓她感到愕然。

沒意識到自己正咬牙切齒的譚雅不掩憤怒地發出吶喊。

「副官，立刻把副隊長抓來！如有抵抗格殺勿論！」

「遵……遵命。」

過度氣憤之下，她當場命令謝列布里亞科夫少尉去把拜斯中尉當成犯人押來，遭到背叛的感覺也讓她的心情變得相當不愉快。本來還期待他會是一名正經的副指揮官。認為他是一名正經的部下。想不到……想不到他竟會在這種首戰中敵前逃亡？別開玩笑了。面對這種烏合之眾，第二〇三航空魔導大隊的副指揮官居然敵前逃亡，這將會在經歷上留下一生的汙點吧。

她沒有將這令人煩躁的怒火遷怒到他人身上，而是欲令其昇華，而將重爆裂術式封入術彈之中。一面向連在這種時候都還在地面上維持隊列的達基亞公國軍的前世代性致上謝意，一面發射出去。一如預期，術式在敵隊列的正中央炸開。

明明就是這麼簡單的戰鬥，明明就連主的試煉都算不上，這簡直是在開我玩笑。

「報告少校，我將拜斯中尉帶來了。」

謝列布里亞科夫少尉一副敬鬼神而遠之的模樣，盡可能簡潔地結束報告。而與其說是體諒到她的心情，倒不如說是幾乎沒意識到這點的譚雅淡然地交代事務。

「辛苦了。妳帶著我的中隊，繼續對地掃射。」

「收到！」

就連簡短的口頭交接也讓譚雅感到煩躁，她在隨便將自己的直屬中隊交給謝列布里亞科夫少尉之後，整個人就宛如要撲上去似的，一臉憤怒地逼近困惑自己為什麼突然被大隊長叫來的拜斯中尉。

「好啦，中尉！如要解釋的話，就在我把你槍斃之前趕快說吧。」

「提……提古雷查夫少校，敢問我……那個……是要對哪件事情進行解釋？」

「敵前逃亡的嫌疑喔，中尉。如有需要說明，要我把你送上軍事法院好好聽個夠嗎！」

拜斯中尉無法理解自己為什麼會被叫來。這也是當然的事。畢竟就他的自我意識來看，自己並沒有特別犯下什麼過錯。然而在最前線交戰當中，大隊長副官幾乎是站在能將他當成實質敵人擊墜的立場上，命令他「立即出面」。這個情況非比尋常。

「少校！我與我的部下絕對沒有放棄義務……」

正因為如此，所以他甚至不知道自己犯了什麼錯，但也意識到自己因為某事踩到了一顆超大的地雷。究竟是因為什麼事呢？不過儘管如此，拜斯也能向良心發誓，自己有意要達成義務，沒做出愧對神與祖國的事。所以他就算是面對如吸血鬼遭到激怒般陰氣逼人的長官，也仍然有勇氣提出反駁。

「很好，那中尉你就給我說看看，你在我眼前與敵人保持距離散開的理由吧。你當時為何要回轉？」

「咦？」

「我要你解釋，你的中隊在敵人眼前回轉散開的理由！」

然而他所承受到的怒吼，不僅完全沒有考量到他的抗辯，反而還增強了當中所蘊含的憤怒與殺意的波動。

「是的，由於敵步兵形成對空射擊隊列，所以我根據教範脫離敵射程極限，命令各隊員向敵隊列進行牽制攻擊。」

「啊？教範？」

「是第二十二野戰航空魔導戰技教範規定。」

專心一志的答覆。就拜斯的立場來看，他是基於過去在東部軍所受過的訓練，在戰場上發揮萬全的戰技並做出慎重的判斷；但就聽取答覆的譚雅的立場來看，她早已在實戰中理解到，每次襲擊行動都要逐一參照教範是種無意義的行為。倒不如說，準則所能對應的情況有限。

所以她費了點時間才猛然想起……啊，有關對地掃射的教範上，確實是建議要迂迴避開「敵對空陣地」……回想起這件事的譚雅就彷彿錯愕無比般地猙獰著臉孔大叫。

「等等，那可是步兵的隊列喔！你沒理解到我下達的命令是即刻襲擊嗎！」

「是的，由於是密集步兵軍的戰線射擊陣地，所以我根據教範下達迂迴避開的命令。」

就只因為步兵……因為步兵聚集在一起嗎？面對譚雅的詢問，拜斯中尉明確表示因為步兵密集所以才迂迴避開的觀念，完全是照本宣科的「教條」式答覆。

「中尉，我就把話說清楚了。倘若有航空魔導師會被那種攻擊擊墜，我會搶在敵人之前先斃了他。」

「可是……少校！」

「聽好，常識人，我只再說明一次。你難道認為單發式步槍只要在有效射程內進行高密度彈幕射擊，就有辦法突破魔導師的防禦殼嗎！」

又不是衝進長槍與重型火繩槍組成的西班牙大方陣的重騎兵，簡直愚鈍到令人難以置信。個人攜帶武器的殺傷力，已達到讓密集方陣的防禦力毫無意義的境界。佐證就是現在的萊茵戰線，還有過去在遠東地區，秋津島與聯邦愉快的爛泥巴戰。

所以譚雅難以理解接受古老準則教育的部下的這種觀念。步兵聚集在一起是種自殺行為，所以只要協助他們自殺不就好了。但看在沒有實戰經驗的人眼中，似乎是有點難以理解這種觀念。尤其是在演習場不會有子彈往來交錯，更加是讓從軍經歷大多是在訓練的魔導師，養成在遇到密集的步兵陣形以無數槍口對準自己時，就會條件反射地回轉閃避的壞習慣。

「我給你一個洗刷汙名的機會。去試著朝敵中央區域發射術式吧。」

「啊？」

「……跟我過來。我示範一遍給你看。」

話一說完，譚雅就裝填起封入術式的術彈，朝著冗長隊列的中央區域颯爽地展開襲擊機動。

既然長官已朝敵軍突擊，拜斯也只能毫無反駁餘地的跟上。連忙追在譚雅身後開始俯衝的拜斯甚至是懷著悲壯的覺悟，自暴自棄地在進行這幾乎是有勇無謀的突擊。

「……炸飛了。」

「無話可說了吧。好，去執行你應盡的義務吧。」

術式就跟訓練的一樣在敵中央區域顯現。甚至還有餘力觀察各式各樣肉片飛散開來的模樣。恐怕不論敵軍擋不擋得住攻擊，帝國軍人都會先懷疑對方擁有某種對抗手段。而看在箇中代表的拜斯中尉眼中，特意在敵人面前聚集起來的敵兵束手無策地遭到炸飛的畫面，就連在戰場上也是種嶄新的光景。

「少校……真是非常抱歉。」

「拜斯中尉，我判定貴官的過失，終究是基於不適當的訓練所導致的。進行實彈演習果然是對的。」

「是的，下官惶恐。」

「唉，就連這麼簡單的實彈演習都會出問題，看來帝國的末端意外地鬆懈啊。真是教人感嘆不已。」

她在空中長嘆一聲。就連透過無線電往來的狀況報告，也在這一瞬間化作馬耳東風的譚雅深吸一口氣，勉強壓抑住激昂起來的情緒。現況就連正經的軍人，都沒有落實對應典範變遷的教育訓練到這種地步。可悲的是，這樣根本無法對應實戰的行動準則。

這讓她不得不深刻感受到，後方並沒有確切理解前線經驗的實際情況。不對，應該說是對典範變遷的認知不當吧。想必有大半的訓練主管軍官，都難以理解三次元戰爭這種戰爭的局面。

畢竟他們是用過時的典範，去理解北方、萊茵兩戰線的經驗者寫到厭煩的戰鬥教訓。這所意味的情況實在是令人感慨。事態就是嚴重到如此讓人錯愕，不對，甚至該說是悲劇性的地步。

儘管在經驗這名索求血與鐵這種非常高額的授課費用的優秀教師教導下，也沒能讓帝國的全體軍官兵皆學到教訓。

這也難怪以傑圖亞閣下為首的戰務編制人員會以東部與南部各軍未充分學習戰鬥教訓為由，兼作為教導地編成參謀本部直轄部隊。

在戰鬥空域當中，沉思到甚至怠慢周邊警戒是種極度愚蠢的行為。而這件事也意味著，他們所掌握的壓倒性制空權足以讓她陷入這種沉思。儘管就某方面來講，應該是要對這種優勢感到高興才對，但譚雅腦海中卻浮現幾項讓她無法老實高興的問題。

「發現到指揮所了。」

「太快了。會不會是偽裝的？」

難以置信的情況接連發生。沒想到部下的報告會有這麼一天讓她如此懷疑，這對譚雅而言也是相當難以預料的事態。他們確實是單方面掌控著制空權，並正在執行斬首戰術……但就算是這樣，指揮系統的腦袋會有這麼容易就露出來嗎？

「報告少校，確認無誤。」

「是前線司令部，還是低階指揮系統？」

能在這種大混亂之中鎖定的腦袋，頂多是師團司令部或旅長本部吧。

「不，似乎是侵略軍司令部的樣子。」

「什麼？沒弄錯嗎？」

霎時間無法理解話語的意思，正是在說這種情況。司令部？侵略軍的？

「我方監聽到未加密的通訊。」

結論是基本的誤導情報之類的吧。就算是陷入恐慌，如果是基層的通訊兵就算了，但軍團司令部會不經加密就發送電波這種事，簡直是不可思議。

「那就是假電報吧。」

「不，下官能理解少校的意思……但在這個空域收到的所有通訊都是明碼通訊。」

解說

【準則】　準則即是軍事性的戰鬥教義。也就是在戰略、作戰、戰術的各種局面下，各軍隊的戰力運用思想。另外，在戰略、作戰、戰術的分類當中，作戰概念經常遭到遺忘，所以讓戰爭有著以「戰略／戰術」這種恐怖的二分法講解的傾向，要特別留意。戰略／作戰／戰術這種有如編制與編成的名詞混淆，就算心裡明白，也總是會在不知不覺中犯下這種錯誤。

【典範變遷】　指當既有的典範，也就是對事物的理解方法所無法說明的現象逐漸累積後，進而改變對事物的理解方式的過程。範例：天動說↓地動說。

「……真的嗎？我有點難以置信。」

「而且還沒有降低頻道強度，不斷發送著。雖然難以置信……但似乎是真的。」

儘管露出半信半疑的表情，但回報狀況的部下，話語中帶有確實理解自身工作的人所特有的自信語調。如要將這難以理解的狀況用言語表達，就是達基亞軍不僅只派遣地面部隊進攻，他們的司令部還向帝國軍進行不經加密的實況轉播？

對譚雅而言，雖然她才剛剛批判過部下的常識，但她果然也擁有著所謂的常識。如要她本人來講，這已經昇華到常識的最佳化這種其他次元的概念了。

一面質疑部下的話語，一面透過寶珠接收電波後，確實是收到一大串不斷放送且未經加密的巨大電波的部分內容。

「拜斯中尉，現在立刻帶著你的部隊來掩護我的部隊。謝列布里亞科夫少尉！妳帶著部隊跟我前進！」

「「收到。」」

姑且考慮到陷阱的可能性，一面保持即時脫離的空間一面靠近。邊讓拜斯中尉的部隊在上空形成突擊支援隊列，邊以支援射擊為後援，嘗試用自己的中隊進行武裝偵查的展開空中機動。還特意懷著會遭到齊射攻擊的覺悟，有意識地展開厚實的防禦殼。不僅是靠九七式的強度，在最糟的情況下，甚至不惜啟動九五式闖進敵方射程內。

會遭到攻擊。

由於抱持著這種可能性的覺悟，所以她當然是預測地面上會傳來數次的射擊。

「……怎麼可能！」

正因為如此，譚雅無法置信地大叫出聲。就算是……就算是再怎樣粗糙的部隊，也都會確實守護好司令部吧。哪怕是獨裁者，哪怕是腐敗的軍司令官，在故事當中都會牢牢鞏固好自己周遭的安危。

然而……

然而，她卻沒被攻擊。

「也太輕易了……各位，我們這應該是在打仗吧？那群傢伙真的是軍隊嗎？」

一帆風順是件好事。這點是不會錯的。不過大致上來講，凡事都不會按照計畫或預期發展可是戰爭的基本。即使她原本就認為能夠擊退，卻也沒想到這場仗會打得比預期的還要順利，這是就連譚雅也不曾想過的事態。

想不到，居然能以完整的突擊隊列，毫無遭受抵抗的衝進達基亞軍的司令部。

「我們該不會是誤攻擊到來帝國旅遊的團體客吧？假如真的是那樣的話，這可是重大的責任問題喔。」

在順利闖入敵軍中心的狀況下，讓她就連自己都覺得罕見地喃喃說出看似無聊笑話的蠢話，事態就是如此地超乎想像。

「是的，少校，真是對不起。」

「不該未向入境管理局確認的，事後我會徹底進行檢討。」

不過機靈地擺出相當遺憾的態度低頭謝罪，並發誓絕對不會再犯的大隊眾員，想必也同樣是對這種異常情況感到煩惱吧。這樣一來，得要進行艱辛機動的演習預測內容還比較嚴苛。這種弱到容易讓自己被誤認為是虐待狂的敵人也很教人困擾啊。

所以當部隊降落壓制粗心大意到明確掛著指揮官旗幟的野戰營房時，深感困惑的她，嘴巴就擅自滔滔不絕地說出平常時絕對不可能說的玩笑話。

「……抱歉，打擾了。請問是帶隊人員嗎？這次真是不好意思，帝國給各位添麻煩了。實在是難以啟齒，帝國軍國境警備隊似乎誤認為各位是軍隊……」

她模仿著部下們的玩笑，擺出一副深感抱歉的模樣，向眼前這群東逃西竄，發出丟人現眼慘叫的傢伙們微微低頭致歉。隨後在營房因為錯愕氛圍而變得鴉雀無聲的下一瞬間，譚雅就態度一轉，以開朗的笑容念起標準台詞。

「歡迎來到帝國！請問入國的目的是什麼？還有，是否有攜帶簽證呢？」

啞然無言的達基亞眾人，大概是因為目睹在無法理解的現象而呆住了。不過靠著重新啟動的腦袋，他們總算是開始理解現況。陷入嚴重混亂的他們等察覺過來時，一名全副武裝的幼女就朝他們襲擊而來，並且跟他們玩起入境審查的扮家家酒。

「開……開什麼玩笑啊——！」

他們被戲弄了。在明白這點的瞬間，過度裝飾到會讓狙擊兵困惑不知該瞄準哪裡才好的軍官就朝譚雅撲來，然後被從大隊魔導師的隊列中出來的拜斯中尉一腳踢飛，暈倒在地。令人困擾的是，從裝飾來看，他似乎就是這裡最高階的指揮官。就某種意思上，這算是最初的驚喜吧。

「其餘的各位如何？希望以俘虜的身分到帝國觀光嗎？」

假如投降的話，基本上只能按照戰爭法的規定給予正規軍俘虜的待遇。要擊潰三個師團或許很簡單，但要讓三個師團的俘虜吃飽可就相當困難了。光是考慮到會對後勤造成的負擔，就幾乎要讓人暈厥過去。不過譚雅也沒有屠殺的興趣，所以她還是發出投降勸告……就主觀來看。

「別開玩笑了！達基亞軍人絕不投降！」

「看來是在浪費時間了。除了那邊的將軍外全員射殺。」

可悲的是，由於他們沒能理解這點，所以讓她很慶幸地下令開槍。

接著的善後工作就沒這麼複雜了。魔導中隊隨即朝中隊規模的司令部人員展開近身戰，然後輕鬆迎來肯定會在達基亞的教科書上留下「以手槍程度的武裝與魔導師進行近身戰，等同於自殺行為」這段記載的結局。

在輕易排除並製造出來的屍體所形成的屍橫遍野光景中，譚雅指揮的中隊就宛如強盜般，正進行著把司令部的文件與儀器搜刮裝進袋子裡的作業。要將數量不多但高階的俘虜與回收到的文件作為送給參謀本部的土產。

「準備詭雷。啊，對了，就裝在那顆腦袋上吧。」

並同時在陷入混亂的敵軍察覺到司令部的異狀之前，也替敵軍準備好餞別禮物。

「救起來的軍官腦袋突然爆炸，對那群傢伙來說肯定很有效吧。」

儘管有些老套，卻是作為古典且極具效果的手法而歷久不衰的屍體詭雷。不僅能削減敵方戰意，還能順便打擊前來救助司令部人員的敵兵，是能以低成本獲得適當回報的舉手之勞。

「要是有準備團體觀光客用的小冊子就好了……」

「副官，有帶油漆嗎？我想替他們蓋個入境章……」

「喂，那邊的，別拿屍體來玩。給我認真點打仗。」

所以譚雅才會以略為粗暴的語氣要看似因為勝利而鬆懈下來的部下們認真一點，喚起他們的注意力。這可不是小孩子的玩鬧，必須要認真以對。就算他們會鬆懈下來也是情有可原，但凡事還是謹慎為上。

要是因為這種胡鬧的戰鬥失去部下，那可是會留下比遭到衣索比亞擊潰的義呆利還要悲慘的汙名吧。

但對於為了俯瞰戰場而飛上天的譚雅而言，眼前所展開的光景令她相當滿意。針對組成隊列在街道上行軍的達基亞公國軍，第二〇三航空魔導大隊從四個方向發動突襲。將欠缺航空／魔導支援的軍隊的脆弱性，還有現代與前現代之間難以彌補的差距作為結果來看，戰果相當豐碩。

達基亞軍的隊列到處都被爆炸衝擊波轟出缺口，脫隊人員零零落落地橫倒路邊。

想要讓這種混亂不堪的隊伍重新組起，就算花費數個小時也整頓不完吧。最重要的是，他們應該要率先負責恢復秩序的司令部也已經成功摧毀掉了。而就在副指揮官為了統整軍團疲於奔命時，又碰到這種混亂。這樣是不可能恢復秩序的。

國力遠遜於帝國的達基亞有希望對帝國造成痛擊的攻勢，就只有開戰最初的閃電奇襲作戰。但就算考慮到這點，單獨派遣步兵攻打帝國的決定，恐怕能跟英帕爾戰役的亂來口相提並論吧。達基亞軍的軍官們，如果能讓陷入這種混亂的部隊在明天之前重新進軍，肯定能獲贈勳章。

「拜斯中尉！部隊集結完畢了嗎？」

「是的，少校。要掃蕩殘留敵兵嗎？」

一聽到他的詢問，譚雅就險些失笑罵他別蠢了，好不容易才說服自己控制住表情肌肉。這名部下只是想擴大戰果。順帶一提，經歷過首次實戰的部下，哪怕是照本宣科，能認真正直到做出提倡擴大戰果的必要性這種程度的建議，算是素質優秀吧。

「友軍的航空艦隊出動了嗎？」

所以譚雅以略為溫和的態度向他提問。找出他人的優點，可說是讓事情圓滑進行的祕訣。她從前否定這點，不過現在不同了。這就是軍隊式人事管理的祕訣。

「是的。要不了多久，裝載轟炸裝備的第七航空艦隊就會抵達現場。」

「既然如此，掃蕩殘留敵兵的任務就交給友軍吧。我們要向前進。」

「是的！請問目標是哪裡？」

簡潔有力的答覆，原來如此，這就是拜斯中尉擁有身為軍人的資格的佐證吧。看來意外地會比預期要來得能認真工作呢。既然能用，就要盡情使喚。

「是首都。」

「是的，請問是首都嗎？」

「沒錯，就是首都。」

所以譚雅懷著自己也意外地變得圓滑了的想法，傲然點了點頭。

「讓傷者與護衛帶著俘虜後退。人選就交給你了。」

「是的。不過這道命令，由於隊上連輕傷者都沒有，所以……請問該如何處置？」

「啊，是這樣啊。」

在下達命令並受到提醒後，她才總算注意到，要在這種戰鬥下出現傷患確實是有點勉強。哎呀，儘管不覺得會有人受傷，但還是習慣性在意起部隊損傷的樣子。這是惰性吧——注意到這點的譚雅，稍微強迫自己針對在知性上的怠慢進行反省。

習慣肩上的步槍重量後，首次以軍人之姿指揮大隊的過程中，會基於一些瑣碎小事感到煩躁是因為緊張嗎？

假如是這樣的話，看來得讓自己稍微從容一點吧。上司的職責可不是無意義地讓工作氣氛變糟啊。

「很好。那就讓最疲憊的士兵後退吧。這會是長距離進軍。對了……就從首次實戰的士官中挑幾個讓他們回去吧。」

「那我就從第四中隊分一個小隊出來，請問這樣可以嗎？」

「嗯，這是適當的安排吧。就交給你了。」

實際上有關這方面的部隊管理，拜斯中尉意外地擁有適當的判斷力，早在駐紮期間就已受到譚雅的信賴。不論是好是壞，管不好部下的人可無法擔任平時的中隊指揮官。至於他是否能在戰時妥善地擔任中隊指揮官，就要看今後的經驗而定。不過對譚雅而言，是殷切希望他無論如何都要有所成長。

姑且是精挑細選的戰爭狂部下中的其中一人，戰技與戰意大致上算是無從挑剔。而且，如果是具備常識的拜斯中尉，也能放心讓他作為副指揮官擔任左右手，替自己的人身安全做出貢獻。目前就先一邊使喚一邊看看情況吧。

「好啦，中尉，這樣就能繼續前進了。」

「是的。」

「繼續前進，更加前進，就讓我們前進到極限為止吧，凡事都要嘗試看看呢。」

不過，現在就先來享受獎勵時間吧。

一想到這，譚雅就愉快地笑起。以在雷魯根中校面前會讓他僵住的慣例笑容，以滿面的笑容歡喜慶祝部隊的前進。前進吧。更加前進吧。

而這也正是第二〇三航空魔導大隊的存在意義。正因為如此，就連拜斯中尉也很不可思議地在無意識中露出相同的笑容敬禮。

前進吧。

他們所有人皆毫無疑問地領受這項命令。

堅信著，如果是我們就能夠向前邁進。

達基亞軍的前線，在途中分派到現場的東部軍戰略預備部隊的第十七軍，與航空艦隊的增援下崩潰。死者兩千，俘虜多數。之後在六十萬大軍對七萬部隊的戰局中，由七萬部隊揭開蹂躪的序幕。當中擔任先遣部隊的第二〇三航空魔導大隊，就一如字面意思支配著戰區的制空權，並做出在友軍的航空艦隊之前，先行襲擊達基亞首都的決定。當時，提古雷查夫大隊長以桀傲不遜的自信發出豪語。所謂：無法蹂躪的部隊才比較奇怪。

統一曆一九二四年九月二十五日凌晨三點十七分　達基亞大公國首都郊外上空

那一天，達基亞大公國的首都，就在自開天闢地以來總是會來臨的夜幕籠罩下，迎來平穩的夜晚。

人們在伴隨開戰而來的某種激昂感驅使下，單手持著酒杯大肆喧鬧，順著難以理解的熱情高談闊論的光景也完全沉靜下來，是大多數人就寢的時間。

該說是閑靜的美好夜晚吧。雲量有限，視野良好。風就只有些許微弱的東南風。話雖如此，卻也不是會讓硝煙瀰漫遮蔽視線的無風狀態。

滲透到這個夜晚世界裡的一小點異物，即是他們第二〇三航空魔導大隊。

「這是世界最早的夜間都市襲擊，但也不是什麼艱難的任務。」

喃喃自語的是在前方領隊的大隊指揮官——譚雅・馮・提古雷查夫少校。

她以優美溫和的表情眺望都市的身影，倘若將這一瞬間的光景拍成照片，可以說就如同其別名白銀一樣。畢竟她正懷著愉快的心情，平靜地在能讓人平穩飛行的夜空中前進。只是她心中所想的，卻是與讚賞優美夜空的情感相距甚遠，極為危險的襲擊念頭。所謂愉快的縱火時間。

侵入沒有夜間燈火管制的敵方首都，就跟遊行時的低空編隊飛行是同樣簡單的飛行航程。就算早有預期也依舊教人錯愕不已，不僅沒有航空、魔導單位的攔截，甚至連對空射擊陣地的歡迎砲火都沒有。在飛行途中完全沒發現到高射砲陣地的情況，則讓她的心情更加愉快。

當然，在可能性的範疇內，經由完美掩飾偽裝的高射砲陣地其實滿坑滿谷的可能性也不是沒有……但要是他們的戰備設施有如此周全，就不會特意讓他們侵入到首都上空吧。而且說得極端一點，讓人覺得如此瞧不起對空戰鬥的達基亞軍，很難想像會有那腦袋架設周全的對空陣地。

證據就是都市的光亮。整座城市以電燈與煤氣燈照得燈火通明，明亮到足以讓她在飛行途中覺得這該不會是欺瞞光源，進而三番兩次懷疑起自身的判斷。這種悠哉感儘管是種日常，但在戰場上算是異常。一想到能教育他們燈火管制的概念，就甚至讓譚雅有種成為啟蒙家的感受。

就用經驗這堂課來教育愚者吧。她以前曾懷疑過，這世上怎麼會有人自願去教育愚者呢，不過現在就能理解了。在滿面笑容的背後，懷著哀憐與輕蔑的情感，狠狠地教育他人可是件相當辛苦的事呢。

「教育嗎？原來如此，擔任名為經驗的教師收取高額學費，算是相當不錯的工作呢。」

這該說是某種外籍雇員的工作吧。

針對可憐的大公國，將現代戰爭以及文明與國力的差距，以物理方式讓他們親身體會的簡單工作。學費由帝國軍全額支出。就連所用的每一發子彈，都是由帝國軍參謀本部熱情贊助的啟蒙事業。

哎呀，等到自己成為教育的一方後，才總算是對這份工作有些理解。對於野蠻而言，文明的燈火是顯而易見的天命構造。原來如此，難怪會有人將文化、文明的差異誤解成人種的優越。這不僅太過迷人，還會伴隨著令人恐懼的全能感。

這樣可不好，稍微反省起這種心態的譚雅明智地勸戒自己，無論如何都不能做出以神之名將一切正當化的行為。這甚至關係到某種自我的存在意義，所以無論如何都不能這麼做。不過要堅信射殺存在X是自己明確的天命倒是無所謂。

不管怎麼說，譚雅就讓某種思考遊戲在此到一段落，將手電筒閃滅數次，把在周邊巡邏的指揮官們叫來。差不多是行動的時候了。

畢竟已經能看到，就彷彿要將黑暗驅散般燈火通明到大老遠就能清楚看見的軍需工廠，正在拚命地製造砲彈到整間廠房都鬧哄哄的模樣。襲擊目標就在眼前。

「少校，妳找我們嗎？」

「跟計畫一樣已發現目標。副隊長，你看得到嗎？就是那個。」

「……兵工廠居然無人防守，我有點難以置信。」

「老實說，我也一樣。不過說這種話，或許是種傲慢……」

譚雅邊這麼說，邊像是用鼻子嗤笑似的繼續說道。不對，實際上應該說她是邊用鼻子狠狠譏笑敵人的愚蠢邊說吧。

「那群傢伙的觀念，似乎還停留在一個世紀之前的典範上。看樣子，他們至今仍活在二次元的世界裡呢。」

不是進入空中的三次元，而是單純的平面次元的戰爭。這還真是了不起的觀念。要蠢也該有個限度啊。多虧這點讓自己這麼輕鬆，敵人的無能還真是太棒了。只要能擔任槍靶，就算智能再怎麼退化她都不介意。

該對敵人的無能老實地感到高興吧。譚雅坦率地慶賀這種有利的狀況。

「不對，倒不如該對達基亞工廠二十四小時作業的情況感到佩服也說不定呢。」

「知道他們這麼勤勞，啟蒙主義者想必也會很高興吧。」

儘管拜斯中尉以有點僵硬的表情表示贊同，但他也是能理解，身為一名副隊長，該怎麼做才能洗刷汙名的人才。

因此，既然他有想挽回名譽的意志，那暫時能將工作放心交給他來處理了——譚雅姑且對拜斯重新評價。

「不管怎麼說，工作做起來輕鬆還真是教人高興呢，少校。」

然後沒有違背她的期待，拜斯主動發表了意見。擁有自己的判斷力，同時在經驗不足時能坦率肯定長官判斷的老實副隊長，意外地是個難能可貴的存在。自己能選到拜斯中尉擔任副指揮官的眼光也相當高明啊——這種想法也讓譚雅感到寬心。

「這對我們可是個好機會。何時發動襲擊？」

同時，面對在萊茵盼望不到的好機會而顯得有點急躁的自己的副官謝列布里亞科夫少尉，則是讓譚雅忽然擔憂起來。儘管有教導過她戰爭的方式，卻未仔細教導過她應付戰爭規則的方法。既然她只有接受過擔任軍官的短期填鴨式教育，就算在率領部下的方面上沒有問題，但說不定得在法務方面上稍微留意一點了。

「謝列布里亞科夫少尉，我們可不是無視戰爭法的野蠻集團喔。」

沒錯，在戰爭法中由人道主義者與司法人士制定的有關都市與戰爭的正確關係之類的條項，姑且是有這種法律。

所謂不能攻擊人們日常生活相關的設施、禁止攻擊市民、無差別轟炸是毫無人道的行為等，是任誰也無法反駁的一長串正論。

哎呀，把正論帶進戰爭這種瘋狂世界裡的法律太美好了。值得獻上敬意。不是以瘋狂，而是以理智進行戰爭，人類的存在真是太棒了。對人類高喊三聲萬歲。唯一的問題點，頂多就是稍微不太實用的法律太多了。不過惡法亦法。

而且實際上，這些法律在實務面上並沒有影響。大半的法律都能以適用範圍與解釋問題來應付。至少就這次來講，並沒有任何問題。

「是的，是下官失言了。」

「向全隊徹底交代下去，我們就只破壞敵方的工廠設施。喂，發布避難勸告。要根據規定，經由國際救難頻道喔。」

敵方工廠明顯是軍事相關設施。那裡沒有在烤麵包，也沒有發電協助人們的生活，是座徹底的軍事工廠。不論是誰，就算再怎麼強辯，也沒辦法證明砲彈是為了和平目的而製造的。不過如果是崇高的人道主義者莫洛托夫先生的話，說不定會用來製造麵包籃呢。但就算是這樣，這也沒有任何問題。是在這種讓人誤會的設施裡製造麵包籃的人的錯。

「少校！這樣就失去奇襲效果了。」

「拜斯中尉，你的擔憂就常識而言很正確。但你有點過於拘泥常識了。」

不過意外的是，譚雅提出要確實依循國際法程序適當攻擊的意圖，似乎沒有好好傳達給部下的軍官們理解的樣子。

「可是，都暗中接近到這裡了，竟要特意暴露行蹤……」

部下們的臉上，全都浮現著「為什麼要這麼做」的疑問。

他們臉上的共同表情，是身為會毫無疑問去達成某種軍事目的的軍人所會有的疑惑。不過她記得，挑選這種傢伙們來擔任隊員的人，確實是這個大隊的指揮官譚雅·馮·提古雷查夫少校，也就是自己。就算要責怪他人，到頭來還是自己的責任。

在這瞬間，譚雅也不是沒有懷疑自己招募的部下種類是不是錯了，但還是以部下們是就算不服命令，也依舊會執行的優秀帝國軍人一事作為慰藉，嚴厲地開口下達命令。

「謝列布里亞科夫少尉！去發布警告。依照規定，命令他們撤離。」

「我來可以嗎？」

然而下一瞬間，謝列布里亞科夫少尉毫無深刻意圖的反問，就在無意間刺中提古雷查夫少校身為專家的自覺到令她厭惡的地步。

沒錯。發布警告終究只是個形式，所以最好由對方不會相信的人來做。既然如此，譚雅認為就無法動搖的現實而言，與其讓拜斯中尉等人用帶有軍人風範的剛強聲音發布警告，還不如讓謝列布里亞科夫少尉用她那有點不諳世事的聲音發布警告，會比較缺乏可信度吧。

當然，她偷偷把部隊最年少的自己排除在外了。

但經由部下這麼一問，她也不得不承認確實如此。之後在被問到為何要讓謝列布里亞科夫少

解說

【莫洛托夫】　蘇聯的外交官，也就是史達林的外交部長，有次，他在國際聯盟上主張，就算是在戰時，也應該要保護非戰鬥人員的安危，賦予他們脫離飢餓的權利。於是他就利用重型轟炸機對交戰中的芬蘭國民投下麵包，作為回禮，芬蘭軍就請蘇聯軍品嘗「回敬莫洛托夫的特調莫洛托夫雞尾酒」。這才是文明國家之間守禮節的交往方式。

尉發布警告時，她本來是打算回答「下官認為讓婦孺發布警告可讓敵人大意」，但是她可不想陷入遭人質疑「這樣不該是貴官去發布嗎？」的事態。

只能做了。儘管她並不想。

「……不，我知道了。確實是我來會比較好。我會盡量讓聲音聽起來像個小鬼的。」

嘖，沒辦法，既然木已成舟，就至少專心思考該怎樣才能提高成功率吧。該死的國際法，能趕快給我淪為實際上的無效條文嗎？究竟是誰啊，自以為高雅的說要遵守國際法。

譚雅幾乎是自暴自棄地朝部下遞來的通訊機話筒，盡可能口齒不清地大喊。

「警——告——」

那一天，這句警告就在達基亞的首都盛大地迴蕩開來……其實也沒有。

但她忠實依照國際法條文的一字一句，經由一般軍用頻率發布警告卻也是事實。

「我們，帝國軍，接下來，要攻擊軍事設施——！」

只不過——或許該這麼說吧。這句警告，就只有傳進極為少數的人耳中。首先在達基亞，收音機尚未普及到一般家庭之中，外加上會在深夜開收音機的家庭是極為有限的少數派。

「三十分鐘後，我們，會開始攻擊——」

而且，對於在這種時候，明顯是小孩子的稚嫩聲音所喃喃唸道的驚悚內容，會認真看待的人……一般來說是不存在的。這如果是用相當有軍人感覺的粗獷聲音與語調，由諸如盧提魯德夫或傑圖亞這些有著軍人風範的人們來發布警告的話，情況就另當別論了吧。但是由譚雅來發布的情況，就客觀來看……假如不管內容的話，聽起來相當引人微笑。

充其量是覺得這是相當用心的惡作劇，大多數人都不會太過在意，最後懷著這種惡作劇太不謹慎的想法返回床上重新入眠。

「宣誓——人家，我們會，依循國際法，正正當當地戰鬥。」

另一方面，針對以胡鬧語調認真扮演小孩的行動，譚雅幾乎是扼殺掉所有的情感在做。就某種意思上，這對本人來說是有如全力啟動九五式般艱辛的精神苦行。可說是與讚美主、肯定存在X不分軒輊的苦行。然而，儘管如此，她也依舊做到了。

正因為如此，讓譚雅不掩憤慨地瞪著目標，一副要將對方千刀萬剮的模樣。而在一旁觀看的維夏此時所浮現的情感，恐怕是大隊成員全體共通一致無可動搖的情感吧。

……那個，妳這也太卑鄙了吧，少校。

以合乎年齡的聲音朗朗唸出的警告。不論是聽在誰耳中，都會覺得是小孩子的惡作劇。倒不如說，這看在他們眼中，甚至有種目睹到某種令人作噁的事物的異常感。

「少校，請問妳曾演過戲嗎？」

「演戲？聽不懂你在說什麼？這要是能讓他們掉以輕心就好了。」

她以符合年齡的音色，但卻是平常時冷酷無情的語調，喃喃發出的一句抱怨。這算是她心中五味雜陳的情緒表現吧。長官毫不掩飾的壞心情，就連相處時間尚短的拜斯中尉都察覺得到。如要比喻的話，危險的程度就等同於硝化甘油。

當維夏不動聲色地與長官拉開一步距離時，全體隊員也默默照做。可以的話，真不想待在情緒如此惡劣的提古雷查夫少校身旁。

「……好啦，各位。我丟這個臉是有價值的。」

儘管如此，他們也是受過軍人訓練的人。

所以他們儘管理解到長官要將敵人作為情緒的宣洩口，並對此深感同情，也依舊是扛起寶珠與步槍準備行動。

「這是受到共和國援助的兵工廠，可燃物想必是堆積如山吧。」

譚雅如此喃喃說道的語調中，蘊含著要將工廠炸燬的明確決心。她平常時總是讓人難以揣摩的內心，唯有在今天的此時此刻，第二〇三航空魔導大隊的全體魔導師都能毫無誤解餘地的理解長官的想法。

所謂的殺意。

「警告發布過了。義務已完成了。好啦，來欣賞煙火吧。」

她的話語中透露著憤慨，或是說蘊含著想遷怒發洩的意思吧。

提古雷查夫少校邊形成特大號的術式，而且還是細密的術式，邊開始架構超長距離的投射術式，而她的表情透露出某種混雜著陶醉與憤怒，貨真價實的危險訊號。不招惹的神不會作祟。任誰也不願刻意觸及的那份怒氣，就算是指向敵人也絲毫沒有衰減，散發著憤懣情緒形成術式。

「以神之名教育那群傢伙吧。」

譚雅輕輕唸出的這句話，讓部隊領悟到她認真的程度。

「在地上顯現神的作為。」

她所架構的是特大號的災難。

「展開術式！進行祕密觀測！」

「展開術式。目標，卡貝魯司兵工廠！」

「各中隊配合少校齊射！」

接著在不願落後地朝部隊大罵的各級指揮官們的罵聲過後，部隊顯現出複數盛大的超長距離攻擊術式。

這是一般來講，會在戰場正中央悠哉展開的同時，遭到反魔導砲兵徹底的快速反應射擊擊潰，或是很可能淪為巡航中敵魔導師槍靶的緩慢術式。

不過只要敵人比這術式還要緩慢，情況就另當別論了。

「展開術式！」

「發射——————！」

伴隨號令發射的，是總數四十八名加強大隊規模的魔導師的長距離爆裂術式。威力與射程皆強制需要超乎尋常消耗的這道術式，唯有在此時是最佳答案。

沒有被任何人阻擋，也沒有被任何人注意。

而讓發射術式的魔導師們不夠盡興的是，發射出的術式輕易落到目標上，然後一如字面意思將堆放彈藥的工廠炸燬。

「直擊十六！其餘為至近彈。」

「以長距離術式來說，這樣算是無從挑剔吧。」

就在拜斯中尉要跟滿意點頭的少校報告事情時……

那個被炸飛了。

太過耀眼，就連早知道會這樣的帝國軍魔導師們也不經意被閃到看不見的光芒。光芒向夜晚的寂靜展現敵意，充斥著整片夜空。

照耀出被炸上天際的工廠屋頂緩緩落下的模樣，將從沉睡中遭粗暴喚醒的達基亞首都，以足以讓人遠眺景致的亮度照得明亮不已。

「是誘爆啊。」

她滿意地喃喃說出的這句話即是一切。

「Tamaya——」（註：日本人看煙火時會喊的歡呼聲）

「咦？」

「感嘆語罷了。沒事。」

轉過身後，提古雷查夫少校乾脆帶著些許苦笑，用這句話評論眼前景致，把事情蒙混過去。

啊，有種看到精采表演的感覺。

「今後可沒辦法對達基亞不敬了。不僅協助我們進行實彈演習，還替我們準備訓練後的慰勞煙火呢。」

她哈哈大笑，表現出愉快心情的笑顏上充滿愉悅。慰勞煙火，這句話是她在看到有如地面上的太陽一般的大爆炸後的感想。

「不管怎麼說，目標都達成了。好啦，返回基地吧，各位。」

統一曆一九二四年十月二十三日　帝國軍參謀本部第一（陸軍）晚餐室

「……這就是上校曾說過是戰備糧食體驗的東西啊。」

這是某位人事相關人員所呢喃說出的一句話。帝國軍參謀本部的餐廳是常在戰場的餐廳，讓後方人員不忘記戰場體驗的場所。

盧提魯德夫少將沒有能否定這件事的話語。豈止如此，說到參謀本部餐廳裡的獨特料理，想必還能跟聯合王國的料理在常人無法理解的層次上展開激烈競爭吧。他打從內心同意下級幹部們的這種意見。

至少就傑圖亞所知，喜歡在參謀本部用餐的參謀軍官是幻想的存在。因此，就算該避免在餐廳談論機密，但想要高談闊論戰略，餐廳卻會是最為避人耳目的場所，這說不定很諷刺吧。

不過傑圖亞少將與盧提魯德夫少將兩人都有著會將能用的事物盡情用得徹底的個性，所以自從他們醒悟到餐廳是最保密的場所後，儘管心不甘情不願，三餐還是會有一餐選在這裡用餐。

「……時間並不一定是帝國的夥伴，也不一定會是敵人。」

盧提魯德夫少將不耐煩地用假咖啡把看似麵包的某種物體嚥下。在這充滿假貨與替代品的餐桌上，他單手拿起光靠觸感與光澤就能明白是真貨的麥森瓷杯，以發自內心感到厭煩的語氣如此喃喃低語。

「考慮到眼前的情勢，帝國確實是不希望長期抱持著兩個戰線。然而盧提魯德夫，你卻說時間可能會是夥伴？」

傑圖亞少將邊露出對餐點不滿的表情，邊像是感到有趣似的揚起笑容反問。他所擔當的區塊雖是後勤與戰略，但不用說，就跟身為參謀軍官長年參與作戰理論的研究與擬訂的盧提魯德夫少將一樣，他在戰略與作戰上也有著相同程度的資歷。

單純是參謀本部看出兩人的資質，選擇精力旺盛具行動力的盧提魯德夫擔任以運動戰為主的作戰負責人，期待聰明且帶有學究性格的傑圖亞運用他的細心讓軍事機構圓滿地發揮機能。

然後在達基亞一戰中，兩人的表現完全符合期待。展現出極為出色的運動戰模範的盧提魯德夫的才智，以及在現場圓滑地展開適當戰力，而且還成功部署先遣部隊的傑圖亞的調度。這些表現全都完美回應了參謀本部的期待。

「當然，長期來講會有許多浪費。因此就跟達基亞一樣，應該要將優先打擊敵脆弱部分作為基本戰略，這點是不會變的。」

「也就是要空出時間，讓後勤達到萬全的狀態嗎？盧提魯德夫，我就先跟你說明了，諾登地區的鐵路與港灣設施的擴張與鋪設作業已達到極限。雖不是不可能，但要更進一步搬運冬季攻勢所需要的物資，負擔會太過沉重。」

「既然你說沒辦法，那就真的是沒辦法吧。不過，我們也不是一兩天的交情了。對於我的提問，可不准你因為這方案不可能，就說你沒有替代方案啊。」

在前線與後方徹底的互通意思這點上，由於兩人就某種意義而言，都對彼此非凡的本事有著堅如磐石的信任，而建立起罕見的合作關係。

「我想跟盧提魯德夫少將說聲抱歉，就我從戰務、鐵路兩方負責人那邊聽到的情況來看，終究是沒辦法在短期間內改善北方後勤的狀況。」

「傑圖亞少將？我該向貴官說明海上補給路線的可能性嗎？」

傑圖亞稍微放緩表情，邊醞釀著輕鬆的氣氛邊說出心中的想法。

「知道了，知道了。確實就如你所說的，以我們戰務局的立場，是能徵收在開戰同時就因為航路封閉而停泊在港口內的各類貿易船隻。」

這對傑圖亞而言，是已檢討過無數次的方案，想必能徵收到足夠的船隻吧。

「如有必要，隨時可派遣近三十萬噸的船隻，前往北方任何一處你打算執行兩棲作戰的港灣設施。」

「已經安排好了嗎？既然如此，真希望你能一開始就這麼說。」

「我先說清楚，這是以能確保制海權為前提的方案。就算多少能承受敵方的通商破壞，但是犧牲部隊與船隻，進行針對敵後方的兩棲作戰這種豪賭，我可不太能夠接受。」

稍微板起臉孔的傑圖亞少將內心所擔憂的，與其說是作戰的成功率，倒不如說是造成損失的可能性。

帝國軍就現狀而言，確實是在開戰前基於大半貿易船隻脆弱的海上交通線，而在本國內保留了大量船隻，應該是足以解決補給運用的問題。但這換句話說，也就是這項方案存在著只能維持脆弱的海上交通線的帝國海軍，是否有辦法守護住補給線的風險。

既然存在著這種風險，倘若是帝國附近的狹隘海峽還另當別論，但要設置包含脆弱部分的迂迴補給線，就讓他不得不站在反對的立場上。

「你太害怕損失了。就算多少有些風險，只要登陸敵後方地區截斷他們的後勤路線，立刻就能攻陷協約聯合。」

對於他的擔憂，盧提魯德夫的答覆是毫不在乎戰略風險的樂觀論。

雖說兩軍在前線陷入膠著狀態，但基於兩國實質上的國力差距，協約聯合也跟達基亞一樣是處於瀕臨滅亡的局面。也就是說，就算受到這種單純的批判，只要像蹂躪達基亞那樣，一旦讓帝國軍占據到後方地區，就自然能瓦解協約聯合軍吧。

「這我不否定。但老實講，我認為協約聯合毫無威脅性，就算置之不理也無所謂。應該要暫且擱下，趕緊把共和國收拾掉吧。」

「不過戰線可是愈少愈好。」

然後，兩位少將的言語之中，透露出作戰局與戰務局在攻陷協約聯合這件事上微妙的立場差異。看在傑圖亞少將眼中，就算勉強北進，後勤路線也不會變得特別輕鬆；另一方面，看在作戰局眼中，光是能收拾戰線就能減輕不少負擔。

「就後勤的觀點來講，就算成功占領協約聯合，也依舊要維持所展開的部隊，負擔絲毫不會減輕。就算不會消耗砲彈，士兵們沒東西吃可是會餓肚子的。」

「這我明白。但相對來講，協約聯合比共和國容易攻陷也是事實。」

「夠了。」

結果到頭來，雙方都沒有迷失戰爭這項暴力裝置的目的，在該如何最佳化的問題上有著明確的判斷基準。所謂只要不帶給後勤重大負擔，並且能縮小戰線的話，作戰行動就沒有問題。

因此，傑圖亞少將對於壓制敵後方的作戰方針，就基於在作戰原則上沒有問題而點頭同意擬定攻擊計畫。

「如果要攻擊的話，我希望你能考慮一下歐斯峽灣。」

「歐斯峽灣？那裡防備太過牢固了。在那狹隘的海灣內，應該有不少沿岸砲台吧。」

「歐斯市是鐵路的主要連接點。只要占領這裡，協約聯合的主要鐵路路線應該就會盡數陷入機能不全的狀況。這樣我方就能悠哉地使用他們的鐵路維持後勤了。」

傑圖亞少將手指著的都市，意味著能一如字面意思將敵後勤路線一刀斬斷的交通要衝。雖然困難，但只要有辦法斬斷就行。當盧提魯德夫少將在腦海中思索到這裡時，他就難以抑制地露出猙獰的笑容。

「我知道了……你這主意還真殘酷呢。不過確實是很合理……就占領這裡吧。」

在手腳遭到折斷的狀態下，協約聯合的部隊將會在英雄般的抵抗下，一如字面意思的白白送命。手腳與腦袋分離的軍隊，就等同是曾是軍隊的群眾。如果跟北方司令部預期的一樣，能靠正面戰力在短期間內壓制敵軍……事態就會輕鬆到先考慮擴張戰果的安排會比較快的程度吧。

「若貴官能辦到，部隊就由我來出。倘若不行，我就把戰力集中在諾登的正攻法上。」

「不，不用。我就努力看看吧。」

盧提魯德夫保持著微笑，以毅然態度接下這份工作。誇口表示，我會攻陷給你看的。在大規模機動戰的作戰規模下一舉逆轉戰局，可是參謀軍官的夙願。盧提魯德夫以一副就算是有如泥水般的咖啡也會笑著一飲而盡的態度，向傑圖亞少將點頭。

「很好。有需要什麼，就儘管跟我開口吧。」

「啊，那就給我魔導部隊吧。」

所以對於想要的東西，他也會毫不客氣地要求。

「魔導部隊？嗯，這倒是無所謂。不過你要哪個部隊？」

「就要你的壓箱寶。是第二〇三對吧，我想運用上次在達基亞活躍的那個部隊。」

「是有點難運用的大隊喔，無所謂嗎？」

傑圖亞少將的壓箱寶。在達基亞展開一如字面意思的理想機動戰，而且還一舉攻到敵方兵工廠的勇猛果敢的實戰部隊。不僅如此，還是配備技術廠剛配發下來的新型裝備的加強魔導大隊。甚至還讓前來報告部隊訓練程度的雷魯根中校，以愕然表情斷言帝國之中無部隊能出其右。

「無所謂。而且大隊長我記得有過在諾登的戰鬥經驗吧。手邊能有個多少知道當地情況的老手在，也比較讓人放心。」

曾聽聞過她不好使喚。但倘若以能不能用來分類，她是屬於能用的魔導師。既然能用，那把她當作棋子盡情使喚是最適當的做法吧。

「很好。我立刻著手安排。」

「感謝。那麼，就讓我們簡單祈求一下勝利吧。」

他高舉瓷杯。

「要祈求的話，就祈求這裡的食物變好吃吧。」

他跟著舉杯作為答覆，卻讓雙方不禁苦笑起來。

「……這樣祈求戰爭結束還比較快吧。」

「的確。」

兩人儘管揚起苦笑，但姑且還是忠實遵守著在能吃的時候盡量吃的士兵原則。不過，兩人也毫不隱瞞想到外頭用餐的真心話。

[chapter]

II

第二章

諾登 I

Norden I

倘若年輕人們從容前往死地，
就該有一名大人站在前頭率領他們吧。

—— 安森．蘇《永遠的祖國》

統一曆一九二四年十一月四日　協約聯合軍國防部第二人事室

男人穿著協約聯合軍的第二種軍裝。他在陸軍人事局，從掛著有如面具般笑容的上司手中接過新的階級章。

「你晉升了。恭喜你，安森上校。」

「打敗戰還能晉升，我國已經到末期了吧。」

不是激動，也不是抱怨，只是無意間說出的一句話。

這本來絕對不是一介校官可以說出口的話語。但協約聯合軍所置身的困境，形成一種能容許安森上校口出惡言的獨特氛圍。

確實的敗北。作為某種明確未來的敗戰。當然，並不是毫無希望。

不過是在清楚情況，能預見未來發展的人們聚集的空間裡，會被嗤之以鼻程度的希望。

「好啦，這是你新的階級章。我期待你的表現，上校。」

正因為如此，清楚情況的人們早已身心交瘁。由衷感到憤怒的他們，心靈早就被這種激烈的情緒波動磨耗殆盡。

「祖國正面臨危機。我們殷切希望貴官能盡到義務。以上。」

「能獲祖國的信賴於一身，令我深感榮耀。」

「很好。」

只是喃喃唸著標準台詞的對話。以有如誦經般平坦的語調，互相念出雄壯的激昂字句，他們心中想必很瞧不起這種徒具形式的做法吧。說什麼該盡到的義務，對於在戰略上犯下了大錯的祖國，軍人能盡到的義務相當有限吧。

所以對於群眾們高呼要拯救深陷危機的祖國而四處奔走的某種狂熱性騷動，安森上校只能露出疲憊不堪的表情，過著鬱鬱寡歡的每一天。

他依照形式，在敬禮後退出房間的腳步，在目睹到滿足了激昂愛國心的志願兵們，陸陸續續組成隊伍行進離去的光景後，變得更加地沉重……當這群純真的年輕人們自願走上戰場時，究竟能做什麼呢？

「……太沒用了。生長在這個只能叫年輕人送死的國家是我的不幸吧。」

這對愛國者而言，是該哭泣的場面吧。應當守護的祖國犯下大錯，讓值得誇耀的祖國年輕人們前去赴死。等察覺到時，他早應該疲憊不堪的淚腺再度潰堤，讓視野朦朧起來。

「安森上校？」

安森上校一面應付他人的擔憂，一面在參雜著某種無奈的心中發下一道誓言。倘若要讓他們赴死，最起碼我要一如宣誓地盡到義務。這是基於領導者的無奈與義務感的自我奉獻。

如果年輕人們要為祖國殉死，就要與他們一同前往，至少要成為與他們一同倒下的大人。這是不容許只有他們赴死的悲壯覺悟。

然而就算懷抱著這份覺悟，混雜在目送年輕人們昂首闊步走在道路上離去的群眾裡，那些抱著年幼小孩露出不安神情的女性身影，依舊是讓他不忍目睹。每當他想到那些被遺留下來的人，他的理性就幾乎要大聲呼救。不論是誰，不論是誰都行，求求你結束這場惡夢吧。

他甚至思考起，倘若還有能依靠的希望，或是萬一共和國，要不然就是其他列強能夠趕上的話，說不定就能避免協約聯合滅亡的事態。但真的是這樣嗎？一想到這，依靠連自己都欺騙不了的希望的空虛感，讓安森上校露出嗤笑。

他自覺到自己真的被逼到極限了。

應當守護的祖國，就有如沙漏一般，一分一秒地消耗剩餘的性命。在這前方，等待著必然的毀滅。

面對滅亡，就連無力感也讓人煩躁的感受讓他只能茫然站著。對於要跟祖國與命運共存亡的覺悟他毫無一絲迷惘。但一想到滅國的事態會帶給民族喪失祖國的苦難，他的眼中就只能流下悲嘆的淚水。

突然間，他會注意到這點，幾乎是受到某種類似命運的東西影響吧。即使祖國滅亡，也不能讓它意味著祖國的人民滅亡。既然無法守護這個國家的話——

至少要讓亡國後的人們逃離這裡。國破山河在。原來如此，國家會滅亡，然而國家卻是由人民所建立的。滅亡的祖國，說不定還能重新建立。至少，只要保住國民這個種子，就能夢想他們在祖國大地上重新開花的景象。這想必會是艱苦的旅程吧，這想必會是苦難的日子吧。但這裡所擁有的不是滅亡，而是邁向復興的希望。

不拘限於土地，只要祖國還存在於這塊土地上的人們心中，就還不代表結束。

要盡可能讓祖國的人民逃離，這才是身為瀕臨滅亡的國家的軍人，足以奉獻生命的大義吧。不對，對誓言要守護祖國的軍人而言，這可是獨一無二的自我奉獻的光榮時刻。

「我找到了。沒錯，我找到了！」

安森上校邊發出難以想像是方才還佇立在絕望深淵之中的人，所能發出的充滿希望與意志的叫喊，邊向祖國發誓。祖國，我不會讓你滅亡的。

而且，這是為了他的家人所守護的祖國。他是名不常陪伴家人的父親。他邊對此反省並懷著後悔莫及的心情，邊發誓要替妻子與女兒留下未來。唯有在這種時候，他才會想起自己不太喜歡的軍方門路，儘管覺得不謹慎也依舊想對此感到高興。

同一時間，在成員煥然一新的協約聯合評議委員們的陰鬱表情上，儘管帶著某種難以隱瞞的覺悟與悔悟，也依舊在拚命摸索將不斷流逝的沙漏時間倒轉回來的對策。

與帝國的開戰出乎所有人的意料。在數個月前，今天在場的眾人都對開戰的通知感到錯愕不已。所謂「祖國為何會做出這種無謀之舉」。只要摒除意識形態或「該這麼做」的幻想正視現實，即可預見帝國將前來挑釁的狂妄挑戰者一如字面意思粉碎的畫面。

儘管共和國對帝國的奇襲攻擊短暫制止了破滅的齒輪，但狀況卻絲毫沒有改善。豈止如此，就連吹響參戰號角而被視為佳音的達基亞大公國，也在短短幾個月內，一如字面意思的從地面上消失了。

堪稱壓倒性的帝國軍事力，以及挑戰者的可悲末路。這對有識之士來說，是將協約聯合的下場一如字面意思展現出來的某種惡夢。

在這過程中，成員煥然一新的協約聯合評議委員們儘管苦惱，也姑且為了保住前線而竭盡一切人類智慧所能辦到的努力維持抗戰。

「各位，有個好消息。雖說是臨陣磨槍，但基本上我們開始與同盟國合作了。」

聚集著十人委員會的委員們的會議室中，就像是要鼓舞眾人似的，特意以開朗口氣唸出喜訊的阿邦索魯外務評議委員，內心因為這闊別許久的好消息而感到些許興奮。

在伴隨開戰陷入一片混亂的外交上，終於爭取到善意的回應。這是自共和國參戰以來，協約聯合一味地向同盟國謝罪並有如乞討般請求援助之下，終於獲得的答覆。在共和國基於包圍網因為協約聯合的失控導致瓦解的惡夢而介入戰爭後，各同盟國的態度就在戰線停滯與出現大量戰死者之後急速惡化。等到達基亞介入之後，就幾乎是對協約聯合毫不理睬，以冷淡的侮蔑態度表達他們的意思。

他們的想法不言自明。「今日會有這種局面，全是你們輕率的舉動所導致的」。共和國某位外交官趁著酒意說出的這句抱怨即是一切。

「這是好消息沒錯，但共和國的真心話，終究只是期待我們減輕萊茵戰線的負擔吧？」

正因為清楚共和國的內心想法，所以理當是聽到喜訊的十人委員會，才會散發著不甚期待的空虛感。頂多是共和國希望我國能分擔自國的負擔，要我國作為帝國的第二戰線繼續奮戰吧。

「卡卓魯評議委員，你的擔憂不無道理，不過共和國也害怕會重蹈達基亞的覆轍。」

「換句話說，是擔憂在我們戰敗後，帝國會將國力盡數投入對共和國戰上？我懂了，這還真是讓人悲哀的通知呢。」

聽到重蹈達基亞的覆轍這句話，卡卓魯陸軍評議委員不太高興地聳了聳肩。但因為他自己比誰都還要期待大公國在介入戰爭後能減輕協約聯合的負擔，所以他的這句反駁說起來一點力道也沒有。

「阿邦索魯評議委員，消息不只有這些吧。」

「失禮了。不只是共和國，聽說聯合王國也要提供我們一些援助。至少阻止我國滅亡，似乎是各列強的總體意見。」

在年長委員的催促下，欲言又止的阿邦索魯外務評議委員，提出善意的中立列強所採取的外交方針作為另一個議題。

是跟共和國同樣，不願意看到帝國擴張勢力的列強伸出的援手。擁有卓越的海軍戰力，並擔憂帝國在大陸上迅速擴張的聯合王國，終於決定邁出介入戰局的第一步的通知。儘管是基於維持勢力均衡政策這種徹頭徹尾是力量關係的理由，但正因為如此，所以從強權政治的觀點上來看相當可信。

「喔喔，也就是說，要再簽一次親切溫柔的倫迪尼姆條約，對吧。雖然打破條約的是我們就是了。」

這算是件好消息吧。儘管這麼想，但在場卻無人甘願接納他們的援助。尤其只要熟知各列強對打破倫迪尼姆條約的他們抱持著何種觀感，就能立刻理解這是雙帶著侮蔑伸來的援手。

「所以，我們現在能怎麼做？」

「共和國根據達基亞戰役所進行的分析結果，通知我們後方地區的防守太過薄弱，可能會有危險。」

有別於與帝國正面衝突還能在戰線上勢均力敵的共和國，協約聯合是活用天候與地形在維持戰線。但實際上，這不過是基於帝國軍認為協約聯合沒有威脅性，所以只是利用空檔應付他們的現實，才讓他們勉強維持住戰線。

「……國力充裕的國家還真教人羨慕。我們要上哪找多餘的兵力防守啊？」

內務評議委員開始呢喃抱怨起國力的差距。這就一如字面意思，是基於巨大的國力差距所導致的問題。

實際上，協約聯合光是與帝國的一個方面軍對抗，就幾乎耗盡了大半國力在維持最前線的部隊上。

「對於後方滲透，目前是靠魔導部隊阻止。至少，應該是在釀成大禍之前，成功摘除禍根了才是。」

他們姑且是有警戒針對後方地區的奇襲攻擊。不過就現況而言並沒有發生太過重大的事件，這對首腦陣營來說算是少數的安慰。頂多就是帝國軍騎兵旅犯險破壞鐵路未遂，或是由少數航空魔導師執行的空降作戰。而這些攻勢，全都被協約聯合軍的魔導部隊與快速反應師團成功擊退。因此他們甚至有自信，只要來犯的敵兵不多就有辦法制止。

「聯合王國的軍方表示，他們擔心帝國會從海上突襲。」

「海上進攻？可是……要我這麼說也很奇怪，但只要在帝國的人登陸的時候，擊退他們不就好了嗎？」

阿邦索魯外務評議委員自己對此也是半信半疑，儘管沒有確實證據，但聯合王國的武官們全都異口同聲發出警告，極度擔憂帝國軍會採取兩棲突襲作戰之類的戰術。所謂「我方清楚貴國的狀況，但海岸線的防備太過薄弱了」。

「在主力遭到牽制的情況下，就算是數量有限的侵略部隊也很容易造成致命傷。」

而且登陸的部隊只要一次沒有遭到阻礙，就能一如字面意思的從背後一刀瓦解協約聯合——既然收到這種警告，阿邦索魯外務評議委員也只能懷著深刻擔憂向同僚們發出警告。

「阿邦索魯評議委員，共和國海軍並沒有實力阻止帝國這麼做。而且我醜話說在前頭，我國的主力艦可也只有兩艘喔！」

儘管如此，他依舊獲得了最後的希望。

「這方面應該沒問題吧。雖然並未公開，但聯合王國已經開始監視帝國海軍的動向，如有必要，共和國艦隊就會立刻出擊的樣子。」

既然如此……

「各位，是時間。我們要爭取時間。」

「得要仰賴各列強的介入。這樣或許很沒面子，但我們已經別無選擇了。既然如此，就盡全力去做現在所能做到的事吧。」

統一曆一九二四年十一月五日　帝都第十四基地禮堂

「恭請大隊長入室。」

部隊員已集結完畢的禮堂裡，率領第二中隊的拜斯中尉起身高喊，並向大隊長敬禮。譚雅向跟著敬禮的部隊員們答禮，並用手要他們坐下休息，然後走進禮堂緩緩站上中央的講台，看了士兵們一眼後滿意地點了點頭。

「辛苦了。我想各位應該都有聽到風聲，我等第二〇三游擊航空魔導大隊已收到轉調命令。要前往諾登。」

讓譚雅不情願到極點的任命書。在感受不到這種不滿情緒，軍官特有的看不出感情的語調背後，她已將高層過度操勞他們的陳情文件，透過雷魯根中校向上呈報了一打之多。休養與合作訓練要四個月，外加上提高訓練程度的基礎訓練要兩個月。合計起來，最少也該有半年的寬裕期，所以當高層認為在經由達基亞那場有如實戰演習的實戰後，部隊的訓練就一如字面意思完成時，讓她受到不小的衝擊。

從講台上迅速用視線掃過一遍部隊，他們看起來確實像是一群經過千錘百鍊而充滿自信的將兵吧。整套野戰裝備擦得一塵不染，外加上全員的腳步整齊劃一到就像是用尺量過一樣。原來如此，這樣看起來確實是很像徹底訓練過的精銳。

只不過，第二〇三航空魔導大隊的並不像參謀本部所想的那麼堅如磐石。身為指揮官，譚雅至今仍對部隊過多的弱點感到頭疼。首先是在方才提到的達基亞戰役中，拜斯中尉基於陳舊觀念所犯下的錯誤。儘管並非全員，但也有大半部隊員沾染到這種壞習慣。當然在經過實戰洗禮後，他們的意識改革幾乎是達到有如哥白尼革命般的戲劇性變化。雖然這就像保羅的悔改一樣突然，但依舊是讓人想對他們逐漸走上正道一事獻上祝福。只不過，還不是十全十美。

「想當然，參謀本部期待我們也能在諾登展現出我們在達基亞所展示的技術與才幹，所以必須做好覺悟。」

譚雅表面上對部下們露出期許的微笑，不過也自覺到自己笑得有點僵硬。但這也情有可原。畢竟這是一批未在實戰中經歷苦戰的部隊。只嘗過勝利滋味的年輕鬥犬，在敗北後一口氣淪為敗犬的情況，在歷史上是反覆發生到不勝枚舉的程度。包括自己在內，愈是純粹培養的菁英，就愈不容易對抗逆境。

「各位自豪吧，你們終於獲得機會穿越火與鐵的試煉。」

沒有軍隊能一直戰勝下去。就連那個美國也是，儘管發下豪語要將對手打回石器時代，但游擊戰的惡夢與精神創傷卻成為他們長年的痛。越南的精神創傷雖然在波斯灣中擺脫，但因此得意起來的代價則是伊拉克。帝國雖是列強中數一數二的軍事大國，卻也沒有確立起記憶中的超級強國——美國那樣的軍事優勢。所以無論如何都要培養出善於對抗逆境的部下。

這個問題要是弄得不好，不僅會被烙上無能的烙印，甚至還攸關性命。畢竟只打過勝仗的蠢貨，脆弱到只要輸過一次就再也無法振作。喪失戰鬥意志的軍隊，就只是單純的群眾。而且就算是靠魔導技術，似乎也沒辦法打造擁有堅強戰意的士兵靈魂。雖然在內心某處，總覺得那群瘋子造得出來就是了。

話雖如此，現在就只能靠手邊的牌盡力而為了。考慮到工資明細獲得改善，並獲得部分加薪的情況，至少得完成薪水分內的工作。

「各位，達基亞終究只是實彈演習。如今總算是各位所渴望的真正戰爭了。」

不過要說到好消息，就是除了自己之外，這群招募來的部下看來全是帶著些許戰鬥狂氣息的傢伙吧。當然，就通常來講這不是會讓我起好感的消息，不過唯有在前往戰場的這個瞬間，美好到讓人感激不盡。

「為了皇帝陛下與祖國貢獻一切吧。勿忘軍人的義務。」

「「「「遵命！」」」」

優秀的答覆讓我暫時感到滿意。

就人事管理上來講，有必要提醒他們，所獲得的事物需要付出相對的義務。不過就這次的反應來看，似乎是沒問題的樣子。但不可大意。

所有人都要為了似乎很摯愛的帝國，同時還有我犧牲奉獻；要為了崇高並似乎值得尊敬的皇帝陛下與祖國盡到一切義務……所幸部下都是些頑強的傢伙，至少能充當盾牌。

有點戰爭狂的傾向令人遺憾，但基本上是一群讓人想跟他們一塊工作的優秀魔導師。

「很好。那接下來就發布參謀本部的通知。拜斯中尉。」

好啦，瑣碎的事務聯絡就交給副指揮官去做吧。畢竟帝國軍就是為了這種情況，才跟其他國家的軍隊一樣特意設置副官與副隊長的職位。

「是的。就跟大隊長方才所通知的一樣，我等大隊將擔任游擊大隊。」

根據參謀本部的通知，第二〇三航空魔導大隊在編制上將會是游擊大隊。也就是說，運用方式會與根據規定分配到各方面軍時截然不同。不管怎麼說，他們會是第一批作為游擊大隊編成的部隊。

想當然，可認為當中含有許多實驗性要素，並受高層期待能藉此獲得各種教訓吧。參謀本部無須與各方面軍協調就能自由運用的部隊，就性質上來講，只要能回應本國參謀本部的期待，就不會受到太過干預。換言之，就是作為他們方便使喚的部隊獨立運作，只要能即時處理受託的任務就毫無問題。沒錯，儘管沒有明言，但這等同是擁有實際上的獨立行動權吧。

「換句話說，就是大隊得經常在內線上盡全力東奔西走。」

也就是權限與責任的等價交換。恐怕只要戰線上一發生任何狀況，就會即時投入戰場，期待能解決問題吧。於是，譚雅就用一句話，簡單明瞭地形容他們所置身的環境。

「也就是說，參謀本部會把我們當成拉車的馬匹盡情使喚。高興吧。似乎有替我們準備紅蘿蔔喔。」

雖不知道紅蘿蔔會是什麼，但可預期至少會在補給與升遷機會上給予最大限度的關照。即使很煩惱這些究竟能不能充分滿足自己的希望也一樣。

「「哇哈哈哈哈哈哈！」」

部隊大笑起來。也是，確實是只能笑了吧。哪有人會因為一兩項特別津貼就自願上戰場啊。就算軍官與將軍的薪資還算可以，但士兵的特別津貼可是相當有限。考慮到生命危險，實在是低廉到不行的價格。當然，要是確立起自由市場制度，這說不定還在個人決定的範疇之內。

一想到這，就覺得徵兵制度實在是種很不講理的制度。就像謝列布里亞科夫少尉只基於具有資質的理由就被徵兵一樣，看來帝國已沒有多餘的國力賦予人民最大化的個人權利了……所以自己才會在別無選擇的情況下志願從軍。

因此要是可以，真希望現在就立刻改成志願兵役制，或是希望現在就讓我退役。不用說，獎金與軍官年金是最低限度的條件。

在微微搖起腦袋瓜甩開雜念後，就朝轉頭打量自己臉色的拜斯中尉抬手，要他繼續說下去，別在意自己。

「大隊注意！」

部隊在他的號令下瞬間安靜下來的表現讓我略感滿意。至少有訓練到能遵守指示的程度。不過既然是軍人，這該說是理所當然吧。

「大隊長雖是這麼說，但馬這種生物可沒好命到能白吃飼料啊。」

拜斯中尉以略帶說教的語氣暗示部隊要拿出成果的模樣，譚雅邊滿意地看著，邊在心中的評分表上對部下加分，想說自己這個副隊長暫時是沒問題了。

不論是誰，都不想要無意義的開銷。如果是賽馬，就要贏得勝利；如果是農耕馬，就要下田耕種；如果是種馬，就要留下基因；而拉車的馬，則是為了奔跑才被餵食飼料。如果是能理解並說明這點的副指揮官，譚雅也會想讓他擔任部下給予提拔吧。

「當然，也必須要證明我們能辦到某種程度的工作。」

自己也不是特別想當馬。就連想給人飼養的念頭也是從未有過，這事關身為一個人的尊嚴。只不過，既然紅蘿蔔都塞進嘴巴裡了，要是不吃也太可惜了。但光是這樣就說自己是被飼養的馬而要求我工作，可就深感遺憾了。

沒有自由意志還真是件過分的事。

「我等是包含東部方面軍與南方軍在內的混編部隊，預定要作為中央派遣部隊，歸屬在北方司令部的管理下。」

所謂的政治面子實在是愚蠢至極。無法考慮合理性的政治判斷算是政治的極限吧。不過，貴族或皇帝獨裁的制度也有漏洞。民主政治會遭到眾愚支配，說不定是因為制度上的潛在性缺陷。人類還真是種政治性的動物。

就這點來講，沒有面子概念的動物們說不定更具合理性。不過，這說不定是尚未確認動物有無面子概念所導致的誤解。

「有關這部分，參謀本部期待我等能在北方試驗性地進行新戰術的實戰驗證。」

邊分神聽著拜斯中尉講解，譚雅邊反覆思索起部隊的本質。是測試。總而言之，我等是直屬參謀本部，前線的方面軍無法直接運用的部隊。這換句話說，也就是參謀本部可無須顧忌當地軍隊，直接指派任務的部隊。拜這所賜，讓他們只能基於職責甘願接受參謀本部下達的命令，不得不去進行實地證明吧。

這種感覺就像是馬戲團的猴子，被命令要在其他的猴子面前表演才藝一樣。這甚至可說是種虐待。

唯一的差別，就是動物們有無數的動保團體在努力阻止牠們受虐。另一方面，帝國軍人就算高呼虐待，也沒有保護團體會出面保護。雖說是政治動物，但人類也算是動物的一種，真希望那群斷言「動物不是你的食物」的心地善良的人們，能多少關心我們一下。

但不用說，這至少比被溫情主義的傢伙們可憐要來得好多了。

「……基於這點，我等必須證明自己能做到郊遊程度的團體活動。」

所以他們才會落得受命前往北方方面，要在實戰中測試參謀本部作戰局想要測試的戰術，並展現成效的下場。讓人不情願至極的命令。就像是基於公司內政治力學，被派去做無意義的出差一樣。

要浪費資源與時間也該有個限度吧。在大多數情況下，所謂嶄新的新戰術就只有新奇可言，絲毫無法信賴。就算罕見地有能派上用場的要素，在真的能派上用場之前，究竟要被迫進行多少次的錯誤嘗試呢？儘管沒說出口，但怎麼想都是有某人注意到自己曾短暫待過技術研究所與教導隊的經歷，才會指派這種任務下來。

但不管怎麼說，就算擺出一副焦躁模樣也無濟於事。我朝用眼神請示的拜斯中尉，從容點了點頭。

「即本日一八〇〇起，以夜間長距離機動前往集結地點。各中隊長解散後，留下來討論飛行計畫。」

我邊看著留下來參與討論的眾人，邊決定要先跟他們說些什麼。也就是所謂的訓示。軍人這種生物，總而言之大都喜歡這種形式上的交流。

比起浪費時間的念頭，更加重視精神上的陶醉，是我不太能接受的習慣。當然，既然身為一名組織人，就沒有理由不這麼做。

於是，譚雅就先努力進行訓示。

「在各位中隊長愉快聊天的這段期間，我有幾件簡短事項要通知。」

如果是中隊長層級，就算早點讓他們察覺到也無所謂的事實。儘管只有暗中懷疑的程度，但只要知道這件事，部隊的心態也會不同吧。反正也不是什麼被列為機密的事情。

「雖說大陸軍脫離了戰場，但北方戰線本來早應該收拾掉才是。」

就軍事水準來看，協約聯合並不及列強的程度。然而就算只有部分，但能在質量上與帝國抗衡的情況，暗示著他們有受到外援。當然，就跟國際上盛傳該國的同盟國——共和國有伸出援手的消息一樣，這些援助毫無疑問有大半是來自共和國吧。

問題就在於，共和國之外宣布中立的各國介入戰爭。各中立國儘管否定國家規模的干預，但對於義勇軍的存在卻三緘其口。諸如聯邦與聯合王國，如今確實有複數國家在干預戰局吧。

說到底，作為總體戰基礎的國力大幅落後帝國的協約聯合，不可能就唯有魔導師能奮戰到這種地步。大陸軍的衝擊與方面軍的壓力。他們有能力排除抵抗這些攻勢，即強力述說著外援的規模有多麼龐大。正因如此，部隊才會在達基亞局勢逐漸平復的狀況下，落得要去郊遊的下場。

解說

【動物不是你的食物】 非營利組織的標語。

【一八〇〇】 晚間六點的軍式寫法。

「會說本來，即是指這當中有鬼。換句話說，就是存在著多餘的第三者。」

「大隊長！」

準備離開房間的拜斯中尉忍不住變了臉色。對於譚雅想說的事情，他想必也有某種程度的預料吧。但令人討厭的是，就任何人都有該說與不該說的事情這點上，副隊長也是對的。但考慮到眼前的狀況，還是事先讓部下們知情會比較好。

「拜斯中尉，這是我的推測。只是我個人的意見。」

所以就現在而言，還是先不提身為中立國的聯邦吧。引起不必要的風波並非她的本意。這可是會影響升遷，更重要的是會招致口風不緊這種致命性的誤解。不過另一方面，譚雅也擔憂在達基亞的大勝會讓部下鬆懈，覺得有必要讓他們提高警戒。

「好啦，各位。雖不知道是共和國、聯合王國，還是某處的誰，但有人在多管閒事。」

實在是教人氣憤的介入。對國家理性的原則忠實到令人生厭的行動，換言之即是相當合理的對應。就其他列強國家的立場來看，這算是一般維護國家利益的範疇。政府首腦會認真維護國家安全的聯合王國與共和國的人民想必過得很安心吧。

正因為如此，相對於作為正常的政治動物而採取行動的聯合王國與共和國，基於一時衝動而掀起戰爭的協約聯合更加可惡。協約聯合究竟是覺得哪裡有趣，才特意跑來找帝國打架啊。

他們上頭想必是有著戰爭中毒，喜歡鬥爭到無法自拔的首腦陣營吧。不過說不定正是因為如此，共和國才會提供援助，讓他們作為鬥犬攻擊帝國。

要真是這樣，還真難得列強各國會注意到這種邊境國家。明明就常理來講，國家的掌權者們大都不太會去認識缺乏資源與利益的地區。

「換句話說，就是我們得在世界的窺視之下享受遠足的樂趣。」

被投入到受各國注目的戰場上所具備的意義重大。參謀本部想必非常渴望能迅速取得勝利以展現國威吧。而且也必須得要留意，應該是殷切希望能以極力展現出帝國優勢的形式結束戰爭的最高統率會議的意向。

無論如何，只要考慮到檯面下的事情，他們就不容許有一絲的失敗。否則，恐怕還得要有受到懲罰性報復的覺悟。為了避免滅亡，恐怕絕對要表現得像是名模範的帝國軍魔導軍官吧。

因此，儘管這真的並非我的本意，也依舊要興高采烈地前往戰場。如不這麼做，很可能會被認為是缺乏戰意。而實際上也真的沒有，所以有必要做好萬全的準備以防遭人質疑。

「如何？不覺得很棒嗎？」

你們也有察覺到吧？看到我蘊含這種意圖的視線，部隊員似乎也察覺到了。

「真是太棒了。沒想到參謀本部會突然替我們準備好公開表演的舞台。」

「哎呀，真有種滑雪的感覺。還真是相當貼心的任命書呢。」

「還以為參謀本部只會丟不可能的任務下來。這真的是參謀本部指派的任務嗎？」

所幸，全員都假裝上鉤了。哎呀，真是比想像中還要懂禮節的部下。能充分理解這邊的要求，適當維護上司的顏面。看這情況，或許沒必要擔多餘的心了。

「很好。各位，事情就是這樣。機會難得，就讓我們去北方遠足吧。」

自己有好好裝出迫不及待參與戰鬥的表情吧。揚起微笑，遮掩險些脫口而出的髒話。

「那就解散吧。」

》》》統一曆一九二四年十一月六日　北方軍區庫拉古加納物資預置地點防衛前衛部《《《

如要帝國軍 Viper 大隊形容那一天的情況，一言以蔽之就是「糟透了」。緊急起飛的他們，狀況完全只能用「糟透了」來形容。

帝國軍引以為傲的大陸軍主力緊急改變配置，導致隨後的混亂情況。當帝國軍北方方面軍司令部在百般痛苦之下成功恢復秩序時，協約聯合軍也死灰復燃，重新建立起戰線。就結論而言，北方方面軍在原本展開部隊要追擊掃蕩潰敗敵軍的狀況下，耗費太多時間重編部隊，導致後勤路線過於延伸。

這種結果，造成帝國設置在各地的方面軍物資預置地點，接連遭到協約聯合軍襲擊的事態。

而當北方方面軍忙著擊退協約聯合的獵人們組成的突擊部隊，不得不分散手邊的戰力時，就會遇到航空魔導師的襲擊。

北方方面軍已敗給這種手段兩次。雖然勉強還能維持住前線的各項補給，但已不容許再有下次了。所以無論如何都要阻止這場襲擊。這就是 Viper 大隊接獲的補給線護衛任務的概要。

上頭說得簡單，但對領受命令的人來說，這簡直是不可能的任務。畢竟，襲擊方的協約聯合魔導師們儘管在總兵力這個絕對值上的數量較少，卻可以任意選擇襲擊的場所與時間；相對的，Viper 大隊等防禦方則必須將兵力分散到複數的據點與所有的後勤路線上。

令人頭疼的是，敵人的質量也有顯著提升。參與突擊部隊的協約聯合殘存魔導師，大多是自開戰存活至今的傢伙。這些棘手的傢伙，在獲得官方紀錄上標示出處不明的共和國、聯合王國、合州國、聯邦等列強製造的新型寶珠後，裝備與技術皆大幅改善。協約聯合的魔導突擊部隊，如今已成為就連帝國魔導師也無法小覷的威脅。

外加上面對在北方戰線首次遇到的部隊，也讓人無法輕易保持平常心的情況，更是讓兵量配置的困難性以乘數的方式增加。協約聯合有時還會投入新部隊。部隊員如果大半是速成的魔導師新兵就能當場宰掉，但要是混雜著偶爾會看到的國籍不明的「義勇魔導師」時，就相當棘手。

「該死的。是上次那個協約聯合的魔導師嗎！」

因此，本來在絕對值上占有壓倒性優勢的帝國軍魔導師部隊，卻會在防戰時苦於局部性的數量劣勢。

Viper 大隊的本領在帝國軍當中算是標準水準。是在該戰區擁有較長戰鬥經歷的老手，並作為帝國軍的慣例經常接受訓練。所以想當然地，就具有某種程度實戰經驗的部隊而言，就算要說他們是一線級的部隊也無妨。

正因為如此，要在數量劣勢的情況下迎戰實力令他們恐懼的敵方部隊，所代表的意思就只能用糟透了來形容。

「比預估的要快太多了！該死的情報部，什麼叫沒什麼大不了的！」

根據事前收到的協約聯合魔導師戰技與裝備的平均預估，Viper 大隊早有覺悟，敵軍會強化質量，讓統一射擊等戰術面上的威脅性比以往增強許多。但根據收到的預估，敵戰力儘管有所改善，不過在個別的質量上應該還保有大幅優勢。

所以就算加上面臨數量劣勢的可能性，Viper 大隊也依舊對防禦任務有著一定的自信。認為如果是能靠個人戰技壓制對手，經由空域管制維持指揮的天空，就算在數量上多少居於劣勢，他們也不可能會輸。

因此他們徹底痛恨起情報部及報告不確實的前任者們。要說這是戰爭迷霧的影響，確實是讓人無話可說，但痛苦的總是第一線的部隊。要是前提條件完全不同，也不能怪人想抱怨幾句。

「呃，隊長？」

為了保護在機動上輕忽大意而遭到敵射線捕捉的部下，大隊長綻開鮮紅色的花朵。

所幸，他就只是機動暫時失常，在空中留下隨機迴避機動的軌跡。看來是沒有陷入黑視狀態吧。也就是沒有急迫性的生命危險，但就以看得到的範圍判斷，很明顯是相當嚴重的傷勢。

一邊維持合作行動，一邊進行掩護的搭檔們腦海中閃過的想法，就是能射穿帝國軍魔導師防禦殼的魔力輸出，絕對不是協約聯合的裝備會有的規格。儘管任誰都懷著這種不安疑慮，也依舊不停地以術式應戰。就算在協約魔導師進行纏鬥後陷入出乎意料的混戰，Viper 大隊的魔導師們仍舊徹底盡到軍人的義務。

「……太大意了。抱歉，02，之後就拜託你了。」

「是的，隊長！07、13你們也撐不下去了。跟著大隊長後退吧。」

總而言之，02就在接管指揮權後迅速切換思考模式。隊長難以再戰。撤退也需要有人護衛。這樣的話，就只能讓受傷與疲勞程度較重的部下跟著撤退。儘管是始料未及的苦戰，但敵人也跟我方一樣損耗慘重。我們就只要守住防線就好——他邊在心中激勵自己，邊對大隊兵力減半的現況感到苦惱。已經有相當於一個中隊的魔導師撤退，還有將近一個中隊半數的人員遭到擊墜，橫屍在下方。我方的戰力減半，然後對手明明也很艱苦，但意圖襲擊物資預置地點的戰鬥意志卻似乎有著非比尋常的水準。

「CP有收到嗎？這裡是01。Viper 大隊的指揮權已經轉移。」

「CP收到。Viper02有收到嗎？」

就連CP的聲音也散發著緊張感。前方展開的值班中隊已喪失組織戰鬥能力。能有效進行反魔導師戰鬥的對空陣地也幾乎遭到闖越。目前能守護後方的，就只有架設在物資預置地點附近，負責直接掩護防禦的臨時對空陣地。稍微迎擊的話還另當別論，但怎樣也不可能抵禦大規模的敵魔導師襲擊。

「沒問題。這裡是Viper02。基於大隊長負傷接管指揮權。」

這究竟該如何是好呢？他儘管想冷靜思考對策，不過這世上真要有神，那祂肯定是個狡詐的傢伙。

「CP收到……有個壞消息。急報，東北地區的地面觀測班目視到兩個中隊規模。經判斷正在確實接近貴部隊的認知範圍。」

「增援？那些傢伙怎麼還會有這種餘力？」

他忍不住拉開無線電大叫。邊在浴血混戰中將戰友切成碎塊，邊遭到他們擊墜的那群可恨的敵魔導師，居然來了不只一個中隊。而且光是目前，協約聯合就已經展開了兩個大隊規模的魔導師。針對一個物資預置地點，協約聯合前後單純加起來，竟投入了一個連隊規模的魔導師？

這已是我方情報部無能之前的問題，協約聯合的兵力明顯比預估超出許多。

「Viper02呼叫CP，有事建議。」

已經難以繼續在這裡迎擊。只能將該守護的物資預置據點作為盾牌，在容許一定程度的損害下進行防戰。假如不願讓損害擴大，部隊很可能會在此全滅，讓物資預置地點一如字面意思的遭到蹂躪。基於這項判斷，02呼叫ＣＰ。

「緊急事項。希望能最優先處理。大隊損耗甚大。判斷難以再繼續迎擊。請允許即刻後退。希望能退至物資預置地點。」

只要退至後方的魔導師與物資預置地點附近的防禦陣地攜手合作，就算是損耗嚴重的 Viper 大隊，也能勉強進行最大限度的迎擊戰。就算會提高物資預置地點受損的可能性，也已經別無其他迎擊對策了。

光靠殘存的魔導師，只會淪為各個擊破的對象。既然如此，至少與尚有餘力的大隊殘存部隊會合，在陣地支援下迎擊還比較有利。這麼做或許會被削掉一點肉，但比被折斷骨頭要能維持有效的抵抗吧。

「ＣＰ收到建議。將與上級司令部進行檢討。請稍等五分鐘。」

解說

【ＣＰ】 Command Post：指揮所。司令部下一層的指揮系統。

五分鐘這個數字，就通常來講是相當出色的效率，也是官僚性質的ＣＰ有理解事態的證據。所以這算是令人高興的迅速對應吧，但對置身前線的人來說，實在是不得不覺得「竟然要五分鐘嗎？」。

三百秒。在這段期間內，究竟要閃避多少次敵方的攻擊，要應戰多少次呢？

「拜託盡快。前衛已經遍體鱗傷了！」

在混戰之中與敵方接觸時間最長的前衛們早已疲憊不堪，別說是進行組織性抵抗，就連各自的自衛戰鬥也瀕臨極限。就算以遲滯防禦優先，恐怕也支撐不了太久吧。對如今的他們而言，光是維持飛行都是種相當的負擔。迴避術式這句話說來簡單，但恐怕只有親自嘗試過的人才能理解這究竟有多辛苦吧。不管怎麼說，就只能堅守到發布後退許可為止了。

……他的這項判斷儘管合理，卻不被准許。

「中尉，兩點鐘方向有多數機影。是轟炸機。」

擔任警戒的部下傳來語帶悲鳴的報告。還真是在最糟的時候遇到最糟的傢伙。悠哉飛行在高空之上的存在，還帶著人類所無法攜帶的大量炸彈的機械巨鳥，是在北方戰線幾乎未曾確認到的轟炸機。

「呃，高度呢！」

「有九五〇〇英尺。」

帶著一絲希望的詢問，得到的是無情的答覆。理解到答覆的意義，背脊竄起一陣惡寒。

高度九五〇〇英尺。這是對魔導師而言太高，對轟炸機而言可說是低空的世界。假如是這種高度，還能在某種程度的瞄準下對目標地點投彈。

不用說，防禦裝甲也很厚實。而且轟炸機部隊就算被魔導師追擊，也只要悠哉飛往更高的高空就能輕易擺脫魔導師。迎擊受到厚實的高度差與裝甲守護的轟炸機，對魔導師來說本來就是件負擔過重的任務。正因為如此，負責迎擊的航空部隊才總是在爭奪制空權。

但要是現在能迎擊的只有魔導大隊，可就束手無策了。邊與兩個大隊交戰邊去迎擊轟炸機，這是不可能做到的命令。

「Viper02 呼叫ＣＰ！緊急事件。」

「這裡是ＣＰ。Viper 大隊，究竟……」

「確認到了複數轟炸機！目測高度約為九五〇〇英尺。迎擊困難。請立刻出動集結中的友軍部隊。」

究竟有什麼事?不等ＣＰ悠哉地把這句話問完，他就連忙插嘴滔滔不絕地說道。

轟炸機的機動性儘管鈍重，但速度可相當快。戰鬥機如果是二五〇 mph 左右，轟炸機就是二〇〇 mph 到二二〇 mph 的程度。魔導師的速度大致為二三〇 mph 左右。儘管也能勉強提升到二五〇 mph 對抗，但這樣一來就幾乎只能直線飛行。

敵人的真正目的是藉由轟炸機施行轟炸與魔導師襲擊的雙管齊下。而最可恨的是，這樣能對抗的手段確實有限。敵人非常地狡猾，並且聰明。

「轟炸機？請告知規模及方位。」

「位在我們的兩點鐘方向。機影約有二十左右。」

雖說只有二十架，但在這種局面下遭到轟炸的損害絕對不小。物資預置地點儲備的過冬燃料要是遭到轟炸，災情會相當慘重，前線部隊也恐怕得過一個寒冷的冬天吧。

當然，對手也肯定是料到這點，才不僅派魔導師，就連轟炸機也端上檯面。所謂沒有最糟只有更糟，指的正是這種情況吧。

「CP收到。能迎擊嗎？」

鬼才辦得到！他忍住破口大罵的情緒。

「高度相差太多，此外敵魔導師部隊也還尚未排除。難以進行長距離狙擊。」

簡單來說，就是當然辦不到。就算是在一般條件下，都很難在高度相差三五〇〇英尺時排除敵轟炸機。就連在部隊完整的狀況下進行統一射擊，也只有「或許有辦法」程度的可能性。倘若是要一面與敵魔導師混戰一面迎擊，則是達到完全不可能的領域。

「……無論如何都要避免庫拉古加納物資預置地點遭到轟炸。」

「縱使我等全員戰死，也沒辦法迎擊。」

儘管CP發出祈求般的確認，但不可能的事情就是不可能。是人都有辦得到與辦不到的事，而我們會以最大限度去做自己辦得到的事。帶著自傲回覆這句話的 Viper 大隊，語調不得不帶著參雜些許無奈的諷刺意味。眼前的狀況，不論怎麼做都只會全軍覆沒。

好啦，是要我們懷著全滅的覺悟抵抗吧？心中甚至浮現這種完全是諷刺的關心，看來自己也相當想得開呢。現在或許是該做好覺悟了。

正當他這麼想時……

「收到……什麼？真的嗎？」

耳語聲與怒吼，以及司令部內的嘈雜聲響。指揮所內發生了某些事情。

「CP？怎麼了嗎，CP？」

「CP呼叫 Viper 大隊。即刻退後。」

CP以不容反駁的語氣說出盼望已久的後退命令。但是在這種狀況下，居然如此輕易地發出這種命令，到底是發生什麼事？

「後退許可？是很感謝，但是沒問題嗎？」

「高興吧，是援軍。大隊規模目前正從B－3地區趕來。你們在會合後，就直接納入援軍的指揮下。」

援軍？事到如今，究竟是從哪裡冒出這種東西？假如有預備部隊的話，哪裡還會苦戰到這種地步。

「我還是第一次聽說有援軍。要是有這種多餘兵力，打從一開始就派出來不就好了。」

「是中央軍派來的緊急派遣部隊。呼號為 Pixie。」

怨言被充耳不聞，然後接收到情報。說是中央軍增派的部隊，就表示他們才剛抵達就被捲入戰鬥。毫無疑問，大概是比預定還要早到任的部隊，被對此感到慶幸的司令部丟進戰場裡吧。

「而且，高興吧。增援部隊的指揮官可是 Named 喔。」

這讓他忘掉方才的怨言，有種忍不住想要吹起口哨的衝動。

太棒了。實在是太棒了。大隊規模的援軍外加上 Named。這簡直就像是收穫祭與聖誕節一起到來的美好贈禮。倘若可以的話，他真想開香檳舉杯歡迎這名貴客。

「Viper02 收到。還真是豪華的援軍啊。」

有如此豐盛的援軍趕來，也難怪上頭會肯下達後退許可。儘管想高呼萬歲，但也覺得可惜，要是他們能早點趕來就好了。

浮現出這種念頭的他發現到，人類在從絕望的狀況下獲救後，還真是會變得相當貪心而露出苦笑。雖然他也明白這種抱怨很沒道理，但他那厚顏無恥的神經依舊厚著臉皮想：要是那些傢伙早點趕到，他們哪還需要這麼辛苦啊——這種不滿的念頭。

要是再有戰鬥機增援就完美了吧。雖說數量不多，迎擊戰鬥機應該也再過不久就能出擊了。

一想到這，嘴角也自然上揚。不管怎麼說，在知道敵人將會遭到擊潰後，心情就輕鬆不少。

「戰鬥機隊何時出擊？」

「……判斷不需要。」

然而，詢問所獲得的答覆卻讓他忍不住感到錯愕。

不需要戰鬥機？

「啊？」

真想問他究竟是在說什麼。

「別在意。總之趕快與援軍會合。」

「……收到。」

同時間　北方方面司令部

正當瞪著戰局圖抱頭苦惱的北方方面軍司令部的參謀們聽到不太想聽到的消息時——

特地從參謀本部來到現場的參謀本部副作戰參謀長交給他們一張通知。是中央介入的通知，不過用字相當簡潔。

所謂「已派遣援軍，無需插手」。

「該死的參謀本部，就連前線也想干預嗎？」

真是瞧不起人的說法——北方軍的高階軍官們會如此抱怨也是情有可原。畢竟當他們好不容易才收編完參謀本部緊急投入的大陸軍時，下一瞬間卻要當中的大半兵力前往西方戰線，讓北方軍被這種大規模的配置改變搞得亂七八糟，而且這還是在他們想說上頭終於肯提供支援之後所發生的事。都讓北方陷入嚴重混亂，承受到這麼多不必要的辛苦了，不論是誰，會想批評幾句也是人之常情。

根據觀測所傳來的報告，確實是有大隊規模的航空魔導師在急速接近。

原來如此，這確實是出色的增援。從他們在請求後就立即派遣的情況來看，快速反應的概念似乎不假。但是在提供增援的同時卻說無需插手，這應該算是對前線的過當干涉吧。

「不對，或許是送了相當的精銳過來？」

不過只要改變觀點，這對中央軍而言也是個補償的機會。

就中央的立場來看，想必對在完全決勝負之前就把大陸軍拉走一事感到虧欠吧。怎麼想也不覺得那群高傲的傢伙們會乖乖低頭認錯。所以他們應該是覺得，就算不能計較這邊的失態，應該也能夠兩相抵銷。

「……打算賣人情嗎？」

「不過，無需插手？還真有膽量。」

就算是這樣，還真敢說無需插手。就算打算賣人情給他們，但說到底北方的物資預置地點可是瀕臨危機。這要是弄得不好，北方方面軍原本就吃緊的後勤將可能崩潰，相信本國也有認真考量到這種風險吧。

「北方的補給線明明正面臨危機，真是了不起的自信。讓人感到羨慕呢。」

中央傳來的堪稱傲慢的通知。會忍不出開口譏諷，就現場的立場來看是理所當然的反應。然而，他們接著卻收到更加令他們啞口無言的通知。

「第二〇三游擊航空魔導大隊傳來電報。是 Pixie 大隊。那個……」

接近中的增援部隊傳來電報。按照慣例，就只限於通知呼號等事務聯絡。儘管如此，通訊兵卻猶豫起該不該繼續說下去。

「好了，快唸吧。」

感到疑惑的參謀開口催促，通訊兵這才把內容說下去。

「無需援軍。讓 Viper 大隊立即後退。上頭是這樣說的。」

無需援軍？也就是要讓目前為止展開迎擊戰鬥的 Viper 大隊退下？這與其說是了不起的自信，甚至該說是自信過頭了。

兩個魔導大隊並包含了轟炸機的敵增援，怎麼想都不是以強行軍出擊的魔導大隊所能負荷的對手。

要把敵軍交給連這種事都無法理解的大隊長旗下的部隊？這只能說不可能。

「……迎擊戰鬥機何時能起飛？」

「正在停機庫待命。一有命令，隨時都能出動。」

數名參謀隨即開始擬定獨自的迎擊策略。就算沒有太多時間提升高度，但只要戰鬥機從地面起飛，就能對轟炸機進行某種程度的牽制吧。

本來在魔導師處於劣勢的情況下，還必須要準備對付魔導部隊的對策，儘管感謝援軍……但是在阻止轟炸機侵入這件事上，是不是該做好自己能辦到的事呢？他們懷著這種疑問。

「要出動嗎？再怎麼說也不太妙吧。」

「不，這是命令。要是真的出動的話……」

儘管他將「會變成獨斷獨行」這句話吞了回去，但這句話可說是具體呈現了北方方面軍感到苦惱的參謀們的擔憂吧。

參謀的權限不包含未經命令就採取行動。他們的工作是擬定作戰計畫，沒有立場做決定。這就是參謀職的為難之處。而讓他們擺脫這種煩惱的人，很諷刺地也是導致他們頭疼的 Pixie。

「管制機已確認到 Pixie。機影四十八，速度二五〇 mph，高度……」

在上空警戒的管制機，偵測到報告中的 Pixie 大隊正在接近。所報告的速度，是被視為實質上的極限速度的二五〇 mph。能以這種速度維持編隊飛行，可看出其訓練程度之高。

「速度很快呢。嗯？高度呢？」

這樣或許能稍微期待一下吧。正當心中湧現希望的參謀們要求高度的情報時……

「高度七五〇〇英尺？不對，還……還正在上升當中。」

「什麼？」

「沒搞錯吧？這可不是戰鬥機喔。」

高度六〇〇〇英尺的極限是基於戰鬥教訓的常識。就算在資料上曾有過達到八〇〇〇英尺的紀錄，但在實戰中見識到之前總讓人有點難以置信。

技術人員口中理論上能達到的數字，與現場的一線部隊展現出來的數字，所帶有的份量截然不同。所謂軍人這種人種，會對新機種、新兵器、新技術抱持徹底的懷疑。畢竟是將性命賭在這些東西是否能用上的職業，這可說是種健全的猜疑心態。

因此，在場眾人不得不虛心地坦率接受眼前呈現的結果。經由實戰獲得證明的事實，就是有著這種份量。

「不會錯的。Pixie 大隊目前高度為八〇〇〇英尺！」

「呃，加速了！速度三〇〇 mph！」

而更讓人難以置信的是，連速度的數字也飆升了。

實際上，這相當於是技術試驗機才能發揮出的高度與速度。然而這卻是維持編隊飛行加入第一線戰鬥的部隊所展現出來的數值。這倘若是事實，這份資料即顯示出他們擁有完全不同次元的能力。

這是事實嗎？假如是的話，他們的表現即意味著足以讓所有部隊同時遭到淘汰的絕對性的性能差異。

「管制機的觀測資料正常嗎？」

「沒發現其他異常數值……機能全部正常。」

參謀們全都露出難以置信的表情。

「……看來參謀本部藏著超乎常規的殺手鐧啊。」

「超乎常規也該有個限度吧。」

唯一能說的，就是還好這批部隊是我方的人吧。

聯合王國義勇軍前線司令部

「是Named！西方確認到Named出現！對照個體資料，是萊茵的惡魔。」

觀測兵發出驚叫聲，於是在瞬間受到司令部眾人的注目。被視為虛構人物的 Named，出現的情報。

所謂，能輕易飛越死亡領域。（註：高空八千公尺以上，人類難以生存的高度）

所謂，能單槍匹馬屠殺 Named 中隊。

所謂，能使用扭曲空間的干涉式。

當共和國軍負責人傳來這種情報時，人人都笑著說「愚人節也來得太早了吧」、「負責人大概喝多了」，對這項情報一笑置之。

就算帝國軍擁有優秀的技術／戰術是事實，這也太誇張了。要聯合王國的分析官說的話，這是所謂的戰場傳說。他們敬重共和國身為列強的面子沒有否定，但頂多認為這是在戰場的混亂下導致的幻覺吧。是愛嚼舌根的軍官們之間的風言風語，就連存在本身都很可疑的 Named。

但不管怎麼說，既然自軍的觀測兵都即時偵測到了，就算是宛如惡劣玩笑，讓人想喝杯紅茶優雅地拋諸腦後的情報，也有必要重新檢視。

「真的存在嗎？還以為是共和國軍那些傢伙作白日夢夢到的。」

就算有哪裡搞錯了，也不是什麼稀奇的事。在戰場上，要是一一認真看待士兵在錯亂後傳來的誤報，可是會從妄想症一腳邁進瘋狂的世界，加入瘋子的行列。因此，以冷靜態度判斷這種情報是誤報，搞不好還是集體幻覺的聯合王國軍官們，也不得不半信半疑地衝向機器確認。

有數人衝向無線電話筒要把分析班叫醒，有數人機敏地開始呼叫上級司令部。

「已經由魔力識別。不會錯的。正在急速接近中。」

接著還有複數的觀測兵成功透過魔力識別身分。分析結果與他們半信半疑登錄的模式一致。複數的觀測員經由複數的精密觀測所指示的結果，是幾乎不可能出錯的結論吧。單獨的觀測結果還有可能是誤報，但到了這種地步，也只能承認他是確實存在的真實人物。

「敵增援為大隊規模。是紀錄上沒有的部隊。」

外加上包含複數未知反應的大規模魔力反應。根據規模推測，毫無疑問是大隊規模，搞不好還是加強大隊規模的魔力反應。這份魔力傾向與過去的紀錄毫無一致，意味著有新的帝國軍魔導師部署到戰場上。

而與萊茵戰線的共和國函式庫資料也幾乎毫無一致，深刻暗示著帝國的預備戰力依舊雄厚。看來那些傢伙都像這樣東征西討了，仍有辦法從某處拿出 Named 率領的新部隊參戰。

「……真教人吃驚，都把協約聯合逼迫到這種地步了，還繼續投入新的部隊。」

「會是達基亞方面的部隊嗎？戰鬥大致結束了，應該會有多餘的兵力。」

確實如此——雖不清楚這話是誰說的，但如果是帝國軍的 Named，當然能將比童子軍還不如的達基亞軍輕易擊潰。而把這批閒置下來的傢伙投入戰場，用來對付協約聯合狂妄地四處作亂的突擊部隊，想來也很合理。

「要記錄資料了。記錄器有在運作嗎？」

「倘若是事實的話，這可是單槍匹馬屠殺中隊的怪物，可不能放鬆監視呢。」

情報軍官們儘管嘴巴上說著簡單的玩笑話，眼睛也依舊凝視著眼前所顯示出的情報。這是魔力傾向陌生的部隊。而且還是儘管未曾確認過，卻在西方謠傳多時的Named，他的存在讓人無法忽視。如此怪物所親自率領的大隊至今竟然都未曾確認到，對帝國的諜報工作肯定有漏洞吧。正因為如此，他們就算再不願意，也不得不理解到客觀地觀測敵新參戰部隊的情報，這項情報收集任務的重要性。

「能監聽嗎？」

「不行。是未知的暗號與通訊形式。至少函式庫裡沒有記錄。」

一如預期的答覆。就算沒辦法解讀，依舊能經由監聽、記錄通訊波長，在某種程度內掌握敵部隊的所屬與動向。

但如果是毫無累積資料，完全未知的暗號與通訊形式，就是無法預測動向的新部隊。這讓他們深深對達基亞輕易遭到解體的情況感到懊悔不已。由於沒料到他們會在這麼短的期間內就遭到解體，就算來不及帶出資料也是情由可原，但還是會奢望著沒有的東西。

「司令，幾乎可以確定是帝國軍的新部隊。與過去在北方、西方方面軍的記錄，幾乎沒有共同點。」

「很好。我是想讓管制機起飛啦……」

眾人露出苦笑。雖說是被送到極寒之地，但他們時好時壞的黑色幽默品味仍未死絕。他們早就知道，這是一場沒有餘力的戰爭。同時，聯合王國本國所面對到的各種政治制約，也讓軍隊受到怎樣都無法擺脫的限制。他們身為現場軍官，總之只能把扯得上關係的神與惡魔統統罵一遍，然後不甘願地接受這無法改變的現狀，認命地遵守規範。

「但總不可能把管制機給帶進來吧。」

「是啊……畢竟現在比起煩惱怎麼把機材帶進來，不如擔心該怎麼把資料帶回去吧。」

儘管緩慢，但協約聯合軍正漸漸遭到壓制。雖然尚未發展到全面性的潰敗，但考慮到現狀，也只能用「還沒有潰敗」來形容。

至少就旁觀者清的角度觀察，眼前的狀況看得出來，帝國軍光是運用空檔時間，就足以將協約聯合逐漸逼向一如字面意思的解體。重病臥床的患者靠著微弱的穩定狀態勉強維持呼吸，這就是協約聯合目前的實際情況。一旦出現任何微小變化，就會直接導致發病氣絕身亡吧。

「啊，總之現在先提醒前線注意吧。」

「收到。」

不過當他們特意甩開這種想法，重新專注在眼前的職務上後，ＣＰ軍官就拿起無線電開始喊出指示。這項任務雖含有許多難以判斷敵情的要素，但至少在場眾人全是在情報收集方面上經驗豐富的老資格。是在研判將來會與帝國交戰後，所派遣而來的人員。

聯合王國希望能累積各種經驗並在實戰中收集戰鬥教訓，所以基於國防上的觀點，對派遣部隊的裝備與人員給予最大限度的關照。

「不過還真讓人驚訝，沒想到會有大隊能以將近三〇〇 mph 的速度飛行。」

「也大幅偏離預測狀況，果然有必要進行修正吧。」

因此，從聯合王國各軍隊中招集而來的他們深受祖國的期待，希望他們能從帝國軍身上學習到經驗，並且化作自身的血肉。畢竟備受期待的他們大半缺乏實戰經驗，而且還是以死背的預測狀況與基於情報收集的前提作為開戰前的行動準則。

然而根據平時累積的經驗與手法所設定的預測狀況，嚴重偏離戰場上的現實。

所以倘若不收集戰鬥教訓，在祖國遭到戰火包圍之前加以修正，就很可能要用將兵的血肉來彌補。

畢竟，大半幕僚都認為不可能而加以否定的 Named，實際上卻真的存在。這也意味著，戰場上的惡夢有著確實存在而並非幻想這種令人討厭的傾向。儘管讓人笑不出來，但在距離實戰氣氛甚遠的環境下所做的預測，竟然這麼快就失誤了。

外交政策勝利所帶來的果實，諷刺地造成欠缺實戰經驗的問題，讓聯合王國的軍方當局為之頭疼。畢竟戰場上的微妙情勢，就只有能分辨戰場氣氛的專家才有辦法分析。在關鍵的戰場上判斷情勢失誤的事實，讓他們不由得感到焦躁。

情報這份工作，就算想向人請教最重要的感覺部分，也沒有人可以教導，只能靠自己的經驗去學習。更別提這不可能會有專門的教科書，就算有也肯定派不上用場。

「……說不定要做好這些情報有一半是真的的覺悟。」

因此，派遣過來的軍官，大多是為了累積經驗而精心挑選的將校。當然，他們當中大部分的人，都未被告知這次派遣的目的單純是要教育自己。不過連這種事都察覺不到的傢伙，將會被視為在浪費時間與資源而被強制返回。正因為如此，殘留下來的他們儘管大都認為這是天方夜譚，也確實地開始進行客觀的情報分析。

他們就基於這份英明的才能感到危機。就算這些全都是誇大不實的情報，那也是帝國軍的Named，更別說增援的大隊相當有可能是加強大隊。這就算單純來看，也是大規模大隊的迎擊，不是能樂觀看待的狀態。

「那個Named據說一瞬間就炸飛一個中隊？對上兩個大隊總沒辦法了吧。」

儘管如此，他們的腦海某處仍舊存在著天真的判斷。就算假設有一個能夠獨自對付中隊的Named，不過數量能壓制質量。因此，還是有辦法能對付這個Named。假如他只有單獨一人，幾乎是不成問題吧。

「但可不能無視大隊的存在。就速度來看，也有相當的訓練程度吧。」

「相對的，我方儘管人數眾多，卻是混合部隊……很吃緊啊。」

而純粹就數量來看，增援的新部隊也是個嚴重威脅。特別是對疲憊的兩個大隊而言，新參戰的大隊毫無疑問是個麻煩對手。但反過來說就只是麻煩而已。他們就只有這種程度的認知。

「你是指共和國、聯合王國還有協約聯合的戰鬥準則完全不同的事吧。」

畢竟聯合王國的人員所擔憂的，是他們這邊的兵力是東拼西湊來的，恐怕會沒辦法確實合作這種程度的觀點。所謂，聯合王國與共和國是極為機密地在合作，既然無法共享的事物不少，損害想必會很大吧。

受協約聯合哭著請求救援的共和國，以及注重對帝國戰的情報收集的聯合王國，彼此的步調大概會不一致，但今天的他們太過在意這點了。

「要是無法確實合作，很可能遭到分裂。」

共和國與協約聯合還另當別論，主要是不想捨棄中立立場的聯合王國，就連在參與戰鬥時都會非常謹慎。

這讓協約聯合與共和國暗中批判，說他們老想著要保存戰力，或是單純是為了武器的實戰實驗才參戰的。但實際上這算是批判嗎？因為就連他們自己也有所自覺。畢竟祖國基本上，就是希望盡可能地避免消耗。

「重點還是拖延太久，先前的大隊也可能在重新編成後趕來支援。」

當然，就聯合王國軍人志願參加的「義勇軍」的立場來看，並不希望在突破防線時造成太多損耗。畢竟他們還必須替祖國爭取寶貴的時間轉移到戰時體制。無論如何，哪怕是在數量上享有優勢，他們也不想在有 Named 迎擊的戰場上正面決戰。

倘若再加上能預料到帝國軍將會有更多援軍的話，甚至還不惜考慮撤退的可行性。只不過，也不能無視至今在騷擾敵後勤路線上所付出的犧牲。

「在最壞的情況下，就只能靠轟炸機攻擊據點吧。」

因此，作為達成最低限度目標的手段，他們對轟炸機寄予厚望。

針對燃料預置地點的轟炸。就算只有幾發攻擊成功，也能期待獲得豐碩的戰果。反正就算失敗，租借給協約聯合軍人使用的，也只是本國已不再使用的舊式機材。他們也懷著這種說不出口的真心話。

「我反對。一旦迎擊戰鬥機升空，就可能受到無法忽視的損害。」

「要是對上輕快的魔導師就算了，高速轟炸機難道無法擺脫戰鬥機的追擊嗎？」

「既然共和國已在嘗試後蒙受重大損傷，我就反對這麼做。」

「但如不這麼做的話，那就無論如何都必須要排除敵魔導師。」

「而且這麼做的回報很大，就這麼決定吧。」

他們在形式上擔心著轟炸機的安危。不過這姑且是為了留下記錄所做出的言論。畢竟他們都很清楚，所提供的高速轟炸機別說是高速，甚至還能說是龜速。

「問題在於 Named 與未知大隊的能力。要是能擊潰就好了。」

真心話就只有這麼一句。要是敵軍能在對抗轟炸機的時候，順便被消滅掉就好了——這種惡劣的心態。

而正當他喃喃說出這句話時，命運女神開了一個玩笑。

這裡是用來觀察並管制相距二十公里以上的前線的簡易指揮所。沿用協約聯合軍藏匿的管制設施的他們疏忽了一件事。對魔導師而言，二十公里這個數字其實並不算特別遙遠。

「什麼？真的嗎？沒搞錯吧！」

突然間，從事管制任務的ＣＰ軍官站起身，臉色大變地朝無線電有如連珠砲般地說道。緊接著，數名情報軍官也跟著臉色大變地站起來。

至少，有數人理解到眼前的狀況。

「α大隊通報，緊急事態！這是？是撤離警告！」

「把電源關掉！我們被反向偵測了！」

幾乎就在眾人紛紛大叫的同時……

「Named 傳來高魔力反應！正快速展開魔力砲擊術式！」

觀測兵也發出悲鳴般的叫喊，讓騷亂進一步擴大。

被反向偵測？α大隊發出撤離警告？……高魔力反應？

「怎麼會！你當我們隔了幾公里遠啊！」

「撤離──！撤離──！」

在把忍不住驚叫反駁的笨蛋踢開後，數名將兵隨即衝進防空洞，緊接著遭到炸飛。

高度九五○○　物資預置地點前方交戰地區

「宛若朝陽，以聖光照亮黑暗。如今汝將獲新生，齊聲讚揚我主。」

收縮中的魔導砲擊術式。

擊發出擁有相當於二十八公分砲的貫穿力與破壞力的魔導砲擊後，七層的控制式消散在虛空之中。莫大的光量瞬間照亮戰場，緊接著整個空間就響起盛大的彈著聲。

「確認觀測波消滅！敵觀測部隊已遭到排除。」

同時，儘管混著雜訊，擔任觀測員的謝列布里亞科夫少尉也傳來著彈與效果的報告。譚雅點頭回應她「少校，這是相當出色的一擊」的感想，同時也覺得這是難得帶有手感的一擊。不需要聽她報告也知道確實有命中目標。而且還能肯定，有確實給予敵方相當的打擊。但不管怎麼說，魔導師戰鬥的基本——排除敵觀測人員的工作進行得相當順利。

不曉得對方是外行人，還是對自己的壕溝有著相當大的自信，竟然不間斷地發射強烈的觀測波，所以一下子就察覺到了。跟偷偷摸摸並基本上只專注使用被動接收的共和國軍比較起來，很輕鬆就能找出位置。

看來協約聯合在質量上的缺陷至今仍未受到改善。要主動對高濃度的魔力空間發射觀測波，一般來講都會保持遠距離，並運用能在必要時自由脫離現場的管制機或地面觀測列車進行。

居然待在固定陣地悠哉地觀察他人，想必是相當的蠢蛋吧。

展開砲擊術式的譚雅，單純基於經驗做出這種判斷。姑且算是運氣不錯吧。她緊握著小手，品嘗著幸運的滋味。

「敵通訊量激增。確認到複數敵魔導部隊發出的呼叫。屬下認為，剛剛那個恐怕是敵軍的作戰中心。」

專注觀測的部下傳來的報告，也只是加深她自己的信心。不會錯的，剛剛的攻擊毫無疑問的是把敵管制中心炸飛了。正因為理解到這所代表的意思，譚雅才會士氣大振地高舉起手中的步槍傲然開口。

畢竟光是遠眺，譚雅就能伴隨著滿足感，從協約聯合軍隊列出現動搖的反應上看出他們遭受到的衝擊之深。

「很好，確定擊潰了吧？那就進攻吧。」

在數量劣勢之下，在敵軍所選擇的空域交戰，本來是絕對要避免的行為。讓人想斷然拒絕這種命令。但要是敵方的腦袋被炸飛的話，情況可就不同了。空戰中的部隊就算形容得再保守也是一團混亂。管理這些部隊以維持秩序遂行組織性戰鬥，不是前線指揮官所能負擔的重責。

不論指揮官再怎麼優秀，一旦陷入混戰局勢，就沒辦法看清部隊的整體情況。要一面空戰、一面留意部隊整體情況，肯定會在某處達到極限吧。有關這點，譚雅感謝起帝國軍的戰鬥教義。這種以遂行任務為主的行動準則，就算沒有逐一下達命令，只要部下夠優秀，長官就不需要一一指示他們開槍的方式。

只不過就算是第二〇三航空魔導大隊，也需要諾登控制塔負責最低限度的管制兼導航支援。沒有管制的戰爭，是孤立無援的魔導師之間展開的低水準混戰。

畢竟，倘若沒有維持必要秩序的管制，就會產生在空中遭到孤立的魔導師。無人管束的力量算不上什麼威脅。

「Pixie01 呼叫大隊成員，已成功排除敵方管制。」

擔任指揮系統重心的敵方管制能自行暴露出行蹤真是太幸運了。以凡事都得嘗試看看的念頭試著砲擊下去，結果輕易就炸飛了……事情看來就是這樣。

這樣一來，敵軍就等同是各自為政的暴民，而不再是一批部隊。沒有ＣＰ支援的魔導師，不過是一群獨自奮戰的唐吉訶德。

「Pixie01 呼叫ＣＰ。請發送目前確認到的敵情。」

「ＣＰ收到。殘存的敵目標高度為六五〇〇，前衛約是準連隊規模。後衛有兩個中隊。同時也確認到複數的轟炸機，尚未確認到敵增援的徵兆。」

然後，就一如所見。如今即將與我們交戰的敵人，就只有眼前分散開來陷入混亂的傢伙們。照常理來講，此時敵方管制應該會運用各種手段挽回局面，像是讓後衛那群傢伙加入戰局掩護混亂中的前衛等等。

不過在現在這種情況下，他們毫無疑問是陷入不知所措的恐慌狀態。就經驗法則來看，共和國與協約聯合的魔導師皆有著太過注重集團戰的傾向。

雖不知道這是為什麼，但如果是會興高采烈地撐過地獄般的特訓，我帝國軍所自豪的第二〇三航空魔導大隊的魔導師，相信能有壓倒性的優勢吧。最起碼不會扯我後腿，就算要當作盾牌活用也完全不成問題。

此外令人開心的是，這次聽說還有敵轟炸機存在。只要把這些轟炸機擊墜，就能期待依照空軍規定獲得一些加薪與優惠措施。

哎呀，真是太美好了。譚雅在無意識中沒教養地舔了舔唇，露出微笑。

畢竟這可是相當於藍海的難得環境。肯定是因為我平時的素行良好，才會遇到如此優渥的環境吧。外加上達基亞，看來命運因果律似乎是我的夥伴呢。我不吝於假定存在X是邪惡的存在，不過談論善良的存在感覺也不算太壞。

「第一至第三中隊去狩獵敵前衛的兩個大隊。第四中隊跟我前進。」

也不缺行動所需要的正當理由。我可是身為大隊長指揮部下的人。

若要說的話，就是「自己有時也會下場戰鬥喔」這種程度的等級。排除麻煩的敵方部隊這種工作，只要推給部下去做就好。

倒不如說，部下就是為此存在的。而考慮到更加重要的問題，也想要讓部下努力表現。

至少帝國軍參謀本部對他們付出了相當的投資。儘管沒花到我的錢，但這可是國民們辛苦的稅金，就算沒辦法聽明活用，也該在用途上達到盡善盡美。我既想在此避免會讓自己被判斷是無能之輩的事態，也想讓算是某種邪惡的稅金能至少藉由有意義的使用來贖罪。

因此，有必要讓高層清楚看到他們的投資成果吧。畢竟，我也想避免被高層判斷是光會說大話的小子——幼女，而被送往前線作為懲罰。所以，也就是均衡人事。困難的工作，就交給部下去做。

沒什麼，這可是充分的適才適所。如果是最喜歡戰爭的他們，肯定會對我的決定感到高興，而我則是打算靠著挖掘與推薦優秀人才的功績退到後方。這正是理想的雙贏關係，可說是再完美也不過了。

「第四中隊，我們要擊墜護衛及轟炸機。之後從背後夾擊混戰中的兩個大隊。」

總之，自己就先展開機動，帶著擔任護衛的第四中隊占據後方位置。想盡量避開危險區域，所以就打著迂迴的名義，稍微延後加入戰鬥的時間。在這段期間內，就先讓部下與敵前衛試著交戰，確認敵方的戰鬥技術。

要是敵方比想像中的還要強，就中斷迂迴奇襲，打著救援友軍的名義放棄攻擊折返。可說是已做好萬全的保險。

「以上是戰鬥計畫。但聽好，各位。」

順便也向正在觀察的北方軍展現一下，自己是名戰意旺盛的前線指揮官。

只要這麼做，就是軍隊了。

對於聲音夠大，有著積極的攻擊思想並且勇猛果敢的指揮官，毫無理由的批判也會就此沉默下來吧。

瞧那個講話超大聲的辻。儘管把正常的人才當不要錢似的糟蹋，還導致超大的災難，也依舊能夠升官發財。

「各位的分內工作是阻擾敵軍。但沒必要等我喔。就算要幹掉他們我也完全不介意。」

為了在苗頭不對時顧全自己，我決定採用辻的行動準則。不知道是幸還是不幸，那個人就連在戰後也巧妙地逃過戰犯的指名。就算無法仿效他那厚顏無恥的神經，但也有一些事情是值得向他學習的吧。

他也肯定擁有著成為企業戰士，化身為出人頭地之鬼墜入修羅道的資質。不過身為一個人，實在是不想淪落到那種地步。那是對像我這種善良的一般市民來說有點勉強的世界。畢竟我還有著名為良心與羞恥心的概念。

「另外，回營後的慶祝會，成績最差的中隊長可要請客喔。我已經訂了一批儲藏二十五年的葡萄酒。要是不想破產，就努力奮戰吧。」

就像這樣，就連優雅地避開交際費問題的方法，我也確實考慮到了。與部下交流是上司的職務。但是在支出審計時遭到無故懷疑也是件非常不愉快的事。比方說那傢伙——辻對不適當的支出，在審計上相當囉嗦，據傳他是個會從這裡抓住他人把柄的男人。

從這裡可以學習到一件事，就是企業跟軍隊並沒有太大的差別。不適當的交際費支出，會影響到之後的經歷。所以我在這種時候是使用部下的錢。在不會被投訴權力騷擾的程度之內。

順道一提，就算社會常識不允許讓年幼小孩喝葡萄酒，但如果是在戰場上受到戰友勸酒而不得不喝的形式下，軍方應該也會默許吧。光是想到終於能喝葡萄酒了，就有點想哭的感覺。

「「「收到！」」」

「很好。那麼各位。去為了皇帝陛下與祖國盡你應盡的義務吧。」

一點也無法敬愛的皇帝陛下，以及只能期待稅金提供的員工福利的祖國。不過，至少也是會給付軍人獎金與各項津貼的祖國。但可悲的是，同時也是戰略位置非常類似第一次世界大戰時的德國的祖國。

啊，真是齣悲劇啊。感覺就像是待在確定破產的公司裡一樣。或是像在黑心企業裡飽受折磨的人才一樣。完全不是能坐等勝利的狀況。

真想趕快自願離職，跳槽到其他優良企業。最壞的情況下，甚至不惜提出勞務訴訟。

但是在戰爭途中背叛會伴隨著非常麻煩的問題。那就是有誰會信任鬧出這種事情，做出所謂內部告發的人呢？就算宣稱會保障信仰的自由，但就算是作夢，也不會有人想聘僱左派的狂熱社運分子吧。

基於同樣合理的想法，在無法期待能獲得合乎背叛行為的回報時背叛，是蠢蛋才會做的事。再順道一提，在戰爭打得如火如荼時，想要靠投降顧全性命是件相當困難的事。

以立場來看，我就類似狙擊兵吧。要是能等到戰爭結束，平安退伍的話倒也還好。但萬一情況演變成要在戰場上投降，就可能被當場射殺。所謂敵方對自己的恨意處於漲停板的狀態。

「就讓我們來教育一下智能不足的協約聯合以及其他人吧。這群聽不懂人話的傢伙。」

實際上，以前曾試著對共和國軍發出投降勸告，但是完全無法溝通。很糟糕的，他們是群毫無半點經濟合理性概念的傢伙。要是這麼喜歡戰爭，怎麼不把國家分一半自己跟自己打啊。

看來共和國與協約聯合似乎非常喜歡牽連他人。真是給人找麻煩。竟然無視不給旁人添麻煩這種個人自由與公共性的平衡，實在是無藥可救了。真希望他們能多多顧慮一下對一般人造成的困擾。

「讓他們品嘗來自高空世界的鐵鎚吧。讓他們明白，自己究竟有多麼無力。」

要不是我方處於能從高空之上悠哉發動攻擊的立場，這種情況還真是會讓人忍無可忍。

儘管現在還能表現得這麼游刃有餘，但真的對心臟不太好。

我會感謝這個嬌小身軀，頂多就是在覺得目標較小，不好打中的時候吧。似乎曾有位了不起的人說過「就是偶爾會打中才叫作子彈！」，但就算是偶爾，我也不想被這東西打中。

「第一、第二以及第三中隊先行。我們迂迴繞到後方攻擊。」

所以風險最大，但功績最彪炳的地方，就唯有送自願者過去了。

「「「收到。向祖國與大隊長獻上榮耀！」」」

「祝貴官們武運昌隆。」

哎呀，看來自從在達基亞把敵人打得滿地找牙後，我的部下就相當渴望真正的戰爭。部下比想像中還要充滿幹勁的事實，讓譚雅有些感動。實在是相當優秀且模範的勤勞精神。

優秀到要不是他們埋首在戰爭這種非生產性的事務上，還真想招收他們當自己的員工。真是太可惜了。正因為這樣，才證明惡魔確實存在。

倘若真有神，肯定不會做出如此不適當的資源分配。市場基本才是唯一的正道，無形之手會只存在於市場之中。

實在是遺憾至極。這世上還盡是些難以理解的事。看來經濟學要理解世上一切的真理，還需要一段漫長的時間呢。

「第四中隊，要提升高度了。迂迴前進，去打擊看似增援部隊的兩個中隊。」

不管怎麼說，工作時間就是要做好自己該做的事。我方是四個中隊組成的加強大隊編成，也就是實質上的大隊加上中隊。以大隊迎擊兩個大隊，以中隊打擊兩個中隊。這是相當簡單的比率吧。而就活用個人實力這點上，後者會比較輕鬆。所以想要輕鬆的我就選擇來這裡。

更重要的是，這個戰場不但能夠輕鬆攻陷，還有個首要目標。人生就是該想著怎樣才能輕鬆過活。

所謂的花錢買經驗，毫無疑問是避險基金的宣傳廣告詞。倘若是我的話，就會成為販賣經驗的一方，靠著把勞碌送給他人當禮物的工作來過活。

「收到。轟炸機該如何處置？」

「我獨包了。別認為我過分喔。我正想順便當當空軍的 Ace 呢。」

「哈哈哈，少校真會開玩笑。」

聽部下問到重要事項，於是先叮嚀一下。儘管說得滿不在乎，但這可是我的主要目的。記得曾在哪本書上看過，就算是稍嫌庸俗的動機，但展現出人性的一面並不算壞事。雖然太過市儈也會惹人厭就是了。話雖如此，如此善良的自己，為什麼會遭到存在X這種不可理喻的對待在這邊打仗呢？一想到這就讓人止不住心中的哀傷。

不過，部下就像是聽到好笑的笑話般笑了起來，讓我覺得可疑地瞪了過去。蹙起眉頭，露出「這有什麼好笑的？」的表情。

「您不知道嗎？必須要開戰鬥機擊墜才行喔。」

不過答案極為單純。儘管相當懊悔，但看來是我誤解規則了。居然在部下面前徹底暴露出自己的無知，真是羞恥到無地自容。

「什麼？還真遺憾。早知道就借台戰鬥機來了。甚至想現在就回基地開一台過來。」

「要不要就這麼做呢？老實說，要是跟大隊長在一起，我恐怕就得請大隊吃飯了。」

看來被部下嘲笑得很徹底呢。怎麼可能就為了跟空軍借台戰鬥機返回基地啊。

要是真這麼做，就會被當成是敵前逃亡，等待自己的只會是槍決。而且就現實層面的問題來講，我也不會駕駛戰鬥機，所以就連辯解的餘地都沒有。

就算是年幼小孩，也肯定會被官僚機構判處槍決。不論是倡議團體、人權團體，還是既得利益團體都好，會不會有組織肯出面擁護我呢？

「我可沒辦法背對敵人啊。」

「那就沒辦法了。我就盡量先下手為強吧。」

此時，其他部隊也正好傳來通訊。沒有比這還要剛好的時機了。

擁有懂得看氣氛的部下真是太棒了。相信他們能成為我出人頭地的強大助力吧。真好。

『抱歉，貴官這餐是請定了。Engage！（註：進入戰鬥）』

『我會好好享用二十五年的葡萄酒的。中隊，跟我前進！』

『真高興我能有這種好戰友。那大隊長，我就先上嘍！』

「呃，那些傢伙！大隊長，容我失禮了。」

氣氛確實改變了。還真是優秀的掩護。

雖說是不用常去參加酒會或意義不明的接待的人事人員，也能立刻明白這有多麼優秀。這些傢伙肯定很適合擔任營業人員。一定能勝任銷售策略的基幹。

太可惜了。真的是太可惜了。他們所愛的是戰爭而不是營業業務，真是讓人遺憾至極。儘管必須要給予個人的自由意志最大限度的尊重，但自己仍然是感到可惜。

「沒關係，你不用在意我，先去吧。」

「感謝。第四中隊，向前進！」

看來我旗下的中隊長各個都戰意旺盛的樣子。就宛如在獵物面前的杜賓犬一樣迫不及待，一旦放開狗鍊，轉眼間就撲上前去。

立刻組成紡錘型的突擊隊形，從上空壓制敵方的腦袋。動作相當漂亮。能立即展開一絲不亂的突擊隊形的本領，不僅戰鬥意欲旺盛，勇猛果敢也該有個限度吧。

本來是打算讓第四中隊擔任自己的直接掩護。但既然他們這麼好戰，保持距離說不定還比較安全。盾牌要是有點太過好戰，反倒有可能把敵人吸引過來。

「哎呀，我的對手是鈍重的轟炸機嗎？看來是沒辦法起舞了。」

孤單一個人的迎擊戰。對付轟炸機，看來沒必要舞出華麗的空戰機動吧。就只是化作固定砲台，從空中單方面展開迎擊的單純作業。要是沒打中只會淪為他人的笑柄，所以就算安全也不能太過掉以輕心。

「雖說沒什麼幹勁，不過這是工作，就穩健地來做吧。」

不起眼說不定是件好事，但要是無法表現也很微妙。更不用說對方是轟炸機，只能一發一發地慢慢瞄準打下來。

既然無法使用偵測魔力的魔力導引方式，就只能用熱源探測或雷達導引。但就算是魔導師，身上也沒有配備雷達，要加入熱源探測術式也是件苦差事。結果還是只能用跟狙擊差不多的攻擊方式。一想到這，就覺得這是件跟時間與勞力不成正比的工作。

老實講，這樣心情會差也沒辦法。姑且有算擊墜數，所以多少還是能賺到點功績吧。

『提古雷查夫少校，有收到嗎？』

「這裡是Pixie01，收到。何時開始忘記有呼號這回事了？」

所以對於突然傳來的通訊，我回話的口氣有點不太高興。

無法控制情緒，說不定是不合格的社會人士。

但是在做苦差事時看到有人違反規定，會感到不愉快也是人之常情。究竟是把規則與規範當作什麼啦？敷衍了事的人未免也太多了。

『真……真是對不起。』

「你是把軍機與紀律當成什麼了？」

這可不是道歉就能了事的問題。不遵守規定將會導致事故。究竟是認為保險業者根據統計從經驗法則中推論出來的海因里希法則，代表著什麼意思啊？微小錯誤的累積，是導致重大事故的第一步。錯誤就必須導正。

『請到此為止吧。這裡是Hotel03、Hotel03。有收到嗎？』

但不管怎麼說，由於話筒轉交到官階似乎不小的人手中，於是我決定改變態度。忍耐有時也是個聰明選擇。身為組織人，該做的事情其實很簡單。就是要盡可能地避免與體制起衝突。

「這裡是Pixie01，收訊良好。請問有何指示？」

『Viper大隊以及後退的部隊已重新編成，將派去擔任後援部隊。』

然後，聽到的不是斥責而是美好的通知這件事，讓譚雅也忍不住放鬆表情露出微笑。消耗甚大，比起援軍更像是累贅的Viper大隊似乎已經順利重新編成。哎呀，看來北方方面軍也意外地有效率呢。

「喔，重新編成的速度還真快。很好，那就麻煩你了。」

如果是能用的東西，我相當歡迎。連盾牌都當不了的累贅很麻煩，但能派上用場的棋子，不論是什麼我都歡迎。

哎呀，這次的運氣看來比想像中的還要好。就算人不該太過依靠運氣，但也不能心胸狹窄到拒絕幸運來臨。

『什麼？不，我知道了。我立刻安排。』

「感謝協助。那麼就請你盡情觀賞吧。Over。」

想順便通知部隊這個令人高興的事實。就算這群傢伙再怎麼喜歡戰爭，應該也沒有比夥伴增加還要令人高興的事吧。坦白講，譚雅自己也有種想立刻歡迎援軍到來的心情。

既然我方在數量上居於劣勢是事實，大隊增援可是讓人望眼欲穿。

「大隊長呼叫大隊各員，有事通告。」

嗯，部下們想必也會很高興吧。最主要還是這樣一來，就不用在戰鬥時顧慮後方了。即使是以安全第一為信條的我也不討厭功績。

「高興吧。是援軍。他們似乎特意派援軍過來了。」

一度撤退的部隊竟然能如此迅速地重新編成。只能說他們實在太棒了來表達心中的感激。的確，只看部分的情況就對全體的狀況妄下判斷是很危險的行為。就算通訊兵無能，高層也展現出他們有能的事實。

相信援軍很快就會趕來了吧。

「知道我這麼說的意思吧？」

我們就慢慢來，別太勉強自己而等待援軍吧。不過真要是這麼說，難免會被質疑部隊的戰鬥意志，所以沒辦法明確說出口，但如果是暗示的程度就不會有任何問題。譚雅會特意告知會有援軍這件事，真正的用意就是要部隊大幅改變行動方針，從「奮戰到底」改成「重視生命！」。

「「「是！」」」

他們這簡潔有力的答覆，肯定蘊含著了解的意思。感受到這點的譚雅滿意地點了點頭。

「很好，那就去做薪水分內的工作吧。」

統一曆一九二四年十一月七日

協約聯合某處……聯合王國人道救援團體「和平世界」營運醫院

『轟炸機部隊被幹掉了！支援還沒到嗎！』『光……光啊……嗚啊啊啊啊啊啊啊！』『編隊

長機失去訊號？』『散開！動作快！展開彈幕！別讓他們靠近！』「Pixie02呼叫中隊各機，衝鋒了。」『呃！前衛被闖越了！停止射擊，即刻準備近身戰！』

『Mayday！Mayday！救援還沒到嗎！』『諾蘭德控制塔呼叫所有部隊。中止作戰！中止作戰！即刻起中止作戰！』『轟炸機部隊被……！』

『混帳！前衛被幹掉了！那些傢伙到底是什麼鬼啊！到底是什麼鬼啊！』『Recon中隊遭到排除！再這樣下去會被包圍的！』『直接掩護部隊被闖越了！』

「Viper02呼叫Pixie01。目前正趕往現場。」「收到。敵方無增援跡象。預定展開追擊戰。」「Viper02，收到。」『敵方的增援反應！是大隊規模。』

『增援？我方的增援呢！』『諾蘭德控制塔呼叫所有部隊。即刻起退至第二集結地點。重複，即刻起退至第二集結地點。』『不行，擺脫不掉！』『……該死、該死、該死！』「Pixie01呼叫大隊各員。開始掃蕩戰。」「Viper02呼叫Pixie大隊。我方已目視到貴隊。」

「我方也是。能拜託貴隊進行追擊戰嗎？我方想掃蕩殘留敵兵。」『是敵增援！』『混帳！別停下來！要逃了！動作快！』「收到。感謝協助。」

『混帳，這簡直是地獄！』『我的腸子！誰快幫我撿一下我的腸子！』「這是貴隊的仇敵。不用客氣。Over。」

我昨晚到底喝了些什麼啊？

最先感到的是毫無條理的疑問。

儘管知道有人在搖晃自己，不過腦袋很久沒像現在這樣不聽使喚了。

加寧古中尉對於苛責全身的倦怠感感到困惑。

有誰……在叫我？

『呃！……！』

朦朧的意識開始浮現些許輪廓。

『中尉！中尉！』

……事情麻煩了。會直呼官階，表示對方是憲兵或長官嗎？

腦袋明明還很模糊。頭暈得不得了。

自己究竟是喝了什麼啊？就算乾掉一瓶蘇格蘭威士忌也依舊屹立不搖，可是我很自豪的一件事呢。是被灌了伏特加嗎？

基於長年的習慣，他微微地睜開眼睛。

純白刺眼的空間。有什麼東西喀嚓喀嚓地在發光。不對，那是某種機器吧？

覺得光線刺眼想移動身體的他，在揮之不去的倦怠感，以及身體彷彿不是自己的奇妙異常感下不知所措。

腦袋在茫然望著天花板的過程中總算是清醒過來，開始理解視野中看到的光景。大略看來，這裡似乎不是自己的寢室。那麼，究竟是發生了什麼事？

彷彿未曾見過的空間。純白的空間。不對，這是空間嗎？自己恐怕知道這裡。似曾相識的某種地方。這裡究竟是哪裡呢？

「……唔……我究竟……？」

雖是沒有要尋求答案的呻吟聲，但呼喚自己的某人似乎聽到了的樣子。身邊的人似乎注意到自己的呻吟聲，周遭突然間喧鬧起來。

就算想勉強撐起身體，也隨即倒了回去。身體無法隨心所欲地移動。他隱約理解到自己被人抱在懷中，似乎是受到某人救助的樣子。

「中尉！很好，還有意識吧？醫護兵！快帶軍醫過來！」

「……我究竟……？」

光是終於把疑問說出口，全身就籠罩著一股倦怠感。有點不太對勁。儘管無法形容，但有什麼不太對勁。自己究竟是怎麼了？

這不是睡昏頭，明明意識正逐漸清醒，眼前模糊的景象卻絲毫沒有恢復的跡象。視線的焦點不僅沒有穩定，甚至還晃動不止。

如果是宿醉，應該會想嘔吐還會有另一種頭痛才對……但卻沒有。伴隨著現實感慢慢恢復，腦袋開始理解自己正處於一種奇妙的狀態下。

「請冷靜下來，你還記得多少？」

「……你……你是指什麼？」

不行。不想再繼續回想了。

「絕對不能想起來那件事」。

不行……想起什麼事？

「上尉，沒辦法。被徹底弄成『絞肉』了。」

「這邊也一樣。紀錄也全滅了。雖然回收了，但我怎麼想都不覺得有什麼用。」

絞肉？

全滅？

我……

我的戰友們呢？

『歡迎來到帝國，請問有攜帶護照嗎？』『哈哈哈，大隊長。我忘記帶歡迎的花束了，請問該怎麼做呢？』『唉，你們這群傷腦筋的傢伙。不是有帶代替用的煙火來嗎？』『喔，對耶。那就盛大地發射吧。』『啊，那我就來唱首歡迎的歌吧。』『喔。大隊長知道哪些歌曲？』『是首不錯的歌喔。』

「你們兩個！嘴巴是想被縫起來嗎！」

儘管某處的某人連忙閉嘴，但也已經太遲了。

鮮紅色的花朵綻開，戰友被……長官被……部下也被……

「……啊啊啊啊啊啊啊啊啊啊啊啊啊啊啊啊啊啊啊啊啊！」

「醫護兵！鎮定劑！快點！」

「你們這兩個蠢蛋！給我做好覺悟吧！」

變成肉塊了。

化作鮮紅色的血紅櫻花。

被撕碎了。

綻放了。

整片天空。

[chapter]

III

第參章

諾登 II

Norden II

人類在遭遇危機時會分為兩種人，
一種會逃跑，一種會獲救。
我不會輕蔑前者。
然後學習到，應該對後者致上敬意。

唐納德・哈伯革蘭《回憶錄》

同日　諾登帝國軍司令部某處

諾登的寒冷，必然地讓該地住屋的防寒措施準備到近乎偏執的地步。不過這該說是讓人舒適的偏執吧。壁爐火紅燃燒著火堆，暖氣充斥室內的這個空間，讓人在冬季的諾登享受著平穩的片刻時光。

「歡迎來到諾登。不對，或許該說是歡迎回來吧。總之歡迎妳，提古雷查夫少校。」

「是的，我返回懷念的戰場了。盧提魯德夫閣下，今後請您多多指教。」

帶著極為認真的表情，進行這種與悠閒氣氛毫不相稱的對話，看來參謀本部的參謀軍官們，腦子肯定有哪裡不太對勁。不過盧提魯德夫少將與提古雷查夫少校兩位當事人，就只是認為對方是能直接說正事的對象，比較順利地感到意氣相投罷了。

「……應酬話就不多說了，我要稱讚妳一聲。雖曾聽雷魯根中校提及過，不過妳果然是位了不起的軍人。」

「這是我的榮幸，閣下。」

「嗯，真是名不虛傳。不枉費我強要傑圖亞那傢伙把妳配屬過來呢。」

參謀本部內部的俊傑之間的協調關係。不知道是好是壞，能強迫參謀本部副戰務參謀長點頭的人，頂多只有他的同僚與為數不多的上司。而身為在那位傑圖亞少將閣下仔細解說後被派遣過來的人，譚雅已暗中做好覺悟，自己將會在副作戰參謀長閣下底下被嚴酷使喚。

「希望妳也能在這裡盡情地大鬧一場。」

「我將盡我所能。」

「很好。那就來談公事吧。」

「是的。」

「妳的部隊有過襲擊敵方陣地的經驗嗎？」

「只有數名基幹人員曾在萊茵有過經驗。在達基亞是以對地掃射為主，次數不多。」

「某種程度上跟我擔心的一樣啊。不過，至少妳知道該怎麼做吧？」

「是的，閣下。我曾在萊茵的第二〇五中隊累積過經驗。」

「很好，我就開門見山說了。我想要妳擬定一下空降作戰。少校，妳的部隊恐怕會去壓制敵防衛線吧。」

「是要推進前線嗎？嗯，只要命令下來，我希望能立即著手。」

「妳的提議很好，但恐怕需要慎重的準備吧。我希望妳能暫時專注在訓練上。」

「謝閣下！可是，這樣好嗎？」

「沒關係。等時機一到，我會狠狠使喚你們的。」
「是的，我保證會做好萬全的準備。」

現在：報紙

有關「第十一號女神」，倫迪尼姆時報的傑夫瑞特派員向我們提出一項假設。
總結來說，傑夫瑞特派員似乎認為第十一號女神是可能存在的。所謂，雖是不怎麼愉快的預測，卻是有可能的事情。
今日，我想針對第十一號女神是戰場上的流言，還是真實存在的事物進行討論。
曾受我們詢問「第十一號女神」的軍方相關人士，不論是誰都拒絕回答她是否存在。
照道理來講，應該不是否定就是肯定，但他們卻是完全不想說明。
相當堅決地拒絕回答。
『是軍方的恥辱嗎？』
就當我如此詢問時，至今一直保持沉默的一名退役將官，就彷彿要將桌子打破似的，狠狠拍打桌面。

站起身來的他，表情宛如惡鬼一般兇惡。
我們忍不住退開身體。那名退役將官的震怒就是有如此駭人。
『這是沒經歷過戰場，沒經歷過那個戰場的你們，絕對無法理解的世界！』
他在朝我們大喝後，旋即一副不想多談的不悅態度起身離席。
奇妙的是，同席的其他退役軍官也同時離席。
尷尬的氣氛就彷彿是在坦承，他們的沉默即代表著全體意見一般。
以上所述的都是事實。
但光靠我們所見所聞的事實探討真相，恐怕看不出任何端倪吧。於是我想在此討論傑夫瑞特派員所帶給我們的情報與他的假設。
傑夫瑞特派員表示，「第十一號女神」首次經由聯合王國確認到的場所，並不是西方，而是在北方。
這是為什麼？
直到大戰末期的北方反攻作戰為止，聯合王國一直是將戰力傾注在西方戰線。
既然如此，理當位在西方的「第十一號女神」，為何會被聯合王國在北方確認到？
他說，答案其實很簡單。因為早在參戰之前，聯合王國就已派遣部隊協助雷格多尼亞協約聯合了。

沒錯，聯合王國未經宣戰布告就做出協助戰爭的行為。

這雖是流傳至今的謠言，但似乎是事實。佐證資料也相當完整。聯合王國資料室儘管是個相當難纏的對手，但也已經答應公開資料。

當時到底發生了什麼事？在調查這點的過程中，我們發現到了這項事實。根據這些資料，聯合王國似乎是在共和國與帝國激烈交戰的途中決定介入戰爭。聯合王國防務委員會為了調查將來的敵情，而提議收集實戰情報。

聯合王國政府採納了這項提議，派遣以少數魔導師部隊作為主力的「義勇軍」前往雷格多尼亞。為避開國際法的批判，這些「義勇軍」是由退役將兵「自主」並「獨斷」地志願參加。而義勇軍的詳細資料，他們至今仍拒絕公開。目前就只有從相關人士口中得知，當時派遣了一個連隊規模的魔導師。這只代表著一種可能性。

當時的聯合王國是中立國。就算魔導師戰力不像戰爭中期那樣吃緊，但倘若這項情報屬實，這批「義勇軍」的規模就相當龐大。

當然也能明確看出，這件事有引起過一場政治糾紛。而且「義勇軍」似乎輸得相當慘烈。這是最為致命的情況。無法公諸於世的私下介入以及貴重魔導師戰力的折損。「第十一號女神」就是在這之後受到他們提及。「義勇軍」的指揮官在報告書中，將她視為一切的原因。說到這，「第十一號女神」會是一個人物嗎？還是某種特定的用語呢？我們產生了這種疑惑。

針對這點，傑夫瑞特派員的意見相當單純。

「補給與後勤的致命性不足」剛剛好十一個字。簡單來說，他推測是基於無法將對高層的不滿明確記載下來的內情，導致「第十一號女神」的出現。這不正是「軍方的恥辱」嗎？也可以把補給換成訓練。總之，這難道不是為了隱瞞組織上的缺陷嗎？

傑夫瑞的意見，也就是女神的真相不是一個人物，而是一種現象。

不過老實講，我無法同意他的意見。西方戰線就我擔任戰地記者參與的記憶來講，補給還算可以。訓練就我所見，也沒有差到哪裡去。不用說，我雖是一名記者，但在長年的採訪經驗下，應該也能做出某種程度的推測。

最重要的是，西方戰線的消耗速度很異常。不對，甚至能說是異常足以化作日常的另一種空間。在那種世界裡，就算真的有惡魔肆虐也不會讓人感到不可思議。基於這點，我們的議論毫無交集。

不過倫迪尼姆時報是以監視政府權力為宗旨，相對的WTN（環球今日新聞）則是擅長提供海外新聞，雙方對事物的看法會出現歧異也說不定。

但不管怎麼說，我們今後也會繼續調查此事。此外，我想在文章最後補充，有位善解人意的妻子是件幸福的事。

那麼，我們下週再見。

※安德魯WTN特派記者。

統一曆一九二四年十一月十六日　北方方面軍司令部參謀會議室

雖不知道是哪個時代的人物，但曾有一名英傑提出警告。所謂「勝利就像麻藥一樣」。（註：《銀河英雄傳說》主角的名言）

軍事上的勝利會帶給國家光輝的榮耀與無上的陶醉感。因此，人們一旦沉醉在勝利之中，就會一同渴望更大的勝利。不論是誰，都不准許詢問他們是為了什麼尋求勝利。軍事上的浪漫主義，會讓國家引起太過劇烈的反應。

所以任誰也不喜歡冷靜的軍人這種生物，被罵作是膽小鬼還算是比較好的對待。

「因此，我判斷目前應該避免消耗，極力抑止我方的出血。」

在展開的地圖上，畫著採取撤退行動的帝國軍；而預測會採取追擊行動的，當然就是敵軍。這是基於盡可能不造成後勤路線負擔的立場所提出的撤退方案。是如果出自一般軍官之口，就要有所覺悟會當場遭受到比膽小鬼還要難聽的各種髒話辱罵的提案。

實際上，會議室的氣氛也在這瞬間凍結。讓擔任參謀總長的修萊傑中將一方面抱頭苦惱，一方面在心底不耐煩地想：真不知道坐在上座的烏拉傑利大將何時會發飆，現場的氣氛就是有如此險惡。

「下官相信，可藉由後撤戰線，緩和後勤在距離的淫威之下所承受的負擔，同時也方便我軍準備春季過後的攻擊計畫。」

不過譚雅卻特意無視現場的這種氣氛，在滔滔不絕說完自己的意見後緩緩坐下。以一副報告完畢的態度，從容不迫地徹底無視諸位參謀們的凝視，任誰也看不穿她在那張撲克臉背後究竟打著什麼主意。

不對，就實際上來講，譚雅只是真心以為，不論北方方面軍的會議室氣氛有多糟糕，都跟自己毫無關係。她的大隊完成原定任務，暫時返回基地。只不過是剛好有時間，所以依照盧提魯德夫少將的命令出席會議罷了。

以譚雅的立場來看，她終究是直屬中央軍參謀本部的人員，並沒有納入北方方面軍的指揮系統之下。正因如此，譚雅終究只是基於勸告之意，提出活用這段空檔重新編制戰線的提案。

老實講，譚雅當初也不打算多管閒事到這種地步。畢竟譚雅認為，這本來應該是在場的參謀本部作戰局的盧提魯德夫閣下的工作。

參謀本部的課長級少將，擁有著遠超乎階級的影響力。所以她原本是打算規規矩矩地洗耳恭聽他的高見。

不過在會議開始之前，那位大人就表示想聽聽現場軍官的意見，而點名了幾位旅團指揮官層級的軍官起身報告。然後，大概是他們的報告都無法讓盧提魯德夫少將滿意吧。於是到最後，就點到從下面算上來還比較快的少校層級的自己。

這樣一來就不得不起身報告，刺激那些猶豫不決到無法發言的蠢貨們了。在會議上無法說出自己的意見，不是無能就是太容易受氣氛影響的笨蛋。不過為讓沉默的大多數有地方宣洩他們該死的不滿情緒，一定得要有人出面擔任眾矢之的也是事實。而要選擇讓誰來擔任犧牲品，在組織之中只是一種司空見慣的問題吧。

而倘若要讓中央派遣組的老大閉嘴，就唯有讓身為中央派遣組，同時也在當地立下功績的自己擔任這種可恨的角色，這儘管令人不爽卻是很實際的選擇。

總之，我將襲擊過來的連隊規模的敵部隊擊退了。這是任誰也無法否定的確實戰功。此外，作為游擊戰的專家在達基亞建立一定功績的經歷，也肯定能讓發言聽起來稍微有些道理。

自己的大隊已做到盡善盡美。那群簡直是戰爭狂的傢伙們，已做到無從挑剔的地步。擊退連隊規模的部隊，擊墜了轟炸機，並自豪有給予敵魔導師重大打擊。

「嗯，提古雷查夫少校的提案，還真是相當新穎的表現……有關後勤方面，北方方面軍有何見解？」

竟說這是新穎的表現，盧提魯德夫少將的臉皮也太厚了吧！

不過後勤路線的損耗過於嚴重這件事，可不是中央軍能夠說三道四的事。遭到撤換的前任者們，為實現他們粉碎包圍網的春秋大夢，不僅出動大陸軍，最後還讓大陸軍帶著大量的當地儲備物質緊急分派到萊茵戰線。就算不是盧提魯德夫少將，中央軍的任何人，都無法追究在自己前任者們的失態下導致補給陷入混亂的北方軍，補給線混亂的責任吧。

另一方面，倘若只是組織的失態，情況還不會險惡到足以讓他們指責中央至今以來的微妙對應。但問題的本質在於，帝國陷入混亂，敵方還進一步趁虛而入。已經瀕臨冬季的諾登氣溫嚴寒，外加上帝國軍北方方面軍有部分過冬裝備不足的情況，已開始嚴重限制住帝國的行動。而就這點來講，打從最初就將這份嚴寒視為自家主場的協約聯合軍的突擊部隊則是四處作亂，屢屢對我方的補給據點展開小規模的包圍戰。如今針對小規模物資預置地點的警備，已逐漸困難到難以再繼續維持下去。但就算想壓制敵軍的作戰基地，士兵們要是沒麵包吃，也沒辦法推進戰線。

就算要下令挽回戰術劣勢，也要有指揮官能靠努力挽回的餘地，或是能靠奮戰解決的問題。但不論再怎麼努力，被燒燬的物資預置地點的物資也不會回來。所以她以泰然自若的表情，極為單純地得到的結論很簡單。帝國軍就連過冬物資都不太充足。儘管物資是有，但這些物資應該要為了準備過冬而加以謹慎管理。

然後活用過冬的空檔重新編制戰線。正因為想到這種結論，譚雅才會恍然大悟。原來如此，難怪會要她慎重做好準備，並擬定針對敵方陣地的空降作戰。在考慮要運用騷擾攻擊爭取時間之際，空降作戰確實是種有效的選項吧。

然而遺憾的是她……他就連單純的人類心理都不太了解。譚雅．提古雷查夫魔導少校就只是極為單純地，深信自軍部隊會在過冬後的春季攻勢中發動空降作戰的這項推測。

不過正因為如此，譚雅才會確信針對過冬準備提出警告是自己此時所該報告的事項，並伴隨著這份自信堅決地主張。所謂「早期解決的風險太大」。

葉柯夫．修萊傑中將身為北方方面軍司令部的參謀總長，一邊凝視著這項提案，一邊勉強壓抑住激憤的情緒。同時，還保有些許冷靜的理性也在腦中拚命敲著警鐘，大聲警告著情況有多麼糟糕。

提案就本來的意思上，就只是提出一項方案。換句話說，終究只是一種選項。修萊傑中將是在徹底講求能力主義的帝國軍中磨練出來的幹練老兵。就算主戰力的大陸軍被拉走，面臨到局部性的魔導師戰力劣勢，他也很清楚帝國對於協約聯合有著顯而易見的優勢。

不用說他當然也理解到，以小規模物資預置地點作為代表的前線物資供給據點遭到燒燬，是件相當令人頭疼的問題。就這點來講，儘管透過打擊敵魔導師成功阻止更大的損害而感到安心，不過他也跟安心的程度差不多地煩惱前線的後勤問題。沒錯，他並不是完全沒意識到問題。

但若偏偏是由中央派遣組的提古雷查夫少校一臉得意地指出，那就是其他的問題了。

「提古雷查夫少校，我想確認一件事。」

稍待片刻後，後勤參謀開口問道。

「貴官是認為會過冬嗎？」

「是的。」

她隨口答覆的表現，甚至能說是種淡泊。

「就現狀而言，沒有辦法維持後勤路線。發動無益的攻勢只會浪費物資與兵員，我軍沒理由這麼做討敵軍歡心。」

修萊傑看向後勤參謀與作戰參謀。雖早有某種程度的預期，卻只見後勤參謀露出不愉快且難以認同的表情強忍著情緒。

畢竟，無須考慮軍方規定，物資缺乏的情況就連末端的兵卒都有耳聞。

這位後勤參謀儘管不是格外卓越，但在能以常識判斷事物的程度上算是優秀。他有充分理解到物資不足的事態。也很清楚這是中央失策導致的混亂，以及導致這種事態的那批人已遭到撤換的情況。儘管如此，他卻只有無法釋懷的程度，就某方面上來講，毫無疑問是提古雷查夫少校的

解說

【騷擾攻擊】 也就是指「擾亂攻擊」—— Harassing Attack。諸如空襲東京，或是一九四三年一月三十一日，在戈林先生進行祝賀納粹黨掌權十週年的演說當中，派遣蚊式轟炸機去柏林打招呼的行為。

外表發揮了作用。不論是誰，都不想成為會朝小孩子破口大罵的大人。倘若盧提魯德夫少將是知道這點才讓她發言，那傢伙就是隻相當狡猾的老狐狸。

不過，作戰參謀等人儘管克制著表情，卻也像漸漸達到忍耐極限似的猙獰起來。這也是情有可原，畢竟他們肩負的職責與後勤參謀不同。他們每天都受到各方面軍傳來「你們要拖延戰局到什麼時候？」的壓力已久。畢竟，同樣以軍隊規模自豪的達基亞才六週就瀕臨解體，讓至今都還拖拖拉拉延續這場戰爭的諾登方面，遭受到的責難是日益增強。

「提古雷查夫少校，這樣會失去時間。」

「啊？」

同席的眾人儘管表情各有不同，不過大致上都在觀望情況。尤其是作戰參謀等人，就像是在打量長官意思般看了過來。修萊傑點了點頭，促使他繼續說下去。

「這樣會把戰事拖到明年。我們不希望進行長期戰。就算物資的消耗是個問題，但也不能讓部隊再繼續被綁在這裡。」

作戰參謀娓娓道出北方軍艱苦的內情。看到烏拉傑利北方方面司令點頭准許，修萊傑也微微放鬆肩膀的力道。看樣子，希望能早期結束戰爭與其說是作戰參謀等人的見解，倒不如說是更高階的司令官層級的意見。至少就時間上的限制，北方軍正逐漸形成一致見解。正因如此，他才會緊盯著擺出滿面笑容傾聽議論內容的盧提魯德夫少將的厚臉皮，試圖挖掘出他的真正用意。

「敵人也有相同的限制。」

而對於作戰參謀們有如悲鳴一般的反駁，做出答覆的是毫無抑揚頓挫的聲音。提古雷查夫少校毫不畏懼瞪向她的無數視線，淡然地開口反駁。

「比起在敵地拖延消耗，應該要快刀斬亂麻地解決此事。」

「這樣後勤會支撐不住。」

這是根據現況所提出的提案。當然，想必她就是基於這種念頭才提議要縮小戰線。然而她的態度，與其說這是暗中摸索的一手，更像是堅信別無其他手段。毫不理會作戰參謀們為了打破戰局而希望早期決勝的意見。不對，豈止是如此，她的瓜子臉還露出認為這是個蠢主意而當場否定的表情。

「恐怕在發動攻勢後，要不了多久就會面臨到攻勢極限。」

修萊傑邊用指尖輕按著右太陽穴，邊瞪向後勤參謀。

他至少有獲得後勤參謀等人保證，如果是短期攻勢，物資的供給就不會有問題。但問題就在於，他們保證的，就只有發動短期間攻勢的所需物資。至於該如何將物資提供給在最前線推進戰線的部隊，竟無人能向修萊傑中將提出萬無一失的體制。

「倘若是短期攻勢，物資就相當充足。前線所需的必要物資已幾乎儲備完畢了。」

被他瞪著的後勤參謀們所述說的內容，是兩場會戰的標準彈藥量與三週的糧食，還有達到基準值的航空燃料與一般燃料。他們所展現的數值，至少能支撐方面軍維持三週的攻勢。三週。總算重新整頓好戰線，部隊也準備好發動攻勢的北方戰線，只要展開一次大型攻勢，就能在三週內解決這場戰爭。畢竟只要以大規模攻勢擊破正面戰力，敵方的預備戰力也會枯竭。

「我反對。敵軍的抵抗頑強，怎麼想都不可能在短期間內突破。」

然而，對於他們呈現的數字，提古雷查夫少校卻連眉頭也不皺一下就搖頭，彷彿沒討論價值似的立即否決。

「最重要的是，當部隊推進到距離前線附近的輕便鐵路二〇公里以上的位置後，後勤路線就幾乎只能靠人力維持。這樣要在冬季確實推進戰線，等同是不可能的事情吧。」

然後十分特意地深深嘆了口氣。

這讓數名軍官的表情痙攣，不過修萊傑就連這也勉強隱忍下來。

要掃盪殘留敵兵，可能用不到一週的時間。就算在最壞的情況下，也不覺得敵軍能一連抵抗三週的攻勢。唯一值得擔心的，即是由敵魔導師組成的突擊部隊，但也已大致排除完畢。雖然很諷刺地，在排除敵突擊部隊上做出重大貢獻的人，正是眼前頑強反對的提古雷查夫少校。

關於後勤的問題，只要派工兵隊整頓路面並鋪設輕便鐵路就能應付過去吧。老實講，一直反對的中央軍派遣組，事到如今已是一種麻煩。要是這有辦法成為趕走他們的理由，是打算再忍耐一下子。

「這麼說確實有理，但敵軍的抵抗早已超過極限了。」

「擊破自軍倍數以上的敵人，這可是貴官立下的戰功。難道貴官不覺得，協約聯合根本不值一懼嗎？」

最主要是能從敵魔導師的消耗上看出，敵軍早已超出極限。就算其他列強多少有介入戰局，也可以從我方加強大隊能夠擊退敵連隊的情況上，看出這項內情。縱使我方的加強大隊是新參戰的部隊。

敵軍在主要抵抗線上，就只發動過零星的攻勢。壓制協約聯合全境已幾乎是時間上的問題。幾名情報參謀如此暗示著提古雷查夫少校。

「我軍在兵力與質量上皆占有優勢。比起在這裡耗盡物資，更應該採取行動。」

根據敵軍俘虜透露的情報，敵軍不僅是武器彈藥，就連糧食都已嚴重不足。情報部甚至做出敵軍早已喪失組織戰鬥能力的結論。

就北方方面軍的立場來看，比起兩軍對峙，更希望能在冬季來臨前分出勝負。儘管如此，卻因為區區一名少校的頑強抵抗，導致議題拖延到這種地步。就不同的角度來看，這只是在浪費時間而已。

要不是她代表著中央軍的意見，現在就想把她踢出會議的人，恐怕不只有他一個吧。

「就下官的印象，敵軍的實際戰力，僅有在友軍的奮戰下嚴重消耗的兩個大隊，以及孤立無援的一個加強中隊的程度。」

情報參謀等人特意給她面子發出暗示的結果，得到的卻是宛如踐踏他們好意般的答覆。要不是她有立下戰功，真想乾脆把她當作是不懂戰場的小鬼踢出去。修萊傑的嚴肅表情下充滿苦澀。畢竟那傢伙有著彪炳的戰功。

事情老是這樣。中央軍老是發出不合實情的指令要方面軍執行。修萊傑也很清楚，就像盧提魯德夫這名軍大學時代的學弟會跑來跟他耳語商量一樣，拒絕與中央軍合作是件無意義的事。但很尷尬的是，修萊傑的長官——北方方面軍軍團長烏拉傑利大將閣下對此事相當憤怒。

儘管老邁，也依舊長年從事北方防禦任務的老軍人，雖對意圖蹂躪祖國鄉土的協約聯合軍感到震怒，卻也同時對不斷把事情搞砸的參謀本部有著相同程度的憤怒，罵聲連連。因此，一想到怒氣沖沖，無論如何都要親手粉碎祖國威脅的長官，心情就倍感沉重。

「但妳擊破優勢的敵軍是不爭的事實。妳可是殲滅掉自軍倍數以上的敵人喔。」

「確實擊墜的敵軍，還不及一個中隊。這與其說是擊破，應該只能算是勉強擊退。」

聽到提古雷查夫少校暗中強調起擊退這件事，魔導參謀不禁板起臉來。在擊退敵軍後，進行追擊戰的北方軍戰果等同於零。於是他們就將給予敵單位些許損傷的戰果稱為確實擊墜，相對地中央軍卻是少報了擊墜數。

是讓給他們了。這毫無疑問是顧及到他們的面子，體貼地做出這種關照。儘管立下大隊規模的戰果，但幾乎都是那些傢伙的擊墜數。在場知道這起私下交易的就只有寥寥數人。

因此當大半的與會列席者露出狐疑表情時，修萊傑則是朝魔導參謀瞪了一眼。用眼神指示：你們既然給那群傢伙賞了這麼大個面子，就給我想辦法讓她閉嘴。

所謂的參謀，就是要擬定策略，讓上級將校的意思能毫無窒礙實現的一種職務。而領會到長官意思的北方方面軍的參謀們，就紛紛向提古雷查夫少校發出暗示，希望她能軟化態度。

「話雖是這麼說，但也是在我們雙方的合作，特別是在貴官的奮戰之下才會有如此豐碩的戰果吧。」

所謂，不正是貴官出色的奮戰打破戰局的嗎？

「雖說只是中隊，但那可是敵軍旗下，實質上算是唯一的魔導突擊部隊的主力。這就相當於是折斷敵連隊的主要支柱吧。」

所謂，貴官不是漂亮地擊敗強敵嗎？

「我們很歡迎提古雷查夫少校慎重的意見，不過倘若有貴官與旗下魔導大隊的戰力，相信也能對補給線的防禦充滿期待。」

所謂，如果是第二〇三航空魔導大隊，應該就能辦到吧？

委婉暗示著，我們對貴官與旗下大隊有著非常高的評價。並不是輕視慎重論，也不是不重視本國派遣過來的第二〇三航空魔導大隊。配戴參謀飾繩的高階校官們，一起吹捧勉強能配戴參謀徽章的一介少校階級。

所謂，拜託妳理解一下我們的意思吧。任誰都暗中懷著這種希望，一面避免讓她以為這是威脅，一面注視提古雷查夫少校的表情。而她就彷彿若無其事般請求發言，隨意地起身開口。

「承蒙諸位過獎，下官無以言謝。」

她理解了。

沒錯，就在眾人安心地喘了口氣，開始放鬆緊繃的情緒時……

「不過就下官所見，協約聯合軍的突擊部隊，本質上是步兵與魔導部隊的混合部隊。下官不覺得擊破一個中隊，就能使他們的活動停滯。」

「……妳這是什麼意思，提古雷查夫少校？」

「是的，局部性的小規模戰鬥確實是下官的大隊獲得勝利。然而敵軍的該批部隊，是在友軍的奮戰之下，疲憊且遭受孤立的部隊。因此就本質而言，下官只是擊退在連戰後戰力衰退的殘留敵軍，難以說是擊潰敵軍的精銳先鋒。」

「……妳還真是謙虛啊。」

這算是某種挖苦，暗諷他們「就連擊退戰力衰退的敵軍都辦不到」。恐怕是不經意的吧。某位高級參謀揚起嘴角，伴隨冷笑似的微笑喃喃說出這句話。

這本來是必須該斥責的行為。想是這麼想，但任誰都猶豫這麼做。畢竟，該用什麼理由斥責她呢？該說是擾亂軍官之間的和氣嗎？但她所說的是對軍事局面的見解。要是禁止她這麼做，就等同是完全否定帝國——萊希所引以為傲的參謀軍官的傳統。

無人知道該怎麼做，讓室內蔓延起一股凝重的沉默。

「是的……不，上校您過獎了。下官就只是基於事實回答。」

而開口破壞這個尷尬氣氛的人，正是導致這個空間產生的當事人。提古雷查夫少校有如瞪視一般凝視著高級參謀眾人。注視著長官的眼睛答話，就禮儀來講算是正確的行為吧。

不過，這倘若是直到剛剛都還在戰場上浸泡在硝煙與血腥之中的魔導師的凝視，情況可就不同了。

比較沉不住氣的數名魔導軍官，甚至在無意識間伸手握住演算寶珠。

「到此為止吧。」

再這樣下去，事態很容易越過底線。修萊傑基於這種判斷開口插話。他邊用眼神制止部下，邊像是在幫雙方調停似的說道。

「提古雷查夫少校的意見我明白了。妳所擔心的事情，也不是沒有值得參考的部分。但現在唯有早期解決才是最為急迫的課題。」

畢竟都讓妳吠這麼久，中央軍的意思早已清楚到令人生厭。老實講，這件事讓他不悅至極，但至少能夠理解。一介少校能在眾多高官面前抵抗到這種地步，肯定是受到相當嚴厲的命令。

倘若不是瞧不起修萊傑中將，認為他不值一懼，少校根本不可能會如此放肆。

所以使者可以老實閉嘴了。他以帶著堅決意志的眼神施壓。

「基於下官的義務，下官堅決反對這麼做。這有違減輕各方面軍負擔的目的，在現況下極易導致極大的負擔。」

但令人驚訝的是，她就連這也視若無睹。毫無些許猶豫、毫無一絲動搖地向參謀總長發表意見，甚至提出反論。憑她區區一介大隊長。

就算背後有神聖不可侵犯的參謀本部做靠山，此舉也幾乎等同是在挑戰權威，這是不被准許的行為。

「這麼做是要減輕友軍的負擔。少校，給我克制一下妳的輕率言論。」

放肆也該有個限度。就算是銀翼突擊章持有人，容忍也是有極限的喔。儘管懷著想朝對手破口大罵的衝動，他也依舊壓抑著怒火開口。

不論程度再怎麼差，只要是軍大學畢業生都該懂得的分寸，眼前的少校輕易就超過了。竟抗辯到這種地步。要不是在戰地，這種行為是絕對不會被原諒的。

是類似仗著在戰地只會受到這種程度的斥罵才做出的行為。就算是前線軍官，既然是受過參謀教育的軍官，就至少給我搞清楚分寸在哪裡。這幾乎算是相當要不得的暴行。將校們邊如此憤慨，邊伴隨著怒火朝她投以嚴厲視線。

然而，承受眾人目光的提古雷查夫少校卻做出膽大包天到令人驚訝的舉動。

她拿起參謀會議送上的咖啡杯，看向準備好的砂糖與牛奶如此喃語：

「……在西方，友軍正啜飲著汙泥，趺扑在泥濘之中，飽受著飢餓之苦。北方過得還真是舒服呢。」

對於凝視著她，深怕聽漏一字一句的諸位將校們來說，提古雷查夫少校嘴邊揚起的笑容不僅令他們相當不愉快，而且還意有所指。同時，她還環顧起室內舒適的辦公空間，擺出一副就算不開口，眾人也明白她在想什麼的表情。她的臉述說著一切。

「啊，我當然相信，諸位對友軍的情感與我毫無差別。」

這句話讓修萊傑中將終於忍無可忍。

對中央軍的強人所難深感苦惱的方面軍，已經再也受不了他們的頤指氣使。

他渾然忘我地撞開椅子站起。再也受不了這個囂張小鬼開口。

「……少校！既然說到這種地步，貴官就趕緊給我滾回西方吧！北方不需要膽小鬼。」

「這是北方方面軍的共同意見嗎？」

「少囉嗦！」

等回過神來時，他正朝著一名軍官破口大罵。甚至有種想把她一腳踹飛的衝動。瞬間鴉雀無聲的室內，儘管列席者大多保持沉默，但皆有著相同的心情。

然後，冷靜到讓人可恨的提古雷查夫少校行了個漂亮的軍禮。

「是的，那下官告辭了。」

話一說完，她就相當乾脆地起身敬禮。以優美到讓人錯愕的動作走向房門，離開會議室。到頭來，她一句抗議也沒有。

諾登司令部　盧提魯德夫少將勤務室

收到提古雷查夫少校禮儀端正地丟出白手套，一副憤憤不平的態度離開會議室的消息後，隨即傳來當事人以猛烈的氣勢申請會面的通知，盧提魯德夫少將一副「果然來啦」的態度點頭應許會面。他由衷地對不違背預期的提古雷查夫少校抱持好感。

要是不這麼做怎麼行呢。

「我知道妳想說什麼。」

所以他開門見山地暗示她直接進入主題。省略社交上的空虛手續，趕快發出怒吼吧。

「閣下，請恕下官直言，考慮到眼前的情勢，發動攻勢實在是有勇無謀之舉！為什麼不制止

他們呢？」

「少校，我想聽真心話。」

她發出委婉的抗議。

儘管雙眼中充斥憤怒，也依舊禮儀端正地發表意見，提古雷查夫少校的這種表現確實是讓人看了深感興趣。不過，他想聽的並不是這種循規蹈矩的意見。

「閣下，恕下官惶恐，但我乃是一介參謀軍官。故認為面對長官的詢問，並沒有立場做出超乎職責所能的答覆。」

「原來如此，真好理解。就這樣吧。」

「是的，感謝您的寬待。」

催她說出真心話的盧提魯德夫，在聽到這番禮儀端正的辛辣回覆後就明白了。原來如此，她的意思就是「我會說出參謀軍官所不被允許的髒話辱罵」吧。真是有趣的意見表達方式。

儘管沒說出口，但只說出一句暗示這不會被允許的話語，就能讓人明白她的意思。

「難怪傑圖亞那傢伙會這麼讚賞妳。很好。那就言歸正傳吧。」

那位傑圖亞少將當然會給她至高的評價。具有戰略性的視野，同時還勝任大隊指揮官並擁有卓越技術的魔導師，確實是很方便交辦工作。

「如果以牽制作戰的角度來看，妳會如何評價這次的攻勢，少校？」

「作為助攻，這幾乎毫無疑問是最完美的時機。恕下官失禮……請問這是以另有主要攻勢為前提的佯攻嗎？」

頭腦不差。不僅腦筋動得很快，最重要的是那能運用手邊材料確實拼湊出我話中含意的思考力。具有參謀軍官所必要的冷靜情感，同時還能擔任指揮官勇猛奮戰，就這層意思上來講她是個稀有的人才。

「評價對複數戰線造成的影響。」

「至少，以讓共和國與後方諸國的注意力移向諾登攻防戰，進而掩護我軍在萊茵戰線準備發起的攻勢上來講，並沒有太大的好處……也就是說，是正式的諾登攻略戰？可是這樣一來，補給方面……」

眼前淡然地，而且還彷彿忘卻方才的激情陷入沉思的少校模樣，流露出身為參謀軍官最難能可貴的資質——清醒的感性。就算要求以第三者清醒的俯瞰視點進行思考，能做到這點的人也並不多。正因為如此，帝國軍才總是歡迎著少數的例外人才。

「再加上，倘若事態順利就能牽制住敵軍增援的預測。」

「閣下，請恕下官直言……就下官所見，倘若要以牽制敵增援為目的，根本無法對其他戰線做出貢獻。下官不認為諸列強會在本戰線投入足以影響萊茵戰線的增援……反過來說，應該把這當作是為達成我軍在諾登的戰略目標所採取的佯攻作戰吧。」

在暗示她「找出妳所反對的北方方面軍提出的攻擊計畫的意義」後，提古雷查夫少校就冷靜地聯想到「佯攻」這個主意。真是了不起——他甚至在心中稍微提高了對她的評價。

「嗯，繼續說下去。」

「如要下官直言，是打算占領敵戰線的後方據點嗎？您曾命令我們準備空降作戰……採取某種佯攻，針對後方……後方？」

然而，或許該說對話是一種雙向性的行為。一如盧提魯德夫少將琢磨她的話語與話中含意，回應對話的譚雅也同樣一面推敲他字裡行間的意思一面思索。然後，就在譚雅這邊覺得這是彷彿似曾相識與似曾耳聞的情境而拚命回想之下，逐漸成功在大腦深處打撈起這段記憶。

「怎麼了嗎，少校？」

譚雅就連盧提魯德夫的疑惑聲也聽而不聞，緊握著想起的線索收集起記憶的碎片。

在前線牽制住敵戰力。佯攻。針對後方的襲擊。快想起來。我應該曾在那裡聽過這種情境。而且還是我相當中意的那類情報。

是在哪裡？我是在哪裡聽到的？不對，不論是聽到的還是看到的都無所謂，自己確實曾在哪裡，聽聞過這種情境。

「後方，背後……補給線？沒錯，是補給。然後斬斷？」

這是她在將收集到的記憶碎片重新拼湊的過程中，無意間喃喃唸出的一句話。這句話讓眼前盧提魯德夫的表情驚訝地僵住，不過譚雅就連這種變化也視而不見，將想法逐漸凝聚成形。

背後，沒錯，是某種占領背後的策略。這是……對了，是從背後痛快踢飛對手的作戰。

忽然間，腦海中浮現兩個字。

仁川？沒錯，就是仁川。

……對了，就是這個。將狂妄的共產主義者愉快地狠狠踢飛的這個。靠著麥克阿瑟貧乏的才能，宛如奇蹟一般實現的仁川登陸戰。來自背後的大規模包圍與截斷。讓瀕臨極限的北朝鮮軍一如字面意思潰敗的關鍵性一擊。

這是名留世界史的痛快逆轉劇。資本主義擊敗了共產主義的邪惡！

「閣下，在敵人主力集中在前線的狀況之下，針對敵人後方的兩棲作戰，不失為一個解決方案吧？」

幾乎像是現在才想起盧提魯德夫少將的存在一般突然喃喃說出的話語，不過有別於說者的平穩語氣，言詞之間充滿著自信。

考慮到仁川登陸戰，這種從背後一腳踢飛愚蠢的共產主義者的爽快感與偉大感，就算用來對付共產主義者以外的敵人也很有用吧。畢竟這可是將敵人的主力一如字面意思的「完全包圍」，並且還能整頓好後勤補給的萬全作戰。唯一的問題點就在於，這是要求我方的制海權必須要占有優勢的作戰，同時也是需要敵方的主力盡數出動的作戰……

「針對後方的大規模登陸作戰。包圍敵軍並截斷後勤。換句話說，這是為了實現兩棲作戰而採取的佯攻吧？」

對譚雅來說，這種程度的內容就單純只是在重新認識歷史上的事件。正因為如此，譚雅才會無意間忘記一件事。忘記在這個世界上，這只是個尚未成為歷史的構想。

因此當提古雷查夫少校以從容的語調，宛如坦然述說出公理一樣若無其事地說出這番話時，盧提魯德夫少將受到的衝擊根本難以估算，而譚雅完全沒有理解到這件事。

這或許該說是理所當然吧。畢竟看在構思這項作戰的盧提魯德夫少將自己眼中，這應該是沒有多少人知道的祕策。然而一名校官階級的參謀軍官，卻把這當作是顯而易見的解答輕易說出。

他一邊靠著意志力制止險些僵住的表情肌，一邊裝作若無其事地慎重詢問。所謂，妳這是從哪裡聽來的？

「妳是從傑圖亞少將那裡聽來的嗎？」

「啊？下官不太清楚您的意思。」

然而，一臉茫然地反問的提古雷查夫少校卻露出困惑的表情。雖說不是能完全看穿部下的情緒與真心話，但基於經驗法則判斷這應該是真心話的盧提魯德夫少將，隨即理解是自己誤會了。

也就是眼前的少校……並沒有從傑圖亞那邊聽過這項作戰！

這……該不會……

儘管覺得這不可能……但心中卻也湧上「從後方登陸的大規模作戰機動這件事，該不會是這傢伙自己想到的吧」的疑惑。

「這是『妳的提議』嗎？」

「是的。考慮到眼前的情勢，下官判斷這是一項有效的作戰方案。」

「……該說這是很有意思的提議吧。」

當她極為輕易地表示肯定時，盧提魯德夫光是要不動聲色地回話就費盡心力了。重新擺好姿勢的他，腦海中同時湧上「真虧她能想到這點」的驚訝，以及「難怪她在軍官學校時期能以如此戰略性的觀點議論運輸網路」的理解情感。

所謂「原來如此」的理解，以及「竟然能預測到這種地步」的驚訝。但不管怎麼說，她都是名後生可畏且可靠的軍官。

「很好。果然是要用妳的部隊。少校，這是轉調命令。妳的部隊就在軍港待命吧。」

「是的，下官受命。」

從容點頭，擺好姿勢受領命令的提古雷查夫少校，光看外表就像是名開開心心要幫忙做家事的小孩子。而自己也像是在吩咐她做家事一般隨口下達命令。

……唉，戰爭還真是不知道會發生什麼事。

「是在登陸戰時擔任先遣部隊的空降作戰。我要妳的部隊成為全軍的先鋒。我對妳抱有很大的期待喔。」

有著如此頭腦的先鋒也不壞。為了向前邁進，能對擔任槍尖的她懷有很大的期待吧。

「可是，閣下，可以請教您一件事嗎？」

「什麼事呀，少校？」

「既然閣下有著如此傑出的腹案，應該沒有必要暗示下官牽制北方方面軍的攻勢吧？」

嗯，就跟她說得一樣。實際上，盧提魯德夫自己也不是沒有想過這點。不想限制意圖發動攻勢的北方方面軍，強硬地造成討厭的嫌隙。尤其是在聽修萊傑中將透露烏拉傑利大將已處於爆炸邊緣之後更是如此。

不過姑且就跟傑圖亞少將主張的一樣，「勉強進攻的好處」與「不勉強進攻的好處」雙方都各有優劣。實際上，以作戰局的立場來看，戰線是愈少愈輕鬆，但也得考慮到戰務局正在抱頭苦惱補給問題的現況。

「沒什麼，這是傑圖亞少將開出的條件。」

「啊？」

而這對他來說，也不是什麼需要隱瞞的事。說得更精確一點，就是堅信她總有一天會達到能自然得知此事的立場，以及對於參謀本部自己人的某種好感吧。

「照他的說法，就是協約聯合之流丟著不管就好，現在應該要充實內線防禦。由於兩種做法都有道理，因此只要北方方面軍同意，就會把妳送去萊茵，而我應該會努力準備過冬吧。」

「下官了解。那下官先告辭了。」

北方方面軍第七基地（現大隊基地）

「少校？」

譚雅為了傳達重新部署的消息返回基地，前來迎接她的人是擔任值星軍官兼副隊長的拜斯中尉。他還貼心地囑咐勤務兵準備備用大衣與咖啡，手法相當熟練。真是名優秀的人才。

而且最棒的一點，就是他不抽菸。這個身體的鼻子對菸味極為敏感。

然後參謀會議基本上總是煙霧瀰漫。我也不是想否定在戰場上吸菸的行為，但至少要求要區分吸菸者與非吸菸者的座位，或是別對著我的臉噴煙，這樣眼睛會很難受。鼻子刺癢、淚腺遭到刺激的感覺相當令人火大。

雖說限制個人的權利，顯然是種讓人難以忍受的壓抑行為，不過將充滿惡意地朝我臉上噴煙的高級軍官們盡數射殺應該無所謂吧。

明明沒在做事，抽的雪茄倒是挺高級的。真虧他們能把虛情假意的擔心友軍掛在嘴上，讓譚雅看得是啞口無言。她心想，即使是我，在說毫無真心的場面話時，也多少會掩飾一下耶。

「真是無聊的會議。白白浪費時間跟預算。」

最重要的是，現在明明就能打假戰，他們卻想要發動戰爭，這種行為簡直就是瘋了。在貧乏的經營資源下斟酌所能做到的事，明明是無需顧問指點就該明白的真理。

譚雅一面深思，一面將參謀包放在辦公桌上，然後在戰局圖上寫了起來。讓後勤路線後撤，然後打著游擊防禦的名義滯留北方，藉此避免投入主戰線的計畫已經失敗了。

豈止如此，北方方面軍甚至還在籌畫強烈帶有所謂死亡行軍味道的攻擊計畫。另一方面，參謀本部這邊則是極為機密地在籌畫針對後方的兩棲作戰。

「這些傢伙也太喜歡戰爭了吧。」

由衷覺得身邊都是些超愛戰爭的傢伙，莫名其妙。他們這種想靠貧乏物資打仗的想法讓人完全跟不上。

都沒想過把激戰交給友軍處理，讓自軍在物資充分累積之前悠哉地努力構築陣地。

儘管懷疑他們是不是被功績與軍事浪漫主義洗腦得太過嚴重，但考慮到他們暗中策劃著針對後方的大規模兩棲作戰，看來參謀本部比想像中還要認真地想打這場仗。

「這是我無法理解的世界。」

儘管不想坦承自己的無能，但也只能這樣判斷了。

不過如果會是勝仗，就算高聲主張進軍應該也沒關係吧。而且還是空降作戰，一旦有危險只要起飛逃跑就好。考慮到魔導部隊特有的機動力，評估這應該沒多少風險的譚雅，就對襲擊敵後方的作戰計畫比較有興致。

畢竟，這項計畫就連那個麥克阿瑟都辦得到。倘若是更加認真打仗的帝國參謀本部，想必會籌畫出萬無一失的計畫吧。雖說這是第一次依照盧提魯德夫少將的作戰方案戰鬥，不過在交談之後，發現他看來意外是個容易一起工作的類型。應該行得通吧——譚雅由衷懷著期待。

「給我備用地圖。」

「是的，請。」

不過，這項計畫也不是毫無問題。從部下手中接過北方戰區的全區地圖，與寫著戰局情報的戰局圖互相比對。這讓我抱頭苦吟起來，峽灣果然是最適合沿岸防衛的地形。由於能盡情朝狹隘的水域砲擊，只要岸上設有砲台就相當難以攻陷吧。

不過歷史也顯示出，跟那個新加坡一樣海上防禦強悍的要塞，在面對偶爾的陸上進攻時就會

解說

【假戰】 意指第二次世界大戰早期德法國境的和平狀態。表示雖處於戰時，兩國卻沒有交戰的奇妙戰爭狀態。

變得相當脆弱，這是譚雅唯一的救贖。一想到這，譚雅就在地圖上預測狀態，移動棋子。

果不其然，防禦峽灣的砲台對艦隊來說確實是個威脅。沒錯，是有威脅，不過那是對艦隊來說……要是砲口全都朝著海岸方向，應該很容易從後方用炸藥什麼的炸燬。外加上沿岸砲台是主要針對港灣入口的防禦設施。再怎麼樣，也不會蓋成會讓砲彈打到自己後方砲台的構造。

這樣能贏吧？對如此思索的譚雅來說，就算敵軍中有來自姆明谷（註：動畫《歡樂嚕嚕米》的妖精住所）迷失在人間的妖精存在，自己也有能彈開攻擊的防禦殼，這點讓她做出了決定。

「……從背後發動襲擊的勝算相當高吧。」

向沉沒中的大船說再見，是相當具有常識的對應。但極為罕見地，有時船不僅不會沉，還能讓人大撈一筆。而既然有這種可能性，那當然要自願參與這場勝仗分一杯羹。邊懷著這種想法，邊將寫好預測狀況的戰局預測圖捲起，混進要寄給參謀本部的報告書裡。

最重要的一點，這項如此龐大的大規模作戰可是參謀本部所籌畫的。計算到這種地步，要是沒考慮到失敗時的保險，就只能用笨蛋來形容了吧。不過參謀本部的作戰局，而且還是課長級的將校，竟然以北方軍會無視參謀本部的「勸告性意見」北進為前提擬定作戰，可是個讓人擔憂的情況。各方面軍之間的合作關係比想像中還要不穩，這讓她感到一絲不安。

只不過……譚雅重新思考。這應該是前任者在把大陸軍投入諾登的下一瞬間，就將大陸軍拉走所留下來的嫌隙吧，這樣想就能夠說明了。路德維希中將也還真是會找麻煩。沒錯，就名目上來講，參謀本部只是皇帝陛下的一個諮詢機關。即使最高統帥府實際上是參謀本部的事後承認機關也一樣。但就算各方面軍在名目上只需對各自的最高統帥府負責，打亂彼此的合作關係也實在很糟糕。

不對，該說正因為如此才不能打亂吧。一想到這，譚雅就想長嘆一聲。或許該把這當作北方軍稍微的冒險行為失敗了，然後趁世界各國的注意力集中在這場冒險的攻勢上時，在諾登計畫的大規模作戰。事情一旦順利，參謀本部就能掌握指揮戰爭的主導權。

就現況來看，協約聯合軍雖靠著恐怖分子般的游擊戰抵禦帝國軍的攻勢，但也沒有餘力能發動反攻。考慮到只要不會影響諾登的防禦，帝國軍高層想必也不希望發動攻勢的情況，這幾乎是政治鬥爭的層級吧。

換句話說，就是維生素P（註：黃酮類化合物的舊稱）的問題。

「……誰受得了被捲進這種糾紛裡啊。」

不對，等等。稍微冷靜下來。至少譚雅的經驗豐富，不會犯下重蹈覆轍的錯誤。

自己的常識並不一定是社會的常識。或許這世上有著最愛戰爭教之類的宗教，會建議信徒們去自殺也說不定。

「拜斯中尉，貴官有自殺慾望嗎？」

「啊？沒有，請問怎麼突然這麼問？」

兼具確認的意思向部下發問。不過就拜斯中尉的反應，看來是杞人憂天了。

想著「這麼說也是呢」，伸手拿起謝列布里亞科夫少尉端來的咖啡。北方這麼冷，要是不喝熱咖啡怎麼受得了。

令人不爽的是，北方司令部那些傢伙竟把我當小孩子看待，加了牛奶和大量的砂糖。

「真是難以置信，看來要發動全面攻勢了。簡直在浪費士兵的性命。」

密封命令的開封許可下來之前，就算是可信賴的副隊長拜斯中尉也不能輕易洩漏消息，譚雅就只說出能講的部分。

也就是說，現在能說明的重點，就是要在這次冬季發動全面攻勢。光看此事的來龍去脈，怎樣都無法抹去北方方面軍，似乎是看到達基亞戰線勢如破竹的攻勢而顯得過於急躁的印象。

要比喻的話，就像是在手邊現金不多時想大賭一把。雖然賭本是士兵的性命，高階軍官們的荷包似乎一點也不會痛就是了。倘若以芝加哥學派的方法分析，應該能得到誘因具有嚴重缺陷的判斷吧。

「……後勤的準備呢？」

就拜斯中尉難以置信的反應來看，這果然是正常反應。嗯，要是後勤路線的概念沒有異常，那北方方面司令部究竟是在想什麼啊？他們該不會有私藏物資吧？

倘若真是如此，就表示他們存在著不在帳上的預算，這可有必要撤換掉監察官。就算是瀆職也該有個限度吧。就是因為這樣，才會被批評沒辦法阻止泡沫經濟。

適當的監察明明是讓市場正常運作所不可或缺的行為。

「不可能有吧？等到冬季，火車也會停駛。真想不出來他們要從哪裡生出過冬物資。」

唉，不論是哪個時代，向來就只有負責徵稅的官員會很優秀。就連信奉自由市場化的市場基本教義派，都不會要求讓徵稅事務民營化就是最好的證明。相對的，他們則是針對支出發出各種批判與改革方案。看吧，就連那個芝加哥學派也不贊成讓國稅局民營化！

不過當她想到這裡時，忽然有種不太對勁的感覺。

「那我們呢？」

「我一指出發動攻勢的風險，他們就決定送我們回本國的軍港。拜這所賜，我想也沒辦法指望慶功宴的經費了。」

這全是基於保密的名義所導致的不幸誤會。就算自己自認為這好歹是依照中央軍的意思，為了作戰準備而變更配置，但看在北方方面軍的事務官眼中卻不這麼認為。拜這所賜，讓主計科拒絕撥發預算。以管轄不同的名義，拒絕支付前幾天還保證會撥發的預算。

怎麼想都是在找麻煩。我是能接受遭到撤換的結果，但既然有做出相對的貢獻，應該就有權力獲得合乎貢獻的成功報酬吧。不管怎麼說，這下慶功宴費用就只能從北方方面軍的某個單位上偷偷摸來了。嗯？……從某個單位上……摸來？

「對了，謝列布里亞科夫少尉，部分經費需要用大隊公庫支付，幫我準備一下預算。」

「遵命。那個，請問估計要花多少呢？」

如果只是稍微慶祝一下，大隊的公庫是足以支付，不過現在這種戰局，是不是該謹言慎行才對啊……一想到這，譚雅就聳了聳肩，覺得自己多慮了。我可是在這種嚴寒天氣下拚命使喚著部下。比起傳出冷酷無情的評價，還是多少放縱一下，展現自己是個有人情味且體貼部下的長官會比較好吧。

「也是呢，就讓大伙喝得盡興，盛大地……」

盛大地辦一場吧——正當她想這麼說時……

「少校，恕下官失禮，目前酒已經多到可以泡澡的程度了。」

就見拜斯中尉一臉得意地插話。這讓譚雅忍不住想問他是從哪裡摸來的，不過勉強靠意志力忍住，成功靠著無法置信的表情，不發一語地用臉色發出詢問。

「呃，恕下官插話。少校，承蒙駐地部隊的厚待，我們收到了一整個福利社的酒。」

眼見我一臉狐疑，謝列布里亞科夫少尉就隨即補充。她也跟了我有一段時間，知道我在擔心什麼，在這方面上也變得還算機靈了。

「啊，請少校放心。這些酒是 Viper 大隊是用私人費用購買的，所以那個……算是他們的善意吧。」

很好——譚雅心滿意足地點頭。也就是有人對我工作的成果感到滿意，進而請客吧。真是太棒了。唯一的問題，頂多就是自己礙於軍規與年齡限制，就算想喝也只能滴酒不沾。

「很好。那就去買烤雞吧，少尉。」

所以，頂多就吃吃烤雞吧。

「敬 Viper 大隊一杯。多虧他們，讓我能請大隊這一頓。」

「哎呀，還真是對 Viper 大隊抬不起頭了呢。」

不過，他們可是魔導師。不僅薪水相當優渥，更重要的是還有出擊津貼、轉調津貼、危險津貼等等。賺到的錢想必早就能蓋一棟小型住家了吧。況且這要是大隊一起支出的錢，金額還會再翻倍呢。

「太感謝他們了。很好，機會難得，就發信請他們來參加慶功宴吧。」

就是這樣。反正既然如此，就來跟在我們抵達之前，幫我們削弱獵物的北方軍的溫柔友軍打好關係也不錯呢。主要還是我想趁這個機會，消除我因為滔滔不絕地說出噁心的信仰告白所可能導致的誤會。

我可是正常人。

得在受到奇怪的流言損害之前防範未然。

統一曆一九二四年十一月二十九日　北洋艦隊母港—艦隊旗艦司令部

海峽方面高漲著決戰氣息。呼應著這股氛圍，帝國軍基地也在無形之中瀰漫著躍躍欲試的氣氛。平時總是凝重的氛圍，就連在此時此刻都活躍到足以驅散嚴寒的程度。東奔西跑的將兵們儘管板著臉，看起來卻顯得有些難以鎮定。

整體瀰漫著某種在大規模作戰前無法避免的亢奮感。人類是種麻煩的生物，雖擁有畏懼戰鬥的智慧，同時也具有想陶醉在軍事浪漫主義之中的感性。這或許是渴望勝利美酒的念頭，作為眾人一致的情感散發開來吧。

自己這無法共享祭典氣氛的感性，看來是少數派的樣子。譚雅懷著唯有這點自己無能為力的想法，朝著指定的艦隊旗艦司令部的會議室走去。就路上擦身而過的士兵模樣，一眼就能看出北洋艦隊的將兵們各個戰意高昂。想必就連一部分留守的艦艇，如今也躍躍欲試，迫不及待出擊命令吧。

同時為了盡量活用這份高昂戰意，似乎在運用面上做了十足的工夫與顧慮。有許多運輸船停泊在港灣內，當中甚至還停泊著經過改造，可說是某種登陸艦的登陸用船隻。想必以高速運輸船的名目徵收的登陸用船隻也已做好萬全準備。放眼望去，就連港灣內的交通秩序都受到帝國風格的效率監督著，讓艦隊整頓好隨時都能開始作戰行動的態勢。

因此，擔任先遣部隊備受期待的自己責任重大，譚雅重新意識到自己肩頭上的重擔。在工作上備受眾人期待比不受期待來得好，不過在各方面上也會造成許多麻煩。

儘管如此，我也會回應這份期待給你們看——譚雅徹底封印住內心裡的這種想法，一派自然地坐到會議場的指定座位上，藉由閱讀會議前分發的事前資料，委婉地無視周遭的注目視線。雖然這也有一半是真的想要複習資料以避免出現紕漏。

不過就跟反覆閱讀過的一樣，看來是要在這項計畫案中擔任相當關鍵的角色。自己等人的活動將會直接影響作戰的成功與否，責任重大。空降並占領沿岸砲台。這雖是華麗的舞台，卻也是個難題。一旦失敗，全軍就將會卡在峽灣裡等死。

「時間已到，會議開始。」

就連沉思之時，時鐘的指針也在持續前進。等到指針停在指定的時間上時，帝國海軍的參謀就以嚴肅語調宣告會議開始。眾人一致看向掌管作戰指揮權的艦隊指揮官，開始會議。

「那就先說明狀況吧。」

艦隊指揮官自顧自的開始簡報，擺出嚴肅神情聆聽的譚雅，則是滿腹牢騷。她在心中大肆抱怨，不斷碎碎唸著「好歹再增強一點空降部隊的戰力啊」的怨言。

「我們將進行北方方面作戰的支援任務。」

……北方作戰的支援？才感到疑惑，譚雅就明白了。沒錯，雖說只是名目上，但中央軍姑且是打算給北方軍一個面子。這與其說是參謀本部的意圖，還不說是顧慮吧。讓因為大陸軍動員的相關事項產生嚴重嫌隙的中央與北方感動地言歸於好。

也就是說，這是混有大量高層的自私意見，不怎麼美好的軍事作戰計畫。不過就程度上來講算是相當優秀，是在名目層面上解決問題，而不是會讓現場人員遭殃的政治妥協，可說是相當出色的和解方式吧。

畢竟北方方面軍不僅能發動攻勢，還能享有主導作戰的名譽。就算失敗，只要實行計畫的參謀本部擔起責任，北方方面軍也毫無損失。另一方面，只要計畫順利就能夠改善戰局，對參謀本部來說也有充分去做的價值。

這大致上是前來這裡視察的盧提魯德夫少將閣下的詭計吧。一方面佩服這真是一記好招，另一方面也有點感慨，直屬中央就是會在這種時候遭到嚴厲使喚。

「就如各位所知，現在北洋與大洋兩艦隊正聯合展開北方支援作戰。」

然後根據指揮官說明的狀況，北洋艦隊的主力是負責對協約聯合進行某種牽制的支援艦隊。他們的任務是要阻止協約聯合的艦艇逃往共和國海域，同時也期待能夠擔任支援陸上軍事行動的角色。

因此，放棄這些行動的登陸作戰，近乎是戰略上的奇襲。不是封鎖任務與艦隊迎擊任務，而是打從開始就無視協約聯合艦隊的作戰行動。

北洋艦隊將作為超乎本來任務範圍的大規模增援，一方面接受大洋艦隊支援，一方面專門為了登陸作戰出動。只要能在大洋艦隊擋住恐怕會出面牽制的共和國艦隊時達成作戰行動，戰局將一如字面意思出現大逆轉。

戰略性奇襲的成果實在誘人。這可說是一場掛保證的勝仗吧。是能比較安全地確保升遷與功績的機會。就算不是我，只要是軍人都會想搭上這班順風車，這種想法一點也不奇怪。

實際上，負責留守的將兵們，不是因為沒希望出擊而意志消沉，就是在找尋出擊的機會。不論是誰，只要收到出擊命令都會樂意之至吧。

不過問題就在於天候。根據戰史的記載，派到冬季嚴寒地帶的部隊總是不會遇到什麼好事。況且，這還是在冬季的嚴寒之中執行的空降作戰。一旦墜落海中，就會跟鐵達尼號的遇難者一樣當場凍死。

就連那個赤紅的蘇聯軍，都會在冬季戰爭中遭遇慘案。倘若是不習慣嚴寒的帝國軍掉到冬季的海水之中，肯定會變成冷凍保存的鮮肉。

「因此，主要的戰艦部隊將幾乎全面出動。而如此大規模作戰的目標……」

像這樣別有含意地停頓一下後，艦隊指揮官嚴肅地宣告目標。

「是歐斯峽灣。我們要直擊敵後方的後勤路線。」

歐斯峽灣。當指揮官宣告出這個地名，會議就在眾人聽到並理解到這所代表的意義後，瞬間靜默下來。

峽灣原本就是海軍艦艇的一大難關。是水域狹隘且受峭壁左右包夾，四面八方都會遭受到攻擊的討厭地形。就算無視水雷的威脅，只要峽灣的兩岸峭壁上設有砲台，闖入其中的船艦就只能哀嘆自己將被凌虐致死的命運。畢竟狹隘的水域無庸置疑會讓船艦淪為無法動彈的標靶，讓砲台盡情地灑落砲彈。

外加上，哪怕是頂多停泊數艘驅逐艦的水域，一旦水道狹隘，就算再不願意，也不得不感受到魚雷的威脅。

況且歐斯還是基於地理上的重要性，防備格外森嚴的峽灣。

「在此狀況下，必須得在艦隊突擊之前先行占領峽灣上的敵砲台。」

當盧提魯德夫少將發出非正式命令要她準備針對峽灣的空降作戰時，譚雅就在某種程度上猜到作戰的內容。以航空魔導大隊的空降奇襲讓沿岸砲台喪失機能這項非正式命令的意思，就等同是要她支援艦隊強行突擊峽灣。倘若不是，就沒理由派精銳攻打敵地後方的沿岸要塞吧。

我忍不住在桌面下握緊拳頭。港灣占領作戰前的占領砲台行動。總而言之，就是空降作戰有可能會是決定一切的賭博。在這種寒冷天候中，不是悠哉地從登機梯走下，而是扛著步槍與演算寶珠強行從空中降落。一旦失誤，將會是一大慘事吧。

「目的是要在短時間內讓敵砲台喪失機能，讓艦隊能攻進峽灣之中。」

命令別人進攻是很輕鬆，但對被命令進攻的人來說可受不了。不對，空降作戰的宗旨倒也還好。能理解這項行動在軍事上的必要性。至少能接受這是項必要的行動。但要我們確保進攻路線是怎樣？說到底，這可是支援海軍的作戰，照道理來講，應該是派有與海軍維持緊密合作訓練的海陸魔導師執行吧。然而情況卻是相反，不僅要我們占領砲台兼掃蕩鄰近敵兵，最後還要讓艦隊在我們鋪好的紅地毯上悠哉行進嗎？

「為支援深陷困境的友軍並擊出關鍵性的一擊，我希望能確實執行這項任務。」

……說起來簡單，但辦得到嗎？竟要我們占領腳步會受到雪地干擾的峽灣兩岸。在這種地形上，要求壓制敵兵還算是莫可奈何的事，但要求徹底攻下敵砲台，責任實在重大。

強人所難也該有個限度吧。

只不過，魔導師直接掩護艦隊的效果有限，沒把砲台攻下艦隊也無法進攻，會做出這種決定也是情有可原。因此，這算是項需要有人抽到下下籤的工作。可恨的是，抽到下下籤的，正是我的第二〇三航空魔導大隊。

「至於先發部隊……我很期待妳喔，提古雷查夫少校。」

「請求發言。」

「什麼事，提古雷查夫少校？」

「我的部隊是加強大隊。火力另當別論，但要一面占領所有的敵砲台，一面與可能襲來的敵增援交戰，其中一方可能會人手不足。」

實在是不願做出反駁長官的行為。沒有事比這還要讓人提不起勁。所以，正因為如此，這種時候才要堂堂正正地開口。不論是誰，要是看到反駁自己言論的傢伙一副卑躬屈膝的模樣，大都會擊潰他的意見。

反過來說，要是擺出一副堂堂正正，看起來言之有理的態度，就多少會有一點說服力。倘若能讓周遭的人認為，自己是為了遂行所賦予的任務提出有建設性的建言，藉口也會化為真實。因此，首先就試著狐假虎威看看。稍微試探一下。從就算失敗也沒關係的程度開始嘗試。

「少校別擔心。我方也擔心這件事，所以在空降的三十分鐘之後，就會派出兩個海陸連隊前去增援。」

「了解。那請問在最惡劣的情況下，下官是否有權利提出中止作戰的勸告呢？」

擺出問心無愧的態度，委婉地提出要求。倘若表現得畏畏縮縮，很容易被當作是貪生怕死之徒；但只要表現得堂堂正正，大致上的要求都會有一定的說服力。

重要的不是事情的對錯，而是能不能堂堂正正地大聲提出主張。

「……妳這是什麼意思？」

「單純來講，一旦下官的部隊失敗，艦隊就很容易置身在不必要的危險之下。」

假如我們失敗了？

不用說當然就只能撤退。反過來講，這也能避免上級為了進攻而命令我們努力解決事態的蠻橫之舉。畢竟，只要上級決定撤退，我們就只需要起飛逃跑就好。

縱使上級不認同這項權利，只要留下我曾要求過高呼撤退的權利，就能強辯自己有為了避免風險做出努力。

「妳的意思是，當無法讓砲台喪失機能時，就要優先保全艦隊吧。」

第一階段過關。至少，當意見沒有被一口否決時，就表示對方有意願聽我說話。

如果是善良的軍官，想必會在占領失敗，敵軍的砲台仍健在時，深刻擔憂艦隊所會蒙受到的風險吧。而獨善其身的軍官，則是會害怕被追究在這種情況下強行進攻所產生的損害責任。

但不論是哪種軍官，都會認真分析我的意見計算利害關係，分析情勢的變化。

「最重要的是，倘若輕視保全艦隊的重要性，就很可能會讓共和國、協約聯合的艦艇逃離封鎖線。這很容易導致海上封鎖變得毫無意義的危險事態。」

所以就悄悄地推波助瀾。以海上警戒會弱化的擔憂，刺激一下「有必要為了從事兩棲作戰，讓制海權暴露在危險之下嗎？」這種海軍軍官的本能。這是非常合理的意見。不論他是否有獨善其身的念頭都無法無視這點。當然，要是說得太超過會有危險。平衡在這裡也很重要。但只要沒有拿捏錯分寸，就能在不嚴重損害對手情緒的情況下說服對手。

這招肯定會有效吧。

「……很合理的意見。只不過，沒辦法將作戰的進退交給一個前衛部隊決定。少校，當貴官失敗時，就迅速與後續部隊會合，試著再度占領吧。」

「遵命，閣下。不過基於指揮權的問題，下官無法納入海陸魔導部隊的指揮之下，也沒有辦法指揮海陸連隊。」

說到這裡，只需給對手一個藉口就好。對手也肯定會明白的。海軍的工作本來就只有護送部隊到港灣口與頂多艦砲射擊的程度。不會想把魔導師部隊的指揮系統問題搞得太複雜吧。

「考慮到這點，倘若海陸連隊指揮官也同意，想請您准許我進行作戰中止的勸告。」

一面顧及對方的面子，一面進行避免麻煩糾紛的調整手續。

要不了多久就獲得同意了。

「……好吧。我准許妳這麼做。」

數日後，作戰按照計畫發起，譚雅與其忠勇的第二〇三航空魔導大隊作為先遣部隊，經由海上運輸機的運送，抵達空降目標地區的上空。

作戰計畫是要在黎明之前空降，在昏暗中趁著敵人的混亂占領砲台。從執行方的角度來看，這項計畫的風險似乎很大，但所謂的沿岸要塞防線對來自後方的攻擊相當脆弱，所以算是合理的做法。

「也不是辦不到吧。」

喃喃唸道的譚雅，在心中以合理性安慰自己。所謂的沿岸要塞防線，是用來抵禦沿岸來襲的敵艦或敵部隊。也就是說，後方是沿岸要塞與後方據點連接的後勤路線，沒有鞏固防備的理由。她藉此說服自己這項作戰存有勝算。就算多少有警戒奇襲的戰力，敵軍也會是輕裝部隊吧。

就沿岸要塞看來，後方的安全是該由陸軍負責守護，防備來自海上的襲擊才是沿岸要塞防線的存在意義。這項觀念一點也沒錯。直到一個世紀之前。

「引擎關閉！進入滑翔狀態。」

駕駛艙傳來的宣告，代表計畫已進入最終程序。

就連引擎聲也不願發出，以從高空緩慢滑翔接近這種徹底的方式接近目標地區。想當然，空降也是藉由空降裝備的非魔導依存空降。倘若無法在無人察覺的情況下空降，譚雅的命運就會在那時候遭到決定。

「很好。全員準備對地壓制空降。」

不過事到如今，譚雅也只能期待自己鍛鍊出來的部隊能發揮萬全的實力。既然如此，她所能做的事，就只有一邊排除失敗的要素，一邊盡可能提高成功的機率。

而指揮官在作戰前露出不安神情可是大忌。所以譚雅就像在通知眾人準備出門參加無關緊要的郊遊一般，以輕鬆的語氣要部隊準備降落。

全副武裝的魔導師，穿戴空降裝備擠在狹窄機艙內的模樣，讓譚雅不免覺得是種超現實的景象，但不管怎麼說，有做好準備就好。

「我再重複一次，目標是防禦峽灣的各座砲台與魚雷陣地。最好是能占領，但要是有困難，就算是使其喪失機能或是機能受損也沒關係。」

譚雅以「我相信你們辦得到」的信任與毫不緊張的淡然語調叮嚀部下。

「我想你們都清楚，我們一旦搞砸了，後續的登陸部隊就會卡在峽灣裡等死。」

砲台絕不是要塞。也就是說，並不是無法占領的東西。更重要的是，砲口是朝著海岸方向，並不是設計來與空降到後方的魔導師交戰的武器。儘管如此，也毫無疑問擁有著能讓艦隊束手無策等死的能力。所以一如字面意思，我們將是作戰的關鍵。

「時程表排得很精簡。空降的三十分鐘後，預定會有先遣的艦隊海陸魔導師前來增援。不過依照原定計畫，他們要負責對付來自陸上的敵增援。我們大致上只能靠自己。」

姑且在情況不妙時，能以聯名的方式與後續的增援指揮官一起發出作戰中止的勸告，但要是這麼做，可不是拿經歷當祭品犧牲掉就能解決的事。這將會是我這個人的毀滅。我並不想獨自毀滅，如果可以根本就不想毀滅，這種心願可說是些許人性情感的結論吧。

「在三十分鐘內盡力破壞所有的陣地。我期待各位發揮出航空魔導師的本領。」

因此，譚雅對進行空降的部下們抱持著期待。不對，與其說是期待，倒不如只能說是希望。拜託，不要把事情搞砸。拜託，給我發揮十二萬分的實力。

「副隊長，你負責指揮占領亞伯特砲台。我按照計畫，負責壓制納瓦砲台。」

「收到。請問要何時解除無線電靜默？」

拜斯以確認口氣發出的提問，這已是第三次了。

「一旦據點占領失敗的時候，就立刻通知我。除此之外，無線電靜默基本上維持到友軍增援為止。」

「敵增援該如何處置？」

「一旦超出處理範圍就哭著求救吧。要是沒有，就給我打回去。」

「收到。」

彼此再次確認有無遺漏的事項，同時趁著這個機會，再三讓部隊全員清楚必要的傳達事項，這可說是報告、聯絡、商談的模範。不管怎麼說，成功的要素無法一概而論，但既然明確存在著失敗的理由，沒有比事先消滅更好的選擇。

「很好，謝列布里亞科夫少尉，妳擔任預備指揮官。當我與拜斯中尉失去訊號時，就指揮大隊撤退。」

「您是說撤退嗎？」

「當那傢伙與我都 LOST 時，作戰就算失敗了。要是出現如此重裝備的敵軍，攻擊是不會有勝算的。簡直就像是金絲雀一樣。」

礦山的金絲雀會以死發出警告。這還真是合理性精神的美好產物呢。看在軍隊眼中，不論金絲雀還是自己，以這該死的現實來講，在某種意思上算是相同程度的損害吧。

不過說出這種危險暗喻的譚雅，心中毫無半點想像金絲雀一樣壯烈犧牲的意圖。如有必要，頂多就是拚命高呼著危險起飛逃跑。她對萊希就只抱持著這種程度的忠誠心。

「那就楚楚可憐地叫給他們看吧。」

拜斯中尉介入對話的玩笑話，就某種意思上值得讚賞。

「我可不想聽你的啼叫聲啊。趕快給我準備出動吧，副隊長。」

「收到！」

在眾人氣勢十足地檢查各自的裝具時，譚雅拿起自己的降落傘，在做好安全降落的最後檢查後，心滿意足地點了點頭。

既然不去不行，工作就該確實執行吧。

「很好，跳！」

然後，以熱心工作這點來講，協約聯合軍的安森上校也跟譚雅一樣，是不會懈怠戰爭準備的人種。

「敵襲！」

「怎麼會，竟在這種距離下偵測到魔導反應！偵查班究竟是……」

基於海防的必要性而剛配置到駐地的安森上校的部隊，雖說戰力狀況絕對稱不上萬全，卻能早期建立好大致的警戒態勢，正是因為他學到完全喪失主導權的恐怖。

一想到自從在諾登粗心開戰以來，逐漸遭到壓制的現況就更是如此。

「竟讓敵人在熟睡時襲擊過來，軍隊的訓練究竟是怎麼了？」

因此，對於應該事前就架設好陣地，但友軍的海岸砲台依舊陷入一片混亂的情況，安森上校幾乎難掩心中的不悅，心想：士兵大都只是後備役的後備軍人，訓練程度才會低落到無法挽回的水準吧。並對這該死的情況發自內心地咂嘴。

「……敵情狀況如何？」

當時，他腦海中只認為這是輕微的騷擾攻擊。應該是對砲台的騷擾攻擊，藉由砲台遭襲的事實，讓軍方輕率地以加強防衛的名義在歐斯市等後方都市配置更多兵力，可能藉此分散兵力的討厭手法。懷著這種想法的安森上校就某方面而言，此時還有餘力慢條斯理地感慨。

不對，正確來講……應該說是帶著樂觀的觀測發出嘆息吧。這種想法的核心，恐怕就連安森自己也未能察覺。

但至少在那個時刻來臨之前……他都沒把這個事態看得太過嚴重。

「狀況不明。海灣部的各座砲台都有傳來交戰報告……但巡邏艇的定時聯絡中斷了。」

「什麼？向巡邏線發問。這些魔導師說不定意外地是用潛艇載來的。」

暗中接近，發動奇襲。就這層意思上來講，突擊部隊與潛艇的配合度超群。正因為如此，安森也不斷向軍方要求引進潛艇，然而很可悲地，協約聯合海軍的水準就只跟海岸警備隊差不了多少，並沒有多餘的潛艇能分配給魔導作戰使用。而令人錯愕不已的是，就連為數不多的潛艇也在開戰前派去進行定期的遠洋訓練，最後還在中立國被視為戰時船隻，難堪地解除武裝，導致目前運作中的潛艇數量是零。

真教人羨慕——安森上校一面這麼想，一面也打著要捕捉敵方潛艇的主意，在讓部下準備出擊的同時，命令無線電通信士聯絡警戒線。

「儘管有發出詢問……但那個……沒有船隻回應。」

「各巡邏艇是陷入混亂，所以才聯繫不上嗎？」

不過，直到這時，他的腦袋才總算是理解事態。

警戒線上的船隻毫無回應。倘若只有一艘，說不定是碰巧待在潛艇附近而遭到擊沉。但……海上的警戒線毫無消息，情況可就不尋常了。不對，海上才是災厄的根源！

「……糟糕！他們的目標是砲台嗎！要出動了，緊急起飛。」

敵魔導師對砲台發動奇襲。然後是，海上的聯絡中斷。

「啊？」

「砲台全都朝著前方啊。」

這是敵軍，敵軍發動的攻擊。而且，還是大規模的完全攻勢！祖國……我的祖國，還有該守護的家園就要——

「統統給我起來！要緊急起飛了，給我發令下去！」

然後，懷著決心起飛的安森上校的部隊，對帝國軍而言是出乎意料的新參戰部隊。畢竟帝國軍參謀本部視他們為剛配置下來的新設部隊。帝國軍參謀本部掌握到他們員額配賦數低下，後勤也經常不足的情報並沒有錯。而基於這些情報，情報分析參謀也極為合理地研判，這是一批擁有某種程度防衛戰力的常備防禦戰力與防衛歐斯市的部隊。

所以他們認為，只需要以大規模戰力收拾掉主體就不足為懼。

本隊應該能在這批部隊集結兵力，展開反擊戰之前成功登陸。

這項判斷雖不見得有錯，但就唯有結論是錯的。

畢竟緊急起飛的安森上校，手邊所分配到的戰力就帳面上來看，只有微不足道的一個魔導大隊。而且還是基本戰力與合作訓練都尚未完成，良莠不齊的程度相當嚴重的拼湊隊伍。

帝國軍所不知道的是，他們究竟是為了什麼而戰鬥。是因為還沒有理解的必要吧。

儘管如此，這依舊是極為客觀且無力改變的事實。而作為相對的帝國軍指揮官，譚雅對出乎意料的敵部隊急速趕來增援的事態，不得不邊採取應對措施，邊在心底朝神與惡魔罵遍這世上一切的髒話。

「少校！是新參戰的部隊。」

正在急速逼近的是大隊規模的魔導師編隊。速度與高度都非常出色。毫無疑問是一線級的迎擊部隊吧。而對於正在壓制地面的第二〇三航空魔導大隊而言，上空遭到壓制可是個惡夢。

「已確認！謝列布里亞科夫少尉，妳指揮第一中隊繼續占領。」

「少校，一個中隊太危險了！從我的隊上拿一些部隊過去吧。」

「拜斯中尉，你給我趕快去占領。我這邊自己會想辦法解決。」

所以，譚雅毫不遲疑地做出自己上去攔截的決定。

畢竟上空要是遭到壓制，也就沒有辦法逃跑。這時要是派部下上去攔截，一旦他們被擊潰，自己就無路可逃。既然如此，還不如一開始就由自己負責迎擊，以防在情況不妙時有路可逃，這樣對譚雅來說還比較能夠安心。

以中隊規模的戰力對付大隊規模並看似精銳的敵部隊，要說願不願意，也確實是不願意。不過在與被大隊規模的魔導師壓制上空的恐怖相較之下，可就好到完全無法比較的程度。倘若不想論為被單方面射擊的靶子，就只能制住高處。

「呃，遵命。」

「第一中隊跟上！迎擊！」

一結束簡短對話，譚雅就拚命加速以提升高度。想藉由急速爬升，盡可能占據到勢均力敵或具有優勢的戰鬥高度。爬升中的譚雅，眼球捕捉到宛如豆粒般，一分一秒逐漸逼近的敵影。

而當其中一方能目視到對方時，反過來說對方也同樣可以。

「無法與地面取得聯絡！」

「目視到敵軍了！上來迎擊了。」

安森上校的大隊拚命地翱翔天際，儘管隊列凌亂也依舊趕到的歐斯峽灣，如同擔憂的狀況，在敵軍奇襲之下，砲台陷入嚴重的混亂狀態。

豈止如此，敵方魔導師還像是埋伏已久似的，一面俐落地提升高度以採取迎擊行動，一面排出戰鬥隊列。

不論是優秀的對應，還是一絲不亂的隊形，都能讓人瞬間看出對方是與奇襲部隊相稱的難纏對手。也就是討厭的對手。

「好快！」

「中隊規模？也太瞧不起人了。」

「那可是空降而來的敵人。別輕估他們的訓練程度！妥善運用數量優勢！要衝了！」

就算如此，也不能退縮。數量優勢也不曉得有多少用處——安森上校邊強迫心中如此辛辣抱怨的冷靜自我閉嘴，邊鼓舞部隊去將敵奇襲部隊從砲台上驅離。所謂的打回去。

除此之外，他還能說什麼呢？

「攻擊！攻擊！」

就只能伴隨著怒吼，身先士卒地發動突擊。

這是他的選擇，同時也是唯一的選擇。只不過，或許該這麼說吧。

看來神並沒有朝自己微笑的樣子，安森稍微仰天長嘆。

「呃！那個是！」

「安森上校？」

……神呀，這是為什麼？為什麼，那傢伙會在這裡？

「是宛如鐵鏽般可恨的傢伙。保持距離靠射擊牽制。絕對不要讓他潛入懷中！」

白銀這個可恨的別名。倘若是與自己的部隊奮勇交戰，還因此獲得勳章的敵兵，就算是敵國的消息也會傳入耳中。那個沾滿鮮血的傢伙是白銀？哈，看來帝國相當沒有品味啊。

那傢伙甚至能稱為鏽銀吧。

被我國將兵的血淋到生鏽的惡魔。肯定不會錯的。正是那可恨的仇敵。

神呀，我請求祢。請賜予我消滅那個惡魔的力量。

安森上校甚至伴隨著祈禱所發出的術式，符合他拚命投注在這一擊之中的心願，直接命中敵隊列。

不過，或許就跟他的覺悟一樣。

那些散開隊形，沒受到多少損傷往這裡衝來的傢伙們，行動上看不出有任何遲疑。就算是這樣，他也不會後退。因為他沒辦法退。

身上掛著衝鋒鎗，他散發著一旦敵人闖進射程之中，就要將他們打成馬蜂窩的氣勢，朝敵人衝鋒而去。

就沒辦法後退這點，提古雷查夫少校的部隊也是相同的狀況。以譚雅的真心話來說，這已是嚴重超出薪水額度的過度工作，是讓她想抱怨這違反契約當場飛走的狀態，但由於軍隊不是這種組織所以只好安分地認命。

必須得遵守規則。

這倘若是連隊規模的魔導師攻來，或許還能用人數差距作為藉口逃跑。不過要是敵我雙方都是大隊規模的魔導師，這就難以作為藉口，就算想逃也沒辦法逃。這種程度就給我奮戰到底吧。軍隊總是會如此斷言。

「呃！真棘手。各自以小隊單位突擊！」

儘管想逃，但想到一旦逃走，至今累積的經歷就會蕩然無存的話，情況可就不同了。這讓情非得已，簡直是不甘不願的譚雅，就算得背負某種程度的風險，也不得不奮戰到底。

打亂火力差距與數量差距的唯一辦法，就是闖進敵陣掀起混戰。術式在近距離下誤射友軍的危險性很高，就結果來說能大幅減輕數量差距所導致的火力差距。更重要的是，只要將戰局從組織對組織，轉變成個人對個人的纏鬥，帝國魔導師就絕對能占有優勢。

「壓制他們的上空！」

「別讓他們壓制上空！」

往來交錯的射擊線與術式的交鋒。這是一如字面意思的魔導科學的精華，也是活用近代帶來的文明利器所產生的某種夢幻般的光景。但可悲的是，這是由鐵與血所點綴的色彩。

儘管如此，最終還是靠所謂人數優勢的數量，來決定一切。一旦形成消耗戰，到頭來就是質量、數量占優勢的一方取勝。

「是增援部隊嗎！」

「糟糕！又來了！竟然還有增援！」

連隊規模的增援正在逐漸靠近。察覺這點的譚雅面露喜色確信自己的勝利，安森上校則是一臉氣憤地懊悔不已。兩人的聲音也因此反應著雙方置身的狀況，前者是相當愉快，後者則是伴隨著無能為力的憤慨喃喃低語。

「提古雷查夫少校，占領情況如何？」

「下方正在掃蕩敵兵，我正與敵迎擊部隊交戰中。請立即增援。」

「收到！兩個大隊！去掩護少校！然後進行縱深打擊。」

增援指揮官與譚雅之間簡單明瞭的對話，是為了讓作戰順利進行的事務性話語。雙方都已掌握情況，不再考慮作戰的成功與否，而是思考作戰的下一步。

逐漸占領的海岸砲台，能夠排除的敵迎擊部隊，還有開始在港灣內現身的友軍運輸艦。眼前展開的光景，讓從事作戰的全體帝國軍將兵確實感受到，這一切正朝著勝利一步一步邁進。

勝利。這對帝國軍方面而言，已成為不久之後的既成事實。

安森上校所深愛的祖國，已沒有對此提出異議的力量了。

同日　共和國—海峽司令部

「早期警戒線傳來警報！」

監視警戒線的偵察機傳來警報。

這所代表的意思顯而易見。帝國軍的艦隊有某種動作了。

是他們期盼的艦隊決戰的大好機會。司令部內緊繃的氛圍也一口氣衝到頂點。

「DEFCON 1（註：戒備狀態等級一：最高就緒狀態）發令。終於要出動了嗎？」

迫不及待。

司令官就像是如此心想而喃喃低語的心情，可說是全體共和國海軍軍人的共同心情。有別於在萊茵戰線上展開激戰的陸軍，海軍甚至被揶揄是吃閒飯的單位。這是洗刷汙名的機會，也是期盼已久的支援友軍的機會。

「不對，這個是……他們帶著運輸船？該不會！」

然而他們所期盼、所渴望的敵情卻完全背叛了預測。帝國艦隊的最新情報指出，帝國海軍與他們的預測相反，完全沒有想進行艦隊決戰的意志。根據情報顯示，推測是要出動進行大規模艦隊行動的帝國艦隊，正帶著複數的運輸船一同出港。

在進行大規模艦隊行動時，除非是長期的作戰行動，否則很難想像戰鬥部隊會在航行時帶著低速且脆弱的運輸船團。所以當聽到他們帶著運輸船時，聰明的人隨即想像起船上裝載的東西，湧現某種不好的預感。

……船上究竟載著什麼東西？就常識來講，應該是石炭、石油、士兵的食料、砲彈、備用零件等艦隊長期航行的必要物資，但在這種狀況下，帝國艦隊不可能特地跑去進行悠哉的環遊世界之旅。倘若是這樣，那就是要把某種必要的東西，運送到必要的地點。

司令部人員一齊屏息等待報告。焦急到彷彿身軀就要燃燒殆盡似的緊張感。

「Spike04呼叫HQ，帝國艦隊正航向北方。再重複一次，航向是北方！」

「呃，是登陸作戰！」

當理解到這點的時候，任誰都瞬間感到一股有如後腦杓遭到痛擊的衝擊，這也是無可厚非的事吧。

畢竟，這對共和國來說是最不希望的最糟糕的發展。自達基亞這個包圍網的一角遭到擊潰以來的惡夢。繼達基亞之後，協約聯合說不定也會跟著瓦解的恐怖。而且眼下，帝國軍北方方面軍有跡象正在策畫攻勢，將協約聯合軍的部隊主力牽制在前線。

……要是後方的作戰基地被登陸作戰攻下，就無法避免重蹈達基亞覆轍了。光是優勢的地面部隊，就已經讓戰爭打不下去了，更別說後方補給線遭到截斷的軍隊將會面臨到悲慘的命運。

數名高級軍官的腦海中，浮現聯合王國暗中帶來的帝國軍的登陸計畫。要是繼達基亞之後，連協約聯合也脫離戰線，祖國所承受的負擔將會變得多重？

「立刻讓艦隊與海陸魔導師準備出擊！那些傢伙打算登陸協約聯合的後方啊。」

緊急傳來的敵情報告。嘈雜程度增加的司令部，接連地向駐留艦隊發出展開攻勢的通知。然而，一則報告讓他們不由自主地停止動作。高漲的情緒一口氣降溫、飛散。

「……確定無誤嗎？」

「不會錯的！潛艇部隊與敵魔導師展開阻絕線了。」

共和國海峽艦隊本來的主要任務，是要與帝國軍大洋艦隊互相對峙並將其殲滅。不過相對於共和國必須將主力艦隊分散到南北兩方，帝國卻能集中在北方。對共和國海峽艦隊來說，大洋艦隊與北洋艦隊的匯合，很有可能會讓他們陷入劣勢。

以七比七的戰力交戰之際，敵方增援了三。十比七這個比例雖不是不能一戰，但也離讓人想交戰的比例甚遠。

就算假設有協約聯合的艦艇增援，恐怕也不會有太大的幫助吧。相對的，北洋艦隊儘管數量稀少，卻都是比較新型的船艦。旗艦的赫爾戈蘭號本身還是最新銳的赫爾戈蘭級一號艦。以主力艦的數量來看，海峽艦隊是壓倒性不利。

在這種狀況下，倘若帝國軍想與我方進行艦隊決戰，就算要拚同歸於盡，也還是有辦法挫敗其戰略意圖吧。

但這反過來說，是連在建立好根基的地點上，也要懷著同歸於盡的覺悟，才總算有辦法實現的希望。然而就連這個希望也落空了。帝國艦隊就彷彿對決戰毫無興趣似地北上。說起那些傢伙，目前正決定悠悠哉哉地護送運輸船北上。沒錯，確實是如此，只要成功登陸，協約聯合就會瓦解。這也就是說，能消除風險的機會就只有現在。

能早期發現算是我們運氣好。

要是對此一無所知，滿不在乎地挑起艦隊決戰，大概會遭到奇襲陷入驚慌失措的窘境吧。能發現此事真的是僥倖。但問題是，究竟該如何應付這個情況。

「向陸軍魔導師請求支援！並投入巡邏機，無論如何都要替艦隊開出道路！」

但趕得上嗎？瞬間，海峽艦隊司令部眾人的腦海中閃過深刻疑惑。對共和國而言難以忽視的包圍網崩潰的惡夢，端看他們能否趕上……他們下定決心，無論如何都要趕上。

「把能動的艦艇統統派出去！全力出擊。」

但可悲的是，他們沒能趕上。

就在他們高舉拳頭，準備朝敵軍前進時，協約聯合駐外武官緊急傳來的惡耗讓他們理解到這件事。已經太遲了。因此他們堅決發誓，下次一定要……下次一定要，一如字面意思地將敵軍痛扁一頓。

統一曆一九二四年十二月四日　聯合王國—倫迪尼姆　祕密的某處

自從收到帝國海軍偕同登陸部隊，向歐斯峽灣毅然發起登陸作戰的衝擊性報告以來，室內氣氛就宛如吃了一斤黃蓮似的苦澀。

就連近期的聖誕假期也告吹的他們，被惡化的情勢搞得胃痛不已。

聯合王國相關人員期盼帝國、共和國以及協約聯合能同歸於盡的願望落空，帝國順利地逐漸邁向勝利。多虧這點，讓共同承擔這個現實認知的聯合王國情報相關人員，一齊感到沉重心情。不過關於這間勤務室，真要說的話，已不只是氣氛很糟的程度。勤務室的主人哈伯革蘭少將的壞情緒在室內蔓延，這等同是最糟糕的狀況。本來就很難搞的人物，正逐漸地感到煩躁。

一旦輕率發言，腦袋就會當場飛掉。而在看到那封通知後闖入這種空間裡的通訊參謀實在是很幸運。通常來講，這都不得不像是闖進地雷區一樣提心吊膽，不過這次可不同。

講明白點，就是這並非壞消息！自從達基亞瓦解以來，究竟有多久沒有幾乎是小跑步地向負責人做緊急報告呢？當然，既然這是職務，就沒辦法以個人喜好左右。只不過，沒有比通知壞消息還要讓人提不起勁的事情也是事實。

「輔助艦萊達魯號傳來最速件通知。」

「說吧。」

不畏懼他似乎不太高興的聲音，直率地呈報收到通知的事實。是聯合王國偽裝成民船的情報收集船與偽裝巡洋艦傳來的報告。當中優先特別高的緊急報告，還使用到一次性暗號發送。

儘管有覺悟這會是罕見的壞消息，但在解讀之後，驚訝地發現這至少不是個壞消息。不過，也很難說是值得大肆慶祝的好消息。

「協約聯合政府似乎希望我們運送重要人士。」

內容簡單來講，就是運送重要人士。更正確地來講，就是運送協約聯合政府實質上的最高權力機關——十人委員會的評議員。也就是協約聯合為了建立實質上的流亡政府，決定不顧顏面地向他們低頭求援。這至少比協約聯合唯唯諾諾地臣服帝國要來好得多吧。就聯合王國的國家利益來看，並不完全是件壞事。

「……這是外交部的工作吧。」

不過就收到委託的人來看，這也是不同管轄的工作。對外戰略局的工作終究是計畫與分析，絕不是聯絡窗口。豈止如此，甚至想極力克制會對情報收集行動產生妨礙的行動。老實講，完全不想被牽扯進去。

說到底，負責接受外交請求的單位是外交部。以協約聯合的情況來講，經由當地大使館發出通知才是正式管道。他們好歹是一國的代表，怎麼會直接向情報部或戰略局的一個單位提出流亡交涉呢？怎麼想都是搞錯窗口了。他會滿懷著這種感想也不是什麼奇怪的事。

通訊參謀立刻就能理解長官的納悶態度，畢竟他剛剛也抱持著相同的疑問。不過對於討厭浪費時間的哈伯革蘭少將，有必要做簡短的說明。

「因為是協約聯合的海軍相關人員私下與我們接觸的關係。」

「情報走漏了嗎？要真是如此，只能認為情報安全上存在著相當大的漏洞。」

「不，似乎是跟我方所有的船隻都有接觸的樣子。」

總而言之，他們並不是向與聯合王國情報機關有關的船隻進行聯繫。倒不如說是相反。是他們拜託到的船隻，碰巧是聯合王國的輔助艦萊達魯號。畢竟他們幾乎是對所有停靠協約聯合的船隻都試探過一遍。

雖說是會讓人嚴重懷疑起情報安全的情況，但這種請求方式不如說是必然的結果。對方肯定也是抱著死馬當活馬醫的心態。不過就這層意思上來講，還真是嚴重給人找麻煩的外行人。

「已顧不得顏面了嗎？這是步壞棋啊。名單呢？」

「在這裡。其他的全是定期船的樣子。」

該說是最糟糕的做法吧。畢竟要是不顧一切地尋求協助，就一定會在哪裡走漏風聲。知道祕密的人愈多，洩漏機率就愈是會指數函數性的增加。而且對手還是以列強之姿認真作戰的帝國。很難想像那個國家的負責人會怠慢情報收集工作。既然如此，倘若想徹底隱瞞流亡作戰，就該再稍微慎重一點。不過，或許不該對陷入恐慌導致機能不全的協約聯合政府懷有太多期待吧。

縱使他們沒有要徹底隱瞞的意圖，政府首腦企圖逃離國內的行為，也毫無疑問會削弱國民的士氣……倘若讓民族主義傾向徹底抗戰，說不定意外地還有一絲希望吧。

而且再過不久就是帝國軍預計會在北方戰線展開大規模攻勢的時期，這個時機也很微妙。老實講，要是在這種時期傳開這種消息，很可能會讓士兵的抵抗弱化。不過要是相反地做出英雄般的抵抗，政府高喊著誓死不從的話……說不定還有一絲希望。

這樣一來，帝國軍就會跟達基亞那時候不同，再稍微維持一陣子兵力，困在協約聯合的領地上吧。

「請問該如何處理？倘若要答應，動作就要快了。」

實際上，達基亞那時就曾犯下因為事態變化過快，導致建立流亡政權的構想挫敗的失誤。基於這點，這次毫無疑問會被要求迅速做出對應。是讓人深刻感到必須要活用手上某些牌的通知。必須要善加利用此事，作戰參謀帶著這種積極的意圖提出質問。

所謂，應該採取行動吧？

「反對。我認為讓我方的偽裝巡洋艦遭受注目並沒有好處。」

另一方面，也有部分人提出慎重意見。畢竟所謂的偽裝巡洋艦……是種會輕易觸犯到戰爭法與各種國際法的存在。要是在以暗中收集情報與通商破壞為前提事前配置的時期曝光，很可能會引發大騷動。說到底，畢竟是將武裝船隻稱為民船讓他國放行入港，在法律上是無論如何都很糟糕。最嚴重的情況下，還可能會被視為海盜行為，讓船員統統遭到逮捕。

就算觸犯國際法並不會有良心的苛責，不過基於得失計算的遲疑，是身為邪惡組織人的必備感覺。

條約不是用來打破的，而是要讓對手去打破的。

至少，哈伯革蘭少將也打算在國際法勉強能認可的界線內放手去做。

「不，不論怎麼做，都得避免遭受臨檢。機材裝載的情況？」

只不過，就算有著相同的思考邏輯，首腦陣營的想法也會不同。畢竟他們所知道的，比部下還要再更深入一點。情報部為洗刷達基亞當時的汙名，積極地展開活動，並掌握到了幾項有趣的事實。

「我想幾乎已裝載完畢了。」

「……既然這樣，如今再多加幾樣貨物也沒太大的差別。那名重要人士是誰？」

畢竟看在意圖建立起第三戰線減輕共和國與協約聯合的壓力，結果達基亞卻如此輕易地遭到瓦解的情報部參謀們眼中，這可是洗刷汙名的大好機會。他們以陰氣逼人的氣勢埋首在北方戰線的情報收集與分析上的行動，正逐漸取得相對應的成果。

而在輔助艦上，祕密裝載著他們在這股氣勢之下，收集到的各種情報與所使用的機材。比方說，他們掌握到帝國海軍正在準備登陸戰這項重大情報的功績。

所以不用說，這種船隻要是遭到臨檢可大事不妙。不過要說到危險度，船上也早已裝載著大量危險物品，可說是如今就算再多加幾樣新貨物也毫無大礙的程度。

既然如此，如今就算再加上一樣危險的貨物，想來也不會有太大的變化。

「是評議員。」

該國的十人委員會評議員在聯合王國建立流亡政權，在政治上具有相當大的意義。這對在缺乏政治敏感度就無法勝任的情報部裡任職的參謀們來說，是件顯而易見的事。優秀的參謀對這點也會有相同的看法吧。

國務大臣級的政治家在前政府的授命下，以正式的權限擔任流亡政府的首相，絕對不是一件小事。

而管束他們的哈伯革蘭少將，也是一名離無能相當遙遠的人物。正因如此他才會遲疑。

「……稍等我一下。」

沒錯，只要讓流亡行動成功，確實是能獲得超乎上次失敗的成果。帝國目前正在達基亞順利地建立起統治機構，而這說不定能避免類似這種惡夢的事態在協約聯合的領土上發生。正因為如此，他身為現場負責人十分清楚問題所在。

這一切全是假設流亡行動能平安成功之後的事。一旦失敗，所蒙受到的政治與外交上的風險將會過於龐大。外加上茲事體大，就算是哈伯革蘭少將，這件事也已經遠遠超乎他能獨自決定的範疇。

而且他是個知道自身權限的人。也很清楚有哪些事不允許他擅自決定。正因如此，他才會被提拔到掌握韁繩的立場。他不會失控並能冷靜做出判斷的性格，被視為難能可貴的資質。

實際上，正因為是必須嚴加管制的單位，所以才會放入哈伯革蘭這種劇毒。命人迅速做好文件之後，他就親手帶著文件離席。保密是種會讓人不得不變得格外神經質的問題。正因為如此，他隨即就帶著幾名護衛飛奔前往海軍部。

「我是哈伯革蘭。第一海軍卿在嗎？」

守護勤務室的憲兵站在眼前。值班軍官會一臉質疑地提問是基於職務，只能甘願接受。

哈伯革蘭自己年輕的時候，在需要叫住上級將官時會非常緊張。一想到這，阻止他入室的值班軍官看來相當認真吧。他在心中記下這個人。

「他正在辦公。請問有約嗎？」

「沒有。請向第一海軍卿轉達，我有急事稟告。」

值班軍官在經過幾次確認後，放他進入勤務室。

他隨即衝進海軍卿勤務室，請求驅離閒雜人等。等隨從全部離開，確認周遭毫無人影之後，才開始報告。

「少將，長話短說。」

「是的，發生了我難以做出判斷的事態。」

哈伯革蘭提出簡潔歸納好的文件，同時口頭報告文件的概要。一邊確認第一海軍卿有看進文件內容，一邊進行細微的補充說明促使他理解狀況。

總之，這是分秒必爭的事態。不允許遲疑。同時也嚴禁輕舉妄動。所以必須要盡可能迅速做出報告，作為在下決定時的判斷材料。畢竟協約聯合正一如字面意思的一分一秒瀕臨瓦解。該國的命脈就宛如沙漏一般迅速地滑落。倘若要從中撿起貴重的政治果實，行動就幾乎只能在現在做出抉擇。

「協約聯合的評議員希望能搭乘輔助艦運送出國。」

「這可棘手了。還有其他艘停靠在該地區的聯合王國的民船嗎？」

就政治上來講，建立流亡政權扯帝國的後腿是很有發展性的選項。不過海軍卿卻認為這是件棘手的麻煩事，不經意地脫口說出心中的想法。

不用說，理由既簡單又明瞭。不背負風險就想取得碩大的政治成果是痴人說夢。儘管透過流亡政權干擾帝國的行為能期待獲得重大成果，但另一方面，要暗中讓流亡政權的基幹人員逃亡，還要若無其事地運送到佯裝中立的祖國，是連棘手都不足以形容的難題。

沒錯，問題就在於運送手段。該怎樣把人運送到聯合王國的領地上？儘管有經過偽裝，但輔助艦萊達魯號在本質上依舊是不由分說地引人注目。

畢竟是登記成定期貨船，而不是定期船的船隻。儘管不論停靠在何處都不顯得奇怪，但要是有人在監視港口就絕對會注意到。

用這種船隻運送重要人物的風險太高了。

「只有四五艘。而且全是定期船。不論哪一艘都在帝國的監視之下吧。」

而且麻煩的是，聯合王國船籍的船隻大半都自我克制前往協約聯合。正確來講，是前往協約聯合港灣設施的船隻在開戰後急速減少。與其說是中立國的義務，不如說是害怕被捲入戰爭。

所以如今會入港的船隻，頂多只有事先規劃好的定期船。而且希望避難與流亡的大量民眾，也讓定期船幾乎客滿到不能再客滿。這可是要讓除了少數的包租船外，其他並非定期船的船隻停靠在這種地方的港口上，覺得這樣不引人注目的人還比較奇怪吧。

怎麼想都不覺得帝國會眼睜睜地放過這種船隻。就算沒有特意監視，這也是在港口的船夫任誰也會好奇觀望，民眾一如字面意思地懷著希望懇求搭乘的聯合王國船隻。肯定會在某處聽聞到風聲。

由於太過醒目，海軍部甚至正在檢討要不要改由外交官負責傳遞情報。

萊達魯號沒有設置顯眼的武裝。不過二九．五節的航速，對定期貨船來說明顯是快到無用武之地的速度，加上還打著遊覽飛行的名目在艦內祕密存放著小型水上飛機，也裝設著些許砲門。雖說這些經過偽裝的砲門，姑且有著船內管線與遊樂器材的名目。

倘若沒有機密資料，就算遭到臨檢，在國際法上也不痛不癢。另外，就算船員是魔導師，這也是職業選擇的自由。畢竟，聯合王國可是個自由的國家。

不過要是協助交戰國流亡，情況果然會很麻煩。這樣一來，不免會產生是否該老老實實地把人交出去的問題……就協約聯合的立場，想必是希望我們護衛吧。要是把人交出去，他們肯定會相當激憤。

那為了避免這點，要船員們抵抗帝國軍臨檢部隊的話會怎麼樣呢？答案顯而易見。我們將會付出相當高的代價。

「萊達魯號的速度也不差。但能突破帝國的巡邏網嗎？」

萊達魯號雖說航速很快，但也有極限。更何況考慮到海陸魔導師與航空機的存在，就難以斷言一定能夠安全脫離。基於這點來講，就連船運這個管道本身都讓人質疑。

「好吧，讓人在海上轉搭友軍的潛艇。」

所以才會如此判斷吧。第一海軍卿做出大膽的決定。船確實會沉，或是讓居住區域輕易遭到襲擊。

但如果是打從最初就能潛航的船，應該就能躲過臨檢吧。

「潛艇？派得上用場嗎？」

「麥亞提督掛保證的。總之，有必要與潛艦戰隊司令部協議。」

[chapter]

IV

第肆章

諾登外海的惡魔

The devil in the coast of Norden

我們配備的不是魚雷，而是鰻魚。
好讓我們能將開發局員裝填在魚雷發射管裡代替。

—— 帝國海軍潛艇艦隊的內部說明書《魚雷危機》 ——

統一曆一九二四年十二月十日　協約聯合阿尼魯斯涅港

當得知歐斯市淪陷與隨後帝國軍部隊攻進內陸地區的消息時，那個時代的人們全都立即理解到一件事。協約聯合這個祖國的政府就到此為止了。有人舉杯慶祝帝國軍的勝利；相反地，也有人料到帝國軍該死的勝利而喝著悶酒。不論是誰，都認為協約聯合已經完蛋了。

然而，在祖國逐漸邁向滅亡的命運之前，唯有協約聯合的當事人們就像是在激勵幾乎挫敗的內心一般嘶吼著。嘶吼著還沒結束，嘶吼著還沒確定是帝國的勝利。這只是政府輸了。

我們的民族，我們的國民還沒有輸。

「……做好播種的準備了嗎？」

「共和國已同意收容了。還有……聯合王國也願意以外交官的身分收容。」

就算逃離祖國，抗戰也會繼續下去。

不對，他們會一面讓祖國遠離戰火，一面與帝國持續交戰。

「那就用我們的名字準備全權委任書送出去吧。」

「這樣一來，人選會是阿邦索魯外務評議委員嗎？」

「不，我打算讓最年輕的柯盧索魯文化評議委員作為大使送出去。」

「我反對。比起我來，阿邦索魯外務評議委員更加適任吧。」

要有人活下來，繼續高舉著戰鬥的燈火。宣示著我們就在這裡。

而基於十人委員會的意向採取行動的將是軍人。這雖是理所當然的現實，但政治所追求的事情是由軍人去執行。所有人都要為國家盡心盡力的舉國一致體制。不過要說到這時人們容易遺忘掉的一件事，就是政治以祖國之名要求犧牲奉獻的軍人們，也是擁有家庭的好家人吧。

所以那一天，在出擊前的短暫時間裡，協約聯合的魔導師們與家人們依依不捨。

「願你武運昌隆。」

「……我對不起妳。」

擁抱起強忍淚水的妻子，安森上校平靜地向她道歉。能選擇讓家人逃到國外避開戰火，對身為一家之主的安森而言算是一種慰藉。該對能把家人送往合州國這件事感到高興吧。

然而所置身的現況，也只能讓他們把將家人送走……自己……不對，協約聯合的軍人們，肯定有許多人只能抱著家人，祈求彼此能平安無事。畢竟祖國已不再是安寧之地了。

「爸爸呢？」

「瑪麗，妳要好好幫助媽媽。還有，要保重身體喔。」

「……不能一起走嗎？」

「抱歉，我還有工作。」

儘管如此，他還是強迫說服自己還算是幸運的人。哪怕只有家人，也依舊能讓她們逃往安全的地方。考慮到拮据的海運情況與制海權的問題，有許多的家庭沒辦法這麼做。也不是不覺得內疚，但只要能保護好家人他就不會後悔。

不用說他也不希望這樣。可以的話，他也想在溫暖的家中過著平穩的生活。早知道會這樣，就應該要多回家了。當家還在那裡時，自己為何沒能理解到這是件多麼令人感激的事情呢？

要是有再多跟女兒說說話就好了。也還有很多話想跟妻子說。心中浮現出許多遺憾。是自己的粗心，在心中某處覺得日常不會消失。

雖是連他自己也無法說明的感情，但在擺脫掉某種鬱悶的事物後，他放開環抱在妻子背後無意識緊握的雙手，勉強露出笑容，蹲下來配合女兒的視線。

「親愛的……」

「我可能不是個好父親，但希望妳有一天能認為我是個值得誇耀的父親。」

「放心，爸爸是個好父親喔……啊，不過要記得刮鬍子啦！」

安森忍不住抱起這可愛的孩子，不過女兒怕癢的反應讓他不禁想要苦笑。

「也是呢，鬍子得要好好刮乾淨。」

「你要堅強喔，爸爸。」

「嗯，是呀。得要堅強呢。」

然後，以有些困惑的表情露出笑容，是安森身為父親所能做到的極限。是女兒說著「要好好刮鬍子啦」責怪自己鬍渣的空間。這就是日常。他所深愛的日常。

「真傷腦筋……哎呀，妳要是不安起來可就麻煩了喔。好啦，可以的話，我也想記住妳笑著的模樣。」

「你真的……要平安喔。」

妻子儘管幾乎要痛哭失聲，也依舊堅強地替他祈禱的事實，苛責著他的心。如果可以的話，他也想搭船跟她們一起走。想一起共度往後的人生。然而他是軍人，受到義務的束縛。

義務，啊，可恨又崇高的義務。祖國啊，我會對您奉獻出生命。神啊，所以我請求祢，請讓祖國，還有家人所深愛的國土幸福吧。

「爸爸，這個……雖然有點早，但這是聖誕節禮物！」

向正沉浸在感傷情緒之中的他，女兒指著某個大盒子，留下「拿去吧，要好好珍惜喔！」這句話後，與妻子一起前去搭船。

目送她們的背影離去，他的心中感到一時的安心，並對這等同永別的離別感到寂寞。儘管如此，他也不想後悔。不管怎麼說，沒有比送別的眼淚還要不吉利的事物。他強顏歡笑地目送著，然後在他對放在這裡的盒子突然消失的情況感到困惑時，發現到一位老朋友一派瀟灑地把盒子遞過來。

「安森，這可是令嬡送你的聖誕節禮物，拿去吧。」

是前來目送人們離鄉背井的一名評議委員——卡卓魯說出的俏皮話。儘管困惑他怎麼知道這是女兒送的禮物，也還是從他手中收下盒子，然後對盒子出乎意料的重量感到困惑。

光是重量，就讓他確定裡頭裝的不是餅乾，也不會是毛線織品的盒子。

「卡卓魯評議委員，這是？」

「打開來看看吧。是森林誓約同盟各州的ＡＳ兵工廠所製造的衝鋒鎗。堅固程度可媲美輕機槍喔。」

在催促之下，移動到暗處打開盒子的他，眼前看到的是一把全新的衝鋒鎗。而且還是考慮到與寶珠的搭配，相當昂貴的機型……包括彈匣與術彈，以及整套維護保養工具的完整狀態。

「真虧她拿得到這種東西呢……」

一邊說笑，一邊把槍拿在手上檢查的安森，對這把儘管堅固，卻比外表看起來還要輕巧的衝鋒鎗感到佩服。使用與手槍相同口徑的子彈，射程儘管較短，但在近身戰時應該很方便運用吧。作為被敵人潛入懷中時的壓制手段，算是個不壞的選擇。外加上射程有限，誤射友軍的風險也相對較低，相當優秀。

正因為如此，他才會疑惑。

女兒怎麼會有這種東西？

「是聯合王國一個惹人厭的傢伙私下送的禮物。明明是飯很難吃的國家，卻送來一位機靈的男人呢。」

「咦？」

「似乎是在公園看到你的女兒在哭呢。聯合王國人還幫你刻上姓名縮寫喔。」

「啊，AS是我的姓名縮寫啊。」

讓還以為槍上的刻印是工廠標誌的安森露出苦笑的一道小手續。雖不知道這是把間諜迷得神魂顛倒的女兒罪孽深重，還是她受到老天的眷顧……看來那群惹人厭的約翰牛（註：John Bull，英國的擬人化形象）偶爾也是會做好事的。

「我還以為是阿諾德&史密斯兵工廠的縮寫。」

「工廠縮寫好像是印在底部的樣子。」

如此說道的卡卓魯評議委員，臉上露出看似有趣的笑容。

「該說是可恨的聯合王國人被令嬡的眼淚打動而幫我們打折吧。這似乎是一把一百英鎊的限定特價喔。真是驚人的便宜呢，上校。」

感謝妳送爸爸這麼棒的禮物——倘若能獲得准許，現在的他真想親一親女兒……所謂如添百人之力正是指這種感覺吧。

「我對自己擁有一個幸福的家庭感到自豪。」

「上校，抱歉了。我似乎向你做了無理的要求。」

「你不也幫我安排了船隻？對我來說，我早有覺悟要親手守護家人的祖國到底了。」

「就拜託你了。」

低頭的男人，以及笑著接受的男人。他們之間不需要更多的話語。

統一曆一九二四年十二月十一日　帝國—雷納酒店餐廳

對譚雅而言，這是秋季的一頓美好午餐。前菜是使用當季鮮魚的美味法式肉醬。是將最前線難以奢望的新鮮魚肉奢侈地搗碎製成的精心料理。不論再怎麼稱讚都不足以形容它的美味。硬要說的話，就是至高無上的料理。

湯是傳統的馬鈴薯湯。雖說早已吃慣了，但會對馬鈴薯感到眷戀也是種微妙的心情。不過，這也不壞。最重要的是，這種精緻料理是與戰場飲食完全相反的文化，象徵著人類值得熱愛的創造性。

然後是尚未端上的主菜，據說是白肉魚的極品。看服務生自傲述說的模樣，讓人懷著相當大的期待。畢竟這可是酒店服務生對客人斷言到這種程度的料理。不用說食材的品質，肯定就連主廚也有盡情施展手藝吧。

而在餐桌上共進午餐的列席者們，也盡是能夠懷著好感與期待的人，讓這頓午餐變得更加愉快。在座的是退伍軍人協會與地方上的名士。能與他們建立關係，只能認為是我運氣好。

理解軍人習性的他們，對士兵們作為北方土產送來當餞別禮的克斯肯可瓦伏特加讚不絕口。真不愧是以增加人們酒癮而惡名昭彰的伏特加。

雖說是老兵，不過如今也已是年紀一大把的地方名士們，實際上是對這酒罕見的口味感到驚奇吧。還順便拿像我這種年紀的小朋友贈送的禮物當作話題聊了起來，能討他們歡心就好。而計畫成功，自然地參與他們之間的對話，也讓譚雅度過一段相當充實的時光。

儘管不能一起喝酒，但想說在餐會上說不定會有用而帶來一箱私物，這麼做果然是有價值的——本人對此也非常滿意。

正當我對這辛苦的成果感到高興而心情愉快，舌頭迫不及待能大啖主餐的香煎白身魚時，服務生送來的卻不知為何不是所期盼的主菜，而是不祥的黑電話與聽筒。

還特地說「提古雷查夫小姐」確認身分。返回中央的途中，因經過某個度假勝地，所以與當地退伍軍人協會的名士們餐會的場地。會在戰時特地打到這種地方來的電話，應該不會有什麼好事吧？

簡直就像是讓最棒的假期變成最糟的假期的一通電話。

在度假勝地過聖誕假期的預定也很可疑。

我心不甘情不願地接過服務生恭敬送上的聽筒。倘若不是義務，真想拔腿就跑。邱吉爾先生在被人從睡夢中敲醒，聽到主力戰艦遭到擊沉的報告時，想必就是這種心情吧。

有誰能替我準備一杯宛如地獄般苦澀的單品咖啡啊？

「我是參謀本部的盧提魯德夫少將。是譚雅．提古雷查夫少校嗎？」

「是的，我是提古雷查夫少校。」

劈頭就是質問身分。很明顯是軍人打來的電話。而且還省略掉目的與季節的招呼。並且還是如今仍在最前線參與對協約聯合作戰的盧提魯德夫少將閣下打來的電話。這所代表的意思與周遭華麗的餐會氣氛相反，電話所帶來的是最壞的消息，一通來自前線的邀約。

好想現在就回家。真搞不懂，自己怎麼會大搖大擺地跑來參加這種就性質上會立刻被人掌握所在位置的聚會啊？

解說

【克斯肯可瓦伏特加】 酒精飲料。

「參謀本部通知，提古雷查夫少校以及旗下部隊，即刻起前往基地集合。完畢之後，請立即回報。」

「遵命。即刻起，提古雷查夫以下人員將前往最近的基地集合。完畢後立即回報。」

……清楚到毫無誤解餘地的召集令。

儘管在諾登拚命回應了盧提魯德夫少將的蠻橫要求，看來還要再繼續被他狠狠使喚的樣子。早知如此，就關閉無線電，打著訓練名目悠哉地返回中央就好了。

事到如今後悔也沒有用。在將聽筒緩緩放下後，賞給服務生大筆的小費。

並不是他帶來這個最壞的消息。儘管一點也不高興，還是要對他的工作支付適當報酬。

「哎呀，有什麼好消息嗎，提古雷查夫少校？」

不過看來打賞大筆的小費，大多時候都是因為服務生帶來好消息的樣子。這怎麼想都是受到情緒左右，無法進行合理性思考的人類行為，所以我是不會這麼做的。但對不清楚消息內容的地方名士們來說，我所支付的小費金額似乎是讓他們聯想到喜訊的訊息。

儘管覺得此時應該要向詢問「是喜訊嗎？」的紳士們擺出笑容，有禮貌地做出回應，卻不太順利。

結果露出沒水準的愁眉苦臉，搖了搖頭。

「不，先生。很遺憾，似乎不是什麼好消息。」

「喔，這還真是……」

一臉發自內心感到同情的紳士真是個好人。雖然是不用上戰場的傢伙們發出的善意。

看在被命令突擊的一方眼中，感覺還真是五味雜陳。

恭敬的禮儀，是抑止失分所必要的最低限度的工具之一。想當然，我會去效仿也是顯而易見的事吧。畢竟人類就本質上來說是種政治性生物。而具備政治性，同時也就是種社會性生物。

「真是非常抱歉，是軍令。請容許下官中途離席。」

「……祝妳武運昌隆，少校。」

有誰能斷言他們之中沒人懷著「好險不是我」的心情嗎？但話說回來，這種想法說不定有點偏激，譚雅姑且擺出社交場面的笑容，將不愉快的想法吞回肚子裡，起身離席。

「感謝。還請諒解我的失禮之舉。先告辭了。」

在行禮後留下這句話，邊從服務生手中接過寄放的外套邊結帳。雖說是禮服，實際上也是軍服。這種注重實用性的外套做工相當結實。這件服裝在奇怪的地方上令人在意，讓人深深感受到，所謂的軍隊就是會在奇怪的地方上不合常理。

……不過會將壕溝戰穿的風衣當作流行服飾的大眾感覺也很詭異就是了。

而在領取外套時，軍用車也開了過來。是機靈的服務生通知在等候室等待的勤務兵吧。部下坐在駕駛座上握著方向盤的車子已隨時可以出發。這種有效率的安排，讓心情稍微好了一點。人類還是得要抱持著正面態度過活。

所以我坦率地讚賞這個美好的狀況。剛剛毫不吝嗇地賞給服務生們大筆小費，果然是正確的選擇。

恭敬地幫我開車門這點也很不錯。我隨即迅速坐進車內，要求開車。

「下士，要回營了。麻煩你盡可能開快一點。」

「遵命。」

下士隨即發車，我邊感受著微弱的搖晃，邊決定要分享這份不幸。我沒興趣獨自品嘗痛苦。雖然也不太想獨自讓其他人品嘗痛苦就是了。身體才剛坐到椅座上，就立即啟動演算寶珠。連接基地，呼叫值星軍官。短短兩聲就做出回應算是達到合格標準。

『有何吩咐嗎，少校？』

不過，這是個不太好的消息。與其講太多廢話，倒不如開門見山地說出重點。

『中止休假！即刻起發布緊急召集令，立即召集所有人員。』

『……遵命，受領召集令。我立刻召集半休中的將兵。』

在度假勝地的休養行程一口氣縮短了。這時，譚雅的腦海中浮現一個該死的想像。早在申請休假之前，盧提魯德夫少將閣下就格外細心地以休假的名義，讓自己的部隊停留在軍港附近數天的可能性。這是個非常有可能的想像。倘若要在北方戰線正進行大規模作戰行動的過程中，讓受到徹底保密的部隊變更配置的話，讓第二〇三航空魔導大隊重新返回戰線，確實是參謀本部有可能會下的一步棋。

可說是相當合理的方法。

『動作快。這是參謀本部的指名。』

『遵命。』

會特意指名道姓地下達命令，可預期參謀本部正意圖徹底隱瞞某件事情。沒錯，現在回想起來實在很不自然。為什麼參謀本部作戰局的盧提魯德夫少將，至今仍舊打著視察諾登的名義在那個地方出差呢？

帝國軍第二〇三大隊臨時基地

「帝國軍北洋艦隊司令部傳來電報！」

「……讀吧。」

「居然是艦隊？」的疑問。第二〇三航空魔導大隊眾軍官們在收到通訊時的困惑，同時也是譚雅的疑問。所謂，為什麼要特意從艦隊司令部傳電報。

不是經由方面軍傳達，表示這是參謀本部所希望的事態嗎？還是他們的直接介入呢？不論答案為何，都能肯定這將會是件麻煩事。譚雅一邊研判狀況，一邊催促通訊兵宣讀電報。回應她的指示，在召集起來的軍官們對此感到滿頭問號的狀況下，通訊兵唸出任務命令。

「對大隊發布搜索游擊戰鬥命令。第二〇三大隊即時中止一切事前行動。即刻起前往指定海域，封鎖搜索游擊任務所指定的海域。以上！」

真受不了。搜索游擊命令，說得還真是輕鬆。雖然現在這個年代，一定不盛行搜索與殲滅（Search and destroy）的戰略手法就是了。而且說到底，魔導師明明沒有海上導航能力，卻要我們在海上捕捉敵軍並封鎖海域？強人所難也該有個限度吧。

在等待謝列布里亞科夫少尉將文件集中過來的過程中，譚雅不耐煩地凝視起攤在桌面上的諾登外海的航行圖。這也是平時不會去看的東西。察覺到這點，讓譚雅不得不在心中暗自嘆息。必須在陌生空域飛行的事實，是讓譚雅無可奈何地感到憂鬱的材料。

「副官，給我北洋方面的戰區管制圖。還有幫我呼叫諾登控制塔。」

真是讓人頭疼。

甩甩頭切換情緒，指示謝列布里亞科夫少尉將該方面的地圖拿來。同時確立與該方面管制之間的通訊線路。

「是的，我立刻就去。」

地圖與聽筒隨即以機敏的動作送上。對方是諾登控制塔的管制官吧。簡短交流幾句，就立刻幫我連接海軍方面的人員。並非公務員心態，橫向聯繫良好的情況真是糟透了。

這樣看來，也不可能以聯繫不足的名義偷懶了。效率太好也很傷腦筋啊。不對，至少該讚揚他們真誠工作的表現也說不定。身為一介善良的市民，對盡到勤勞義務的市民表示讚賞才是正確的姿態。

一想到這，果然還是只能為了公共財忍耐下來。

既然沒辦法，就不要浪費時間，著手進行必要的聯絡。抱怨是浪費時間的奢侈行為。對企業戰士來說，沒有一天能允許做出浪費時間的奢侈行為。想要自由度過寶貴的假日，就必須做出最佳的表現。

對軍人而言，也沒有任何不同。

「副官！北洋艦隊的配置呢？」

「我立刻詢問。」

我也是開始運作的軍事機構裡的一片齒輪——譚雅只能在心中如此喃喃說道。而齒輪需要協約聯合殘存艦隊的情報與友軍的配置。腦子裡姑且有背下關於協約聯合艦隊的軍方一般通報。譚雅一邊努力回想，一邊迅速地確認必要事項。

在這個方面上展開艦隊的帝國軍北洋艦隊，程度雖不及擁有帝國最強戰力的大洋艦隊，卻也是擁有主力艦的強悍艦隊。訓練程度有達到可以信賴的水準，自從前陣子的登陸作戰以來，雙方就維持著某種程度的聯繫。不過，毫無事前計畫就臨時上陣可就另當別論了。

譚雅邊讓謝列布里亞科夫少尉打電話，邊努力在腦子裡檢討必要事項。儘管只能迅速執行，但這可是在毫無經驗的戰區，而且還是快速反應出動的任務。應該說正因為如此吧。讓譚雅坐立不安地想發出各種指示，好不容易才克制住自己不這麼做。

不讓周遭人察覺到，輕輕地，並且深深地進行深呼吸。身體嬌小偶爾也能派上用場。儘管不起眼，但在這種時候卻很方便。

只不過，這可是在連演習都不曾有過的海域臨時上陣。倘若要針對逃亡中的協約聯合艦隊執行追蹤支援任務，事情就相當棘手。要我說的話，就是在對對方一無所知的情況下，前去進行收購交涉一樣。要是我方擁有足以完成這種交涉的優勢，就表示早已滿足收購的前提條件，甚至讓人質疑打從開始就沒有交涉的必要。

正因為如此，懷著度日如年的心情焦急等待的譚雅，才會一把搶過謝列布里亞科夫少尉遞來的聽筒。另一隻手握著筆，準備隨時在吩咐拜斯中尉攤在桌面的地圖上做筆記。

「我是第二〇三航空魔導大隊的提古雷查夫少校。受參謀本部的命令負責艦隊的支援任務。請問情況？」

「北洋艦隊現在已從奇耶魯軍港派出第二戰鬥巡洋艦隊。而第一三潛艦任務編組也已先行建立巡邏網。」

所幸，有見識的海軍窗口明快地告知狀況。根據他的說詞，已從奇耶魯軍港緊急出港的第二戰鬥巡洋艦隊正在搜索當中。

「擔任艦隊的先鋒嗎？還真是教人期待呢。」

拜斯中尉在這種時候也沒忘記說笑的表現值得大書特書，譚雅在記憶區中記下這點。懂得顧慮部下的氣氛，在這方面上優秀的副隊長可是難得的人才。而且他說得其實很對。所謂的先鋒，光是擔任就能獲得好評價。

「事到如今你還在說什麼？我們可是快速反應魔導大隊。這是家常便飯吧。」

不久後，收到部隊已做好出擊準備的報告，譚雅就走到大隊面前。

「恭請大隊長入室！」

受大隊敬禮迎接的譚雅‧提古雷查夫大隊長的表情，看在以拜斯為首的部下們眼中應該極為普通吧。

面對這種程度的狀況，譚雅有自信能徹底扮演一名泰山崩於前而面不改色的模範軍官。她隨後淡然答禮，瞥了一眼周遭情況後滿意地點頭。雖然內心覺得很煩就是了。

「辛苦了，放鬆站吧。拜斯中尉。」

「是的，現在開始說明狀況。」

把麻煩事推給部下去做，不論在哪個時候都是長官的特權與義務。所謂的組織，本質上是靠著上下關係在運作。長官會搶走部下工作的職場可說是本末倒置吧。

「昨日清晨，北方方面軍第二二四夜間偵查隊所屬的偵察機，發現到集結中的艦艇。」

黑板上貼著協約聯合艦艇的一覽表與照片。照片上拍到的，是包含海防艦在內的複數戰艦。協約聯合的海軍儘管難以說是海軍國家，但也有著相當於列強的軍備。就算是對帝國來說，這也是無法忽視的強力威脅。

就譚雅看來，大艦巨砲主義只不過是過時的理論。但也有理解到，重裝備的戰艦不是能無視的戰力。舉個例子，光看戰艦艦砲所能投射的鐵量，就遠遠凌駕在步兵師團之上。外加上刺蝟般密集的艦隊防空砲火與海陸魔導師組成的迎擊網，可是相當難以穿越的防線。

但就算如此，還是比馬里亞納外海的美軍航空母艦容易逼近吧。應該只是程度的問題。

「分析的結果，參謀本部認定這些艦隊是意圖逃脫的協約聯合海軍殘存的艦隊主力。理所當然呢。」

推定航路從筆直衝往共和國到蛇行前進為止，有著各種路線。

但最終目的，顯而易見是要擺脫帝國軍的追擊脫離戰區。而身為追擊方的帝國軍，當然是希望能靠艦隊主力發現並殲滅這批艦隊。

不過頭痛的是，剛剛傳來聯合王國艦隊，正在鄰近領海的海域上進行演習的報告。為避免誤射，上級徹底落實了通知。但另一方面，通知上也表示，倘若他們是在公海倒還無所謂，但要是侵犯到帝國領海就不得不開砲攻擊。總歸來講，不得不說這項任務存在著非常微妙的問題，有非常多需要費心注意的地方。

「艦隊司令部已向全體艦隊發布發現並殲滅協約聯合海軍的命令。我們將依照參謀本部的命令進行支援。」

不過拜斯中尉以支援這個廣泛的概念替任務內容做了總結。之後他就一副接下來是我的工作的模樣朝我看來。我實在是不想成為薪水小偷，所以只好接著說下去。

「大隊各員，就跟各位聽到的一樣。現在北洋艦隊司令部附屬第二搜索魔導任務編組已先行出發。而某個『中立國』聽說也不辭辛勞地在近海演習。請注意不要誤射。」

在這場大雨中最辛苦的，是偵察部隊得要煞費苦心維持監視吧。陷入得分派部隊監視聯合王國艦隊的窘境，讓搜索協約聯合艦隊的行動受到耽擱，這可說是本末倒置吧。算了，沒必要說到這種程度打擊部下的士氣。

「我們將北上搜索，在獲得情報後與友軍會合。不用我說，各位要臨機應變。」

「遵命。」

「根據情報部的消息，敵艦的航速很快。此外，似乎還帶著海陸魔導師。所以我們所預測的主要任務，也包含排除敵海陸魔導師在內。不過要以偵察任務為重。」

不過任務本身是常見的搜索殲滅，只是上頭下令要以搜索優先罷了。

「各自全副武裝，六十分鐘後在演習場跑道集合。有什麼疑問嗎？」

……也是啦，這群部下是戰爭狂。完全是戰意高昂的狀態。

結果就跟平常一樣，沒特別提出什麼疑問，部隊就在一個小時後出發。部隊一面提升高度，一面以巡航速度西進。

途中除了友軍潛艇部隊接連發出誤報讓我煩躁之外，沒什麼特別的變化。硬要說的話，頂多就是風雨增強導致視野急速惡化吧。

環顧四周，就連飛行中的大隊成員都無法確實掌握。

儘管對編隊飛行有自信，但要是部隊走散而無法發揮戰力的話也未免太可悲了。實在不認為自己有路痴到這種程度的部下算是唯一的救贖吧。

「管制呼叫 Pixie。目前尚無接觸報告。」

「Pixie01 收到。那麼氣象情報呢？天候有好轉的跡象嗎？」

儘管如此，不斷聽後方令人厭煩地傳來讓人聽了更厭煩的報告，讓心情簡直是糟透了。尚無接觸報告，也就表示一直在飛行的我們還要再繼續搜索下去。

想要突破烏雲，也必須提升到相當高的高度。結果就是讓身體半濕不乾的飛行。雖說能靠外殼彈開雨滴，感覺也很不舒服。

「發送烏魯邦控制塔傳來的戰區管制情報……看來短時間內是不可能。還真是同情陸軍。他們肯定全都在這場嚴寒中見識到地獄了吧。」

「戰區全域豪雨外加暴風。現在正發布二級洪水警報與限制飛行勸告？收到。參加作戰的其他部隊呢？」

邊迅速確認接收到的資料，邊確認到天候正在明顯惡化當中的譚雅險些暈過去。要是乾脆將限制飛行勸告改為禁止飛行勸告的話，就能回基地了。

「奇耶魯軍港派出第一戰隊執行搜索游擊任務。空軍派出特殊武裝偵查中隊執行搜索任務。請注意避免誤射友軍。」

友軍也在搜索？也好，比什麼都沒有要好得多了。就從事搜索任務，直到上頭下達歸還許可吧。就在她想著這種事情時……

「Pixie01 收到。請求在鄰接區演習的聯合王國艦艇的動向……」

遙遠的下方。

連在豪雨之中也絲毫不會讓人誤會的巨大轟響與砲火聲，讓整個人愣住的譚雅將注意力急速移到下方。

「爆炸聲！」

海中傳來某種東西爆炸的悶響。而且還是意外響亮的聲音。尤其是在靜謐的夜空之下。

在凝視起下方後，隱約浮現數道影子。

然後，譚雅在下一瞬間瞪大了眼。探照燈的光芒，是敵艦隊。

實際上要說的話，這是對帝國軍北洋艦隊第一三潛艦任務編組所屬的潛艇船員而言，讓他們切齒扼腕的光景。

透過潛望鏡，在爆炸聲響起的瞬間窺看到六道盛大水柱的艦長，最初也錯愕到完全合不起嘴巴。緊接著，當察覺到沒有任何誘爆聲響起時，所有人都仰天大叫。

魚雷早爆了。

剛配備下來的 Aal，還真的六發都是鰻魚。帝國軍潛艇船員邊伴隨著焦躁破口大罵出這種雙關語，邊氣憤地決定從下次起，就要將那群只會浪費預算的水雷開發局員抓來代替高價的 Aal 裝填進魚雷發射管裡發射出去。對他們來說，這種結果就一如字面意思是功虧一簣。

針對發現到的協約聯合艦艇，在慎重計算之下，期待能在不擊沉之餘獲得戰果所發射的六發魚雷，全都毅力不足地提早引爆了。

煞費苦心地調整位置，好不容易才占據到魚雷發射位置的領航長會恍神也是無可厚非的事。

就連艦長也因為這轉眼間的變故導致思考瞬間停頓，眼前的光景就是如此嘲諷他們的努力。

透過潛望鏡，能看到協約聯合艦隊已改變陣形，開始進行反潛戰鬥。等到海陸魔導師在海面附近巡航找尋潛望鏡時，連忙收回潛望鏡的潛艇船員們由不得滿懷氣憤，不想因為這種丟臉的失敗死在這裡。

然而他們在這時還不知道的是……光看結果，這就某種意思上來講是最佳的助攻。畢竟，查覺到自己正被帝國軍潛艇鎖定的協約聯合艦隊開始反潛戰鬥。結果在這一瞬間……所有人的目光都移到下方。

正因為如此，才會來不及對應在下一瞬間從天而降的「那個」。將注意力引到下方，然後再從空中發動主要的偷襲攻勢。

這對理解到自軍中計的安森上校來說，是極為狡猾到令人恐懼的二段攻勢。

「被擺一道了，那群該死的混帳！」

「哪裡走漏的風聲！不對，現在是……那群該死的混帳！」

這個時機點對協約聯合艦隊來說，完全是最惡劣的。為擺出反潛陣形，而讓護衛旗艦的驅逐艦脫離。海陸魔導師們也追隨著驅逐艦緊急展開反潛制壓，再加上監視人員為了不看漏魚雷攻擊

解說

【Aal】

德國潛艇的魚雷暱稱。德語中的 Aal 即為鰻魚。

的航跡，全都將目光集中在海面上的這個瞬間。

埋伏已久的敵魔導大隊，筆直朝著旗艦勇猛突擊。

勉強趕得上升空攔截的，包含安森自己在內就只有寥寥數人。

而且速度完全落後將高度轉換成速度加速發動突擊的帝國魔導師，上空還遭到他們占據的狀況，是所能想像到的最糟糕的致命狀況。

儘管如此，安森上校也只能升空攔截。倘若不這麼做的話，艦隊就會……他祖國未來的種子就會……就會沉沒啊。

身處在同時同地的提古雷查夫少校當時的心情，成為後世相當注重的研究對象。實際上面對突發的意外遭遇戰，包含譚雅在內的第二〇三航空魔導大隊，是處於幾乎陷入混亂，卻勉強靠著訓練出來的反射動作展開突擊的狀態。

「大隊！Break！Break！（註：緊急回轉）展開突擊態勢！」

對於在這瞬間決定應戰，毫不遲疑地活用高度差進行垂直降落的譚雅來說，她並沒有對艦戰鬥的實戰經驗。原因正是那偉大的勢力均衡政策。藉由外交的努力，讓列強之間直到這次大戰為止，一直避免正式的武力衝突。這也就是說，這次的魔導師對艦戰鬥，本來就幾乎算是史無前例的第一次。

所以，光是按照演習去做就讓他們煞費心力。讓部隊散開，一面避開敵防空砲火，一面讓大隊各員同時突擊。即使這麼做，也只是某種只在理論上驗證過的準則所鼓勵的戰術。實際上有沒有效，這種疑問直到第二〇三航空魔導大隊以自身的血肉驗證之前，無人知曉。

不過，應戰方也處於差不多的情況。如今航空機的對艦攻擊能力好不容易才達到受人議論的階段，所以火力遠比航空機低劣的魔導師並沒有受到重視。因此，反魔導師戰鬥就只有在演習中稍微接觸過的程度。

就這層意思上，雙方都在進行極為粗糙的砲火交鋒。

「Pixie01 呼叫ＣＰ！接觸目標！接觸目標！」

「ＣＰ呼叫 Pixie01，有事嗎？」

一旦落得與敵砲火意外交鋒的窘境，就難以發揮出最佳狀況。就這層意思上，譚雅會憎恨起漫不經心的ＣＰ也是無可厚非。什麼叫沒有接觸報告啊，譚雅在心中不斷狠狠痛罵。另一方面，譚雅清醒的腦袋也安撫自己，敵方的防空砲火意外地沒什麼大不了。

實際上，敵方的防護射擊與譚雅所想的美帝的防空砲火，大致上是無從比較的低水準。要是敵艦發射的防空砲火密度，能讓她一邊在心中痛罵「我方的搜尋部隊是在混什麼啊！」一邊以輕盈的飛行避開，就能確實明白不是什麼嚴重威脅吧。

「我方遭受砲擊。毫無疑問是戰鬥巡洋艦的砲火。位置是溫肯布魯庫外海二〇〇浬！」

儘管如此，譚雅依舊是一邊進行報告，一邊立即打散編隊飛行。畢竟，與步兵的小型兵器處於不同次元的艦隊火力，威力整整高出地面部隊一個級數。光是單管機槍的口徑，就有地面部隊歸類為重機槍的二〇ｍｍ。說到威力較高的高射砲更是達到一二七ｍｍ。倘若遭到直擊，人體絕對不可能沒事的砲彈正瞄準著我方。密集的飛行隊形只會方便成為敵方防空砲火的靶子。

「大隊散開，同時展開對魔導師與對艦戰鬥。不要被其中一方引走太多注意力！」

周遭是一望無際的黑暗。但我們毫無疑問暴露在防空砲火之下。對領悟到這點的譚雅而言，這是令她恐懼不已的意外事態。所收到的命令是搜索。這本來應該是一邊搜索，一邊根據狀況，在友軍潛艇或先遣偵察機與偵查魔導中隊發現目標後，將目標過繼給友軍接手就好的簡單任務。再怎麼樣，也並非計畫要侵入敵艦隊的有效射程內進行交戰。

然而仔細一看後，下方就閃滅著疑似砲火的光芒。倘若沒有友軍潛艇應該是魚雷的爆炸聲，差點就要在不知不覺中錯失目標。一想到自己是在千鈞一髮之際才避免犯錯，就讓譚雅不由得毛骨悚然。倘若沒能察覺，肯定會在事後的檢討會上遭到盛大質問。有注意到魚雷的水柱真是太好了。同時也覺得要是再離遠一點就能安全地注意到，在心中湧現出無法對這份幸運老實感到高興的心情。

「呃！偵測到對魔導的迎擊鎖定反應！是對空統一射擊。」

「有魔導師反應！混帳！是海陸魔導師。」

實際上，由於優秀的部下有確切地掌握狀況，讓人一點也不擔心眼前的局面。但只要是指揮官，當被要求在敵方的訓練程度與對應能力都處於未知數的狀況下率領部下行動時，不論是誰都應該有蹙起眉頭的權利吧。

「全員自行作戰！根據各中隊長的判斷應戰！」

既然遭受組織性迎擊，就有必要做出對應，我判斷在這片黑暗之中，與其以大隊規模進行管制戰鬥，倒不如交給各中隊自行處理會比較妥當。必須要恢復秩序，一面將態勢調整到某種程度一面脫離！

「視野惡劣。注意不要喪失距離感！空氣密度很高，但別忘記這裡是海上！要考慮到海上的濕氣。對手很習慣這種環境！不要降低高度！」

根據位置推測，往下方移動的第二、第三中隊似乎占據到最佳位置。第四與第一是在上方警戒，所以在高度上還很從容。而既然我親自率領著第一中隊，就想把危險的工作推給第四去做。迅速計算後，決定修正戰略。

「呃，把魔導師從艦隊旁邊拉開！第二、第三中隊擔任前衛。給我牽制敵魔導師。」

海陸魔導師這邊對航空魔導師來說是個威脅。想當然，我沒興趣暴露在防空砲火與敵魔導師的攻擊之下。就連在戰爭狂的部下當中，有這種興趣的人應該也不是多數派。但不管怎麼說，都想避免危險地帶的工作。

「第四擔任後衛。給我支援第二、第三中隊後退。絕對不准與艦隊互射。」

坦白講，真想讓第四中隊也去當擋箭牌，不過這也太過奢望了。

既然如此，那麼增加誘餌的數量，就結果來說應該是正確答案吧。以敵人的立場來看，鎖定一個大隊攻擊的效率肯定比較好。

「第一中隊，怨嘆自身的不幸吧！或是對建下戰功的機會哽咽啜泣吧！我們要去擾亂艦隊。跟我前進！」

將危險的反魔導師戰鬥推給部下，自己則是去玩弄敵艦隊。

「「「收到。」」」

「要突擊艦隊，還真是勇猛！請讓我打頭陣！」

氣勢高昂的中隊成員們提出志願，但我才不會上當。

「抱歉，指揮官要身先士卒。給我退下吧。」

只有在這種時候，指揮官身先士卒的精神才會派上用場。不過，我當然沒有自願暴露在敵砲火之下的興趣。不論是誰，就常識來看都不會想帶頭往敵方的砲火裡突擊吧。

然而，這可是外行人的計算。我也不想這麼做，但既然知道這麼做的安全性很高，當然是毫不遲疑選擇這麼做。理性凌駕在恐怖之上。

理由很單純，在帶頭衝進敵陣時，瞄準帶頭者的子彈有大半其實是落在後續人員身上。

再來說到偏差修正射擊，倘若敵方是假設我方的速度為二五〇mph來展開彈幕，只要以三〇〇mph突擊就好。這樣一來，帶頭者就能在五〇mph的差距下確保安全。但後續人員呢？沒錯，當敵方配合我方的速度修正彈幕時，會闖進彈幕裡的正是後續人員。

然後，在攻擊結束後要脫離時，不用說當然是背後有擋箭牌在會讓人比較安心。畢竟眼睛是長在前方。

愈是去想就愈是會覺得，待在後方只會有危險。

也就是說，指揮官身先士卒的精神才是安全策略。所謂的戰爭，就是靠人能變得有多膽小來決定能不能生存下去。膽小如我，當然想滿不在乎地選擇待在安全的地方。

「跟我前進。再重複一次，跟我前進。」

找尋目前防空砲火沒有太過密集的艦影。

不需要冷靜下來思考，也知道會想與戰鬥巡洋艦或巡洋艦密集的防空砲火親吻的，只有瘋狂的戰爭中毒者。去看看戰爭影片或專題報導就好。美國航空母艦的防空砲火，可是能讓天空有九成都是彈幕，讓見者絕望的密集迎擊網。

就算魔導師的外殼強硬，一二七ｍｍ高射砲的防空砲火依舊是敬謝不敏。

就算現在是夜戰，能夠多少期待夜幕的效果，但攻擊防空砲火備受公認的大型艦，依舊是太過危險了。

所以想當然，攻擊驅逐艦才是常理。欺凌弱小在戰爭中可是正義。正義萬歲。

「……嗯，那個是驅逐艦嗎？算了，突擊吧！」

雖然暗得無法清楚辨識，但由於艦上的槍座正在胡亂射擊，所以發現到一艘浮現在黑暗之中的艦影。

考慮到周遭沒有僚艦，會是孤立的驅逐艦嗎？

這樣一來，就不用擔憂敵艦隊所屬的其他艦艇支援，會相對地輕鬆不少吧。

做出這種判斷，組成突擊隊列。

為了從高度四五〇〇英尺一口氣俯衝下降，邊維持著紡錘隊形，邊細微修正突擊角度。

「——呃，我中彈了。我先行返回！無需掩護。」

不過，看來也不能太過小看驅逐艦的樣子。在突擊之前，部下就中彈了。

就算是驅逐艦，主砲的一二七ｍｍ砲也一樣能進行對空射擊，所以嚴禁大意嗎——我提高對突擊難度的評估。中彈的部下傷勢雖不影響飛行，但既然看來狀況不太好，也只能讓他退後。

還能說話，就讓他獨自返回。也沒辦法做其他處置。頂多就是期待他能成為誘餌。

「快給我回去吧。很好，全員準備爆裂式。如果是驅逐艦的裝甲，只要瞄準深水炸彈或魚雷發射管也不是打不沉。」

在說出這句話後繼續突擊的譚雅，能在瞬間扭轉身體避開這一擊，完全是訓練的成果。什麼

「嘛，這不是閃得掉嗎——」譚雅喃喃說道。然後一邊應戰，一邊在心中的筆記本上默默記下有必要重新訓練的筆記。

從下方發射術式攻擊的那些傢伙，是協約聯合的直接掩護吧。如果是驅逐艦的護衛，應該就只有寥寥數人，儘管如此依舊堅強地升空攔截的表現真是不能小覷。

正當譚雅這麼想時，她忽然覺得眼前的敵人有點眼熟。跟在峽灣讓她費了不少工夫對付的敵魔導師，那個該死的愛國主義狂信徒的怪物很像呢。

這或許是偶然，不過所謂的敵人，是比起殺死好人，殺死壞人時的罪惡感會比較輕的對象。所以看起來跟差勁的敵人很像，就某種意思上算是件好事。畢竟，將這種人當作敵人射殺時的心情相當爽快。

切換思考，檢討最佳的攻擊方式。連同空間一起爆破的廣範圍重爆裂術式，會讓我在停止移動的時候淪為標靶。不可能。那用步槍密集地射擊？這樣就連找麻煩稱不上。否決。

一思考到這裡，譚雅突然想起一件事。現在俯衝的速度，應該算是相當巨大的動能。既然如此，就一如字面意思地突擊就好。用步槍的刺刀捅下去。

雙方瞬間交錯。

不過在這瞬間，譚雅順著俯衝速度刺出的刺刀，毫無疑問切開協約聯合魔導師的防禦殼，扭轉進他的體內。藉由俯衝加速，時速超過四〇〇節的魔導師所刺出的刺刀。這份破壞力就一如字面意思，遠遠凌駕在中世紀重裝甲騎兵的長槍衝鋒之上。

遭到刺刀擊中的敵兵，一臉錯愕地露出難以置信自己的腹部遭到某物貫穿的表情，譚雅滿意地看著他的這種表情並同時想拔出刺刀，卻因為步槍刺刀刺得太深而稍微蹙起眉頭。或許是刺得太深，就連槍管也刺進去了，得費點工夫才拔得出來。

「……瑪……瑪麗……」

聲音不成話語的敵兵已受到致命傷。煩惱「哎呀，這下子該怎麼辦啊？」的譚雅，在發現敵兵正讓右手拚命進行蠕動運動，試圖伸出不斷揮空的手抓住腰際的衝鋒槍後，就爽快地決定以物易物。

「Auf Wiedersehen.（永別了）」

還真是頑強的敵兵，譚雅邊如此佩服，邊因為沒時間陪他垂死掙扎，而無情地向他說出簡短的告別。畢竟她接下來還很忙。邊以笑容低語，邊撥開敵兵的右手搶走衝鋒槍。譚雅隨即將踢飛的屍體放逐到意識之外，同時看了一眼搶到的武器確認狀況。

是標準規格的衝鋒槍。不過很剛好地，是能使用帝國軍標準規格術彈的款式。雖是從敵人手中搶來的土產，卻是能實際使用的道具這點是令人高興的誤算。不管怎麼說，這都是提前送給自己的聖誕節禮物吧——譚雅以變得更加清爽的心情，泛起微笑朝著前方清空的路線喃喃說道。

「這樣就無人礙事了。」

沒錯，路線上的礙事者已一如字面意思地踢飛了。接下來，只需要給拚命發射微弱的對空彈幕的敵艦一擊，然後藏身在夜幕之中就好。

只不過，戰爭是所謂要率先去做對手討厭的事情，一種紳士性的生存鬥爭。而身為受過教育的文明人，譚雅也早已學到這不是在如同紳士一般以漂亮的手段打板球，所以有必要放棄紳士般的猶豫將對手狠狠踢飛。

狀況所追求的答案，是挫敗敵方的意圖。

既然如此，在目前的狀況之下，最有效的找麻煩行動是？答案很簡單。敵艦隊正受到潛艇襲擾，被迫採取反潛行動。在這種狀況下，倘若以重視啟動速度的爆裂式誘爆敵艦的深水炸彈或魚雷，敵艦想必會立刻沉沒吧。

魚雷的威力甚至能擊沉戰艦。假設能誘爆魚雷，驅逐艦根本支撐不了太久。只要集中攻擊敵艦的後方，就算沒能誘爆，也能期待讓船速下降或是破壞船舵。順道一提，為防止遭到誘爆而拋棄深水炸彈的驅逐艦，反潛攻擊力也肯定會大幅下降。這正是不忘記關照友軍的深刻顧慮。

我方也沒有多少風險。簡直堪稱完美。

「法律可沒規定魔導師不能擊沉艦艇。放手去做吧！」

「將海陸魔導師拉開了！現在正在牽制，拉開他們與船艦的距離。」

唯一擔心的海陸魔導師也順利拉開。由於他們正降低高度在進行反潛行動，非常好對付，真是幫了個大忙。這樣就能避免在俯衝時遭到上空攻擊的愚蠢發展。還姑且能進行雖說只是幌子的擾亂行動，實在是完美過頭了。

「很好。就這樣把他們拖出艦隊支援範圍！」

「「「收到！」」」

要牽制到目前正急忙趕來的友軍艦隊抵達應該有困難，不過光是能促使敵軍損耗就算是彪炳的戰功吧。畢竟，早在確定敵戰艦的位置時就已經充分達成工作了，而且雖說是轉眼間的事，但也有配合潛艇採取行動。只需要對上級報告，這是根據瞬間的狀況判斷採取的最佳行動就好。

接下來，還是在攻擊過一次後趕緊ＲＴＢ為上。對艦戰鬥終究是次要任務。我判斷只要稍微砲火交鋒意思意思一下，應該就有滿足搜索殲滅任務的義務。殲滅發現到的協約聯合艦隊是北洋艦隊的工作。

「好啦，第一中隊的各位，如不想被說是毫無戰果的光頭，就開始工作吧。」

一口氣地藉由俯衝再度加速。對地攻擊是會因為濕度不同導致不舒服的俯衝行動。不過這次

解說

【如同紳士一般以漂亮的手段打板球】 英國作風的例子。在戰時，淪為德軍俘虜的英軍駕駛員所裝的義腳零件似乎不足，所以德國就跟英國講「駕駛員本人要你們送零件過來」，然後英軍就趁著「轟炸」時順便拋投下一個降落傘。對於大罵「你們很沒禮貌耶」震怒的德國，英國人表示「這可不是在打板球喔」。

是混在豪雨之中的俯衝行動就是了。一如所料，迎擊的彈幕追不上我的速度，跟預期的一樣落到後方去。

只要敵人沒有無能到無可救藥的地步，二號機以後的位置很危險是顯而易見的事。而就算要將部下當作誘餌，也要活下來出人頭地這點，不論是在企業還是軍隊之中都是不變的真理。

「……全員，展開術式！」

不過，無人脫隊倒是令人高興的誤算。這樣想想，畢竟是驅逐艦，剛剛會有人脫隊是碰巧打中的嗎？這樣想確實是可以理解。

中隊俐落地展開爆裂式，針對後方連續發射集中攻擊。

「第四中隊傳來著彈報告。不過，敵艦依舊健在。」

還來不及確認術式的著彈就急速上升脫離。雖說有部下在身後當擋箭牌，但既然人肉脆弱，只有聊以慰藉的程度，就當然要全速脫離。

悠哉地觀測戰果然後遭到擊墜，是蠢蛋才會犯下的錯誤。在遠距離觀測的部隊，幫忙承接了判斷戰果報告的確認機工作。

根據第四中隊的報告，敵艦很遺憾地似乎仍舊建在。儘管當沒有誘爆聲時，這件事就已經很清楚了，但依舊是有點遺憾。但願他們之後會拋棄掉深水炸彈。

「夠了！已達到擾亂敵軍的目的。要脫離了！」

配合急速脫離的第一中隊，其他三個中隊也開始拉開距離。就這樣一邊牽制敵海陸魔導師，一邊脫離戰區。

一口氣以最大速度拉開距離，形成歸還隊列。嗯，應該還不錯吧。

殲滅敵海陸魔導師的主要目的確實是失敗了，但就戰略上來講，發現敵人的功勞也不能忽視吧。也就是說，再繼續戰鬥下去只會徒增損耗，利益很少。應該把功勞讓給友軍。

「請問戰果報告該如何處理？」

「魔導師擊墜六，不明艦不確實中等損害吧。以驅逐艦來說，航速變得相當緩慢。剛剛應該有傷害到引擎室。運氣好的話，潛艇會幫我們確認吧。損害呢？」

「我方也有六名重傷，多名輕傷。」

不管怎麼說，在譚雅看來無人死亡就算是不幸中的大幸。倘若是朝美軍航空母艦突擊，現在想必是屍橫遍野。

就實際的損害來看，比預期的還要好。是驅逐艦意外地沒什麼威脅性嗎？她本人默默對ＶＴ

解說

【RTB】 指返回基地。

信管現在還尚未發揮其威勢這件事懷著感激的心情。

「……幾乎是場敗仗。實在是沒臉見人。」

儘管如此依舊會感到心情沉重，是因為他們實際上沒有給敵軍多少損害。沒有造成誘爆，也有可能是敵軍的深水炸彈已經用盡了……這算是樂觀的觀測吧——譚雅嘆了口氣。

「只不過……會在這片海域上遇敵，他們移動得也太快了……」

「少校，恕我失禮……倘若以驅逐艦的速度的話……」

「啊，這樣確實是有可能。只不過，竟會沒攔截到驅逐艦……」

這全都是出乎意料的意外遭遇所搞砸的，譚雅也只能如此怨嘆。也就是說，自己沒有做好萬全的準備。協約聯合艦艇的行動速度遠遠超乎上頭給予的預期航速，這也就表示那批艦隊很有可能全是平均航速較快的艦艇。而如果只有航速較快的驅逐艦……這確實是有可能的事。

出乎意料這種話，與坦承自己無能是同樣的意思。

「確實是有可能……可是敵海防艦又是怎麼回事？感覺頭都快發疼了。」

儘管如此，上頭的判斷錯誤這點可不是件小事。而且自己身後還有強力的艦隊，準備發動攻擊。應該不會有太大的問題。畢竟對強力戰艦所組成的友軍艦隊而言，驅逐艦程度的艦隊反倒是簡單的獵物。

事到如今，還不如考慮根據部隊受到的損害申請重新訓練與休養，還比較有生產性。

一想到這，臉上就險些竊笑起來。不用說，當然有克制住，過去累積的經驗足以讓我裝出沉痛的表情。不對，實際上是該感慨。花費我時間訓練出來的部下蒙受損害這件事，真的是讓人心情憂鬱。

「這可是用魔導師進行對艦戰鬥，已是相當出色的戰績了。」

「之後就交給友軍吧。回基地了。」

我已順利達成任務了──譚雅在心中如此喃語安慰自己，忍住嘆息，命令揹著無線電的部下聯絡司令部。在短暫的暗號確認後，被告知已取得通信的譚雅隨即簡明扼要地報告狀況。

「Pixie01 呼叫烏魯邦控制塔。報告完畢。」

「烏魯邦控制塔收到。這邊會接手處理。能繼續與敵軍保持接觸嗎？」

敵艦隊的規模是包含戰艦的數艘艦艇。航向北。已與友軍潛艇接觸。當迅速報告完詳細的位置情報與速度時，司令部開口提出可否繼續追蹤的詢問。

「就算這麼問，但我的部隊在長時間的巡邏任務下，已快達到疲勞的極限。能不要讓我帶著

解說

【VT信管】

近接信管、魔法信管（magic fuze）。能讓砲彈在敵人附近爆炸的革命性產物。

在對艦戰鬥中負傷的部下進行追蹤行動嗎？」

「收到。我幫妳安排到最近的基地降落。祝妳回程一路平安。」

「感謝協助。Over。」

而對譚雅來說，這句回答就只是委婉地表示我想回家。對方應該也沒抱持多少期待發問吧。很乾脆地答應他們返回基地。

然而，譚雅所不知道的是，管制官貼心地幫他們把降落地點改成最近的基地所變更的移動路線上，有著一場略為美好的遭遇等待著。

帝國軍北方巡邏空域—B 47

譚雅·提古雷查夫魔導少校在這一瞬間，是該空域中最資深的軍官。而所謂的負責人，必須得在某個時候做出決斷。畢竟他們是因此獲得責任與權限。要做出決斷，即表示只能選擇自己所相信的最佳方案。

只要看過大多數的自我啟發書就會知道。來不及的決斷毫無意義。太遲的決斷也沒有意義。當然不用說，也嚴禁輕率地做出決斷。

這也就是說，最重要的是平衡感。這可說是管理職的必備技能。

而今天是個糟透的日子。在寒冷的北洋方面，視野不明的天空中。這儘管可說是最糟的飛行日子，他們卻在回程路上遭遇到國籍不明的潛艇。就機率論來說，足以讓人感到某種不自然操弄的尷尬結果。

而既然發現到，譚雅身為最資深軍官就不得不進行對應。

在朝部下瞥了一眼，要他們展開部隊後，發現他們的表情是令人討厭的認真。

明明是只要發動一次攻擊，就會一口氣殺掉將近百人的同族相殘。說起他們的表情，是絕對不會射偏的認真神情。真是令人討厭的世界。對這人類活得不像人類的世界降下災難吧。

順便再讓我補充一句戰爭法去吃屎吧——譚雅在心中碎碎唸道。

不管再怎麼說，無害通過權的規定當中遺漏掉潛艇也疏忽得太過分了。是打算套用罪刑法定主義嗎？還是要等待海事法庭的判決？別開玩笑了。

眼前正有一艘國籍不明的潛艇，為了逃避我等帝國軍開始急速潛航。而且還偏偏是在我擔任負責人的時候。動作相當快，恐怕不到一分鐘就能完全潛航。只不過，一分鐘這個數字雖短，卻也還沒有流逝。

現在還來得及。

潛艇的裝甲就跟廢紙一樣。甚至預測過對艦攻擊的大隊火力，有可能瞬間擊沉。

會感受到部下正向自己投以期待下達攻擊許可的視線也是無可奈何的事。那就彷彿是獵犬在尋求飼主許可的視線。譚雅雖然表面上是平靜地承受這種視線，但她的心中卻颳著難以說是平穩的暴風。

我是負責人。換句話說，就是我必須要負起責任。

擊沉國籍不明船艦？別開玩笑了——譚雅輕易否決這種妄想。

戰爭法並不認同交戰國彼此之外的交戰。而且最糟糕的是，聯合王國船籍的船隻正在附近航行。在中立國船隻面前違反戰爭法？

這所引發的諸多問題會確實掐緊我的脖子。這毫無疑問是守規以前的問題。如不想淪為政治的代罪羔羊，就算只是表面上，也無論如何都要確保合法。

那要放過嗎？眼睜睜看著不明艦艇浮上水面卻不去臨檢？這才會在帝國軍內部發展成嚴重糾紛。倘若讓國籍不明船艦逃走，就算是迫不得已，以自己在軍組織內部恣意妄為的立場，我是不可能被輕易放過的。在這片海域活動的不明艦艇，所裝載的貨物想必也很重要。放過也是不可能的選擇。

然後潛艇只要努力的話，可以維持兩天左右的潛航逃跑。既然沒有聲納之類的儀器，一旦讓潛艇逃脫，想要再次捕捉實際上近乎是不可能的事。

……為什麼？為什麼我必須被逼迫到這種地步？

說起事情的開端，讓譚雅深陷困境苦惱的原因，是在與協約聯合艦隊交戰後，在回程之際收到的一道無線電通訊。

「……大隊長！收到急報，兩點鐘方向，在領海內有關燈航行的可疑船隻。」

想說應該發現不到什麼東西，但只要起飛就能領到空勤加給而從基地啟航，結果卻與協約聯合艦隊大戰一場的回程路上。要是不趕快靠著溫暖的暖爐喝點咖啡，誰幹得下去啊——正當譚雅開始深深感到煩躁時……

緊急傳來發現可疑船隻的報告。似乎是那些勤勞的傢伙們發現到的。

究竟是誰啊，做這種超出薪水分內的工作。半是佩服半是錯愕的譚雅幾乎歪著頭好奇，然後嘆了口氣，心想：真討厭，這下不是連負責對應的我都得無薪加班了。

自己的大隊在先前的偶發戰鬥中受到些許損傷。處於不想「積極地」參與戰鬥的狀況。只不過，也沒有損傷到需要避免參與戰鬥。

「沒辦法無視呢。發出詢問。」

既然不是能無視的狀態，外加上雖是回程途中，但自己的部隊是距離最近的部隊這點，也是讓她放棄抵抗的根據。雖說不情願，但在工作上不會放水的譚雅與其大隊，平安無事地在通報的海域上發現到可疑船隻。

「是我國的運輸船嗎？去對照船籍。」

「他們自稱是聯合王國的漁船母艦萊達魯號。」

儘管在呼叫後經由通訊獲得答覆，但對方的回答也讓譚雅煩惱起來。

就算從事北洋漁業也不奇怪的聯合王國的漁船母艦。她是曾聽聞過，這片海域作為漁場有一定以上的漁獲量。就算在這裡捕魚，也一點也不奇怪。只不過，就算是這樣，也不允許毫無作為就放他們走。

「……跟他們說要臨檢。」

「可以嗎？要是花費太多時間，會影響到回程……」

「既然都詢問了，就沒辦法無視。這裡可是交戰國間的領海。」

連帶地，就算想視若無睹，他們的船籍也有著不小的問題，這也很讓人頭痛。

中立國船隻確實有自由通行的權利，但同時我方在交戰國領海上也具備臨檢的權利。該死的是，倘若不調查在這種地方徘徊的船隻，就會被要求提出相對應的理由。

一難過去又是一難。真是該死。我是想有效率地工作，而不是想要工作，卻怎樣都無法如願以償。

「萊達魯號，這裡是帝國軍參謀本部直屬第二〇三航空魔導大隊。現在要求臨檢。請立即關閉引擎。再重複一次，請立即關閉引擎。」

「這裡是萊達魯號。本船是聯合王國船籍的中立國船隻，相信沒有義務配合臨檢。」

「萊達魯號，這裡是帝國軍。貴船有讓具備軍籍的人搭船或是指揮嗎？」

「萊達魯號呼叫帝國軍。我方認為沒有回答的必要。」

「帝國軍收到。萊達魯號，下官基於自身的判斷，認定貴船不具備中立國軍艦的免除臨檢資格，因此通告貴船，倘若拒絕臨檢，我方將會視這為敵對行為，進而不得不將貴船視為敵對國家船隻擊沉。再重複一次，通告貴船，倘若拒絕臨檢，我方將不得不擊沉貴船。」

「萊達魯號已關閉引擎。」

「很好。開始臨檢。拜斯中尉，帶你的部隊去臨檢。」

「收到。」

「其他中隊負責周遭警戒。」

就這樣，當譚雅正對法律性對答的麻煩程度感到頭疼，同時將臨檢工作推給部下，準備接近船隻讓最低限度的臨檢部隊靠舷時……

「請等一下，那個是什麼？」

海上的濃霧之中，謝列布里亞科夫少尉像是發現到什麼，指著海面提出疑問。受她的聲音吸引，有數人將視線移過去……該說是賓果吧，同時發現掛著聯合王國國旗的定期貨船與國籍不明的潛艇。

……而且倘若沒有看錯，他們正在移送著什麼東西。

不用說，這可是在這種地方享受幽會的兩位大小姐。不可能毫無關係吧。請務必讓我詢問一下兩位的關係。這樣或許很像狗仔隊，會被罵沒有禮貌也說不定，但也只能請她們諒解了。

又要多費工夫了。譚雅邊感慨，邊準備命令再派一組部隊去臨檢時，她突然困惑起來。

潛艇一如其名地可以潛下海面，不過戰爭法所規定的海上臨檢規則當中，沒有包含針對潛艇的規定。畢竟潛艇算是比較新的艦種。

基於在列強的代理戰爭中被當作雜工對待的立場，她姑且研究過反潛戰鬥與阻止戰術。只不過，大半的海軍關係人員果然都對這個艦種極為陌生。拜這所賜，讓戰爭法的海軍相關項目也遺漏掉關於潛艇的規定。她能肯定，無限制潛艇戰的發布只是時間的問題。

然而無視於苦惱的譚雅，事態一分一秒地急速發展。眼前，潛艇正盡全力試圖潛航。不用幾分鐘，就很可能達到我方攻擊無法抵達的微妙潛航深度，悠哉逃走。

「呃，拜斯中尉，帶著貴官的部隊鎮壓萊達魯號！」

連忙喊出口的，是藉由臨檢聯合王國船隻防止他們湮滅證據。但關鍵的潛艇該怎麼辦？

倘若拒絕臨檢就發動攻擊，但要先進行威嚇射擊，之後才能射擊船體，這是戰爭法要求的標準手續。但所謂的拒絕臨檢，並不是指潛航行為。對手鑽法律漏洞到令人氣得牙癢癢的地步。

我最喜歡鑽法律漏洞，但是最討厭人鑽我的漏洞。

腦中忽然閃過一個妥協點……泥沼的深度有意義嗎？

我早就像浸泡在泥沼之中。既然滿身泥濘，又何必在乎泥巴的種類增加。我們會猶豫讓純白的床單沾上泥巴，卻不會在意沾滿泥濘的泥丸子浸泡在泥沼之中。

「……待命中的所有部隊，準備反潛攻擊！發出警告！」

「少校？」

「展開狙擊術式！如不遵守停船命令開始潛航，就將潛艦瞭望塔給我炸飛！」

只能攻擊了。

「全員同時準備鎮壓。給我避免直擊。這終究只是威嚇。」

既然如此，就算滿身泥濘，也要選擇恰好不會變成全黑的行動。

戰爭法並沒有禁止威嚇射擊。只要沒有直擊，就能辯稱是威嚇射擊。潛航雖不能說是拒絕臨檢，但也無法說是配合臨檢的行為，所以促使對方臨檢的威嚇射擊，就算在法律面上是灰色，也依舊是白的吧。這也就是說，這項行動是白的。

解說

【兩位大小姐】 船：SHE。不列顛（Britain）：大小姐。所有人都該去玩一遍Paradox Interactive公司的《維多利亞》（Vic）！或是該說不列顛女神（Britannia）？

「全員！襲擊隊形！準備威嚇射擊！」

中隊長復誦命令。這群部下好歹也擁有著說「等」就會一直等下去的自制心。既然說威嚇，就應該只會威嚇。而潛艇的裝甲脆弱到只要一顆深水炸彈就會凹陷。甚至預測過對艦攻擊的重爆裂式在極近距離下複數爆炸，應該就無法潛航，之後只要趁他們浮上時悠哉地攻進去就好。

「聽好，絕對要避免直擊！」

所以就算說破嘴，也要強調我方沒有擊沉意圖。畢竟要是沉了，我可是真的會很困擾。

「對方是潛艇。一顆深水炸彈就能讓裝甲凹陷。只要數發至近彈就會立刻投降！要是擊沉，可沒辦法問話啊。」

上頭究竟裝載著什麼？根據所裝載的貨物，這可能會是一大戰果吧。當然，我方沒理由要白白地擊沉潛艇，協助他們湮滅物品證據。

絕對要捕捉到。

「Jawohl, Frau Major!」（遵命，少校！）

「很好！各位，就讓聯合王國的船隻見識一下我們的活躍吧。所有人都不准做出丟人現眼的行為！」

迅速形成隊列。根本不需要擔心潛艇的防空砲火。倒不如說，會害怕這種東西的傢伙還是槍斃算了。因此我方甚至能從容地前往配置位置。接下來，就是該保持多少距離了。

不同於簡易爆裂式，重爆裂式應該要偏離十公尺多吧。

換算成火藥最多是一五〇公斤左右。既然不會飛散碎片，靠水壓的威力就很夠了。

「偏離船體十……不對，給我偏離十五公尺！」

瞬間閃過腦海的，是十公尺會不會太近這種些許的擔憂。潛艇很脆弱。要是因為距離太近而被擊沉，我可受不了。不過以半分威嚇、半分警告的意思來看，偏離到十五公尺就沒問題吧。考慮到衝擊會在水中遭到緩和的情況，這或許是太過擔憂了。

只不過，也不能讓人認為這是在攻擊。算是這裡是帝國與協約聯合的交戰海域，也不允許擊沉國籍不明的船艦。正因為如此，被迫要臨時做出微妙判斷的指揮官才會擺脫不了緊張感，真令人討厭。

「威嚇射擊，間隔十五！」

「很好，發射！」

正因為如此，所以才要保持距離以策安全。

為了避免誤會，不斷高喊要維持在威嚇射擊的意圖。

這些應該確實記錄在部隊紀錄上了。

射擊諸元式應該也有輸入我明確說出要偏離十五公尺的命令。也就是說這是為了保全自身，在最低限度的妥協點上的行動。既然發現到這個妥協點，就無需遲疑，以遂行職務為上。

讓大量的魔力流進手上的演算寶珠，轉換成射擊模式。灌輸進去的魔力經由核心調整，透過部隊瞄準意圖潛航的潛艇的極近距離。

中隊從三百六十度，以十五公尺的間隔統一發射的重爆裂式在海中炸開。

瞬間濺起水花，蓋掉不明艦艇的身影。

「第二中隊下降！準備臨檢浮上海面的不明艦艇！」

這雖是威嚇射擊，不過至近彈應該也有讓他們浸水吧。

這是脆弱的潛艇才有的弱點。當然，可以想見他們會為了保密處理掉各種糟糕的東西，所以還是趕緊鎮壓為上。

當時，聯合王國S級潛艇西魯迪斯號的艦長，正因魔導大隊接近的報告幾乎陷入恐慌。

有鼴鼠潛入情報機關。他也知道軍中流傳著這種謠言。在潛入這方面上，他們潛艇人員不覺得自己會輸給鼴鼠，但看來很遺憾地，情報之海與現實之海的情況似乎不同。這件事應該有採取了徹底的保密措施。

在派遣部隊時，水手們甚至只被通知這是一場極為理所當然的航海演習。就只有艦長知道海軍部作為「技術軍官」派到艦上來的這名男性的真實身分，以及嚴密封起的命令書的存在。

就連航海長也是在出港後，才在設定航路的階段得知此事，保密措施做得如此徹底。

然而……

理當只有極少數人知道的會合地點。儘管勉強來得及完成貨物的轉移，但幾乎是在同一時間傳來的帝國軍接近的急報，讓事態急速惡化。

倘若帝國軍沒有來，接下來就只要假裝若無其事地穿越帝國軍巡邏線就好。然而在這瞬間，直到方才都還不見身影的帝國軍魔導師中隊卻突然出現，這究竟是怎麼一回事？霎時間，讓艦長與海軍部的「技術軍官」面面相覷，他們所受到的衝擊就是如此之大。

「多名帝國軍魔導師接近！與萊達魯號的會合被目擊到了。」

敵人肯定知道貨物的存在與行程表。要不然，不可能會在這個瞬間出現在這裡。輔助艦儘管醒目，但在名目上依舊是民船。就算是帝國，也不能粗暴地對待身為中立國的聯合王國民間船籍的船隻。

但對於不明艦艇的對應，在某種程度內是允許採取相當於交戰國的對應。

倘若這是理解到這點所制定的襲擊計畫，鼴鼠就毫無疑問是存在的。

解說

【鼴鼠】 間諜，或是雙面間諜。主要指潛入國家內部機構的類型。

「收到停船命令了。」

通訊兵發出的叫聲，將艦長等人急速拉回現實。

暫且將腦中閃過的疑慮擱到一旁，首先必須要活下來逃過這一瞬間。而S級的潛航可能深度超過一〇〇公尺。就算是魔導師，只要潛航下去就難以追蹤。

雖說船體要是遭到射擊就另當別論了，不過戰爭法沒有明確制定停船的定義。

不對，正確來說，是沒有將潛航視為逃亡行為。畢竟，這是在船本來就無法潛航的時代制定的規則。

「即刻讓無線電靜默！緊急潛航！」

只要在他們登艦之前潛航就好。關閉無線電，在拒絕收訊的瞬間潛航。艦長認為這樣就能逃離現場。

然而，這是太過天真的判斷。就在釋壓閥打開的瞬間……

觀測員發出悲鳴般的警告，讓眾人就算再討厭也不得不理解到敵人毫不猶豫的程度。

「多……多起魔力反應！全員準備衝……」

敵人發動攻擊了。當他們理解到這點時，腦海中隨即浮現「要抓緊某樣東西」的念頭，但身體卻對這瞬間的事態反應不過來。

而在這個瞬間，身體有反應過來的水手並不多。必須要有動作。當所有人都懷著這種想法，準備要伸手出去時，周遭響起巨大轟響。下一瞬間，船體連續遭受到巨大衝擊，就在感受到霎那間的漂浮感時，艦長喪失了意識。

「艦長！該死！軍醫！艦長受傷了！立刻到操作室來！」

儘管某人的叫聲讓他暫時恢復意識，卻也沒有維持太久。而看到艦長這種情況，副艦長隨即做好接管指揮權的覺悟。沒有比現在還要更符合窮途末路這個詞彙的狀況吧。潛艇外殼有多處破損，浸水情況正在急速擴大。

外加上艦橋周圍在水壓的影響下，導致潛望鏡全軍覆沒。儘管引擎勉強還在運作，但後方的電池艙發生問題。氯氣外洩了。有毒氣體的產生需要戴防毒面具，但被撞飛的水手們光是要動起來就已竭盡全力了。

浸水與毒氣讓艦內的環境急速惡化，發生火災也只是時間的問題。

而且就連船舵也動不了。恐怕是被水壓壓壞了吧。這樣也沒辦法任意移動了。

緊急修理也已達到極限。儘管排水泵勉強還有一邊能動，但到頭來還是沒辦法保持平衡。要是連預備電源都無法期待的話，現在就只能選擇浮上海面。

「……『技術軍官』閣下。本艦已經不行了。」

「怎樣都沒辦法嗎？」

必須做出苦澀的決定。而且要快。對副艦長來說，他並不認為自稱「技術軍官」的身分不明將校，單純只是一名將校。因此，他暗示做出了決定。表示只能夠投降了。

既然艦長在現況下無法擔任指揮，他就必須對水手們的性命負責。要是結論是只能選擇浮上海面，副艦長就不得不這麼說。

「撐不了太久。如有需要處理的貨物，請趕快動手。」

「……我明白了。」

喃喃低語後，技術將校與副艦長迅速地去「處理」貨物。雖是苦澀的決定……但也只能這麼做了。

統一曆一九二四年十二月十二日　聯合王國—倫迪尼姆　祕密的某處

「情報參謀在搞什麼鬼啊！」

這裡是聳立在閑靜住宅區一隅的一棟建築物。以不顯眼的形式與外部隔離的這棟建築物裡，正颳著與這份閑靜完全相反的風暴。在那裡，完全不允許一絲一毫世間上正處於聖誕節前夕的和睦氣氛。

當中最令人恐懼的，是正在當面痛罵在場情報參謀們的對外戰略局的哈伯革蘭少將。緊握的拳頭宛如要將桌面敲碎般的捶下，讓人感受到他不容許半吊子答覆的氣勢。站著不敢亂動的情報參謀們，臉色就宛如槍斃前的犯人一般蒼白。

這也是沒辦法的事。被從小睡中吵醒，得知幾乎不眠不休整頓好的局面在一夕之間遭到顛覆的少將，散發著令人恐懼的暴怒。

推算帝國軍航空部隊的巡邏線，以及分析帝國軍北洋艦隊的巡航路線。還為了確認北洋艦隊的艦隊速度並兼作為牽制，調整本國艦隊的演習行程。這些辛勞全在瞬間化為泡影。

就算不是哈伯革蘭少將，只要是聯合王國的相關人士都會懊惱得咬牙切齒。認為必須徹底追究原因。此時，在充滿殺意的視線注視下，負責保密的保安軍官們，胃也開始超出極限。

「為什麼帝國軍的魔導大隊會出現在那裡？」

這雖是早就受到質疑的事，但要將聯合王國情報部的敗北視為偶然，這也輸得太慘了點。一兩次還能說是不幸的事故，但等到第三次就是必然的結果了。

兼作為情報收集與觀測所的派遣義勇部隊遭到魔導師精準砲擊時，還懷疑是偶然。

並基於觀測波可能遭到反向偵測的分析結果，試圖改善機械設備。這還能說是不幸的事故或偶然吧。

但這次未免也太過偶然，實在是不可思議到讓人難以接受的地步。偏偏在這麼剛好的地點被擺了一道。

「正全力調查當中。可是，這真的只能認為是偶然！」

「帝國情報部或許是很優秀，但再怎樣也不可能掌握到這種程度……」

「那麼，這個影像該如何解釋？」

讓眾口如一否定疑慮的軍官們閉嘴的是，播放出來的交戰紀錄。儘管在相當濃厚的戰鬥魔力濃度影響下，讓詳細情況因為雜訊看不清楚，但影像所述說的事實卻很明確。

專心一志朝單一目標前進的帝國軍魔導師們。儘管其他船艦拚命發動攻擊，試圖吸引敵人的攻擊，但敵部隊卻對此視若無睹。他們的機動豈止是無懼損害，簡直是置生死於度外。

隨後一面牽制升空迎擊的海陸魔導師，一面讓一個中隊俯衝形成突擊隊型。

刺刀毫不留情地貫穿上前迎擊的協約聯合魔導師，而在遭到踢飛的屍體沒入海中的同時，紀錄也跟著失去影像。最後的畫面上，顯示著毫無迷惘地朝著戰鬥巡洋艦突擊而去的敵魔導中隊的身影。

沒錯，這樣看起來事態是一目了然。他們很明顯地是無視於其他艦艇，朝著特定的船隻發動突擊。

「這是為什麼呢？」

哈伯革蘭少將脫口而出的是怒火即將炸開的疑問句。

「為什麼理當在北方戰區展開部隊的 Named 級，會埋伏在這裡？」

然後，哈伯革蘭少將的怒雷隨即轟然作響。情報參謀們只能祈求暴風雨能盡早過去。他們曾在詳細分析下，研判帝國軍的 Named 會專心支援北方戰線的情況。

還有部分人分析，特地從中央派遣的 Named 部隊會成為攻擊計畫的後援，最後甚至發出他們與任務無關的警告。

然而不同於預測，Named 竟特意以大幅偏離配置地區的形式出現。當初還懷疑是未確認的新銳部隊，但記錄到的魔力反應立刻就打消了這份疑慮。

根據記錄到的反應，確認他們就是之前在協約聯合方面確認到的 Named 部隊。

光看交戰紀錄也能知道，他們正是前陣子很周到地與派遣到協約聯合的義勇軍交戰的部隊。照道理說，很難想像他們會出現在這種地方。考慮到帝國軍的輪班制度，就算有經過交替、休養，步調未免也太快了。

「北方的戰鬥正逐漸劇烈化。更別提那些傢伙正計畫著企圖掃蕩協約聯合的攻勢。他們會在這種時候，特地派遣強力的魔導師部隊到這種地方來？」

說到底，根據分析，無視後勤路線，甚至無視聯合王國的海軍實力，毅然發動登陸作戰的帝國軍，至今仍企圖發動對協約聯合的掃蕩戰。在這種時候，想必正忙得不可開交的帝國北方方面軍，會偶然地特別在這種地方展開精銳的魔導大隊？

他們可是從武器彈藥到士兵，正在盡可能收集一切戰鬥資源到北方戰線的傢伙。會做到這種地步，與其說是偶然，倒不如能斷定這是基於明確意圖的行動。

在方才提到的登陸作戰中也獲得確認的 Named 部隊。他們要是脫離北方戰線而出現在萊茵戰線的話，還可說是帝國重視萊茵戰線的佐證。但要是才覺得他們從北方戰線上失去行蹤的下一瞬間，就在海上與潛艇一齊埋伏協約聯合的逃脫艦艇的話，情況就另當別論了。

「更重要的是，給我看清楚。他們完全不理會艦隊前衛，筆直朝著中央區塊突擊啊。」

就意外遭遇來說，井然有序到任誰也無法解釋的攻擊。首先以佯動的潛艇發動魚雷攻擊，趁著艦隊所有人的注意力被吸引到下方的瞬間，從上空發動奇襲。從心理面上的盲點，與物理面上艦隊為採取迴避行動而解除陣形的瞬間，精銳的魔導大隊從天而降。時機也未免太完美了。

而且那些傢伙還完全不理會前衛區塊的驅逐艦隊。

就結果來說，就是他們在避免遭到偵測的情況下，重視隱密性地盡可能接近艦隊。並且不理會勉強發動的迎擊，專心一志地襲擊目標。這要說是偶然，難道是想說有一整打的命運女神在對帝國微笑嗎？這種假設也太勉強了吧。

「也有某種通訊傳送到艦隊上空的紀錄。」

在艦隊上空形成突擊隊形之前收到某種報告？雖然也不是不能說是遇敵報告，但要是這樣，這應該是要在更早的階段就該進行的報告。倘若那些傢伙是偵察部隊，就沒必要接近到這麼近的距離。

相反地，倘若是攻擊部隊，在這之前就應該要有探路部隊。突發性地，意外遭遇到無人引導的大隊規模魔導師這種事，開玩笑也該有個限度吧。而且還是在潛艇攻擊之後不久。這要不是敵人有意圖的行為，除非這個偶然是神的旨意，不然根本不可能發生。

「不僅是毫無迷惘地拉開護衛，還有一個中隊毫不遲疑地對戰鬥巡洋艦進行突擊。這還真是只能笑了。」

防空砲火的命中率絕不算高。這種事別說是海軍，就連陸軍也很清楚吧。不過知道與實踐之間有著天差地遠的差距。說不太可能會命中，就有膽量朝著架滿機槍的戰鬥巡洋艦突擊嗎？

至少會遲疑一下吧。縱使不會遲疑，也有許多其他的做法。如果是以攻擊為目的，也還有從遠距離展開砲擊術式的方法。如果是魔導師的超長距離砲擊式，就能避開大半的防空砲火。

不用說，海陸魔導師正是為了阻止這種事而存在的。只不過，在當時遭到奇襲的狀況下，極少數的直接掩護部隊儘管拚命抵抗，卻也幾乎是白費工夫地徒然遭到擊潰。我方完全沒偵測到任何反應，就讓敵方占據到正上方的位置，這只能認為他們費了相當大的工夫隱藏行蹤。

「給我看好。根據魔力反應判斷，是 Named 在擔任嚮導機。」

會這麼慢才發現到 Named 的魔力反應，是協約聯合的無能所導致的嗎？嚮導機的魔力同位素觀測是基本中的基本。只要沒有抑止魔力輸出，要偵測到是輕而易舉。

抑止魔力輸出的是偵察部隊倒也還能理解。為了延長滯空時間一般都會這麼做，還能降低被發現機率而廣受歡迎。然而，以大隊規模急行軍中的部隊會做這種事嗎？

這麼做確實能短暫地延長滯空時間，但消耗也會猛烈增加，根本不可能參與戰鬥。到頭來，除了奇襲之外，還會有什麼理由抑止魔力輸出……

更重要的是在這之後，友軍潛艇與輔助艦還在接觸海域遭到同一批部隊襲擊。不論是誰，就算再怎麼樂觀地解釋狀況，都會懷疑是在某處嚴重地走漏情報，這是相當理所當然的結論。倒不如說，會公然做到這種地步，甚至能懷疑敵人毫無要隱瞞我方情報外洩的意圖。

該說是露骨到不自然嗎……但就算認為是計中計也……會無法擺脫這種疑慮，是因為他們的職業業障深重。在情報戰當中，就連認為是真實的事物都無法保證是正確的。就算看似合理的事物也只是合理，一旦出事就會難以挽救。所以他們不得不去懷疑一切，懷疑所有的可能性。

正因為如此……才會做出情報外洩的假設。

「……調查的結果呢！」

而承認這項假設，意味著一件非常重要的事實。那就是情報若是沒有外洩，就無法解釋敵人的行動。

想當然，調查情報部與抓出鼴鼠會是他們十萬火急的一大工作。只不過這項工作附加著「不論是什麼，只要發現到就好」的大前提。

然而，讓眾人想哭的是，找不到任何一絲敵人的跡象。奉命調查此事的負責人們掌握不到證據，也找不到旁證，但卻背負著要是情報沒有嚴重走漏就無法解釋的難題，實在是束手無策到幾乎哭出來。

「暗號、雙重間諜、情報員的可能性全都檢討過了，但就現在來講果然是白的。」

「還要等正式的調查結果，但我不認為是暗號遭到破解。我們就只有發送過僅此一次的指定代碼。」

「雙重間諜或情報員這條線也非常微妙。畢竟接觸過該項情報的人還不到兩位數。」

「考慮到帝國主力艦隊北進的側面警戒，或然率就相當高。我認為，這果然是不幸的遭遇戰吧……」

情報部與情報參謀並不是對此事袖手旁觀。

在決定「偶然」這句結論之前，他們也拚命地徹底調查過，然而歷經種種痛苦到最後，他們所得到的苦澀結論就是「這難道不是偶然嗎？」……只能用微弱的聲音，如此答覆暴怒的上司。

解說

【嚮導機】 一般是指替後續人員指引目標的前導人員。諸如標記轟炸目標或航空隊的引導等，是老手的工作。嚮導先生很重要喔。

儘管在調查過程中抓出幾隻鼴鼠，也嚴刑拷打過了。但也依舊是白的。

做到這種地步都還找不出原因，這果然是不幸的事故吧？會有部分人開始這麼認為也是時間的問題。實際上，協約聯合艦隊最終還是擺脫掉帝國北洋艦隊，達到與共和國艦隊會合的目的，這項報告也讓這種意見強勢起來。

然而，明確到無法誤解的證據將這種想法擊潰了。是派遣到協約聯合艦艇上擔任軍事觀察官的情報部軍官與海軍軍官的報告書。

上頭所記載的詳細報告，足以讓主張這是偶然事故的一派乖乖閉嘴。不對，豈止是閉嘴，甚至是把他們給炸翻了。

「……身為流亡政權要員的評議委員所搭乘的戰鬥巡洋艦，偶然地與展開中的大規模加強魔導師大隊發生意外遭遇戰，流亡政權要員所居住的區塊還偶然地遭到對方的集中攻擊。」

而且在這之前，還在完美的時機點遭到潛艇的魚雷攻擊。當艦隊立即採取反潛戰鬥，直接掩護部隊的海陸魔導師們開始在低空域警戒的同時，帝國軍魔導大隊就利用高度差從天而降地發動攻擊。

這不論看在任何人眼中，都是只能用埋伏來形容的預謀攻擊。

而且敵魔導師偏偏還像是目標明確似的，只進行一次攻擊就脫離戰場。

這份報告甚至讓一從睡夢中被吵醒，就立刻目睹到這項壞消息的哈伯革蘭少將，差點捏碎手中的菸斗。上頭附加的照片，如實述說著對方針對單一區塊集中攻擊的事實。而且，還是針對照常理來講不會被視為重要攻擊目標的區塊攻擊。考慮到對艦戰鬥，諸如重爆裂式，或是瞄準吃水線下方的重力式等，有效的攻擊手段並不少。

然而，他們卻特意針對居住區塊，使用對人掃蕩用的爆裂術式。這倘若是攻擊艦橋還可以理解，但他們卻特意針對居住區塊。還集中了整個中隊的攻擊。

而且再重複一次，根據報告指出，那些直到突擊之前都還不顧一切衝鋒的傢伙們，在擊中目標區塊之後，隨即放棄一切的戰術行動脫離戰區。

就像是在趕時間似的飛離現場。這姑且能說他們是要返回基地吧。就理論上也能辯稱這是偶然中的偶然吧。

但對於如此執拗埋伏的敵人只攻擊過一次就急忙脫離戰區，而且「回程路線」還偶然經過聯合王國的輔助艦與潛艇的位置，究竟要有多麼天文數字般的機率，才會引發這種偶然啊？

連想都不用去想。

「而且他們還在回程路上，偶然發現到我方的船隻浮在海面上進行可疑行為。好啦，在場有人相信這種事嗎？」

充滿憤怒的一句話。

明顯表現出一副，要是有人敢說這是偶然，他就會將敲在桌面上的拳頭打在那傢伙身上的態度。氣憤不已的哈伯革蘭少將心中，正猛烈颳著強烈的颶風。

「還真是可笑的偶然呢。這要真是偶然，還真是讓人笑掉大牙的偶然呢！」

一發出吶喊，哈伯革蘭少將就一拳打在辦公桌上，不理會滲出的鮮血，彷彿失去語言能力似的沉默下來。

他是被譽為冷靜沉著，不動如山的英傑。

同日　帝國軍參謀本部聯合會議室

當戰務參謀與情報參謀還有作戰參謀一齊抱頭苦惱時，總而言之就是事態不妙。意味著不是出現政治上的問題，就是發生軍事上的問題。想當然的，參謀們會為了收拾事態而苦思焦慮。

只不過，他們心中也肯定有一半是在想該把責任推給誰來承擔吧。

「什麼？讓協約聯合的艦艇逃走了。」

倘若要用一句話表達在座陸軍軍官們的想法，就正是這句話了。不對，這甚至可說是全體與會人員的想法。

雖不能說是甕中之鱉，但也是在幾乎能確定給予敵艦隊痛擊的兵力比之下的艦隊戰。對近期內毫無表現的海軍能帶來豐碩戰果的期待，完美地遭到背叛。

「……北洋艦隊沒能再度發現敵蹤。」

「儘管都成功確保了如此優勢的戰力也還是不行？」

「是的，似乎是讓他們逃走了。」

不過，逃走是怎麼一回事啊？好歹也集結了相當數量的主力艦，並且還順利地由我方選擇戰區。會期待建下相對應的戰果也是當然的事吧。

這些艦隊行動，該不會全都是在白白浪費重油吧？

這到底是怎麼回事——陸軍傳來暗中帶著斥責之意的嚴厲視線。這讓承受到這些視線的海軍參謀，陷入得語無倫次地提出資料，試圖替自己辯解的窘境。

「不是的，能在惡劣天候下連續兩次接敵本身即是偶然的產物。想要再次發現敵蹤未必是件簡單的事。」

想在海上發現敵蹤，絕不是一件簡單的事。雖說是艦隊，在大海上也只不過是一個小點。只要沒能完全占據整個平面，就不可能建立天衣無縫的巡邏網。能做到何種程度，近乎是機率論的問題。因此，海軍軍官會重視基於經驗法則的推論。換句話說，這正是經驗淺薄的帝國軍海軍的痛處。儘管硬體的擴張順利，但就現況來講，在運用硬體的士兵培育上還存在著許多課題。

「克服這點是貴官們的任務吧。」

只不過，光是抱怨也不會有改進也是事實。不用明說，軍人就是要在所賦予的戰力下力求完美。既然如此，海軍就只能在靠努力補足軟體面上的不足，來運用充足的硬體設備。

「但同時，再繼續譴責下去也毫無益處。」

儘管如此，判斷再譴責下去也毫無益處的傑圖亞少將，隨即介入緩和氣氛。

就他所見，陸軍方面的不滿情緒大都宣洩出來了；海軍方面也快達到忍耐的極限。再繼續下去，單純是在浪費時間。如此判斷的他隨即結束彈劾，提議摸索實際的解決方案。

「如今只能檢討事後的挽救策略。海軍方面有什麼提案嗎？」

結束發言後，傑圖亞少將緩緩坐下，環視起陸軍方面，用眼神警告那些已經說得夠本的參謀們。邊覺得展現出迫不及待的情緒連忙站起的海軍參謀還真是年輕呢，邊切換心情。

「我們想經由外交方面的支援，阻止他們與共和國會合。」

展示給列席者們的資料上，提供著附帶外交部意見的挽救策略。這項提案本身並沒有特別的問題。實際上，還讓人覺得他們歸納得很好。至少合乎道理。

「要活用中立國義務條款啊。只不過，你們覺得聯合王國會老實履行條款嗎？」

然而，在國家的生存鬥爭上，道理並不是一切。倘若道理就是一切，如今這個世界上早已經實現烏托邦了吧。地上樂園不存在的事實，如實述說著這個現實。

「外交部給予的見解是很微妙。老實講，應該不可能吧。」

聯合王國恐怕就只會要求他們在四十八小時內出國。不覺得他們會履行中立國的義務，認真執行查封武裝的措施。根據駐外武官的確認，他們肯定會運用拖延手續的方式抵抗。

若真是如此，等到下達許可時，船隻肯定也早已經出港。

「這樣一來，那些傢伙就能悠悠哉哉地與共和國艦隊會合。」

「真是麻煩。這樣協約聯合就會繼續抵抗下去。」

惡質的是，聯合王國的領海與共和國的領海接觸的海域並不少。當讓他們逃走時，既然無法在聯合王國領海上交戰，想要實質阻止他們與共和國艦隊會合，實際上就是不可能的事。

而協約聯合的軍艦在與帝國交戰這件事，很可能成為要求他們投降時的難題。所謂「看呀，我們的海軍仍舊健在」。在想要挫敗他們的抗戰意欲時，也很可能成為讓人頭痛的問題。

「……只能盡早將他們擊沉了。」

為了讓損害停留在最低限度，也必須盡快收拾掉這個事態。為了這點，也必須要將協約聯合艦艇盡數殲滅。

只是漏掉幾艘倒還無所謂，但他們可是讓整個艦隊逃脫。光是擊沉一兩艘的程度，已經沒有辦法滅火。

既然如此，至少要盡快將殘存敵艦盡數擊沉，這是現況所能允許的唯一選擇。只能藉由這麼做，尋求問題的早期解決。

「那麼，對北洋艦隊的命令就是延續前令，迅速地殲滅敵艦。有意見嗎？」
「沒問題。」
海軍方面也對這些要求沒有異議。
「我們會繼續派出增援。總之，希望你們能早期解決問題。」

第二〇三大隊基地－大隊司令部

存在於那裡的是，純粹且靜謐的結晶……是幽暗沉澱，已濃縮的化膿瘋狂。
讓見者盡數陷入瘋狂的惡夢一般的眼瞳。在這雙眼瞳的注視之下，光是要不被迷惑就讓他竭盡全力。
「下官聽令，中校。」
輕輕吐氣後，雷魯根中校才總算能將空氣送進肺部。室內灑落窗外照進的陽光。
明明是冬天難得的溫暖日子，全身卻彷彿籠罩在寒氣之中。
理由很簡單。
眼前是開花結果的瘋狂結晶。

「提古雷查夫少校，是轉調命令。」

要在萊茵戰線準備大規模作戰。這是副作戰參謀長盧提魯德夫少將毫不掩飾支持，並獲得傑圖亞少將協助企劃立案的大規模作戰。

正因為如此的援軍。

正因為如此的支援。

當然，作為一點小麻煩，在中央會有一場形式上的軍事法庭等著她。畢竟她儘管不知情，卻還是將中立國的船艦視為可疑船隻，讓聯合王國的潛艇因為不幸的事故沉沒了。不過這將會是一場一如字面意思地形式上的審判吧。

「當然，我不會說沒有麻煩……但幾乎只是形式上的審判。貴官深受上級的期待。」

「……也就是要給我挽回名譽的機會嗎？」

只不過，眼前的嬌小少校完全不去理解這一切。看來所展示的內部通知，似乎被她當作是不怎麼愉快的轉調通知。或許接受審判也讓她感到些許緊張吧。

雖是失控的責任感，但是她對自身所背負的責任害怕得顫抖。不過是區區一介少校，就想背負起所有的責任。這豈止是寒氣，甚至讓人感到有某種可怕的事物在室內肆虐一般的異常感。也像是自己被放進正常與異常的間隙之中的感覺。

「妳已成功發現到敵部隊了。這不是少校妳的責任。無人能要求妳再做得更多了。」

「我讓仇敵在面前逃走了。下次……我下次一定會確實地完成任務。」

勸說的話語毫無意義。他並沒有說出什麼格外空泛的話語。

光是在惡劣天候下發現到敵部隊就是相當充分的功績。更別說儘管只有部分，卻也對敵海陸魔導師造成損害。

儘管不是完美，但除了一個人之外，相信任誰都會認同這是不錯的結果吧。

「少校？」

「請放心。我不會重蹈覆轍。我在此發誓，我絕對不會重蹈覆轍。」

然而那唯一的人，卻無法接受完美以外的結果。令人恐懼的是，這彷彿是將殺意與愛國心的團塊，純粹地製成軍人外型一般的思考方式。與其說是軍人，更接近有著軍人外型的人偶。

宛如夢囈般反覆說出的言語之間，甚至散發著一股奇妙的迫切感。

僅僅一次，就僅僅一次取得不錯的結果就變得這副德行。完美主義也該有個限度吧。

她只關心自己有沒有如同字面意思地遂行命令。究竟要受過怎樣的教育，才會養成如此扭曲的心態啊？

「……別太在意，少校。貴官的功績備受讚賞。貴官只需完成任務就好。」

「請放心。我會一艘不留地將他們完全殲滅。」

完全無法溝通。對話看似成立，但總覺得中間存在著某種致命性的歧異。我應該只是在激勵她完成任務，為什麼會讓這個瘋狂的團塊，戰意高昂地高聲表示殲滅敵軍的意圖？戰爭狂也該有個限度吧。

她毫無疑問是帝國軍所製造出來的最優秀也是最惡劣的戰爭狂。普通的人類，會如此興高采烈地犯下殺害同族的行為嗎？或是如此毫不遲疑地忠實執行軍務到這種地步嗎？

身為一個人，倘若不是打從根本扭曲，就絕對不可能產生的歧異。

「參謀本部不認為貴官的行動有問題喔，少校。」

名目上，這是身為負責傳達通知的人所不得不告知的事實。就習慣上，這時一般都會向部隊長傳達帶有期許能殲滅敵部隊意思的通知。就相當於是季節的問候。然而，這次所該傳達的不是稍微安慰，而是不允許有一絲誤解餘地的話語。

然而，理性卻隱約地向他發出警告。眼前這個宛如怪物的戰爭狂，很有可能會一如字面意思地實行命令。

「不過，少校。」

所以才會這麼做吧。

「貴官倘若想對艦隊做出貢獻的話……」

他稍微在自己的裁量權所能允許的限度下提出建言。

「北洋艦隊正計畫進行艦隊演習，妳就算想在參加之後再去萊茵也沒關係喔。」

「我志願參加。」

「很好。那我就幫妳這樣安排。」

一如預期的答覆，雷魯根中校邊回應著她，邊察覺到在心中一隅，有個認為「這下事情就結束了」而感到安心的自己。

「祈禱貴官與部隊能武運長久。祝妳幸運。」

儘管感到些許寒意，雷魯根中校依舊基於職務上的義務，快速說完激勵的話語。至少她與她的部下是友軍。既然他們的矛頭不會指向所愛的祖國，就沒有什麼好怕的吧。

就像在欺騙自己似的，捏碎心中的疑慮。

「感謝。」

不知是否察覺到他的想法，低頭道謝的提古雷查夫少校，姿態模範到近乎完美的程度。

大隊基地—大講堂

譚雅．提古雷查夫魔導少校的心情要用一句話來形容，就是腦袋差點不保吧。

提心吊膽地害怕被追究責任。不過等到揭開真相後，卻是知己雷魯根中校帶來參謀本部通知的事務聯絡。原本還擔心是因為任務失敗而前來斥責的。看來上頭比想像中還要寬宏大量。

安心下來，緩緩地將冷掉的咖啡一飲而盡後，不自覺地發出嘆息，看來我意外地緊張呢——譚雅苦笑起來。

等待她的是軍事審判。不過，實際上也只是徒具形式的審判，既然有私下做出這種保證，就表示幾乎能獲得喜出望外的赦免。雖是口頭上的通知，但考慮到這是參謀將校所說的話，首先就不會有錯。

也就是說，會特地派認識的雷魯根中校來做事務聯絡，想必是上頭的顧慮。中校說的話，肯定是在委婉地表示上頭還不打算捨棄我。所謂他們會盡量提供機會，要我做出成績的關照。

既然會受到這種關照，應該可以認為參謀本部依舊對自己與自己的部隊抱持著期待。畢竟雖說是口頭告知，但也還是暗中顧慮自己的心理狀態，提前宣判我的無罪。

要是我的話，對於無能的部下，才不會在意他的心理狀態，直接勸他離職。任誰都會這麼做吧。就算考慮到軍隊無法裁員，也該做好會遭受懲罰的覺悟。

然而，上頭似乎認為只有一次還不用懲罰，並打算給予我第二次機會的樣子。換句話說，就是無法期待之後還能受到這種寬大的處置。

畢竟，他們還特意給予我參加演習展現實力的機會。這次一定要在這裡，回應參謀本部與軍方高層對我所抱持的期待。

「倘若是這樣，應該是有某位大人幫我說情吧。」

這種輕微的處分，肯定是某人在軍組織中幫我打點。會如此幫我的人，自然只有寥寥數人。對軍方高層有影響力，還會為了我打點安排，首先能肯定是傑圖亞少將閣下一派的人。

「嗯，得在近期內過去答謝才行。」

真是感激不盡——她發自內心地肅然起敬。能在無法選擇長官的軍中遇到這種好長官還真是幸運。譚雅一邊喃喃低語，一邊這麼想讓心情稍微好一些。

然後在深呼吸過後，譚雅就踏著緩慢的腳步前往隔壁房間。事前估算在最糟糕的情況下，大隊甚至有可能遭到解散，所以為了說明事情而召集的大隊成員們，此時已集結完畢。

他們保持適度緊張感的傾聽姿態獲得她的好感。既然如此，就讓他們聽聽好消息吧——譚雅緩緩地開口。

「大隊各員，我不信神。一點也不。」

倘若真的有，就給我將存在X剁碎扔進碎紙機後拿去做成豬飼料的力量吧。雖沒說出口，卻也在心中述說著這個念頭。

但應該辦不到吧。

懷著這種想法，在心中嘆息。比起不存在的神，在座的我的部下們還更要能派上用場並且忠實。難怪古代的名將會說，比起不在身旁的萬人，更重要的是手邊的百人。

不過一旦放鬆韁繩就會朝戰場突擊，所以頭痛的程度也不相上下。總之，這是彌補失態的機會。站在講台上，為了挽回名譽也要拚命地鼓舞部下。

「各位，我信奉參謀本部。那裡是倫理與知性的牙城。神呀。祢倘若是偉大的，就實踐倫理給我看吧。然後我將會證明參謀本部的睿智更勝一籌。」

帝國軍參謀本部實際存在著，而神之類的東西是觀念上的存在。也就是妄想。

那就是所謂倫理的概念。倘若要反抗法治或一般的普遍原則，就必須展示凌駕在這些之上的力量。

怠慢這點，單方面地主張神的存在與神律法，並且強迫他人信奉，是要求他人單方面履行契約的行為，簡直是孰不可忍。

就這點來講，滿懷溫情的參謀本部就算是失敗也會施捨慈悲，並給予再次洗刷汙名的機會。但是，譚雅不會忘記失敗。她責備自己，儘管雷魯根中校與參謀本部說得很委婉，但這是我們的失態，也就是我自己的失態。

為讓意氣消沉的部下們徹底對這件事懷有自覺，譚雅開口激勵著。所謂的中間管理職，就必須讓部下理解到這種人情世故。

「人不會對渺小的存在抱持任何期待。各位戰友，我們深受到參謀本部乃至於帝國的期待。唯有義務與貢獻才是我等的榮耀。」

當然，譚雅也認為上頭對他們感到失望。就算被認為是無能也是沒辦法的事。

要是生產員工不曉得哪裡不對勁跑去衝業績，最後還導致庫存管理失敗？就算業績衝得再成功也是本末倒置。

只能甘願被人罵作是無能之輩吧。

「軍方有意思要給予我們機會。我們如今已獲得贖罪的機會。」

甚至還特意從參謀本部派人過來。這意味著我們還沒有被捨棄。儘管還殘留著被送往懲戒大隊的可能性，但也只能靠建立戰果來克服。

「哪怕是煉獄也要前往征服，這正是軍人的本分。」

只要命令下來，不論天涯海角都得過去。這事到如今早已是無須明言的基礎，但確認基礎經常是非常重要的行為。海因里希法則就對不斷累積的微小錯誤發出警告。

為了預防事故，不厭其煩地叮嚀可是基本。

「既然如此，現在就再次執行任務吧。就算只有我們也要前去。」

「大隊長？」

副指揮官拜斯中尉就在這時打斷我的話語。老實講，是說得太過頭了嗎？儘管有點遲疑，但腦海中閃過軍官學校的教育，果然還是不該在部下面前動搖。與其混過去之後再來後悔，倒不如做了之後再來後悔。

做出這種判斷，我勉強維持住毫不在意的表情，瞥了一眼周遭的情況。看來大隊成員們對這番叮嚀囑咐，大概還沒有感到太過厭煩的樣子。懂得重視基礎的人才，還真是一群優秀到讓人想打包帶回家的傢伙們。

「就讓上頭知道，我們是優秀的看門狗。」

要好好確認觀念。總而言之，作為暴力裝置的軍隊是看門狗。有必要展示我們毫無要擺脫國家控制的意志。畢竟在這世上，隨時都有可能在某處遭到某人的監視。

還是多少誇張一點地展現忠誠心會比較好。就算會惹人笑話，也總比遭到警戒而被人設計陷害強過好幾百萬倍。等到將來再把笑話自己的人踢掉就好。

「讓他們知道，不論想逃往何處，我們都會緊咬著不放。」

再稍微深入一點思考吧。我正在仿效辻的作為。問題來了，辻是受到常識人喜歡的存在嗎？不，這是不可能的。反倒覺得他會被討厭。這是為什麼？因為說到辻，就是獨斷獨行？

……這種事還用說嗎？像我這樣的常識人，要是有像辻這種部下，絕對會當場槍斃他。畢竟他是個立刻就會獨斷獨行的傢伙。派不上用場也該有個限度吧。

而我的副隊長是常識人？換句話說，就是他基於常識，判斷我有可能會像辻那樣失控？

唔……這是不太好的事態。我是懂得廉恥並有良知的人。不想做出獨斷獨行然後把責任推給他人的行為。更別說遵守規則可是我的生存意義。規則不是用來打破，而是用來鑽漏洞的！

竟認為我連這麼基本的事情都不懂……

「中尉。我們要轉調萊茵。相信也有人感到懷念吧。沒錯，是要去萊茵喔。各位。」

邊在內心中冒著判斷錯誤的汗水，譚雅邊發出苦吟。老實說，想避免被人認為是像辻或是鬼畜口將軍那樣的人。要是被這樣認為的話，就有必要與拜斯中尉好好談談了。

儘管內心底感到糾結，但總之現在還是先專心度過這個場面吧。

「您是說萊茵嗎？」

「雖然很匆忙，但這也表示我們備受期待。畢竟都讓我們逆時鐘環遊戰場一圈了。」

把大搖大擺跑出來的傢伙們打扁。工作內容就只有這樣。

超出這個範圍，就是薪水分外的工作。當然，也有想為了升官努力的念頭。

只不過，在軍中出人頭地並不保證能快樂。

既然如此，我總之就只想做好薪水分內的工作。事情為什麼會變成這樣呢？不，罪魁禍首當然是存在X的惡意，只不過……譚雅感慨起來。效仿辻的行為過頭確實是有點糟糕也說不定，需要反省。

下次有空，說不定該與部下推心置腹地談一談。或許該委婉地稍微詢問一下副官，大隊的部下們是怎樣看待我的吧？或是該問看看拜斯中尉部隊的狀況嗎？

「那麼？」

「沒錯，不過在那之前，我們要稍微模仿一下海陸魔導師。各位，高興吧，海軍的伙食比較好吃喔。」

不過，這些是之後的工作。現在總之先告訴他們一個有告知價值的好消息吧。海軍的伙食比陸軍的還要優質許多。坦白講，海軍儘管被嚴厲批評在硬體設施上花費太多預算，但陸軍可沒資格批評這點。畢竟在軟體面上，海軍的伙食品質是遠遠勝過陸軍。基於員工福利的觀點來看，讓人毫無疑問想去海軍就職。

「啊？」

「是雷魯根中校的好意。我們要稍微去協助一下艦隊。」

統一曆一九二五年一月十八日　帝國海軍－北洋艦隊司令部附屬第二演習海域

高度一〇〇英尺。

提古雷查夫少校邊因為海沫蹙起眉頭，邊指示形成靠舷突襲隊形。緊貼在海面上，盡可能不減速地朝目標衝鋒。呼應她的指示，各中隊分別組成互相掩護的隊形。

不過在那張認真的表情之下，譚雅感到相當錯愕……朝防空砲火突擊的行動，雖說是演習，也有覺悟會遭受到相對程度的迎擊。儘管如此，此時卻讓譚雅擔心起：自己有被假想敵攻擊嗎？這是對輕微的迎擊感到困惑的心情。雖說是演習，也還是會攻擊假想敵吧？

這姑且是預測以目視戰鬥，在視野良好的情況下進行的對艦攻擊。並根據理論散布煙幕，欺瞞假想敵的迎擊彈幕。譚雅儘管混在煙霧中一口氣逼近目標，卻因為逼近到靠舷距離的輕鬆程度而亂了步調。

『右舷敵魔導師接近！準備近身戰！手邊沒事的人前往右舷！』

甲板上有數名士官開始對應狀況行動，但反應是慢到無可救藥的地步。現在已經太遲了吧。當被魔導師闖入懷中時，就已經無法避免甲板戰了。確實是凡事都有可能出乎意料，但這也太過分了。

心中浮上一個疑慮。這該不會是陷阱吧？比方說，古代帆船時代的欺敵伎倆。記得曾在海洋小說中讀過在甲板上假裝陷入混亂的詭計。

不過在眼前東奔西跑的對手們，不管怎麼看都像是不只一點的不習慣。就連狹隘的甲板上都能看到有人跌倒。那要是演技的話，就肯定有受過相當的訓練，才能跌得如此自然。

「上魔力刀！中隊前進！」

不管怎麼樣，今天也身先士卒的譚雅只能毫不減速地衝上去，並趁驚慌失措的水兵們東逃西竄時展開追擊的干涉式。

被炸飛的水兵們讓混亂惡化，將趕來的海軍陸戰隊也捲進其中。海軍陸戰隊意圖恢復秩序的努力，則是受到後續的中隊阻礙。被牽制攻擊的交鋒奪走時間的海軍陸戰隊，已經喪失阻止登艦的機會。

『別讓他們靠近！持續射擊！』

『上刺刀！全員上刺刀！』

少數的軍官與水兵勉強擺出應戰態勢，卻沒辦法阻擋住這股衝擊力道。

譚雅自己與親自率領的中隊突破簡易防禦陣形，直接將魔力刀猛力刺在第二艦橋用來抵抗砲彈碎片的緩衝設備上。完全沒有減速。恐怕還撞歪了一根內部骨架。

對觀戰者來說，這應該讓他們看得相當著急吧。

「降落甲板！去占領吧！ＧＯ！ＧＯ！ＧＯ！」

哪怕幾乎像是正面衝突一般的闖入敵陣，第二〇三大隊員們依舊是氣勢高昂。

他們動作俐落地迅速確保住橋頭堡，並隨即著手占領艦內的主要設施。儘管人數稀少，卻靠著相互掩護的合作隊形，讓敵方幾乎找不到破綻。

「擊潰對空砲座！確保後續的降落地點！」

『各砲座，不准讓他們繼續靠近！』

『去奪回第二艦橋。以海軍陸戰隊為中心組成突擊隊。』

雖說花費了一點時間，但也已經以海軍陸戰隊為中心組成反擊部隊。

就算是大隊規模的魔導師，在艦內這種密閉空間裡可無法發揮他們的最大賣點——亦即機動力。正因如此，讓海軍陸戰隊與海陸魔導師能與一般的魔導師在艦內勢均力敵地展開死戰。

「遭到反擊了！是陸戰隊。」

「把他們推下海！給我堅持排除下去。」

只不過，迎擊的第二〇三大隊成員們也讓人驚奇地，迅速占領艦內的各個重要設施。尋常的魔導師大都過於重視機動戰與空中機動，進而不擅長近身戰。倘若是會與敵人短兵相接的前衛還另當別論，不過後衛以平均來說都屬於不擅長的一方。然而所謂的訓練，大都有著反覆操演，藉此消除不擅長行為的傾向。

『讓他們見識陸戰隊精神！讓那群陸龜囂張不起來！』

「後續人員抵達！立刻前往占領。」

因此，彼此都對近身戰有獨到見解的第二〇三大隊與海軍陸戰隊激烈交鋒，互不相讓。一進一退的攻防戰，雖說局面對是略占地利的海軍陸戰隊有利，但戰況卻是互有勝負。

而正當雙方都在苦惱下一步該怎麼走時，後續的中隊抵達。

我們贏了。提古雷查夫少校與中隊指揮官如此抿嘴一笑。相對的，容許增援登艦的海軍陸戰隊方面的表情則不太好看。就算要抽出剩餘戰力對應，海軍陸戰隊也已無兵可用。水兵雖也有一定程度的戰力，但也不能讓他們棄守砲座。些許的遲疑，讓行動停滯下來。

『手邊有空的人立刻準備近身戰！把他們打回去！』

就算是這樣，要是讓艦橋與輪機艙、彈藥庫遭到占領，不論還剩下多少戰力，艦艇都完了。這份危機感讓他們踢開些許的遲疑，決定抽出戰力發動反擊戰。

艦長發令集結艦艇上殘留的剩餘兵力。而只要有這個意思，所謂的戰艦上頭可是載著非常多的人員。雖說並非本業，但水兵也懂得開槍的。遭到動員的軍官與士官拚命地組成臨時陸戰隊，開始派去增援海軍陸戰隊。

抱著死馬當活馬醫的心態，靠人海戰術把敵人推擠出去。這方法儘管單純，在狹窄的艦內卻是相當有效的攻擊策略。不過才這種程度的話，第二〇三航空魔導大隊也擁有將他們壓制回去的實力。哼著歌愉快地散布煙霧，接著在攻擊方極為狡猾的射擊擾亂防守方的瞬間……

「大隊全員！讓他們知道，就算是海陸，與我的大隊正面衝突依舊是有勇無謀之舉！不像樣的戰死者就下地獄吧。」

伴隨譚雅的怒吼，眾人就為了展開近身戰，一口氣發動突襲。

運用實質上兩個中隊的壓制重擊防線。

當水兵們在一臉凶神惡煞的魔導師們的壓制下開始後退時，譚雅自己就帶著少數的部隊迂迴前進。

趁眾人把注意力集中在艦內的激戰時，從左舷方向毅然地發動奇襲。

『被夾擊了？該死，派一部分部隊去左舷！』

「他們的步調亂了？成功了！提古雷查夫少校已經繞到後方了！一口氣擊潰！」

對手遭到夾擊而產生動搖。沒放過這個機會，各中隊指揮官適時地努力擴大戰果。衝擊與混亂的調和正是戰爭的鐵則。擾亂敵方、破壞敵方，以衝擊擊潰敵方。

忠於戰爭原則並俐落繞到後方的部隊從背後發動攻擊，來自前方的攻勢也變得更加猛烈，在前後夾擊之下，讓防守方的混亂一如預期地逐漸擴大。儘管有部分海軍陸戰隊試圖重新建立迎擊防線止血，卻也在強烈的衝擊之下迅速遭到擊潰。

「Clear（清空）。」「這邊也是。」

「很好。第一中隊要到艦橋去。跟著我來。第二、第三去引擎室。第四去彈藥庫。給我迅速占領。」

緊接著，譚雅就邊掃蕩已喪失組織性的防守方，邊對第二〇三大隊的各中隊設定個別目標。排除敵方的抵抗主力後，讓部隊執行占領艦內主要區塊的作業。

依照計畫，是從占領的區塊開始依序掃蕩前進。儘管如此，突擊的速度卻毫不減緩，視情況還會無視敵人的抵抗區域，一如字面意思地迂迴繞過，實現以分隊層級來講高水準的判斷。

而理解到他們以這種進攻速度占領了主要設施時，艦艇方也放棄抵抗。指揮系統崩壞的艦內士兵們驚慌失措。同時，假想敵部隊則是與後續部隊會合氣勢高昂。防守方如今已毫無戰力，能抵抗的手段也有限。這讓他們不得不乾脆地向統裁官承認敗北。

「很好，以兩人小組衝進去。前衛做好準備。」

「提古雷查夫少校，到此為止。到此為止了。」

這項通知也傳達給如今正準備闖進艦橋裡的提古雷查夫少校。

不得不跟在他們飛快的機動後頭的統裁官，有種「總算結束了」的感想。老實講，在被要求一同前去占領第二艦橋時，他甚至是認真思考起許多事情。

『演習結束！重複一次，演習結束！』

響亮的艦內廣播宣告著演習結束的通知。

聽到這項通知，儘管掛念著艦內損壞的物品，相關人員也總算是鬆了一口氣。鮮少進行的實戰形式綜合演習。當下雖然打壞了許多東西，不過沒發生事故。

『那堆愚蠢的屍體也可以動了。』

而受到戰死判定，被命令要成為屍體不准亂動，而趴在那裡扮演屍體的水兵與海陸們也緩緩爬起。

雖說是演習規格的橡膠彈與減輕威力的爆裂式，打在身上依舊是不太好受。

儘管只有一小部分，但必然會有人需要在醫務室接受軍醫的照料。

好比說是不幸捲入第二〇三大隊與海軍陸戰隊的槍戰之中的水兵們。他們表示，雖是趴在地上，但由於會不斷地被流彈打到，所以處境非常悽慘。

就算像這樣不幸的傢伙很罕見，艦內的混戰也出現不少傷患。待命的醫護兵與軍醫一行人儘管俐落地準備好收容傷患的準備，不過醫務室在短時間內大概會人滿為患吧。

而在這份喧鬧之中，譚雅·提古雷查夫魔導少校的身影出現在已將演習弄亂的東西整理乾淨的軍官室裡。儘管空間不大，卻在設計師的巧思之下營造出悠閒氣氛的軍官室內，坐滿著一群軍官。手邊也分配到宣稱比陸軍好喝的咖啡。室內瀰漫著些許烘烤甜點的香氣。這是允許軍官各自帶口糧或餅乾等私人物品參加會議的海軍才會有的情景吧。

當然，這不單純是要漫無目的地享受茶會。畢竟演習後的主要工作從現在才要開始。

「開始進行艦隊綜合近戰演習的總結。」

有別於允許輪班登岸休假，延續著過年的氣氛，以演習結束的開朗心情衝向ＰＸ（福利社）的士兵們，軍官們反倒是從現在起才是關鍵時刻。必須要根據各統裁官的講評與各部隊長的報告找出需要改進的問題點，以能適用在實戰上的形式反映出來。

尤其是這次的演習與不同以往，還包含模擬實戰狀況到「極限」為止的靠舷戰鬥。單純打完就收工，可說是非常浪費吧。

「首先，雖是過年期間，但這可說是一場有意義的實戰演習。」

關鍵的演習評價，肯定這是場對參加者來說有實行價值的演習。

提供基地與艦艇作為場地的海軍方面，對嚴重缺乏的反魔導師戰鬥的經驗是望眼欲穿。雖說主要任務是對艦戰鬥，但他們也從戰鬥教訓中學到，海陸魔導師是無法忽視的存在。

然而就算想進行演習，海陸魔導師的人數也很稀少，連在海軍內部也搶個不停，爭執不斷。像這樣有著過度工作傾向的海陸魔導師們被各單位你爭我奪，根本沒有餘力參加演習。就這方面來看，海軍基於彌補經驗不足的意思，非常歡迎這次的演習。

同時，就譚雅個人來說，這次演習也能實踐第二〇三大隊經驗不足的對艦戰鬥與對艦壓制戰鬥，雙方的利害關係一致。更重要的是，參謀本部希望這麼做。所以除了參與外別無他法。但儘管如此，這也毫無疑問是場有意義的演習。

實際上，統裁官在總結階段給予的有意義的評價，就包含字面上的意思。就結果來說，這雖說是演習，但能特別以精銳魔導師為對手累積交戰經驗，對海軍而言是個寶貴的對應經驗吧。

「首先就請擔任演習艦的戰艦，巴塞爾號的格雷因上校發表幾句怨言。」

「……我坦誠稟告，輸得徹底。拜這所賜，才剛過年就壞了一大堆東西。」

在指名之下起身發言的格雷因上校，在向提古雷查夫少校行禮後開口說道。坦然承認敗北的格雷因上校，表情免不得露出灰心喪氣的神色。演習沒有人死亡。但就算這麼說，艦內被搞得亂七八糟也是事實。

這已不是窗戶玻璃被打破的等級，是一如字面意思地到處都遭到魔導師踢飛，雖說是演習用的，但也還是在艦內發射了術式與榴彈。當然，事後整理也有以戰時損害管制的名目進行。

「損害管制做得還算可以。修復也進行得很快，值得讚許。」

結果可說是還可以吧。姑且能說是滿意。演習後，以輪機科為中心進行整備的艦內設備，在性能測試時也沒有出現問題。

……不過，就算不用進船塢修理，也必須做某種程度的修繕，諸如修補艦內的損壞部分與破掉的玻璃，還有骨架歪掉的問題等，預計得花上一點時間。

所幸，這些修繕預計能在協約聯合艦艇的中立國停泊權到期之前完成，不過看在艦長眼中依舊是不太好受。

或許是體察到這點，提古雷查夫少校也向他低頭致歉。老實講，在一群大人當中，小孩子擺出顧慮他人的姿態說不定很異常。就算說不定很異常，但總比被評為連顧慮他人都辦不到的傢伙好，本人也只好認了。

「目前的當務之急，是要重新檢討防空砲火的問題。想不到，對於逼近的魔導師，竟然會連邊都摸不到。」

他一副想把發出豪語「會讓對手無法越雷池一步」的部下抓去教訓一頓的表情。在格雷因上校的怒火之下，看來各槍座暫時得被逼著特訓了。但不是在實戰中得知此事，而是在以魔導師為對手的演習中學到這個經驗真是太好了——任誰都對此鬆了口氣也是事實。

觀戰的各艦長在近期內肯定也一樣會加強訓練。既然知道被貼上會很不妙，就只能在這之前將敵人驅離了。光是能學到這點就是很大的成果。

「提古雷查夫少校，看在突擊方眼中有需要改進之處嗎？」

「我以為最根本的問題，應該是在於防空砲火的火力不足。除了濃密的防空砲火之外，我不認為有其他方法能阻止敵人逼近。」

而身為輕易突破防禦的當事人，譚雅的見解單純到不能再單純。是所謂火力不足這種極為正統的見解。

要讓譚雅說的話，既然只能靠機率論迎擊，解決方案就只有增加防空砲火的密度來提升命中機率。這種念頭單純是因為她知道除了這個世界之外，各國海軍都在歷經過不斷的嘗試後，朝著增強防空砲火的路線拚命奔馳。畢竟只要沒有以媲美刺蝟的密度裝設防空砲火，艦艇就對來自空中的攻擊無招架之力。

再加上——譚雅在心中補充。某種不以生還為前提的捨命逼近，就連美軍在第二次世界大戰末期，以防空砲火自豪的正規航空母艦也沒辦法確實阻止。

「可是巴塞爾號的對空砲座，就連在現行的主力艦當中都算是受過相當強化的吧。」

然而，看在「還」不知道這點的人眼中，只會認為朝著機槍堆積如山的船隻衝去是種接近自殺的行為吧。發出疑問的海軍軍官本身，似乎也以困惑不已的表情說：火力應該很充足了。

這是無可厚非的刻板印象。

人類只會自以為客觀地接受自己能以主觀接受的觀念，這句話無限地貼近真實。李普曼所說的刻板印象，意外地能反向證明人類的知性能擴展到何種程度。

機槍堆積如山的戰艦是海上的要塞。「倘若是當中以卓越的防禦火力為傲的巴塞爾號，火力不是很充足嗎？」的疑問。這對在座軍官們來說是理所當然的疑問。至少看在他們眼中，這不是奇怪的質問。

「對突擊方來說是絲毫構不成威脅。」

只不過這項疑問，被實際上輕易占領戰艦的譚雅一口否決。

「請恕我坦白說，我甚至懷疑這無法造成突擊時的妨礙。」

她淡然地開口，但所說出的卻是帶有重大意義的一句話。暗示著防空砲火，對於來自空中的攻擊並不是什麼有效的防禦對策。看在缺乏反魔導師戰鬥與演習經驗的北洋艦隊司令部眼中，這讓他們再次體會到魔導師的威脅性。

不過，這終究只是提古雷查夫這一介少校的見解，也希望聽取實際參與攻擊方的第三者的意見。總統裁官在體察他們的意思後，就默默看向負責攻擊方的統裁官，以眼神示意。

「我同意提古雷查夫少校的意見。在試著實際陪同他們突擊之後發現，射擊線是令人驚訝的稀疏。」

領悟到意思的統裁官在請求發言後，開始敘述他大致上的印象。不過有違大部分人的希望，他的意見就相當於是在重複譚雅方才所說的內容。

「作為結論，我不得不說以現況來講，防空砲火的可用性就跟鞭炮差不了多少。」

「……防禦火力竟有弱到這種地步嗎？」

面對這番明示他們對艦隊防禦力過度自信的言論，列席者語帶動搖地發出詢問。所謂，竟然有弱到這種地步嗎？

「是的，數量是超乎想像地不足。想要阻止逼近，應該要有如刺蝟一般增設槍座。」

不過面對這道詢問，統裁官的答覆相當簡潔，所以毫無誤解的餘地。

「我同意。還有不只是二〇ｍｍ，也希望能增設四〇ｍｍ的機砲。」

而對於這項意見，譚雅比誰都還要熱烈支持。有關防空砲火的理想配置，譚雅個人相信效仿美軍是最佳選擇。

雖然在這個世界上是前所未聞，但這可是經過實戰證明的方法。正因為如此，她才會淡然擺出這項新創意是自己功績的態度委婉提案。

「這是什麼意思？」

「這是我的私見，二〇ｍｍ是短距離防衛用的。為了建立多重的迎擊網，我強烈建議配置中距離武器。」

答覆詢問的譚雅認為，就她看來二〇ｍｍ雖說在靈活度與速度上有優勢，但在射程與威力方面就多少有些難處。就算是為了應付中距離的迎擊，配備四〇ｍｍ機砲也可說是相當合理吧。畢竟，就算是魔導師的外殼或航空機，一旦遭到四〇ｍｍ砲口徑直擊也是會立刻完蛋。

站在攻擊方的角度來看，想要攻略側面配置著複數同軸機槍，防空槍座宛如刺蝟一般密集的戰艦，也會是件相當艱辛的工作吧。

「可以的話，希望能重視數量。大概需要既存的十倍左右。」

「格雷因艦長，你意下如何？」

「……這是個有趣的提案。但要是不進行把側面副砲拆除的大規模改造，應該沒辦法配置太多槍座吧。」

「基於這點我想提議，副砲是中看不中用的武器。應該要以對空防禦優先。」

儘管知道這很失禮，但譚雅認為這是讓軍方踏出決定性第一步的好機會開口插話。畢竟，譚雅比在場的任何人都還要熟知空戰的時代。那是就連戰艦也會被當作航空母艦的直接掩護部隊的時代，她確信這種型態的戰爭總有一天會到來。

所以看在譚雅眼中，才會想趁這個機會促使他們將信條從大艦巨砲主義改成航空主力論。她姑且算是火力戰的信徒，對戰艦搭載的艦砲所擁有的對地砲擊火力本身有著極高的評價。

不過她也知道，一式打火機（註：日軍一式陸上攻擊機的蔑稱）就連當時新銳的威爾斯親王號戰艦與理當受過現代化改裝的反擊號都有辦法擊沉，使其葬身海底。如此一來，會想趕緊拆除戰艦的副砲，努力增設高射砲或機槍槍座也是當然的事。

正因為如此，她同時也能理解在目睹到類似事例之前，一心嚮往艦隊決戰的海軍，恐怕很難這麼輕易地接受航空主力論。

艦隊本來的任務就是對艦戰鬥，在設計階段時，魔導師的運用也還沒有太大的發展。要在艦艇整備的要求中追加反魔導師戰鬥與對空戰鬥的設計，據說會是今年以後的對策。老實講，就連到現在，所有人都還是認為魔導師是在陸上戰鬥的兵種。

以現況來講，是在演算寶珠與航空機的性能規格提升後，才總算有「這說不定會是個威脅」程度的認知，並好不容易才逐漸形成一種趨勢。

這是唯有知道航空機在第二次世界大戰中劇烈發展，獲得突飛猛進的歷史的人，才能理解的事。在這之前，是作夢也想不到戰爭會促進科學技術的發展。

「唔，我們確實不是輕視對空防禦……」

「但要是會讓對艦戰鬥能力出現問題，就不得不慎重考量了。」

實際上，就連與無能相差甚遠的高階軍官們也跳脫不了既有概念。將整備重點放在對艦戰鬥上的艦隊，會本能性地偏向對艦戰鬥，讓觀念拘限在他們本來的任務上。

而基於對艦戰鬥的教義考量，就實在是捨不得拋棄副砲。雖說用來應付近身戰的必要性較為薄弱，但也被視為在擊退發動貼身攻擊的魚雷艇或驅逐艦時所無法忽視的一項要素。

「這必須得與艦政本部討論。這個問題，我想交給海軍司令部與艦政本部處理。」

最後做出姑且不駁回而納入考量，實際上等於是暫時擱置的結論。不過光是提出來，就某種意思上對譚雅來說就算是有盡到義務。畢竟，就算不強化防空砲火，她也沒有實際害處。

甚至覺得只要不是自己搭乘的船，不論在哪裡沉沒，本質上都跟她沒關係。畢竟，帝國本質上可是個大陸國家，而不是海洋國家。

沒讓內心裡的這種想法顯露出來，擬態出嚴謹耿直姿態的她其實相當認真。至少，想要提高自己的生存率，沒有比鍛鍊自己的部隊更好的選擇。

所以，在藉由反省會找出問題所在的方面上，當然會變得相當熱心。不對，是不得不變得熱心。她相信預防失誤正是最佳的辦法。

「很好。突擊方還有其他的意見嗎？」

「硬要說的話，就是合作有問題吧。」

「是怎樣的問題？」

「海軍陸戰隊與水兵之間的合作似乎有問題的樣子。我有種水兵陷入混亂而干擾海軍陸戰隊行動的印象。」

譚雅在突擊之際也有感覺到，甲板上的混亂情況非常嚴重。感受到的印象，怎樣都像是不同部屬的隊友之間配合出現問題。

倘若是今天剛配屬下來的部隊，會缺乏合作默契倒也不是不能理解，但如果是搭乘同一艘船的部隊夥伴，這就有點問題了。就她所見，海軍陸戰隊就像是認為自己的工作就只有地面戰鬥與兩棲作戰一樣。

當然，無法否定這是他們的主要任務，但也不希望他們的艦內戰鬥如此差勁。同時還無法與水兵配合而陷入混亂，完全不合格。營業與系統工程師不合的組織，將會落得要靠死亡行軍彌補的困境。對軍隊而言，死亡行軍的死，恐怕會成為一如字面意思的死吧。

考慮到友軍缺乏合作而導致自己也跟著遭殃的可能性，就絕對有必要提議加強合作。理由儘管自私，但作為極為認真的結論，讓譚雅滔滔不絕地論述起改善合作關係的必要性。根本的念頭是要保全自己。不過這同時也具有利他性，也不能不說是要實現最大多數人利益的行動。

而符合最大多數人利益的觀念，也將會是全體所能接納的提案。

「原來如此。海軍陸戰隊是怎麼看的？」

想必任誰都有隱約注意到缺乏合作的情況吧。總統裁官也邊同意，邊詢問當事人的意見。當然，這也是在某種程度上尊重海軍陸戰隊面子的手法。

「很可恥的，是我們對艦內戰鬥的預測訓練不足。讓我感到重新訓練的必要性。」

而以呼應海軍陸戰隊答覆的形式，譚雅也委婉地稟告。她認為，自己的部隊也有必要再多加訓練。

「相對的，作為實際戰鬥過後的感想，我認為魔導師也很缺乏艦內戰鬥的經驗。」

這句話有一半是要以訓練不足作為藉口的伏筆，但作為實際的問題，只有魔導師的第二〇三航空魔導大隊雖是精銳，卻也缺乏不同領域的經驗。

針對這點，想要與在這方面最有經驗的海軍陸戰隊進行聯合訓練，才是譚雅期望的事。

為了活下來，必須毫不遲疑地請教專家的智慧。等活下來後，再考慮事後對策就好。

還有，只要能拖長滯留期間，晚餐也會由艦隊供應。也就是說，可以享用海軍軍官的美味伙食。反正拖長演習期間她又不痛不癢。

於是譚雅就在此精進實力，一面與美好的海軍培養友情，一面違背本人的主觀意願，朝著下一個戰場，朝著勝利一步步地向前邁進。

[chapter]

V

第伍章

萊茵的惡魔

The Rhine's demon

鏟子——這是文明的利器。文明萬歲。

譚雅·馮·提古雷查夫《萊茵戰爭指揮官語錄》

chapter V

現代，以及統一曆一九二五年三月的某一天

對於在萊茵生存下來的老人來說，這是一個熟悉的夢。

今天，他又再一次作了這個夢。烙印在全體從軍士兵的記憶之中的那場大戰。

那個時候，那個場所。就某種意思上，他們往後的人生就在那裡遭到決定了。

直到現在，永不止歇的槍聲依舊像是壞掉的唱片一般在老人的腦海中一再播放。等回過神來時，他的意識已回到那個懷念的戰場。那段記憶儘管是在戰後，仍然以栩栩如生的感觸盤踞在他們的腦中。雖然已經過去，但他們至今仍舊能鮮明回想起那個空間。混帳的戰場。人類最惡劣的恐怖產物。泥沼與蒼蠅支配的戰場。

啊啊——他伴隨著呻吟回想起來。萊茵正是通往地獄的入口。

老人不斷作著重複的夢，不斷回憶。然後想起來了。我是絕對不會忘記那件事的。

當天的事情依舊歷歷在目。頭頂著在極近距離下往來交錯的砲彈，我們G中隊依照前往新攻擊地點的移動命令緩緩前進。是要執行在構成前線的第五連隊當中，戰況最為激烈的E中隊的側面掩護任務。

而我們擔任的是機槍班。任務就單純是要在先頭部隊挖好的壕溝裡架設機槍，建立陣地。這個戰區應該是帝國軍正全面壓制共和國軍，但戰線本身卻始終是錯綜複雜。是帶有流動性要素的戰場。也意味著這是個敵我交雜的浴血戰場。

在遭到砲擊坑炸得寸草不生的泥濘之中。以這種空間為中心盛大地浪費著資源、流著血，從壕溝微微探頭望去，眼前盡是一整片的砲煙。

儘管如此，該死的敵砲兵卻不理會這惡劣的視野，朝著我方時緩時急地進行砲擊。我們G中隊的迫擊砲班也以重迫擊砲果敢應戰，不過卻是杯水車薪。哪怕是砲煙瀰漫的戰場，也依舊能在共和國軍陣地上確認到大量的砲火。

回想起當時因為是泥地，我方迫擊砲的底板陷在泥巴裡無法穩定射擊，讓他們相當辛苦。甚至就連機槍的彈道也不穩定到連老兵都無法好好控制的惡劣環境。

在回想起來的情景當中，放眼望去所有的士兵都滿身泥濘，為了確保攻擊地點而竭盡人力的極限。

那是在這種日子下發生的事。我記得非常清楚。

將迫擊砲設置在壕溝裡的野戰砲班試著進行觀測射擊，精準步槍兵在拚命挖著散兵坑。但現在想想，這個光景是他們在這殘酷的戰場角落所做出的偉大且超人般的自我奉獻。在泥沼之中，不屈服於蛆蟲、泥巴，以及槍林彈雨，哪怕是滿身沾滿腐臭與屍臭，也依舊在毫無可靠遮蔽物的戰場上前進的男人們的身影。而且還是一群罹患壕溝足（註：腳部因長期寒冷潮濕所導致的病變，會伴隨著劇烈疼痛，嚴重時需要截肢）的男人們。烙印在眼瞼上的他們的凜然勇氣，讓我至今仍由衷地感到敬意。

這是唯有在如不經歷過就無法理解的世界內側，才能夠理解的驚人光景。

「真是不敢相信，那群蟾蜍看來很喜歡泥巴的樣子。」

「對呀。砲手們看來也很喜歡滿身泥濘地跑到這種地方來呢。」

「不過被攻擊的是H中隊。真是同情他們。」

小隊的玩笑話稍微緩和了緊張的情緒，然而鄰近散兵坑的夥伴所說的話，也讓我回想起討厭的現實。被攻擊的，是走在我們前面的H中隊。該死的是，當時的軍方高層似乎相信能用人肉突破敵方的防禦。

他們究竟是認為這種泥巴地值得堆積多少人的屍體來確保啊？

「空中支援還沒來嗎！快讓敵方砲列安靜下來啊！」

某人有如呻吟般說出的一句話，是當時中隊全員的共同想法。確保局部性的空中優勢，並伴隨空中優勢推進地面戰線。作戰應該是這種感覺。

照那群該死的高官說法，記得應該是保證會有什麼「完全的支援」。真想大叫，是跟「完全沒有支援」搞錯了吧。

「我不是說了嗎？就算要賭復活節的火雞也行，支援什麼的根本是空頭支票！」

只要有一發擦過身邊，人體就會碎成肉醬的砲彈與榴彈往來交錯的戰場。在這種地方，想要有緊密且完全的支援根本是痴人說夢。所以在當時，我似乎本來就沒抱持著太大的期待。畢竟，如果是連訓練都用速成方式的補充兵也就算了，一旦成為老兵就會知道，沒有比高層的保證還要無法信賴的空頭支票。

任誰都會變成這樣。暴露在激烈的砲彈暴風之下，面對長時間砲擊所導致的難以承受的痛苦與精神的損耗，讓士兵們不得不經常保持著懷疑心態。

倘若不變成這樣，美好的政治宣傳就會被殘酷的現實一舉毀滅，導致心靈崩潰吧。想要承受住可怕的戰爭實態，就不能過度依賴希望。

「呃，中彈了！該死！」「醫護兵！醫護兵！」

還記得不知道為什麼，儘管戰場上砲聲隆隆，卻依舊能感受到隔壁壕溝某人倒下的聲音與戰友們慌張失措的氣息。當時我瞬間理解到，是某個運氣不好的傢伙被流彈或是狙擊兵幹掉了。既然沒有連壕溝一起炸飛，也沒有連續著彈，那麼就是狙擊兵了。

我們瞬間低頭，同時朝著敵人可能埋伏的位置胡亂開槍牽制。邊想著「我不想死」。

「擔架要上了！掩護！」

就在這個時候……

為了將受傷的夥伴後送，四名擔架兵在眾人的掩護下拚命向前衝的身影，也讓我無法忘記。那是勇氣與誠實的象徵。是我們在這個戰場上，在退到後方的人們當中，唯一可以依賴的醫護兵們。正因為有人稱「Sani」（註：德文醫護兵 Sanitäter 的簡稱）的他們存在，才讓這個混帳的世界保持著人性。

有別於那些幹著輕鬆的後方勤務的人，他們經常會為了夥伴衝向連我們都會遲疑的槍林彈雨之中。哪怕衝擊與疼痛將他們炸飛，也會有其他夥伴為了懷著這種覺悟的夥伴衝上前去，這個景象即是證據。

唯有他們，能發自內心尊敬；唯有他們，不論發生什麼事都可以信賴。哪怕是現在。

「散布煙幕！」「手榴彈！把手邊有的統統丟出去！」

迫擊砲班散布煙霧，精準步槍兵們丟擲手榴彈，總而言之我們展開了彈幕。平安無事衝出去的擔架是值得歡迎的景象。可靠的夥伴，出色的勇氣。唯有 Sani 必須要守護到底，唯有 Sani 隨時會幫助我們。

或許該說是同時吧。當時在我們面前展開的協約聯合軍，似乎是在我們的支援攻擊下，回想起應該優先攻擊的目標。不再攻擊逐漸遠去的擔架，而是決定擊潰飛揚跋扈的機槍陣地。拜這所賜讓我們遭到集火，我承受不住落在附近的至近彈所揚起的沙塵，忍不住低下頭來。

當時趴伏在戰壕裡豎起耳朵的我苦笑想著，照這個情形來看，我們Ｇ中隊恐怕正受到大量的共和國軍砲兵請吃砲彈呢。

不過這種奇妙的從容感就到此為止了。聽到熟悉的咻咻風切聲後，耳邊就響起碰的一聲稍微聽不習慣的沉重彈著聲，讓我不寒而慄。

豈止是一二八ｍｍ，那些傢伙甚至端出私藏的一八〇ｍｍ野戰砲。

「全員聽好！友軍的支援部隊正在趕來！無論如何都要撐下去！」

那一瞬間，儘管無線電傳出大隊長值得感激的訓示，我們卻是感到空虛的心情比較強一些。這是個有著大量補充兵的大隊。大概是要拋給那些快要喪失戰意的傢伙們一線希望吧。

除了知道這個希望近乎無限地不可靠的我們之外，應該很有效吧。只不過，這種幻想能支撐多久呢，我在心中冷漠地想。

「所以那個支援部隊究竟什麼時候要來啊？」

機槍小隊的某人說出的這句話，是知道戰場的士兵們的共同意見。當時真的是需要援軍。再這樣下去，我們就不得不為了確保這滿是爛泥巴的泥濘地盡數淪為屍體。

為了避免這種下場，也希望援軍能立即趕到。

「援軍快來啊。最好是在我死之前。」

脫口而出的這句話，是自己說的，還是身旁戰友說的呢？儘管至今仍無法釋懷，但這肯定某人喃喃說出的話。

就在這個時候，附近的通訊兵高聲歡呼起來。那是群為了避免位置曝光，將監聽作為主任務的傢伙。大致上是群只會帶來壞消息的傢伙，不過事後仔細地想想，他們有時也會例外地帶來好消息。

「是援軍！援軍來了！」

是彈震症（註：現今稱為創傷後壓力症候群，是退伍軍人常見的一種精神疾病）吧——當時戰友們向通訊兵投以的憐憫眼神，他記得非常清楚。不過他也記得，他們在察覺到後，因為看到難以置信的事物而沒空理會通訊兵的瞬間。

不對，應該說是聽到吧。

『親愛的祖國，請您放心。』

朝著廣範圍的所有線路，發出就連沒有魔導師才能的士兵都能聽清楚的強力話語。

在這砲擊的硝煙將天空覆蓋成一片漆黑，彷彿泥濘將一切盡數吞沒的戰場上，嘹亮響起的聲音卻是令人驚訝的平靜。

他們會在這瞬間懷疑起自己的精神狀況，覺得「終於連自己也神經錯亂了嗎？」也是無可厚非的事。這個現象就是如此地超乎現實。

那是增援部隊使用的暗碼。讓人歪頭納悶，會是不存在的幻想援軍之類的幻聽嗎？

『親愛的祖國，請您放心。』

然而這不是幻聽，也不是發瘋，而是真的有人……有某人在用帝國官方語言複誦暗碼。而且還一邊發出敵我識別用的僅此一次暗號！

『萊茵的守衛啊！堅定而真誠地守衛！堅定而真誠地守衛！』

還是第一次聽到交通壕的通訊班將無線電的輸出開到最大，用如此高興的聲音應答。我們機槍班的無線電傳來滔滔不絕的聲音刻在鼓膜上。

還真虧他們想得到這麼無聊的暗號，我們如此笑道。尤其是通訊兵們對暗碼的品味相當有意見，不過當時似乎是真的發自內心地覺得得救了。唯有強大的魔導師才能使用的廣域干涉。這只有魔導師才辦得到。就只有帝國引以為傲的最精銳魔導師才辦得到。

因此，無知是件非常幸福的事。不知道擔任援軍飛來的救星，其實是很可能會替戰場上的全體友軍帶來毀滅的劇毒。

就連理當是我方的帝國軍高層也視為「死神」的她，以及由戰爭狂為了瘋子而經由瘋狂所組成的大隊。那些傢伙來到了這個戰場。

當突破夾雜硝煙的雲層時，身旁就瀰漫起一股刺痛的緊張感。譚雅・提古雷查夫少校以主觀的煩躁與客觀的撲克臉，率領著快速反應出擊的部隊來到萊茵防空識別區D－5區域。

『確認暗碼。這裡是第二〇三航空魔導大隊，呼號為Pixie。現在正趕往戰區。距離抵達還有一六〇秒。』

對譚雅來說，壕溝戰是讓她不怎麼起勁的工作。要說到比這還讓她厭惡的工作，頂多就是在政治宣傳中向眾人裝可愛的工作吧。

畢竟她在變成小女孩後，緊接著面對的就是重男輕女到令人可恨的軍事機構。光是考慮到會有看不見的玻璃天花板阻擋自己升官的可能性，就不太想參加得在眾人面前表現出女性面貌的政治宣傳。壕溝戰就單純只是因為很危險。

除了這些之外，她就某種意思上，對帝國為了戰爭而採取實力主義到究極程度的人事制度，意外地感到滿意。

因此，就算是得極力維持低空高度，同時以貼地飛行高速趕往戰場的危險工作，譚雅也姑且是對能獲得好評的情況感到滿意。

不過，這可是要擔任突擊任務的指揮，闖越眼前空彈殼散亂的大地，衝向大聲散布硝煙的敵砲兵陣地。就算能領到危險加給與戰地加給，心情也不會太好。

「大隊各員，進行支援戰鬥。準備對地攻擊武器、擴散爆裂式、光學欺敵式，並且形成防彈外殼。各自進行對空、對魔導戰鬥。」

譚雅一邊握緊手中的步槍與演算寶珠，一邊淡然地做出必要的指示。所謂的支援戰鬥，對指揮官來說實在是件麻煩事。絕對不容許誤炸。要是把友軍炸飛，地面陣地恐怕會從下次起毫無顧忌地朝我們展開彈幕吧。

說到底，就算戰壕與陣地的設計能將損害拘限在局部上，也不會有人喜歡遭到誤炸。允許用誤炸把一切炸飛的就只有美國。能「不小心」把貝爾格勒的中國大使館炸飛的從容，就某方面來講真是羨煞他人。

先不管這種雜念，作為支援任務的一環，譚雅也只能以可能的對地掃射手段，迅速地在敵陣附近大鬧一番。為了達到此目的，一般認為最好要以最高速度，從低空侵入一口氣發動奇襲。

不過，這只是紙上談兵。對實際執行的人來說，光是要維持一定的速度與高度就已經夠煩躁了。況且還要在低空以高速闖越，對誰都不會是件愉快的事。

雖說這是為了從弄沉聯合王國潛艇所導致的糾紛中逃脫，但是被送到萊茵戰線來，實在是很倒楣。

「指揮所，這裡是Pixie。請給我目標。」

「收到，Pixie。請攻擊目前正在攻擊G中隊與H中隊的敵砲列。」

「收到。請求支援，即刻起進行五分鐘的制壓射擊，請在這段期間內攻擊。」

然後不知道是幸還是不幸，她同時也是銀翼突擊章持有人，因此能維持獨立行動權，在這種戰場上這是個值得感謝的事。首先，就是能自由選擇目標。

而且就算是滿是碎石子的後方基地，也比滿身泥濘地在敵砲擊下受命防衛據點，最後還搞不清楚狀況就淪為砲靶要來好得多了。

好歹也是後方據點。伙食會確實端出熱食，而不是標準的戰壕用攜帶口糧。此外比較低俗的部分，就是排泄物的管理也比較妥當。儘管才初春，低空飛行時就會飄來陣陣惡臭，讓人覺得壕溝生活完全在跟衛生觀念唱反調。

戰壕別說是身體變成幼女，就連對受過教育，具備常識性衛生觀念的人來說，都是種難以忍受的環境。就跟會因為廁所故障沉沒的潛艇一樣糟糕。

相較之下，從空中突襲防空砲火薄弱的野戰砲陣地，還算是符合薪水水準的工作。

畢竟，既然沒有敵魔導師迎擊，這就只是在打野鴨。是不錯的靶子。想盡量擴張戰果，滿足休假規定的要求。雖說是懲罰性人事異動，但既然沒有明文規定，就有資格行使權力。

真想趕快轉移到後方據點，搶一個安全的職位來坐坐。

「五分鐘？這樣別說是敵砲列，甚至沒辦法確實壓制防空砲火喔。可以嗎？」

畢竟，前線就算是安全性比較高的襲擊任務，都得背負著無法忽視的風險。

比方說，本來應該很忙的觀測班，竟然會主動積極地提供支援的這種狀況。既然前線的觀測班會幫忙引導路線，就表示戰區的狀況不太樂觀。通常來講，觀測班是專門負責彈著觀測的一群人。那些傢伙會閒下來，就表示友軍的砲兵規模可能不怎麼大。

倘若將魔導師的外殼展開到最大強度，以對地突擊隊列行動，就不可能遭到誤射。

縱使以奇蹟似的機率遭到直擊，應該也能靠新型的效能避免致命傷。畢竟早在新兵訓練時就鍛鍊過他們抵禦砲兵的方法了。

「沒問題。然後不用顧慮我方安危，在我們衝進敵陣後也請繼續砲擊。」

畢竟在對地突襲時，從事上方警戒是指揮官的工作。就空戰的基礎來講，當一個隊伍發動對地突擊時，需要有另一個隊伍提供空中掩護。

當然，只要有直接掩護警戒，被砲彈波及的危險性就會下降到不可能的水準，這應該不需要說明吧。外加上，這下總算是能提升高度了。逃離潮濕沉重的空氣，感覺也會舒服一些。

總之，光是能脫離惡臭與危險地帶，就足以充分改善提古雷查夫少校的心情。

「謝列布里亞科夫少尉，是五分鐘的支援砲擊。都累積過這麼多的大砲彈訓練，我相信在我的大隊之中，不存在著會特意跑去給友軍打中的蠢蛋。」

「遵命。」

雖說是稱為「她」或許會很微妙的存在，但總之少女露出她難得的笑容。沒注意到部下略為僵硬的應答聲，以「很好，開工啦」的好心情描繪起爬升軌道。這還是對地支援，所以也沒必要勉強爬升到寒冷的高度這點也很讓人高興。

因此，譚雅・提古雷查夫少校確實是難得地雀躍起來。甚至是揚起嘴角，嘻嘻笑起。

而這個畫面，就在當時還是士兵的他的腦海中留下深刻印象。

當時的情況，直到戰爭結束數年之後的現在也依舊歷歷在目。

驚喜的援軍消息，讓我總算是鬆了口氣。但就算眼前的威脅稍微減緩，在戰場上放鬆警戒的下場就是毫無疑問的死。

因此，我們中隊就決定聰明活用這段突然獲得的空檔。將戰死者搬到一旁，準備搬運傷患的擔架。然後替略為磨損機槍申請替換用的槍管。不過傷腦筋的是，重要的替換槍管雖然要多少有多少，但後勤部似乎沒有人手能把東西送到大規模戰鬥中的前線。

聽到後勤部要我們派人去拿後，我們小隊就要求我履行在傳統且神聖的儀式之下所積欠的債務。所謂，償還打牌時的欠款。現在想想，當時我的牌運還真的很差。或者說不定只是我看不穿戰友狡猾的作弊手法。不過事到如今，就算想確認也已經沒有辦法，在心中留下遺憾。

然而，當時的我就連作夢也沒想過這種事，因此淪落到得發著牢騷爬向據點壕，不僅要與神情僵硬的後勤負責士官交涉，同時還要自己把補給物資扛回去的下場。

儘管經常有人誤會，不過後方很安全這句話，在當時的萊茵戰線是種幻想。

在最接近前線的地點，敵我雙方近到只差數十公尺的極近距離的前線上，只需要盡全力與眼前的敵人對峙就好。雙方如此逼近的戰線，通常會因為誤射友軍的機率太高而不會進行砲擊。

據說就算是在其他情況下，砲兵也不想朝會連同我方人員一起炸飛的危險區域射擊。不論是帝國還是共和國，在情感上似乎都不想用自己的砲彈把自己的戰友炸飛。

與其讓榴彈落在我方陣地上，還不如朝敵方陣地發射，就算會落空也無所謂。基於兩軍砲兵這種自然而然的想法，在最前線只要注意狙擊兵、地雷還有步槍就不太會當場死亡。

只不過或許該補充說明，這是個敵我交雜，讓砲兵有時也會誤認前線位置的戰線，所以難以識別敵我的情況並不罕見。像我自己就曾在險些遭到共和國軍突破的陣地裡，目睹到共和國軍的砲擊將侵入陣地的士兵們一掃而空的瞬間。當時，官報上甚至還語帶幽默地刊載著我們恭敬推薦敵砲兵領取野戰砲兵章的文章。

所謂，讚賞共和國軍砲兵隊發揮出色的訓練結果，對帝國做出犧牲奉獻。

這裡就是這種戰場，不過會將後方陣地視為最危險地點的理由只有一個。

無線電設備很危險。會讓對方瞬間理解到，那裡有己方以外的強力電波，總之不是敵司令部就是據點壕。誤以為有在地下建立堅固的防禦措施所以後方很安全的新兵，他們的這種幻想不到兩天就會遭到炸飛。

也就是與其攻擊無法期待太大戰果的前線，倒不如攻擊後方據點的觀念。所以會瞄準確定位置的通訊設備，讓重型穿甲彈的鋼鐵風暴襲擊而來。一旦遭到重型穿甲彈直擊，壕溝就相當於是毫無意義。

所以要是龜守在無法移動的地窖裡，等察覺到的時候，就會落得遭到砲彈耕耘的下場。戰壕坍崩所導致的窒息死亡相當悽慘。因此就唯有會遭到瞄準的通訊用壕溝，是任誰都不太想靠近的地方。

在當時，甚至認為將通訊據點設置在同一個地點四十八小時以上是一種禁忌般的危險。儘管沒人承認，但任誰都會默默避開那裡。

但就算身處在這種背景之下，想要領取通訊設備，當然就必須要過去一趟。軍隊這種龐然大物，不可能光靠手旗信號與喇叭管理。既然無線電技術能有效對抗戰爭迷霧，軍隊會依賴到現在也不是沒有道理的事。

而會專心聆聽龐大通訊內容的人也不只有通訊兵，對於渴望小道消息的壕溝線士兵來說，這就像是他們的第二天性。

所以在那個時候，我就以往常的習慣偷偷豎起耳朵，聽到了那段通訊。那是令人難以置信的想法。在這瞬間，我甚至懷疑起耳朵是不是在戰場上被搞壞了。

「我的部下沒有會被自軍砲彈擊中的蠢貨。壓制並抑止敵軍是最優先的必要事項。」

請求朝自己頭上砲擊的指揮官？正當我覺得自己聽錯，準備搖搖頭讓自己清醒時……

「ＣＰ呼叫 Pixie01。榴彈可是使用空爆砲擊的定時信管喔！」

「Pixie01 收到。沒有問題。」

接下來那句話，儘管夾帶著明顯是隔著通訊機的雜訊，也依舊能聽出她愉快的語調。我儘管到了這把年紀也仍然對聽力很有自信，但唯有在當時讓我懷疑起自己的耳朵。

那是一道相當愉快的聲音。輕快的語調，危險的內容。確實是從無線電中聽到似乎相當愉快的聲音。空爆砲擊根本不需要直擊就有殺傷力。砲彈的碎片將會如同下雨般傾注而下，她難道不在乎嗎？

我不由得與認識的士官兩人面面相覷。要我軍的砲兵連同友軍魔導師一起砲擊？真是難以置信。要是直擊到，砲兵隊是不會被輕易放過的。縱使能獲得原諒，這也是殺害友軍的行為。

「……是認真的嗎？」

「怎麼可能。幹嘛聽從那些魔導師的命令。」

只不過，看樣子上帝倘若不是個混帳，就是深謀遠慮到我們這群羔羊所無法想像的地步吧。這就是現實。

就算誤射無法確定是從哪個陣地發射的攻擊，因此能私下處理掉。作為不幸的事故，任誰也會三緘其口。

可是觀測射擊中的砲兵朝友軍所在位置砲擊的話，情況可就相反了。將會被冠上最糟糕的汙名。就算……就算說是命令，任誰也不會允許朝友軍發射砲彈吧。

「……少校，妳——」

「不用擔心。繼續砲擊。」

不怕死到這種程度，反倒讓人感到清新脫俗。如此愉快的氣氛從無線電對面傳來的情況讓我感到恐懼。不對，直到現在這都還是我難以理解的恐懼對象。

長時間遭到砲擊，只能一味躲在戰壕裡祈求平安無事的恐懼；忍不住想大吼大叫，一口氣獲得解脫的衝動與恐懼；這種恐懼，只有體驗過的人才能理解。居然能對這種令人恐懼的砲擊一笑置之，總覺得哪裡不太對勁。

就連遭到狙擊兵攻擊時，都未曾這麼恐懼過。好冷。彷彿脊髓凍結一般的寒冷。這股惡寒究竟是什麼？

「Pixie03 呼叫 01！確認到多數魔導師反應！兩個中隊規模的敵魔導師升空了！距離接敵還有六〇〇！」

還記得隨後某人發出的警告，讓僵住的自己回過神來。而通訊兵們也開始東奔西跑，向各處傳達新的敵情。

是單純出現新的敵部隊，還是迎擊部隊現身了。儘管是這種情況，在萊茵戰線也是種日常，眾人因為異常回歸到日常感受到奇妙的喜悅。

我也想起自己得趕快把補給零件與彈藥帶回前線壕溝的這件事。得在聯絡壕狀況較安穩的時候返回陣地。當時，大概是我一邊向士官答禮，一邊準備抓起備妥的物資往外衝的時候吧。

那個時候，我確實聽到無線電傳來輕輕咂嘴與嘆息的聲響。

從直到剛剛都還傳來愉快語調的無線電裡。

「第一中隊，準備反魔導師戰鬥。跟我前進。把那些沒事先約時間的蠢蛋們打回去。其他人負責砲兵。趕快收拾掉過來會合。」

感受到彷彿暴風雪一般的言靈。不知道言靈嗎？啊，這在戰場上是稍微有名的傳聞。不過這種事還是不知道最好吧。總歸來說，只要理解這就像是惡魔抱著預言書隨便讀出內容一樣的東西就沒問題了。

換句話說，就是渾沌。

「Pixie 呼叫CP，現在要對敵魔導部隊展開游擊戰，但預定不變。無須擔心對空戰鬥。」

就常識來想，這簡直是桀傲不遜到過度自大了。由這種指揮官親自率領的傢伙們，還真是不幸。然而我重播記憶影像的大腦卻止不住地嘶吼著。嘶吼著，啊，該死的怪物。

英雄閣下、英傑閣下，卓越的魔導軍官閣下。妳是個優秀的軍官。作為我們這些在萊茵戰線從軍的全體帝國軍士兵的共同意見，妳是神。

「是光只有魔力大的新任嗎？看來非常想自殺呢。」

如此低語的某人，很不幸的已不在人世。

「Pixie ？……我好像聽大陸軍他們提過。記得好像是被評為死神吧。」

曾聽聞過一些關於提古雷查夫少校事蹟的他證實了傳聞。啊，她是神。而且還非常擅長掌管生死。

「大隊各員，事情變有趣了。你們想必都很開心吧？」

滿懷著甚至讓人毛骨悚然的怒氣，她的話語朝著整個戰區廣播出去。就宛如誘蟲燈一般，將所有的敵意聚集起來。

提古雷查夫少校露出了獠牙。這招致了激烈的反應。

共和國想要狩獵惡魔。總而言之，就是要傾注人類的睿智殺掉死神。神不會死。但身旁的我們呢？

……死神還形容得真好。

殺害敵人，讓敵人殺害夥伴。然後尊貴的少校閣下瞥了一眼周遭屍橫遍野的泥地之後，便打道回府。

該死的。

統一曆一九二五年二月二十四日　柏盧郊外　帝國軍軍事法院

要讓譚雅說的話，所謂的軍隊就是國家的暴力裝置。不論用怎樣的形容詞堆砌起再多華麗詞藻，本質都不會改變。對於這點，那群會氣憤得大罵「暴力裝置算什麼東西啊」的傢伙，倘若不是不理解軍隊，就是「很懂得選民」吧。

不管怎麼說，不論言語上怎樣定義，軍隊都必須受到控制。因此不論對成員們有多麼信賴，都必須要替他們套上項圈。

皇帝的軍隊、帝國的守衛、民族的先鋒、護國的壁壘。就算是受到如此讚揚的帝國軍也不可能例外。

正因為是帝國臣民引以為傲的軍人，他們的逾矩行為才會受到嚴厲譴責。人們希望帝國軍方能作為一個規範，讓全體將兵成為市民的楷模。徹底一點的人，甚至連對區區一介士兵都會懷著這種期待。

這樣一來的結果，當然就會強烈要求名譽的軍官要更加地品行端正。就某種意思上，這在平時甚至比身為軍人的資質還要受到重視。因此，帝國軍軍方熱愛規則到偏執的程度。甚至會替所有違反規則的行為準備軍事法庭。

作為一個社會階級，帝國軍軍官會將被送上軍事法庭這件事視為恥辱。不過，這是平時的情況。重視名譽，尊重大義的和平時代已經過去了。

現在是戰時。連在軍事法庭上受到的審問，也會將主旨放在是否有毫不畏懼地善盡義務上。

正因為如此，照軍方的道理來看，讓善盡義務的軍官被立法不當所導致的政治糾紛牽連，是一種難以忽視的干預行為。

但另一方面，考慮到對外關係的話……這個問題讓數名高階軍官與大部分的外交官不得不抱頭苦惱。請顧及政治考量的要求，以及拒絕讓善盡義務的軍官淪為犧牲祭品的反抗。交雜了這些意見的法庭氣氛，瀰漫著一觸即發的緊張氣息。

在這裡發生的是一場名為法律審理的政治。

「提古雷查夫少校，本庭不受理對貴官的審理。」

擔任法官的軍法官起身，在並排坐在小法庭上的制服組與西裝組的視線注視下，如坐針氈地勉強宣讀出這句話。

所謂「不受理」審理的這個結論，即是用該案件沒有請求的理由，避免原告的請求遭到拒絕駁回，讓案件以在形式上不滿足訴訟要件的方式迴避司法判斷的一種妥協。

以法官的立場來看，他就只能露出彷彿像是弗朗索瓦人一連三晚被請吃世界最高級的阿爾比昂料理一樣的表情，宣讀手上紙張的內容。（註：阿爾比昂 Albion 是大不列顛島的古稱，弗朗索瓦 Francois 是法國人的拉丁語發音）必須要顧及雙方的顏面，但要是矛盾過大就只能揚棄，也就是選擇束之高閣。

「攻擊並擊沉中立國的船艦，是起不幸的事故。」

不過，還是能在宣讀結果後補充一句表達遺憾之意的話。擔任法官的軍法官們，苦心思慮地想藉由插入這段話緩和衝擊的姿態，在場所有人都一目了然。

這對譚雅來說是既定事項。她知道忠於組織理論行動的人，只要不會對組織造成傷害就沒有遭受懲罰的危險性。

而這對外交部的眾人來說，也是早有覺悟的結論。軍方應該會避免他們所期望的結論——儘管懷著這種負面想法，也還是理解到了這點。但就算是這樣，要說到在旁聽席上緊握拳頭的外交部眾人，會不會緩和瞪在譚雅身上的視線，就是另一個次元的問題了。

另一方面，遭到這種彷彿她是殺父仇人般蘊含殺意的眼神瞪視，也讓譚雅有些遺憾。當然，她知道外交部的人們在打什麼主意。他們無論如何都想要一隻能緩和聯合王國內部輿論的代罪羔羊。不論是好是壞，所謂的外交官僚這種人種，似乎會為了重視國家整體，而不會在國家利益的框架下考慮個人利益。

真是傷腦筋——儘管想嘆氣，但想到光是現在自己恐怕就在他們的腦海中遭到千刀萬剮的情況，最好還是乖乖閉嘴，於是譚雅特意保持沉默。

「這起事故有損兩國關係雖是重大事實，但有鑑於判例及相關法規，本庭在道義上雖有責任義務探討提古雷查夫少校的過失，卻也認為這件事在法律權限上屬於範圍之外的事務。」

法官所宣讀的文章，就某種意思上是在宣言他們模稜兩可的立場。他們邊說著道義責任之類的話，邊運用法律權限之外這種官僚性的答辯，迂迴地表示要徹底迴避責任。只不過，不進行審判就跟不過問罪刑是同樣的意思，這部分就算不是譚雅也能夠理解。

「同時，考慮到提古雷查夫少校受領到的命令文件的合法性，我們也認為提古雷查夫少校在當時並沒有太大的行動裁量權，並忠於命令地採取行動。無論有任何意見，本庭都不會受理本案的審理。」

不過，看樣子是有受到參謀本部或高層的施壓。連看在譚雅眼中，都覺得結論的部分追加了友善到令她意外的一段話。

譚雅在無意間，揚起她嬌豔的唇瓣，露出了一抹淡淡的微笑。這實際上就等於是獲得無罪判決了。

不過在這個法庭上，能露出這種愉快表情的人，就只有位在風暴中心的本人。大多數人都在刻意壓抑表情的場面下，露出微笑的被告很難不過度引起眾人注目。況且還是平時就傳聞她缺乏情感表現的提古雷查夫少校所露出的愉悅表情，就更不在話下了。

「基於以上理由，本庭宣判解除提古雷查夫少校的拘禁處置。」

直到現在都沒有拘禁過她吧——覺得應該乖乖閉嘴的一干相關人等決定保持沉默。

不過在譚雅的微笑面前，幾欲抱頭苦惱的大多數，懷疑「這樣真的好嗎？」的人們，也遲疑著該不該開口反駁，只不過法官也早已宣判結果了。於是，前線渴望不已的優秀魔導師就此獲得釋放……一如參謀本部的意思。

萊茵戰線的戰況緊迫。豈能容忍派得上用場的魔導師被政治糾紛給困住。

儘管會將砲彈與物資優先分配給大陸軍，但魔導師另當別論？

要是這樣就能打仗，大夥兒哪還需要這麼辛苦啊。給我更多的魔導師！盡可能給我更多的魔導師！

當前線傳來這種宛如悲鳴的懇求時，參謀本部根本沒有餘力讓持有勳章的 Named 在這裡打混。也不可能會有。倘若有這種餘力，戰爭肯定早在很久以前就結束了。

因為萊茵戰線需要她，所以沒有辦法。光是這種理由，就讓結論打從一開始就決定好了。不對，或是譚雅自己有犯下任何過失，情況說不定就會改變。

所以譚雅才會露出安心情緒，對自己在過去有做出正確判斷感到自豪。

基於軍法與國際法的規定，向不遵守規則或是逃脫中的國籍不明潛艇進行威嚇。而在制定規則時並未考慮到潛艇的威嚇射擊，很不幸地導致了意外事故。

這當中倘若有任何過失，下場也有可能會一如外交負責人們懇求的，遭受到嚴重懲罰吧。但要是沒有任何一項過失呢？沒錯，要是沒有能將祭品犧牲掉的根據，情況會怎麼樣呢？

要是在這種狀態下強行處分自己，事情很有可能會發展成將起草規則的內政部與陸海軍相關人員，甚至是外交部的人員統統一起牽連進來的醜聞。最主要的，還是自己所建下的軍功讓事態變得很棘手。

銀翼突擊章持有人暨前程似錦的魔導軍官。這也就是說，應該不會輕易遭到割捨。而譚雅的判斷完全正確。

在檯面下，陸軍鐵路部與參謀本部的戰務、作戰雙方，最後就連技術局都一起向軍法官們施壓。受到各單位的實務負責人直接暗示，他們對某位卓越軍官的名譽可能受損的事態「懷著深刻的擔憂與關切」。這恐怕讓軍法官們感受到足以讓他們胃痛的強大壓力吧。

複數單位一起跨部門袒護的傑出人才。儘管沒有直接威脅，但基於複數軍事機構對她抱持的重大期待，讓軍法官們一想到把事情搞砸時的下場就膽戰心驚，再怎麼討厭也會自覺到施加在身上的壓力。

正因為如此，將事情帶上軍事法庭擺出審議的姿態，正是軍法官們苦心的成果。這甚至能讚賞他們幹得好。

只不過這終究僅是組織內部的情況。就算組織內部的人抵抗這股壓力，看在外部的人眼中，結論也不會改變。

當然在國際法上，帝國與聯合王國之間也有進行正式協議。所謂，這是起不幸的事故。帝國表示遺憾，聯合王國則是發表希望能防止再度發生之意的感言。一面將大半責任推給對手互相指責，一面握手達成和解。

不過，這是外交官之間的情況。就算在政治上可以接受，但要說到國民的感情能否像這樣接受這件事，就讓人非常懷疑。從聯合王國的輿論來看，他們對自國軍艦遭到擊沉還出現死者的情況感到非常憤怒，沒道理會這麼輕易就平息下來。

……再加上，說難聽一點，聯合王國當局也很樂意煽動這種輿論。

「殘虐的帝國軍」。

看在理解地緣政治學的人眼中，聯合王國當局的行動確實合情合理。當帝國將大陸上的對抗勢力盡數擊垮後，會發生什麼事是可想而知。要獨自一國與超級強國對峙，應該會是場惡夢吧。正因為如此，要是該國的國民不想打仗，會開始煽動他們打仗的意願也不是件奇怪的事。

就在這種時候，正好傳來「不幸的事故」這種適合拿來宣傳的題材。就算再怎麼誇大其辭，他們也不會停止反帝國的口號。而法學上的詳細議論放在報紙上看也很繁雜難懂。

在表面上，當然兩國都主張這次的事件是起事故，雙方有著不幸的誤會。

根據兩國的公開談話，是因為通訊機材與航海機材早期故障的聯合王國潛艇誤入帝國領海，且沒有接收到正在進行警戒行動中的帝國軍魔導部隊發出的通訊，依照定時訓練的行程開始潛航訓練。對於他們的這種舉動，帝國軍魔法部隊就基於戰爭法進行威嚇射擊，結果讓潛艇外殼承受到極大的水壓，以至於潛艇瀕臨壓壞而緊急浮上。

而儘管雙方都在暗示對方存有過失，不過在帝國軍魔導師們的人命救助行動下，也有多名傷患被送往帝國軍醫院接受治療，然而重傷傷患卻也還是不幸身亡——做出這種模稜兩可的結論。此外，也已確認潛艇因為應急措施修復不及而導致浸水沉沒。對此兩國皆對有人員身亡的結果感到遺憾，並一致認為有必要進行協議，以防之後發生類似的事故。

因此，光從兩國的公開談話來看，這起事件嚴格說來並不是擊沉，比較接近海難事故。就政治上來看，也可以說雙方一面坦承過失，一面在防止事故的意見上成功找到妥協點。

但只要有這個心，這起事件也能描繪出一個簡單易懂的畫面。

「帝國軍擊沉了聯合王國的艦艇」。

光是這句話，就十分足以成為導火線。是在已經燃燒起來的火堆中倒入汽油的行為。帝國外交部也因此強烈擔憂事態會更加惡化。

不對，正確來講這是眾所皆知的結果。

要輕易容許帝國獨贏導致霸權國家的誕生嗎？還是基於均勢政策，就算要讓其他列強介入也要堅決阻止呢？他們現階段正面臨到這種疑問。

所以需要一個藉口。除此之外這什麼也不是。因此，實際上大家早有覺悟了。只要具有常識性的判斷力，這就是顯而易見的事吧。

不論是帝國還是聯合王國，當局的政策負責人彼此都對這件事非常清楚。

聯合王國與帝國開戰只是時間的問題。

既然如此，提古雷查夫少校這一介魔導軍官的處分就顯得不太重要了。

總歸一句話就是政治。不過就結果來說，這件事讓她的存在變得很微妙，也是事實。所以眾人才會接受把她送往萊茵的結論。就某方面來講，可說是傑圖亞與盧提魯德夫兩位少將的強行介入，讓這項安排看起來理所當然。

參謀本部把人送走是期待能獲得戰果。外交負責人們則是期待她不會再次引發問題。可以的話，甚至期待她能死在那裡。法務負責人們則是為了與麻煩事保持距離。

總之所有人都迫切希望將她與她的部下們送往萊茵的結果，讓萊茵的惡魔發出譏笑。

然後，事態讓萊茵戰線更進一步化為地獄。

統一曆一九二五年四月五日　萊茵戰線

從早晨醒來到清晨下哨都與砲彈為伍的生活。睡在隔壁的戰友，早上醒來就發現他戰死的情況罕見卻見怪不怪的最前線勤務。戰壕生活一鬆懈就會致命。所以才必須要笑咪咪地保持健全精神，注意身體的健康狀況。雖說笑容沒辦法打仗，但失去笑容的戰爭也很危險。

當士兵笑不出來時，可是種相當危險的徵兆。在這種時候，就要格外留意酒精飲料的攝取是否適當。至於香菸，如不想成為狙擊兵的槍靶就只能放棄了。

一想到這，譚雅就突然有種衝動想要重新讚賞自己儘管遭到禁酒，卻依舊能保持自制的精神狀態。自己的大隊中，能不需要配給酒與香菸的人，就只有自己與謝列布里亞科夫少尉。雖然不知道是誰的好意，讓我們也有領到撲克牌與糖果。

女人小孩該不會很適合壕溝戰吧？——儘管歪著頭這麼想，譚雅也仍舊不得不重新認識到戰壕生活有多麼殘酷。只要將撲克牌這個少數的娛樂沒收掉，就連對國家最為忠勇的士兵都很可能會變成叛亂分子，處在這種微妙精神狀態下的士兵有著數十萬規模的前線配置。

在這種戰壕生活裡，最安穩的日子也是時而多雨偶砲彈的天氣。除了狙擊兵與找麻煩的擾亂射擊外，雖說濕度很糟還滿身泥濘，但能待在戰壕裡無所事事，是因為魔導師的稀有性。

魔導師有在後方短暫休養與過好生活的餘力。但是反過來說，也會遭受到符合這種待遇的嚴厲使喚。

晴天由於射界良好，所以會展開以血洗血的大激戰。光是一天之中往來交錯的砲彈，一個師團就能以千噸為單位消耗的世界。「砲兵耕耘，步兵推進」這句話說得還真好。就只有無法推進這點，跟這句譬喻說的不太一樣。

但不管怎麼說，居然如此毫無價值地對待物資與人才，這只要退一步來想，就愈想愈覺得是個異常狀態，讓譚雅不禁蹙起眉頭。是在一時之間想不到其他類似事例的盛大浪費。就算是我，也會再寶貴一點地運用人才耶——讓譚雅不禁這麼覺得。

即使一張召集令就能召集士兵，但訓練與裝備也要花上各種費用。戰爭卻將士兵當作不值錢似的用過即拋。儘管沒有股東大會，但居然沒有在國會上遭到抨擊還真是不可思議。還有砲彈，就算格魯普爾公司有多少給點折扣，結果卻是拿來大肆亂射，真讓人想在會議上追究一個多小時的責任歸屬。

譚雅本身並不懷疑彈幕很重要這件事。當然，事到如今就算不用恭聽高見她也能理解。可是，至少也該降低成本吧——現況甚至讓她想向上級如此呈報。為什麼光是列車砲就有七八種規格啊？後方的狀況混亂到讓譚雅不得不發自內心地感到疑問。

二〇cm砲就算了，為什麼就連要以千人為單位才能運用的八〇cm列車砲，種類都這麼豐富啊？身為對技術人員有過不太好經驗的人，她很懷疑那些傢伙該不會是因為想要製造，就總之先製造出來看看吧？不，帝國的技術人員確實很可能這麼做。

就算是這樣，也該稍微追求一下量產性吧？

不過，看到這種光景，就能理解軍工複合體為什麼這麼熱愛戰爭。

難怪第一次世界大戰時日本會有好景氣。朝鮮特需的時候也一樣。（註：日本因韓戰的物資需求所帶動的景氣好轉）

要是有以如此驚人的速度浪費物資的消費者，營業額怎麼可能不上升。完全就是需求與供給的關係。是種有魅力到會讓人想乾脆創立民間軍事公司的市場。

啊，真是無情。既然能這麼浪費，還真希望他們能提高薪資。

既然有錢能把一發不知道要多少錢的砲彈當不要錢似的往共和國轟，還真希望他們能考慮一下員工福利。可以的話，就給我糖果點心之外的東西吧。

作為極為普通的受僱人員沉思起來的譚雅，被帶來事務聯絡的謝列布里亞科夫少尉的聲音打斷思考。

「少校，據報補充魔導師們已經抵達方面軍司令部了。有關補充人員，方面軍司令部想勞駕您一趟。」

「補充魔導師？是不錯啦……但就算要補充，我的大隊也沒有人員損耗啊。」

沒有損耗。對於就連在這瘋狂的萊茵戰線上，也自認有經營出最符合成本效率的優質部隊的譚雅來說，完全搞不懂補充魔導師跟他們之間的關聯性。

「會不會是配置錯誤還是通知錯誤啊？」

「恕下官僭越，但那個……我也確認過了……似乎是沒有弄錯。」

畢竟她根本就沒有申請過補充，所以甚至有種「為什麼？」的困惑。然而，在詢問謝列布里亞科夫少尉這是不是通知錯誤之類的錯誤後，所得到的卻是已確認無誤的答覆。所以，這反倒讓譚雅不得不思考起來。就連自己的副官也能理解，沒有人員損耗的大隊不需要補充這件事。應該比副官還懂得這道理的司令部，不可能會這樣貼心地幫他們準備補充人員。

再說，部隊早已經是加強大隊。就少校級軍官所指揮的部隊來說，這是接近極限的規模。然後也很難想像，自己會在這種情勢下突然獲得晉升與增員。

依照合理的推理來看，只能預測這將會是件麻煩事。

這是為什麼？我明明就如此善良，並在細心注意成本之餘努力遵守組織規範。我敢斷言，這世上要是真有命運，祂肯定是個爛到無可救藥的傢伙……我想大概就跟存在X是同類吧。

「那個……雖然我無法確定，也還只停留在謠言的階段……但我曾聽說過，司令部期待我們能擔任類似教導隊的職務。」

「什麼？謝列布里亞科夫少尉，貴官是從哪裡聽到這種消息的？」

「那個，我在幼年學校的同梯，正在司令部底下負責萊茵的觀測任務。雖然戰區不同……但她有寫私信跟我講『聽說妳要當老師了，辛苦啦』。」

而透過意外的人際關係聽到很有可能的謠言，讓譚雅忍不住開口反問。

「少尉，妳的同學耳朵似乎太好了點。雖然我現在也不打算追究……」

對不習慣戰場的補充人員進行教導任務。儘管是亡羊補牢，不過大概是某人從補充人員的損耗率上注意到這件事。這項策略不錯，但為什麼會發展成要我們從事教導任務的結論啊？

「只不過，妳說教導任務？這要是真的……不對，依現在的戰局，怎麼想也不可能讓我們退到後方。這也就是說，是要我們在戰場上做新人培訓嗎？」

其中一名部下擺明不相信似的對這件事嗤之以鼻，不過就跟他說的一樣。新人這種東西，在戰場上只會是連幫自己擋子彈都不行的累贅。講明白點，那些傢伙就接近是必須驅逐的對象。明明就說不想被扯後腿，卻要我們教導補充人員？老實講，真想大罵回去，給我來現場看看這種事辦不辦得到啊！

當她想到這裡，正打算開口之前，拜斯中尉就把這種想法大叫出來。

「真是難以置信。那些傢伙似乎認為我們可以一邊打仗一邊帶小孩啊！」

部下以氣憤不已的語調大叫。也是啦，他們是群正直的傢伙。再說，如果是有過在戰壕中顫抖經驗的人，這也是比較能感同身受的想法。

「是要我們幫忙擋子彈嗎？這種事也未免太蠢了！」

「那個……可是……誰沒有當過新兵呢……」

不過，怯生生地插話的謝列布里亞科夫少尉，說得也很有道理。陷入恐慌狀態的新兵，麻煩程度可是掛保證的，但是誰沒有當過新兵。順道一提，譚雅早就在萊茵幹過一次邊帶新兵邊打仗的事了。

或許說不定正是因為曾有過經驗，上頭這次才會把事情推給她做。

「啊，也是，記得我教導貴官的時候也是在萊茵呢，少尉。」

「是的，託少校的福。」

只要想一想，這麼做曾經意外地發現到有用的部下，說不定就能懷著會有意外收穫的期待努力教導了吧。

「恕我失禮，但少校的指導似乎很嚴厲呢。還真虧妳能……」

「怎樣啊，拜斯中尉？有話想說就儘管說啊。」

「不，抱歉我失禮了！」

就開著玩笑的軍官們的表情來看，姑且是會照顧那群新兵吧。更重要的這是命令——譚雅儘管心不甘情不願也還是做好覺悟。既然如此，就不得不接下新人教育的工作，她只能伴隨著死心勉強讓自己接受這件事。

不過就算這麼想，心情也依舊積極不起來，正是因為她知道現實。

這是要將新人丟進在砲彈的壓制下，倘若無法忍受這份悽慘就只會發瘋的世界。偏偏未經過訓練的新人還會在戰壕內部或基地宿舍裡大吵大鬧，這種日子也讓人頭痛不已。而要是在基地，還能後送丟給軍醫處理，但在沒有這種餘力的前線，要是陷入恐慌就只能投降了。

更重要的是恐慌會傳染。一名新兵端正的臉龐哭得唏哩嘩啦的結果，要是連其他本來能撐住的堅強傢伙們也跟著騷動起來，就束手無策了。在把嘔吐物吐得到處都是的情況下，還會連鎖性地刺激嘔吐，相當難以忍受。最重要的是在最糟糕的情況下，就只能用鏟子讓人安靜下來。

就這層意思上，在教育時能用來掩埋新兵的排泄物、讓本人安靜，必要時還能連他一起埋掉的鏟子真是太棒了。不論戰壕、基地，還是墳場，是不挑場所的便利道具。

「就算了吧。各位，既然這是任務，就只能做了。」

不過命令就是命令。而且，又還沒有正式發令，所以現在最重要的就是去確認事實。

「不管怎麼說，我先去司令部確認命令。倘若是事實，儘管會很辛苦也還是得做。就全力以赴吧。」

教育新兵的謠言是否屬實，只要確認過，就算再不想也會知道。倘若是事實，就盡量在不勉強的範圍內做吧，譚雅做好覺悟。反正上頭也不期待我們無微不至地做新人培訓吧。

不用說，我當然知道浪費寶貴的人才是可憎的愚行。所以也不是不能考慮，在不會造成自己負擔的程度下做好這份工作。

「司令部，我是提古雷查夫少校。有關那件事……」

因此，在譚雅試著簡單試探後，就立即得到確證。

所賦予的任務，總歸來講就是要讓新兵熟悉現場環境。雖是經由電話交談所感受到的程度，但譚雅幾乎可以確定是教導沒錯了。

既然如此，只要迅速讓他們到離最前線只有一步之遙的地方參觀就好。連帶也覺得這項工作比讓大隊衝進危險的地方要來好得多了。

所謂的最前線，將能比千言萬語還要更能確切地闡述現實。部下似乎也贊成的樣子。

很好很好，那就來安排培訓的行程吧。我原以為會是這樣。

……我原以為會是這樣才對。

「各位，歡迎來到萊茵戰線！」

新兵們以超乎預期的效率送來。在他們面前，譚雅儘管說出歡迎的話語，卻也打從心底感到困惑。當司令部的辦事效率良好時，表示事情非比尋常。是必須假設最惡劣情況的異常事態。

在軍隊當中，司令部沒有用雜七雜八的事務手續煩人，是需要警戒的異常事態。明明就會延誤補給、拖延增援，但就只有麻煩事會立即送到可是司令部的常態。這也就是說，所謂司令部的辦事效率良好，即是一種壞消息。

正因為如此，這群被丟過來的新兵，讓譚雅是看得頭都疼起來了。儘管知道這不適合自己，也還是板起臉，意圖擺出不高興的表情。

雖說已做好覺悟，但補充人員全都是新兵是怎麼一回事！拜斯中尉等人也邊發出呻吟，邊看

解說

【只能用鏟子讓人安靜下來】 指敲下去，讓對方安靜的行為。不論是休克、昏迷，還是死亡都沒有太大的差別。

著這些分發下來的新兵經歷。

畢竟他們不是重新訓練或轉科的士兵，而是一如字面意思，一群由新鮮肉塊所組成的新兵。把除了塞進絞肉機之外沒什麼其他用途的新兵丟過來，卻吩咐我們不准把他們製成絞肉，還要讓他們進化成會戰鬥的肉塊。

「我是負責教導各位的提古雷查夫魔導少校。」

早知道會這樣，就不該在中央加入教導隊了。技術研究所也不是正常的職場，艾連穆姆九五式更是頭痛的來源。看來自己在中央不但沒有好好活用升官的機會，還盡是增加一些孽緣，這讓譚雅不得不悲從中來。

「如你們所知，萊茵是地獄。要說的話，是墳場。」

讓補充人員立刻死光光，實在是要不得──譚雅一面苦笑，一面向新兵清楚介紹萊茵，藉此發出警告。要是有再稍微受過一點能適應實際情況的訓練會比較好吧，不過無法理解這點的士兵就單純只是累贅。而且……不對，正因為如此才要回頭想想，透過教導任務培訓戰力是誰想出來的主意。

「說得更簡單一點，這裡是不論多麼應該遭到驅逐的無能，共和國軍都會不定期替他們舉辦歡迎會，用不了多久就能晉升兩級，美好且愉快的萊茵戰線。」

儘管如此，萊茵戰線的損耗率之高還真是教人哀傷。這是根本的問題。自己雖然只是一介少校，但到任時多到可以拿來賣的前任，也全都趕著晉升兩級。難得運氣不錯的，也是遭到後送或是轉任。

等察覺到時，自己在少校當中已是從上面數來比較快的資深人員。

哎呀，萊茵戰線的市場算是一整片蔚藍的競爭空間。達爾文要是看到會怎麼說呢？是進化論的究極體系？還是感慨這是讓進化論發揮不了作用的空間？這肯定會是個耐人尋味的問題。

「因此，想逞英雄的各位，就去陪狙擊兵嬉戲吧。」

也就是說了也聽不懂的笨蛋，講再多也只是在浪費時間。就算多活幾天也只會消耗寶貴的補給物資，暴殄天物。

還不如趕快去消耗敵狙擊兵的子彈。要是能用狙擊兵的疲勞換取笨蛋的處理，意外是個不錯的交易。

「除此之外的各位。就盡量在不造成妨礙的程度下努力吧。」

不過要是能依照指示行動，至少還能用來擋子彈。

「好啦，各位。在一起的時間應該很短，但就讓我們好好相處吧。」

這裡就是這種地方。好啦，就在薪水分內努力工作吧。

鏟子是偉大的。是文明的精華。

可以挖出稍微深一點能藏起身體的坑洞。或者只要湊齊數量，就能構築出色的戰壕。稍微改變一下看法，甚至能挖出隧道。（儘管很少施行）甚至還能遂行連敵方堅固的戰壕都能一舉粉碎的坑道戰術。

鏟子是所有士兵的好朋友。而且，鏟子還是在戰壕裡的最佳近戰裝備。比刺刀還長，比步槍靈活，然後比任何裝備都還要堅固。外加上製造成本極為低廉，量產性出眾。最後還不用擔心多餘的精神汙染。

這正是理想的裝備。簡直就是人類應當抵達的終點。文明開發出鏟子作為自身的利器。更重要的一點，就是不依靠魔力，所以最適合用來暗殺。鏟子能狠狠地教育那些只懂得依靠魔力掃描的蠢貨們何謂現實。可說是夜間分散滲透襲擊所不可或缺的道具。當然，這也是不分晝夜泛用性超群的工具。

「簡直是文明的利器。」

邊喃喃唸著這種話，譚雅邊率領著部隊前去向敵兵用鏟子道晚安。在地面上匍匐前進，以平躺的姿勢，滿身泥濘的夜間出遊。目的簡單明瞭，是譚雅所接下的新人教導任務的一環。

能在萊茵注重穿著的只有笨蛋或是戰死後送的英雄遺體，為了教導他們這種現實而趴在泥濘裡四處爬行，對譚雅來說算是還可以接受的工作。儘管不想做，但既然是命令就別無選擇，這就是譚雅目前的處境。正因為如此，咬緊嘴唇的譚雅才會心不甘情不願地帶頭匍匐前進。

懷著如果可以，真想現在就馬上回基地的念頭前往的是無人地帶。既然狙擊兵取消休假以全勤獎為目標，就只能忠於戰壕的服裝規定穿著灰色迷彩服的她與部下們，趴在地面上朝著敵陣悄悄前進。

戴著沉重鋼盔，只能像隻老鼠偷偷摸摸地一邊害怕一邊前進，真是屈辱至極。只能滿身泥濘偷偷摸摸地前進，是件多麼痛苦的事啊！簡直是不衛生到極點，雙方無人回收的屍體散發著腐敗臭氣，是讓鼻子完全失靈的空間。啊，還真是不舒服到極點！儘管是殘酷到讓人想如此怨嘆的狀況，但工作就是工作。既然是工作就必須得做，懷著這種念頭的譚雅，發自內心詛咒3K工作的荒蕪。（註：辛苦、髒亂、危險的工作）

……為什麼上頭老是在說一些強人所難的事啊？

要說到事情的開端是怎麼一回事，就得從這個事態的半天之前開始說起。

這看起來會是齣喜劇還是悲劇，就端看是從何種角度來看吧。只不過，這件事之後將會成為帝國軍的指揮系統與傳達手段獲得顯著改善的契機。不過對於當事人而言，這與現在是不同次元的問題。

「有關野戰能力的改善，我想聽聽貴官的意見。」

那一天，前來會見譚雅的司令部附屬作戰參謀提出一張請示書。上頭記載著各兵科配屬到萊茵戰線的補充人員損耗率。譚雅光是快速看過一遍文件，就注意到損耗率高得很明顯。可以說帝國軍的新兵，就一如字面意思地趕著送死吧。

就前線的軍官來說，要是得把訓練與經驗都不足的新兵給丟到戰場上，當然會出現這種損耗率，她伴隨著嘆息把請示書放在桌面，坐到椅子上。

「如要我坦誠稟告，這算是各種訓練的不足與速成教育的弊害吧。比起排隊行軍，更需要做趴在戰壕裡的訓練。還有就是要在盡可能壓低損耗的情況下，讓他們經歷過一遍壕溝戰最為嚴厲的洗禮吧。」

「他們確實是離派得上用途的程度很遙遠……但也不能因此要他們站在機槍前吧。」

伴隨著嘆息，偉大的上校不經意地拿起替他送上的咖啡喝了一口，在看到他蹙起眉頭後，譚雅的表情就略為緊繃。連這點招待都弄不好的最前線。儘管是嚴命謝列布里亞科夫少尉盡可能用心沖泡的咖啡，但看來是沒有能把水煮沸到去除次氯酸鈣味道的燃料吧。看上校喝了，自己也跟著喝了一口，咖啡混雜著嚴重的異味，讓人難以下嚥。

「……請問您不中意嗎？」

不過，譚雅還是以暗示「這就是前線的味道」的語氣，向他展現著前線的情況。

「我不打算過問前線的情況……但這太過分了。讓我想起參謀本部的餐廳。」

「那裡還有好水可以用吧。這就是前線。」

甚至散發著無能為力的無力感，譚雅哀傷地望著將咖啡豆風味殺掉的咖啡喃喃說道。就連嗜好品都無法如願的前線。所謂與市民的日常生活相距甚遠的另一個世界。把只受過速成訓練的新兵丟進來要他們適應，可不是件簡單的事。

「貴官是想說，要讓後方也品嘗這種經驗嗎？」

「可以的話，應該要讓他們知道壕溝戰的實際情況，粉碎他們對戰爭抱持的幻想。想逞英雄的蠢貨，不僅是自己，甚至還會害死夥伴。」

試圖在壕溝戰中做出英雄般活躍舉動的新兵們是群愚昧至極的傢伙。倘若只是放任腎上腺素導致的高昂情緒，做出有勇無謀的言行或胡來的突擊，還只會死他一個，讓損害達到最小化，但偏偏他們往往都會把隊友給拖下水。

外加上是生理現象所以也不想責怪他們，但是讓戰壕受到各種失禁的汙染，形成各種傳染病的溫床，也讓人打從心底地感到煩躁。

正因為如此，譚雅才會抱頭呻吟，抱怨著：就說這群年輕人……

「……嗯？請問怎麼了嗎？」

「沒事，少校。只是聽貴官說出年輕人這種話，感覺有點不太對勁。」

「軍歷太年輕的傢伙派不上用場。如果能在萊茵活過兩個月就另當別論吧。」

「啊，我說的不是……算了，沒事，妳就當我沒說吧。我們言歸正傳。」

上校以讓人摸不著頭緒的方式把話題帶過。所謂長官的一時興起，是常有的事情。禮儀端正懂得分寸的譚雅，就不詢問他話中的意思，讓話題回歸主題。

聽譚雅抱怨起年輕人，就客觀來看確實是會讓人感到嚴重的異常感，不過就主觀來講，譚雅就只是跟進公司幾年的概念一樣，用入營幾年來思考罷了。

「是的，大規模機動戰就現況來講相當難以期待。只能固守在戰壕裡開槍攻擊。」

不管怎麼說，譚雅對於損耗率，是懷著所謂「習慣後多少會好一點」這種極為冷靜的看法。畢竟這是將人力資源一如字面意思消耗掉的消耗競爭，所謂的總體戰就是這種東西。她甚至認為擔心損耗率太高是有道理，但覺得會對戰線造成影響，是不是太過杞人憂天了。對譚雅來說，所謂無法忽視的損耗，是指會讓組織性戰鬥無法維持的損耗。

若是換句話說，「西線無戰事」程度的戰死速度，就跟電影標題說得一樣。戰線上並無特別的異狀。

即使發生像日俄戰爭那樣以師團為單位的夜襲，只要有機槍與戰壕還有支援魔導師在，想必就能輕易擊退。不過在這種時候，為了讓新兵適應實戰狀況，也必須要容許一定程度的損害。

反正死的不是自己。雖也不是沒有希望他們盡量別死的念頭就是了。

「確實是難以想像會爆發大規模的機動戰。擔任教導的提古雷查夫少校會重視其他方面的看法，以整體來看或許是正確的……」

以極端的結論而言，上校不反對譚雅的說法。

然而，高階軍官們伴隨煩惱透露出的感情，是對讓這麼多年輕人送命的戰爭型態，感到難以抹消的不對勁與厭惡感。

「不過小規模衝突的損害也無法忽視。就算規模不大，損害的累積依舊是個問題。更重要的是會導致士氣低迷。」

「小規模衝突的程度，應該不會造成太大的損害吧？」

這是怎麼回事？小規模衝突的損耗率應該還在容許範圍之內吧？——會如此疑惑的人就只有譚雅。畢竟以第一次世界大戰的損耗率為基準來看，小規模衝突的損害確實是顯得可愛。但一般人即使知道第一次世界大戰，也不會用來當作一般戰死人數的判斷基準，倘若不知道，就只會對這巨大的損耗率感到顫慄。

「會被頂多找麻煩程度的襲擊幹掉的傢伙也是自己活該，這難道不是輕微損耗嗎？」

正式襲擊的風險太大，頂多是以中隊規模的步兵發動奇襲。就算是魔導師，最多也是大隊規模的騷擾攻擊。照這種情況來推測，損耗應該不會超出極為適當的水準。

說得極端點——譚雅飲盡難喝的咖啡，一邊思考一邊為了清清口感伸手拿起薄荷糖。

老兵與新兵會有這麼大的經驗差距，只能用他們經歷實戰的多寡來說明。儘管自己部隊的損耗率是超乎尋常的低，但是從其他部隊調來的補充人員果然也慢慢地開始負傷。能在達基亞這種輕鬆的戰場上有過首次經驗的士兵們算是很幸運。要是首次體驗就太過嚴苛，在習慣之前肯定會很辛苦。

「提古雷查夫少校，不覺得貴官的教導與指揮能降低損耗嗎？」

「只要一聲令下，我就會努力去做。只不過這到頭來，還是只能對首次體驗戰場的士兵一個一個細心指導。」

在有狙擊兵的戰場上，與其用嘴巴教導他們別探頭，還不如指著遭到狙殺的蠢貨來得有說服力。雖說待在戰壕內部就能減輕野戰砲的威脅，但倘若遭到大口徑重砲集中射擊，就連鋼筋水泥都會淪為單純的瓦礫，所以要盡可能分散躲藏，這種話只要回收連同碉堡一起遭到活埋窒息而死的可憐通訊班，就能讓他們充分理解。

舉例來講，這就像是練習寫英文字母。倘若不按照ＡＢＣ的順序讓他們實際寫過一遍就沒有意義。想到這裡，譚雅就忽然想起一件事：話說回來，我的大隊在萊茵也還有幾件事情沒有累積過經驗。

記得戰壕這種障礙物在夜戰時的戰法會變得相當不同，警戒方式也會大幅改變，這也難怪補充兵會不習慣。擔任警戒的人要是太過敏感，也會對全體造成問題。外加上，魔導師白天待在戰壕裡的機會不多，就更是會出現這種情況。

「不過，確實就跟您指摘的一樣。下官也認為現況果然還有一些改善的餘地。」

譚雅同意這種看法。這也就是說，對於新送來的補充魔導師，有必要以他們不習慣戰壕為前提進行教育。所謂，實際上有必要配合環境與前提的變化重新教育。

「嗯，就如妳所說的。特別是在非魔導依存環境下的戰鬥簡直慘不忍睹。」

說得一點也沒錯——譚雅點頭贊同上校的話語。實際上，以時常展開防禦膜與防禦殼為前提訓練的魔導師，在祕密行動上的表現相當差勁。無意識地想要保護自己，結果卻因此遭到敵方鎖定，露出這種愚蠢醜態的新兵真是讓人傷透腦筋。

「在戰壕裡，儘管嚴命他們要維持非魔導依存環境，卻依舊不自覺地洩漏魔力遭到敵方發現的事例確實是太多了。」

說到這裡，譚雅這才總算是開始同意。啊，這麼說來，確實是有過蠢貨在進軍時暴露行蹤，讓整個部隊一起遭到炸飛的事例呢。

聽說有對此召開過審訊會，而結論是打算重新檢討補充兵的培訓課程嗎？原來如此，個人失誤造成的損害波及過大確實是個問題吧。自以為搞懂長官意思的譚雅，就以「上頭有心要改善狀況是件好事呢」這種旁人無法理解的理論默默感激。

「況且訓練不足的補充兵，就連小規模衝突都會讓人不安，您是指這個意思吧？」

沒錯，是海因里希法則。就算是再小的失誤，倘若一直無視下去就很可能造成致命傷。而墨菲定律則是述說著，將失誤的可能性置之不理的危險性。人類很愚蠢。只要有失誤的餘地，就總有一天會有人犯下這個失誤。

倘若是這樣的話——譚雅驚覺起自己的傲慢，嚇得心臟瞬間停住。上頭會擔憂補充兵的整體訓練程度不是沒有理由，是因為他們重新認識到前線所有戰區的軍官們無意間疏忽掉的風險。

真是獨具慧眼呢——譚雅以人事管理的觀點甘拜下風。既然無法保證將來總有一天爆發大規模戰鬥時，這方面的問題不會進一步惡化，就算是再小的失誤，只要有能努力改善的餘地就必須要進行改善。

「我就是這個意思。姑且不論大規模戰鬥，就連小規模衝突都是這副德性呢。」

就算依現實的情況假設，不太需要擔心爆發大規模會戰也一樣。極力主張就連在現況下也無法忽視人員消耗量的作戰參謀，他的真正想法是覺得量產屍體，造成如此龐大損害的情況，肯定是哪裡有問題的正常情感。這是身為一個人理所當然的情感，可說是善良人類的資質。

另一方面，譚雅儘管覺得上校說得話很有道理地一一點頭，卻認為損耗本身並沒有什麼特別的問題。譚雅所在意的不是損耗本身，而是認為在小規模衝突中，以補充兵為主的部隊大多會陷入劣勢這點有很大的問題。

就算大規模戰的可能性近乎沒有，但對能犯下失誤的餘地置之不理，不斷累積輕微失誤的現況確實是很危險。

實際上，受到指摘的譚雅所深刻擔憂的，是個人的失誤造成規模意外龐大的損害，這種事例不斷零星發生的事實。無法維持非魔導依存環境的新兵在執行某種高風險作戰時，確實會是一個嚴重的失敗要素，這是譚雅所害怕的事情。

「記得貴官也曾在諾登有過在非魔導依存環境下從事作戰的經驗吧？我認為妳在這方面上有掌握到什麼訣竅吧。」

「是的，就跟您指摘的一樣。下官竟忘記自己曾執行過的任務，實在無地自容，不過在教導之際確實是有留心。」

要求防止失誤的發生，就某種意思上是正統的組織經營概念。軍隊與只要砍掉失誤的人的腦袋就能解決大半糾紛的民間不同，一個人的失誤很可能導致全員戰死。人人為我，我為人人，還真是句名言。一個人犯錯就全部人一起死，全部人犯錯，就算一個人奮戰到底也無法獲勝。

「有關這方面……」

希望妳能在教導上幫忙注意一下。不過，光是這樣還遠遠不夠。問題果然還是出在實戰經驗的不足——以為對方理解自己的這種主張而充滿幹勁的上校與譚雅，就在沒有察覺到彼此的歧異下，基於需要改善策略的想法而陷入雙方意見一致的奇妙誤會之中。

「是的，請問有何吩咐？」

「能帶他們累積經驗嗎？」

實際上，與其一面保護新兵，一面實行大規模作戰，還不如利用小規模戰鬥讓他們徹底地反覆體驗與複習，才是不可或缺的行動。譚雅相信這點，所以儘管不甘願，也還是決定執行高風險的非魔導襲擊。

實戰經驗果然還是與損耗率極端低下的熟練部隊一起累積最好。所謂經驗更勝於教育。

「是的！是要讓他們累積經驗吧。」

所謂的教導命令，對屍體來說毫無意義。在現場確實是不知道何時有機會收到大規模機動戰或者突破、滲透襲擊等困難作戰的命令。既然如此，平時就該做好部隊的訓練，以隨時回應命令的要求，譚雅在心中譴責自己粗心大意的怠慢。

不想造成部隊的損耗，認為新兵只要經過戰場洗禮就會成為老兵。這種放牧的作為實在是太糟糕了。

「是呀，倘若有機會能在戰壕進行教導一陣子，我想讓他們與當地部隊一起戰鬥。」

實際上，讓他們作為教導部隊與補充兵一起前往戰壕，也能補強前線的戰力。哎呀，帝國軍還真是會徹底地使喚人呢——譚雅好不容易才理解到，在戰爭這個異常事態下，自己竟墮落成如此地不合理且怠惰的驚愕事實。所以才說戰爭不好。戰爭會麻痺人性與合理性，讓人抱持著瘋狂與麻煩的妄想。

……您是要把我們從後方去進戰壕，並且帶著累贅訓練部隊嗎？一想到自己以前說不定會如此抗辯，譚雅就對自己的思考竟受到如此嚴重的汙染感到恐怖。儘管在知識面上明白陷入武斷與短視近利的態度，是在現實當中最容易引起失敗的要素，但在親身體驗之後，她清楚體會到這果然有著容易讓人深陷其中的危險性。

「遵命！下官將盡己所能從事部隊的教導工作。」

「很好。我立刻準備命令文件。儘管不好意思，但就辛苦妳了。」

「是的，請交給我吧！下官立刻就會讓您見識到成果。」

於是，就在沒有人察覺到這個決定性的歧異之下，提古雷查夫少校朝著遂行命令的方向一路邁進。

一面慢慢享用晚餐，一面與指揮下的中隊長們商談夜戰的準備與補充兵們的負責人員。順便向值勤兵指摘馬鈴薯已經發芽了這個不像樣的情況。對於這點，在聽值勤兵解釋補給部隊是優先運送罐頭之後，譚雅儘管不情願，也不得不隱忍下來。

……因為她察覺到，上頭似乎是要以後勤網路的整備與效率為優先。

輕便鐵路的處理能力已飽和到接近極限，所以才會以能長期保存，並因此能有計畫運送的罐頭優先。這也就是說，近期內也沒辦法期待新鮮的蔬菜與肉魚貝類。至少光看卡路里，是有符合規定需求量。只不過……察覺到這點後，譚雅不得不討厭地接受，略嫌樸素的餐桌會變得更加冷清的事實。

不過，能在戰場上期待新鮮伙食可是海軍的特權，或者是受到優待的潛艇部隊。雖然潛艇部隊的其他環境非常糟糕就是了。

總之，她理解到現在開始要以效率為優先。總不能對注重效率提出異議吧，譚雅放棄指責伙食，無奈地繼續討論工作。

這次的作戰行動，絕對不能缺少如此慎重的緊密合作與指揮維持。畢竟，魔導師的大隊規模夜襲，要依靠魔導來維持指揮。一旦顯現干涉式就會暴露行蹤，個人也不會配備個人無線電。要在這種情況下帶新兵進行夜戰，簡直是無謀至極的行為。

相較之下，向伊朗發動鷹爪行動的成功率都還比較高。（註：美國政府為了解救被伊朗政府扣押的人質所採取的軍事行動。該行動以失敗收場）

該以小隊規模，讓各小隊自行散開進攻嗎？這可是以能單獨匹敵尋常步兵中隊的火力為傲的帝國軍魔導師小隊。就算從現實的角度來看，小隊應該也能發揮出與步兵中隊同等的戰力。

外加上是夜襲。只要有夜幕遮掩，還能以充足的火力攻擊敵方，期許擴大混亂。但要是這麼做，我方也必須得依靠魔導來維持戰鬥。這樣一來，敵方部隊就很可能會在顯現干涉式的瞬間後退，用地毯式轟炸將附近一帶炸成平地。

不對，甚至很可能會單純遭到機槍的阻止火力阻擋。

那麼，就以中隊規模發動滲透襲擊？儘管實際，難易度卻是超乎尋常的高。讓各中隊兼作為佯攻，分別襲擊四個不同地點的計畫還不錯。只不過，雖說是加強大隊，但要是將四個中隊盡數投入戰場，就沒有預備戰力。

這對想以指揮預備戰力的名義留在後方的自己來說，是項不太想認可的計畫。

由我親自率領訓練程度最高的第一中隊，然後讓其他人參與襲擊是我個人的最佳方案。只不過，部下們所提倡的作戰卻是以我指揮的第一中隊作為主攻，其他中隊擔任佯攻，不留預備戰力的計畫。

目的是以夜戰來說，難易度較低的敵兵綁架。總而言之，就是要招聘警戒壕裡的敵哨兵作為情報部新的聊天對象。

「也就是說，貴官們想盡可能避免交戰吧。」

「是的，大隊長。我老實說，要帶著補充兵戰鬥是不可能的事。」

……迴避戰鬥確實很重要。我接獲到的命令很單純，就只有「讓他們體驗夜戰」。

所謂知己知彼，百戰不殆。或是說，努力進行高度文明的互相理解。為了這點，來一趟前去邀請敵兵的夜間遠足也不壞。

沒錯，這主意並不壞。雖說也沒好到哪裡去。該說凡事都難以單純地斷定是好是壞吧。

「只不過，速度是讓人擔心的一點。哪怕迅速撤退比什麼都還要來得重要。」

不經意地說出擔憂要素。畢竟身為負責人，有必要檢討各種事態的可能性並加以對應。

可沒辦法說出一時疏忽沒有想到的這種話。

說早有預料卻失敗的話會遭到恥笑，但要是說事情出乎意料，可是會被譴責為無能。

基於認真思考的必要性，我不得不說出所擔憂的要素。不殺害抵抗的敵兵讓他昏厥。這對魔導師來說算是小事一樁。早在軍官學校與新兵教育時，就盡情實踐過讓人半死不活的手法。就連大權現大人與調所大人也會感到吃驚的方便。（註：前者指建立江戶幕府的德川家康；後者指江戶時代後期，促使薩摩藩各項改革成功的武士調所廣鄉）

就算不是針對農民，而是用在士兵身上，以統治論來講也會得到相同的結論吧。不對，光是沒有用來對付平民，就該算我比較有良心。

或是用鏟子平坦的部分輕輕敲打也行。儘管用側邊敲下去會把人切成薄片，但只要用平坦的部分敲下去就大功告成。可說是相當便利。我甚至非常想讓補充過來的新兵們，只拿著鏟子一起參與這活動。

不過，等抓到人之後該怎麼辦？要是警戒壕發出警報，就只能選擇戰鬥或是逃跑。既然是以捕獲俘虜為目的，戰鬥就毫無意義。以目的是武裝偵查的戰力與敵反擊部隊展開壕溝戰，完全是毫無生產性的消耗戰。到頭來要是錯失撤退的時機，就很容易一如字面意思地白白送死。所以在達成指定目的後，就沒有任何久留的理由。

工作結束後，就是要趕快回家。

所以要不害怕發出在這之前一直隱藏的魔導反應以速度優先，透過飛行術式脫離現場，一如字面意思地飛回基地。最適合將隱藏的魔導反應盛大地宣洩出來，同時還能迅速脫離戰線的飛行術式萬萬歲。

這是要持續數分鐘的賭命逃亡，要是不這樣逃，就會被ＳＯＳ彈幕砲擊炸飛吧。

不過這反過來說，只要命中的方式沒有太奇怪，就能毫無痛苦地結束這一切。

話雖是這麼說，但不論是誰都肯定想歌頌生命。

就算是想自殺的人，也沒有對人生熱烈絕望到打從一出生就想自殺。只要對未來懷有希望，就能建立光明和平的未來，人類蘊藏著這種美好的可能性。人類是無法遭到取代的存在。是獨一無二的。

雖不知道其他人如何，但沒有存在可以取代我。所以我無論如何都要活下來。不，是絕對會活下來。因此，唯有在這數分鐘內，就算再討厭也要將惡魔讚揚為神，以全速飛離現場。

姑且會吩咐他們要一邊互相掩護一邊後退，但是絕對不准停下腳步。一旦脫隊，運氣好就是淪為俘虜，弄得不好就意味著戰死。

「……不過，這算是適度的緊張感吧。」

而我的部下，看來全都是些腦袋螺絲鬆掉的傢伙。我明明是在講令人擔憂的要素，為什麼他們會說是適度的緊張感啊？光是召集戰爭中毒者組成部隊是我的失策嗎？

想跟他們保持點距離。找看看還有沒有人有其他正常的意見。在環顧之下，發現舉手的謝列布里亞科夫少尉。

「少校，危險的是最後幾分鐘。但我認為接近敵方時，也有必要留意新人們的狀況。」

這又是個有常識的見解。只要沒有蠢貨在接近時發出噪音，或是散發出魔導反應的話，就有辦法接敵。

「少尉，妳也應該清楚吧，會幹出傻事的新兵，我跟妳在萊茵早就看都看到膩了。妳應該能處理吧？」

「……如有必要的話。可是，少校，我打算掩護他們，極力避免這種情況。」

「唔，要是沒有其他意見，就來做個總結吧。」

試著盡可能做出有常識的結論。

①盡量避免交戰。

不用說，和平最好。沒有反對的理由。

②派遣最有實力的部隊。

雖教人生氣，但基於軍事常識我沒辦法反對這點。有常識地採用。

③只要沒被發現就有辦法接敵。不過脫離時很危險。

將這些意見統整起來，就是最沒有問題的計畫。也就是說，接下來只要安排好緩慢前進與急速後退時的程序就沒有問題。而要是部下失敗，還有在萊茵經驗豐富的軍官與士官提供支援。他們都跟謝列布里亞科夫少尉一樣是苦練實幹起來的，應該會確實做好工作吧。

「很好，將制定的方針通知下去。」

好啦，要選哪些補充魔導師一起參加首次的郊遊呢？

晚餐也是馬鈴薯，然後是少許的鮮肉。除此之外全是罐頭。就連受到優待的魔導師，而且還是軍官階級都只有這樣。他們說因為這裡是後方據點，所以情況還比較好，但這樣一來前線究竟有多慘啊？他們還說大陸軍正逐漸壓制敵戰線，所以後勤路線想必也很辛苦吧。

邊想著這些事情，好不容易才任官沒多久的沃倫．格蘭茲魔導少尉，符合軍人作風地迅速用餐完畢。這裡的伙食比野戰演習場的口糧好吃。

至少可以滿足食慾，舌頭也不會出現拒絕反應。但就算伙食的品質不錯，心情卻從好幾天起一直非常憂鬱。畢竟，是被送到最激戰區域的萊茵。

不對，在離開軍官學校時，還對要前往最激戰區域一事感到非常興奮。也稍微有過想建立顯赫的戰功，成為英雄的念頭。

但就連這種幹勁，也伴隨著前往戰地途中的軍用列車逐漸接近萊茵戰區時，一口氣消下去。那裡有的是砲坑與燒焦的某種東西。眼前化作一整面的灰色。全是遭到燒燬的荒野。最後要是還散發著猛烈的異臭刺鼻，就算再有幹勁也會萎靡下去。而且不時響起應該是帝國軍列車砲的巨大砲聲，也讓不安的情緒高漲。

等回過神來時，我們已忍不住東張西望，坐立不安地環顧四周，並屢屢發現到跟自己一樣的不安表情。

在這種旅途之中，流言算是少數的娛樂。聽說老兵不是選擇睡覺、打牌，就是聊流言。而就跟聽說的一樣，格蘭茲自己也是偶爾打盹，然後一邊聊天一邊隨著列車的擺動搖晃。

在他們聊到的流言當中，要說到他自己也略之一二的，就屬帝國軍軍官學校所流傳的那個傳說吧。「提古雷查夫一號生比戰場還要可怕」這是當時的二號生所喃喃說出的話。那個人確實很可怕呢。他甚至懷著這種想法，前去萊茵戰線司令部做到任報告。

才剛抵達司令部，就立刻聽聞會有教導隊照顧的消息而稍微安心下來。

司令部表示，補充人員要經過重新教育後才會分發下部隊，所以首先要先習慣前線。

這樣應該幹得下去吧。他在幾天前的早晨是這麼想的。

『各位，歡迎來到萊茵戰線！』

倘若所謂的惡魔真的存在，那她一定就是擔任教導的第二〇三游擊航空魔導大隊的大隊長，即傳說中的提古雷查夫少校。

那個笑法。彷彿在看蛆蟲的冷酷眼神。渴望鮮血的容貌。

如果是那個人，就算真的會將反抗的部下射殺，或是敲碎他的頭蓋骨也一點也不奇怪。要是在戰場上犯錯，就絕對會被她殺掉。足以讓人確信這點的不祥之人特地跑來擔任指導教官。

……好想哭。

在補充人員中，軍官學校出身的人只有自己。也就是說，身邊盡是些把那個外表看似幼女，裡頭卻是惡鬼的流言一笑置之或不知道的傢伙。連那種小鬼都能建立戰果那我當然也行——假如是這種程度倒也還好。

但一想到那些瞧不起她的傢伙們會幹出什麼蠢事，胃就疼起來了。自己從未如此恨過連帶責任這句話。

今晚不是我值勤。就早點睡吧。正當我這麼想時……

收到召集通知，命令各小隊要在三分鐘內到第二〇三航空魔導大隊的作戰會議室集合。

「動作快！用跑的！」

我催促著迅速用完餐的自己的小隊，勉強在兩分五十一秒時成功趕到大隊作戰會議室。在場沒有其他抵達的小隊。不對，緊接著與我們四班競爭的七班也趕到會議室。在這瞬間，已經過所指定的三分鐘。

然後下一瞬間，長官們就帶著滿面的笑容迎接遲到的小隊。其他小隊的大多數人都對遲到這件事感到懊悔吧。

總之，我們全員迅速集合完畢。於是，面帶笑容的大隊長就開始發表夜間的郊遊計畫。內容是怎樣都難以說是郊遊的行程。

「各位，我感到非常遺憾，認為有必要懲罰四班與七班之外的人。」

那位少校過去在軍官學校，曾發表過要殺掉無能的演說。一定會將不遵守在三分鐘內抵達命令的小隊推進地獄吧，我對此感到同情，卻發現我錯了。

「各位，為了讓你們學習到速度的重要性，我決定將各位送去戰壕。既然用說的聽不懂，就給我到現場學學手腳不夠快的傢伙會有怎樣的下場吧。」

這毫無疑問是要將他們埋進地獄底部。對露出驚愕表情的他們，當場下達配屬到最前線警戒壕的命令。是最激戰區域的最前線警戒壕。俗稱金絲雀的配置。會最先遭受到敵襲的最前線。死亡率當然是最高，是一分一秒都無法放鬆的最嚴酷的配置。

順道一提，金絲雀這個別名的由來，是放在礦山內部竹籠裡的金絲雀。似乎是拿來跟這種存在意義就只有等著斷氣的配置做比較的樣子。

然而，我不該安心下來的。

「然後，嚴守時間規範優秀的各位。我要給你們一點獎勵。」

讓我來說個好消息吧。散發著這種感覺的少校，一一注視起我們每一個人。儘管身旁的夥伴們似乎在期待會有什麼獎賞，但我可不一樣。

有種非常不妙的預感。

「我們要舉辦一場加深友誼的休閒活動。從現在起出發郊遊，彼此乾杯尋找新的朋友，然後招待他們回家。也就是要舉辦一場派對。」

少校話一說完，儘管不知道是哪來的，但交到手上的是一本寫著遠足規定的小冊子。郊遊的步驟？

首先裝備手榴彈與鏟子，並準備好步槍與演算寶珠。夜間迷彩採用CQB（室內近身作戰）對應裝備。順道一提，未經許可就使用演算寶珠與步槍，將會遭到射殺或撲殺。共和國軍士兵也是人。也就是能成為朋友？

既然如此，為什麼要用鏟子把他們打暈？

……在古代，人們會為了交朋友用拳頭交流？

今日我們是文明人，所以要使用文明的利器鏟子……？

「她瘋了。」

儘管沒人說出口，但大夥皆露出這種表情。這是在夜間強行帶走敵兵的綁架任務。是所謂的情報收集行為，想當然是非常危險的任務。要強行帶走敵兵，當然必須要接近敵方的戰壕。

簡單來說，就是要潛入有著機槍、各種重砲、步兵砲、狙擊兵還有眾多步兵等待的敵陣地，綁架在警戒壕以最大限度警戒的敵兵。

「……會死吧。」

接下來才是最嚴峻的部分。在用鏟子與許多朋友交流後，就招待他們回家吧。但我想各位好朋友，應該會為了挽留我們做出各種行為。請各自擺脫他們的挽留，直到回家前都算是遠足？

「順道一提，儘管我認為恪守時間的各位應該不用擔心，但還是補充說明一下吧。」

然後，少校甚至露出滿面的微笑。啊，神呀。請務必拯救我們。

「動作太慢的人會被拋下。啊，想一口氣晉升兩級的人，就算留在原地也沒關係。我們可沒心胸狹窄到會去妨礙各位的升官喔。」

最初見面時，她也曾發表過類似意思的高說。還真是一字一句都是她話中的意思啊！

沃倫．格蘭茲魔導少尉發現自己忍不住顫抖。

生存本能正發出嘶吼。是對戰爭、鬥爭，還有互相廝殺所感到的逃避與猶豫。

但就連這種本能，也屈服在提古雷查夫少校的一瞥之下。她所帶來的恐怖是遠遠在這之上的巨大。隨後，我們就像是被牧羊犬驅趕的小羊一般出擊。哼也無法哼一聲的，藏身在夜幕之中，以匍匐前進在最前線肅靜地進軍。

帶頭殺進敵陣的大隊長所敲下去的鏟子發出沉重聲響，接著是數人的呻吟聲。我們也渾然忘我地拿鏟子朝大意的敵兵腦袋敲下去。

然後，究竟過了多久時間呢？

哪怕體感時間就像是過了一輩子這麼久，但現實時間就只有經過幾十秒而已。

短暫的一瞬之間。在這短暫的時間之內，就讓警戒壕特定區域的士兵們喪失反抗能力，或是永眠。

有別於在軍官學校學到的槍殺，一如字面意思揮下鏟子所傳來的衝擊，至今仍殘留在手上。那種感覺。彷彿把某種東西打爛的感覺，至今仍支配著身軀。

要是就這樣被置之不理，我究竟會變成什麼樣子呢？

「時間到了。中隊，把俘虜扛起。新兵們負責掩護。三十秒後解除魔導靜默。要衝出去了。全員對時，三、二、一、開始。」

只不過，以感受不到一絲動搖的平淡且彷彿耳語一般的聲音發出的命令，將他拉回現實。灌輸在大腦裡的命令與訓練讓身體緩緩動起。他就是被這樣訓練的。是訓練救了自己。

在接到命令的三十秒後，以全力啟動演算寶珠並同時跳躍。

一溜煙地飛向友軍防衛線。短短數分鐘。只需要飛行的簡單步驟。感覺卻令人恐懼的漫長。砲擊聲讓心臟發出悲鳴。呼吸好痛苦。

彷彿自己不再是自己的恐怖。

當來到高空，抵達為了避免誤射的通往友軍後方據點的安全軌道的時候，緊張感一口氣鬆懈下來，全身充滿著倦怠感……為什麼少校還能從容地唱著讚美歌啊？

當天起床後，做完每日訓練的體操並用完餐的提古雷查夫少校，就像是要擺脫迷惘似的伸手拿筆。

倘若是後方據點，就還有郵局服務。如有必要，當然也可以寄信。

軍郵局雖然寄送時間會有點延遲，但就跟大部分的普通信件一樣會運送到後方寄送。

只不過，像她這種舉目無親的人，並沒有能寫私人信件的對象。

頂多就是正式與非正式信件的差別。

而在這封信件上，她寫起屬於正式信件的內容。然而很罕見地，她就像是不知所措似的，在小心翼翼地抽出信紙後，以不習慣的動作寫起信來。

這是她早已經寫過好幾次的文件，當然可以把這視為工作俐落書寫。但唯有今天，就連筆尖都讓她感到沉重。

不對，這種信能流利寫下去的人比較有問題吧。

『鈞鑒

親愛的茲伊堤．奈卡．泰亞涅准尉的家屬。

下官是譚雅．提古雷查夫魔導少校。是他的長官。

這次我非常遺憾地要向各位家屬報告一件事情，這位對各位來說無可取代的年輕人——茲伊堤・奈卡・泰亞涅准尉必須要因傷殘退役。

他在作戰行動當中，身體狀況急速惡化。

經由軍醫的診斷，認定他難以承受長期兵役。

恐怕必須要在家中或軍醫院長期療養。

人事局也由衷贊同他接受療養。

請務必與他好好談談，靜心療養。

敢請原諒我們只能以這種形式，將府上寄放在這裡的孩子送回去。

他是名優秀的魔導師，勇敢且深受眾人信賴，是我們無法取代的戰友。

讓茲伊堤・奈卡・泰亞涅准尉從我們的戰線中離去，是件非常哀傷的事。

下官將會以下官之名替他申請一級野戰從軍章與戰傷勳章，但願能作為些許的慰藉。

敬申哀悃，願他能早日克服病魔、恢復健康。

第×××部隊指揮官，帝國軍魔導少校譚雅・馮・提古雷查夫敬上』

……沒想到，自己會有一天因為馬鈴薯的食物中毒失去部下。再強大的老兵都無法戰勝食物中毒，這句美軍雷霆式戰鬥機駕駛員所留下來的傳說中的一句話，看來並不是在開玩笑。

那個發芽的馬鈴薯果然很危險，譚雅邊痛恨著惡化的後勤狀況，邊把筆收起來。

在部下發生意外時寫信向家屬告知是長官的責任，所以她並不介意寫信，但沒想到竟會是因為馬鈴薯……以有點不太能釋懷的心情寫好信件的譚雅，內心感到五味雜陳。

部下在用完餐後直接參與夜襲，等返回基地後就突然嘔吐並表示劇烈腹痛時，著實嚇了她一跳。竟能讓老兵痛苦掙扎到這種地步，讓她還以為是敵方投入就連魔導師也無法抵禦的ＮＢＣ武器，整個人不知所措。就算連忙顯現治療術式，也只能緩和疼痛。防禦膜能全方位對應各種ＮＢＣ武器（註：ＮＢＣ即核Nuclear、生物Biological、化學Chemical）。當時以為這是在對應名單之外開發的新型病毒，險些引起大騷動的情況她還歷歷在目。

直到軍醫趕到，進行過診斷後才總算是鬆了口氣。總歸來說，是惡性的急性食物中毒。而且還很不幸地只有茲伊提·奈卡·泰亞涅准尉中獎。

真受不了，他明明是個本領出色的魔導師。沒想到竟會在這種時候有人脫離戰線。

但話說回來，還真虧人事局能幫忙把這件事弄成戰傷來處理。這樣不僅能領到獎金，也不會損害到他身為軍人的名譽。身為他的長官，也能避免擁有不名譽的部下這種經歷上的汙點。

倒不如說，因為馬鈴薯而失去部下的軍官，只會淪為他人的笑柄吧。真沒想到在我的部下之中，竟會有讓胃部遭到攻占的蠢貨……唉，真是笑不出來呢。

在這種好日子裡，會在共和國軍陣地的砲擊宛如定期通訊，一如往常地撼動陣地的搖晃當中感到某種微妙的達觀心情，想必是因為要以難以啟齒的理由將部下後送吧。

儘管如此，教訓已有立即反映在行動上。因此早餐是吃培根、軍用口糧與假咖啡。有用到那些發芽馬鈴薯的蔬菜湯已緊急廢棄。就個人來講，是很擔憂會因為蔬菜攝取不足導致營養失衡，但就唯有這點無計可施。

只能認為既然一大清早就派人去領補給了，午餐應該有機會吃到罐頭蔬菜吧。不管怎麼說，雖說是在戰場上，但要是無法避免生活陷入某種程度的模式化，就會漸漸地感到厭煩。要是有某種模式外的伙食就好了。

不過只要摒除這些問題，所謂的戰壕戰就是每天「西線無戰事」的世界。就某種意思上，日常生活即是例行公事的不斷重複。勉強要說是令人在意的新事情，就是不曉得在前線實習的補充兵們有沒有好好做事了。不過昨天才剛送過去，所以只要在壕溝經歷過一個星期的戰爭洗禮，應該也能發現到變得稍微有點用的傢伙吧，譚雅懷著這種期待。

倘若沒有，就只好提出申請，把他們遣送回去重新教育了。

因此，譚雅伴隨著自己在戰場上陷入某種視野狹隘的反省，熱心地教導部隊。就跟偉人說過的一樣，要先讓他們經歷最嚴厲的洗禮，儘管考慮到風險而不太情願，但進行夜戰的成果卻讓人驚訝，竟只有失去兩名補充兵，這種好的開始讓譚雅喜出望外。

唉，明明說要在倒數三十秒時出發，結果卻沒跟上而遭砲擊炸飛的傢伙，部下就只有確認到這兩個。至於其他方面，新兵們都沒有陷入混亂，懂得依照指示採取行動。連同兩人小組一起遭到炸飛的是運氣不好的補充兵，譚雅一想到這，腦海中也跟著浮現一種想法——這麼說來，食物中毒也是受到運氣這個要素影響的吧，她甚至有種某種微妙的哲學感觸。

儘管如此，該做的事情都做了。

實際上，也有著自己明明就有做好該做的事，為什麼還要被人用質疑眼光看待的疑問。

比方說——

『我將遵照所規定之命令進行教導。』

明明就有好好做出呈報。

『收到，祝武運昌隆。』

並也得到這種回覆，卻遭到上頭警告，進行夜襲只有折損兩人是運氣好，下次要更加謹慎。

她猜想上頭或許意外地是想要毫無損害地達成目標。

不過這裡可是戰場，而且還是進行高風險的作戰行動，只有折損兩名新兵應該算是不錯吧，譚雅提出這種抗議。

不過要是把焦點放在運氣這個要素上，譚雅似乎也只能認為這當中確實存在著她不得不去思考的部分。

然而只不過是運氣不好，卻因為他們說不希望出現損害，就把責任轉嫁到現場指揮官身上也未免太可嘆了吧，譚雅嘆了口氣。

這讓她明白，不論是民間企業還是粗暴的軍隊，歷史還真是會微妙地重演。好比說麥克阿瑟大叔，儘管命令部下艾森豪準備遊行，卻強辯不記得自己有下過這種命令，像這種不像樣的歷史是要多少有多少。

儘管如此，譚雅也依舊是悲從中來。啊，真想哭。誰教人家是女孩子呢。

…………？

不過，就在思考開始脫軌時，譚雅突然察覺到異狀。

滿腦子充斥著對思想汙染的恐懼。

追求某種解決之道的譚雅全神貫注地衝了出去。

軍醫……這必須得要看軍醫啊。

≫≫ 統一曆一九二五年四月二十八日　帝國軍參謀本部　戰務作戰聯合會議 ≪≪

「由於時間已到，我想針對萊茵戰區攻擊計畫的對錯，開始進行戰務作戰聯合協議。」

儘管主持會議的軍官宣布開會，卻沒有人接著發言，讓沉默支配著現場氣氛。

有別於建築物的壯麗外觀，在會議室內的高階軍官們正以鑽牛角尖的表情苦惱著。

身為當中一員的傑圖亞少將，也是其中一名對源源不絕的煩惱感到頭疼，陷入迷惘的將校。狀況時時刻刻都在變化，連要掌握實際情況都極為困難。外加上帝國已從共和國堆積如山的屍體上學習到，想在壕溝戰中正面突破防線，實際上是件難如登天之事。

也就是說，向戰壕發動正面攻勢的代價非常大。另一方面，就算企圖發動大規模火力攻勢，也會對補給線造成過於巨大的負擔。

現在正處於明明才剛經由輕便鐵路整頓好後勤路線，各單位就已經開始連日提出加強補給申請的狀況之下。

補給的負擔遠遠超出戰前的預測狀況許久。

現在協約聯合實際上已逐漸解體，但為了讓他們確實解體，還必須暫時分派兵力過去，而這種情況也加重了後勤路線的負擔。

位在北方的帝國軍，光靠方面軍的戰力就足以確保壓倒性的優勢。然而，這股兵力卻遭到嚴寒拘束動彈不得，沒有餘力對主戰場的萊茵派遣增援。這個戰線恐怕會僵持到明年春天吧。也就是說，近期內似乎無法期待北方能協助減輕補給線的負擔。

另一方面，海軍正逐漸以優勢取得對共和國的海峽控制權，這是否是件好事，海軍與陸軍的見解並不一致。儘管空軍、魔導軍已做好準備，只要提出請求，就能對雙方提供支援，只不過海軍與陸軍所擔心的事情有著極大的差異。

海軍似乎迫不及待想突破海峽。畢竟，殲滅共和國軍艦隊也能實現他們達成艦隊決戰這個目標的野心。這樣一來，就自然會提出跟協約聯合當時一樣，對某地發動兩棲作戰，一舉殲滅共和國的構想。

就傑圖亞所見，取得制海權發動登陸作戰的構想，確實能將犧牲控制在遠遠低於突破戰壕進軍的程度之下。問題就在於，經由海路進軍的路線安全性。一旦突破共和國與聯合王國的海峽，就讓人不得不擔憂打著中立名義的聯合王國究竟會有什麼反應。那個聯合王國會老實接受這種情況嗎？

針對這個問題，他與盧提魯德夫少將也已經徹底討論過了。不過一旦突破海峽，聯合王國大概就會不顧顏面，為了均勢政策介入戰爭吧，兩人不得不做出這種結論。這樣一來，以前在參謀本部內部流傳的「這次大戰的型態與戰局預想」與「總體戰理論」所擔憂的事情就將會成真。

沒錯，是「世界大戰」。戰爭將無法避免永無止境地連鎖擴大下去。這樣一來，現在儘管面對共和國軍不顧一切的抵抗也勉強還能進軍的萊茵戰線，將很有可能出現在全方面上。

萊茵戰線光是共和國軍就讓人感到棘手。儘管如此，倘若只有共和國就還有勝算。

但要是聯合王國的部隊加入，局面會變得如何呢？現在占有優勢的兵力比很可能逆轉。

既然對帝國海軍能否阻止聯合王國海軍一事存有疑慮，要是再加上殘存的共和國艦艇，甚至很可能光是防禦就會竭盡戰力。

當然，也不容許置之不理等待時間經過。不論怎麼選擇，要是花費太久的時間，帝國的資源就會消耗殆盡。這樣將會喪失讓達基亞與協約聯合脫離包圍網的戰略效果。

但就算是這樣，也難以忍受帝國遭到從旁介入的聯合王國或其他列強打倒。這種兩難局面究竟該如何解決？

而且就算安於現狀，如今也隱約呈現出一旦補給線發生某種不良影響，就很可能會面臨破局的該死徵兆。

萊希自建國以來，以大萊希主義確保歷史性的領土，同時也自建國以來，長年受到歷史性的領土糾紛困擾，永遠不缺下一次戰爭的火種。

因此，才讓他們苦惱。要是有任誰都能輕易解決問題的方法，他們就用不著這麼辛苦了吧。然而，不知道是幸還是不幸，知道計畫的人就在這裡。

傑圖亞少將是知道的。知道至少只要不輸就好。就某種意思上，傑圖亞少將身為一名軍人，以明確到令人驚訝的程度，確信完全沒有必要主動發動攻勢。簡單來說就是維持現狀就好。

另一方面，盧提魯德夫少將也是知道的。知道，他們打從一開始就沒有攻打戰壕的必要。他與傑圖亞少將不同，並沒有達到維持目前的消耗戰就好的概念。但至少，要是抑制損耗就能贏，他身為軍人就會以明確的決心這麼做。

他們總算是下定決心，請求發言。

「我認為這是個該改變觀點的問題。」

傑圖亞不認為自己膽小。但他一想到自己接下來的發言所會導致的情況，就仍然免不了感到緊張。儘管話語中參雜著微不足道，任誰也無法察覺的僵硬，傑圖亞少將也依舊盡可能平淡地開口說出自己的想法。

能將複雜糾纏的絲線一舉解開的是血腥的計謀。所謂快刀斬亂麻只不過是句諺語。真正的利刃，將是能銳利切開任何人的刀刃。

「現況對舊有的準則與價值觀來說太過艱辛。有必要進行典範變遷。」

以攻進敵國城下，要求簽署降書的方式取得勝利，已是不可能的事。除了像帝國對達基亞，或是對協約聯合這樣國力有著壓倒性差距的事例之外，很難要求對手全面投降。只要看現在這種恐怖的戰爭型態，就能知道列強之間的戰爭，有必要流血到其中一方承受不住失血為止。

「不是追求勝利，而是避免敗北。除此之外，最困難的就是要站到最後吧。」

「……傑圖亞少將，也就是說你反對攻擊計畫？」

作戰局的人疑惑地向他質問。他們的觀念，終究只停留在這種程度。

不對，反過來說這才是常識。看在他們眼中，以攻擊計畫突破並蹂躪敵軍是結束戰爭的一種程序。不過，這是錯的。

「不，有關攻擊計畫本身，我個人是表示支持的。只是依我的愚見，我們有變更作戰目標的必要。」

「你是說要改變目標？」

請說下去，不對，還是不要說吧。面對這同時帶有正反兩種意圖的質問，傑圖亞少將隨口說出爆炸性的內容。

「作戰的目的不該放在突破上，而是要強迫敵人失血。換句話說，就是要盡可能大量消耗敵人的攻擊計畫。」

結論，就是要消耗敵人。

『貫徹讓敵人流血的行動，徹底粉碎敵方的續戰能力。』

那個提古雷查夫的一句話。

直到現在，他都還能清楚回想起那名年幼軍人在軍大學圖書館所說的一字一句。當她淡然述說起這個恐怖世界時的衝擊，至今都還難以忘卻。不對，考慮到現實正朝著她所說的方向發展，這份驚訝反倒是更加強烈了。她……提古雷查夫少校，究竟對這種情況預見到何種程度啊？

預測戰爭的發展是極為困難的一件事。

常識會立刻轉變，唯有新的戰理會支配戰場這點是共通的原則。能適應這種變化的軍人相當罕見。但竟然有豈止是適應變化，甚至是預測變化的軍人存在！

「也就是經由放血戰術，讓敵方大量失血導致崩潰。這才是唯一的解決之道。」

某人不經意顫抖搖晃起椅子的聲響，莫名清晰地在鴉雀無聲的室內響起。完全的沉默。

面對這種反應，傑圖亞的心情卻非常平靜。不對，嚴格來講，他甚至對提古雷查夫少校懷有同感。她在圖書館淡然述說的語氣，肯定是因為理解到這一切，如今總算是察覺到了。

突破所要付出的代價是絕對性的龐大。縱使能夠突破，我方也會大幅消耗吧。而害怕戰局惡化的聯合王國一旦閃電參戰，推進的戰線很快就會被推回原位。如此將會是對帝國來說最糟糕的結果。

不僅毫無成果，戰線還被推回原位，一切就只是白白流血的話，士兵們也會喪失戰意。

至少，我怎樣都不覺得自己能把這樣的部下再次派去突破戰線。這種事，就連下達命令都是枉然。既然如此，只要讓敵人犯下這種錯誤就好。

讓共和國難堪地大量失血，等待他們溺死在自己流出的血海之中。

傑圖亞少將相信，這正是我們帝國軍所能採用且唯一能選的較佳選項。也就是說，戰爭不需要英雄也不需要展現騎士道精神，極端來講就是要專注在能多麼有效率地殺害敵人一事上。

換言之，就是這次的大戰將無法避免成為總體戰。

「因此，要徹底地打擊敵兵與敵物資。所以我請求針對這點制定攻擊計畫。我的發言就到此結束。」

這肯定有著一個幾乎能確實預見的未來。在座的同僚、部下們的僵硬表情，或許代表了這個意思吧。

他瘋了——他們的表情如此述說著。

他所提出的作戰方案，不論以誰的常識來看都接近是本末倒置。局部性地放棄國土防衛，以殲滅敵野戰戰力為優先。然後還要將旋轉門機制帶入決戰之中。這是本該防衛祖國的軍隊所該採取的作戰嗎！是任誰都很可能發出這種質疑的狀況。

然而儘管如此，在座所謂的參謀這種人，遲早都會理解到吧。理解到除此之外，想不到其他道路可走。儘管不清楚他們是何時注意到的，但他們確實是基於軍事上的利益，注意到能在情感之外肯定這項提案。

「我贊成。我們應該把主要目標明確地放在殲滅敵野戰軍上。」

無視儘管如此卻依舊猶豫的眾人，在場的盧提魯德夫少將以明確的話語，強力支持傑圖亞少將提出的打擊敵野戰軍的構想。

懷著或許會遭到後世嚴厲譴責的覺悟，盧提魯德夫仍舊伴隨著自信堅決說道。

讓許多有前途的年輕人互相廝殺，競爭出血量的瘋狂世界。我們將很可能作為元凶在歷史上留下汙名。既然如此，至少要親手替這場戰爭拉下閉幕。

「我有一個計畫……要向前邁進。所謂的『向前方脫離』，這或許正是解決這個事態的最佳解決策略。」

於是他提出一個偏離常識的提案。所謂不是針對國土，而是針對士兵發動戰爭吧。

…………神呀，為什麼祢能容許這種事？

嘔光胃液，將昨晚的晚餐吐光光的沃倫·格蘭茲魔導少尉，在宿舍的角落仰天嘆息。光是回想起來，整個人就彷彿才剛剛經歷過那場恐怖的經歷一般。用鏟子朝不認識的共和國軍士兵的頭蓋骨敲下去，彷彿發瘋似的不斷揮舞著鏟子。然後在被命令拖回現實後，緊接著就是脫離命令。

盡全力將魔力灌注在演算寶珠之中，全神貫注地翱翔天際。

緊接著，就有數座機槍開始朝這裡射擊。

嚇得我連忙形成防禦膜與防禦殼。總之就是逃。在如此決定之後，我甚至是忘記掩護隊友的一溜煙地逃跑。

此時，不曉得是命運的惡作劇，還是惡魔的詭計，我看到迅速上升中的大隊長身影。無視夜幕，乾脆以清亮的聲音唱起讚美歌的大隊長。感覺就像是看到難以置信的事物，不清楚她是獨自脫離，還是被獨自留下，我戰戰兢兢地跟了過去。

不想被她拋下。正當我懷著這個念頭準備提升高度的瞬間，自己就在不知不覺中被拜斯中尉抓住，讓他硬是拉低了高度。等返回基地後，被他狠狠罵了一頓，說是：竟然靠近正在當誘餌的大隊長，你是瘋了嗎！——但要是他沒有幫我這一把，如今的我恐怕就會跟同梯的那兩人一樣變成絞肉吧。

當時滿腦子只想著要逃回基地，在抵達安全軌道之前的記憶相當模糊。

在試著看起自己的演算寶珠記錄下來的影像後，就看到以難以置信的密度傾注而下的砲擊，讓人不禁想感謝上帝，真虧自己能從這種地方活著回來。

短短數秒。在這短短數秒之間，反應太慢的兩名七班人員就瞬間以性命付出了代價。

瞬間的大意。這所意味的代價太過於高昂。

一抵達安全的後方基地，自己的雙手就回想起把人頭打飛的觸感，感到噁心想吐。不對，這不僅只有我，而是全體補充兵的共同想法。

彷彿自己成為某種無法原諒的罪人一般的罪惡感。

正當我們感到難以忍受的痛苦而陷入煩惱時，學長們就在一旁若無其事地開始審問帶回來的俘虜。

「給我老實說。否則，我很可能一不小心就手滑嘍。」「放心吧。我們會遵守戰爭法。只要各位宣讀戰俘宣誓，就會承認你們身為戰俘的權利。」「別擔心。我們可不是殺人狂。是有常識的正常人喔。」

……無法相信。

無法相信人類竟能造成這種光景、做出這種事情。

這裡是戰場。

我曾自以為知道，這裡會做出各種殘虐暴力的行為。我是名軍人。我曾認為既然身為軍人，就該毫不遲疑地善盡義務。

……我曾經這麼認為過。

然而這是怎麼一回事？

這就是軍人為了守護祖國所該善盡的義務。

這就是我所該善盡的義務嗎！

難以忍受的心情。自己彷彿不再是自己的奇妙厭惡感。

第一次，自己第一次真正用自己的雙手殺人的經驗讓人不願回想。

人死得太過輕易的戰場。直到剛剛還坐在一起用晚餐的人，等到隔天早餐的時候，就輕易失去了身影。

就在短短一瞬之間，殺死了人，夥伴被人殺死。

萊茵戰線真的……真的是地獄。

腦海中甚至不經意閃過想逃離這裡的衝動。

就在這種時候……

值勤兵們前來通知我們早餐已準備好了。由於是在後方據點，所以身為軍官的自己，姑且有權利使用臨時設置的軍官餐廳。

換句話說，就是不得不到軍官餐廳用餐。

在不情願地用水漱口，整理好軍服後，鏡子上映著一張憔悴臉龐。才經過一天，整張臉就變得跟鬼一樣。怎樣都無法相信這是自己的臉。

「……我來打仗了呢。」

喃喃低語。

嘴巴擅自說出心中的想法。

把手放在洗臉台上，仰著頭勉強忍住再度湧起的嘔吐感。

為什麼，真的是為什麼，大家能若無其事地待在這種瘋狂的世界裡啊？

這種想法，就在踏入餐廳的瞬間變得更加強烈。

大隊所屬的軍官們擠在一起吃飯的臨時軍官餐廳。根據在這裡聽到的消息，大隊長似乎早已用完早餐前去工作。而用完餐的大隊軍官們則是正在悠閒地聊天。

明明才剛經歷過那種事情，他們卻能彼此大笑出聲。以滿面的笑容，平穩地談笑風生。所置身的瘋狂戰場與這裡之間的差距，讓我有某種噁心的感覺。

值勤兵幫忙送上伙食，但怎麼可能會有食慾。儘管如此，在軍旅生活中養成的習慣也依舊健在，就算再勉強也會把食物塞進喉嚨裡。

用咖啡把軍用口糧泡軟，勉強跟培根一起塞進喉嚨裡。就算根本吃不出味道，但總之把這當作是讓身體活下去的必要行為，一口嚥下。

連在這種時候，人都必須得要吃飯。就跟在軍官學校，儘管精疲力盡也要勉強把食物塞進喉嚨裡的時候一樣。在一邊這樣說服自己，一邊勉強用完餐後，已過了相當長的一段時間。

等注意到時，自己就跟平時一樣，正前往小講堂準備上早上的課程。

經由不斷反覆養成的習慣所灌輸的恪守命令的精神。就連在這種氣餒的時候都是這樣，自己果然是一名軍人。

在注意到這點後，就想乾脆一笑置之算了。

「……唉，我究竟是怎麼了？」

真可笑。這對格蘭茲來說，是種十分驚奇的新奇發現。

該說是就連在這種時候也一樣嗎？看來人類的精神，似乎粗壯到無可救藥的地步呢。

「喔，可不能遲到啊。」

身為讚揚常在戰場精神的軍人，他在總之該迅速解決的早餐上花費了相當長的時間。

拜這所賜，讓早上幾乎沒有多餘的時間。再繼續煩惱下去，應該會趕不上早上的課程吧。注意到時間的他，連忙朝小講堂衝了過去。

「格蘭茲魔導少尉請求入室。」

「格蘭茲？無妨，進來吧。」

然而小講堂裡卻只有空蕩蕩的桌子，以及數名露出疑惑表情的中隊長與主要軍官。

我遲到太久了嗎？腦海中瞬間閃過這種不安，但掛在牆上的時鐘顯示現在勉強還在上課前五分鐘。

是全員必須要集合完畢的時間。

反過來說，只有自己衝到這裡來的情況，照道理來講是不可能的事。

「怎麼了嗎？你們今天應該有獲准充分休養吧。」

是理解到我這邊的困惑吧。聽到拜斯中尉這麼說，我才總算是注意到這件事。

「真……真是不好意思，我還以為要上課。」

看來是昨晚的衝擊太大，什麼都沒有聽進腦袋裡的樣子。聽拜斯中尉語帶苦笑的說明，我們在返回基地後就獲准休養了。

滿腦子其他事情的我完全沒注意到這件事，看起來就像是在悠悠哉哉地起床後，優閒地享受早餐時光的樣子。總歸來講，長官們也認為我是因為獲得休假才吃得這麼悠閒，所以沒有確認我的狀況。

應該要更早察覺到的才對。

「真是不好意思。」

「沒關係。就當作是順便。試著說看看參與行動的感想吧。」

拜斯中尉指著座位這麼說。由於在座的其他長官也沒有意見的樣子，於是我就決定一起坐下來了……這算是個好機會，也是我自作自受。

「老實講，我只顧著逃跑。總之等回過神來時，就已經回到基地了。」

總之就是懷著不想死的念頭，渾然忘我地死命逃跑。要說自己究竟做過什麼，老實講印象非常曖昧。

儘管覺得很丟臉，我還是老實把這件事說出來。

「也是啦，一般都會這樣吧。」

「不，他幹得很好。首次實戰就能做到這種程度，下次起應該就會輕鬆不少了。」

然而，長官們並沒有格外要責備這件事的感覺。倘若是在軍官學校，肯定會破口大罵，要我清楚地保持意識吧。只不過，在前線不會因為場面話，而是會以我活下來的現實論給予認同。

倒不如說，他們還像是理所當然似的，委婉顧慮起我的感受。

「這是所有人都會經歷過一次的道路。不過，既然能在大隊長的教導中活下來，你可以認為大半的狀況都有辦法應付喔。」

「畢竟那邊那位謝列布里亞科夫少尉，光是跟著大隊長飛行就足以成為高手呢。」

「嗯，那個……雖是這樣沒錯。那有誰願意跟我交換嗎？」

「哈哈哈哈，我可是副指揮官。總不能跟指揮官一起飛吧。」

「中隊長也沒辦法固定待在一個位置上。儘管遺憾，但基於軍務的現實面，可沒人能跟少尉妳換位置呢。」

「還真是遺憾呢。」

謝列布里亞科夫少尉鼓起臉頰，就像是由衷感到不滿似的鬧起脾氣。而圍繞在她身旁，散發著和睦氣氛的眾人，是直到前些日子都還展現出驍勇奮戰姿態的老兵們。

這讓我不經意地感到放心，險些嘆出一口氣來。甚至開始覺得自己直到剛剛都還動搖到無法置信程度的精神，稍微穩定下來了。

儘管沒有任何人說出口，但這肯定是首次殺人時的動搖吧。我們也曾在開槍殺人的時候感到動搖。

然而，如今儘管保持著這份記憶，卻也不會再因為這份記憶動搖。

「少尉，別想太多。總之就專心想著該怎樣活下來吧。」

肩膀被某人輕輕拍起，讓我獲得解脫。這是我獲得學長與長官們，以比帶著殼的雛鳥稍微好一點的評價予以認同的證據。

隔天──

這一天對譚雅來說，一切都太過井然有序。首先是早上起來後，附有早晨咖啡的早餐整齊地放在眼前。

沒有找麻煩的砲擊，空中也沒有敵機迷路過來，在平穩地用完早餐後著手的事務手續也相當順利。順利到讓人害怕。畢竟平時得花數小時才會通過的申請，一下子就獲得認可，立刻撥發物資下來。

以吝嗇當工作的補給官竟然滿懷笑容地親手送上干涉式封入用的特殊術式彈與顯現用雷管，詭異也該有個限度吧。相較之下，遇到滿面笑容的財務官或主計官還比較現實。不對，不論哪一邊都意味著相同程度的不可能。

手續全都順利通過這種事還是第一次碰到，沒想到竟然會這麼親切地撥發補給品與結束文件審查。看在由衷感到驚訝的譚雅眼中，完全出乎意料地順遂，反倒讓她不得不提高警覺。

畢竟前例主義與無事主義，已是補給部與文件審查時的鐵則。也就是說，這甚至能說是種近似自然現象的產物。

當這種現象出現異狀時，換句話說就肯定是異常氣候的前兆。暫時要是沒有出門的必要，就盡量克制自己的行動吧──開始有這種想法的譚雅毫不吝於實踐有備無患的道理。

今天絕對會是一個沒啥好事的日子。如此確信的譚雅毅然做出覺悟。嚴格命令戰壕的那些傢伙們提高警戒。讓部隊在二級戰備狀態下進行配置。觀察敵情並做好安排，讓部隊能在出現不穩情勢時快速做出反應。

然後不知道為什麼，毫無任何狀況地來到中午，由值勤兵送上午餐。而且還是真正的肉排與德國酸菜。飯後甜點甚至還有大黃汁。

全是難得狀況良好的補給線剛剛送來的最新物資。

部隊的傢伙們全都興高采烈地吃起來，她則是懷著「該不會……」的念頭，決定稍微觀察一下狀況後再用餐。

真羨慕因為馬鈴薯獲得「黃金負傷」而退到安全圈的部下。

自己很可能會影響到對聯合王國的外交政策，所以讓人懷疑能不能獲得後送。要是因為食物中毒倒下，那些人大概會很高興地把我犧牲掉吧。所以就連不小心食物中毒都不行。

當然，光是在一旁看著部下們以驚人的速度消耗肉排也很難受。

只有自己留著不吃也很悲哀。而且要是到最後什麼事也沒有，那種感受將是難以形容的吧。已經忍不下去了。就在不甘願的理性與慾望取得平衡，準備伸手吃起肉排時——

拿著一封電報的拜斯中尉跑了過來，讓譚雅最後還是喪失吃肉排的關鍵一刻。

「少校，是司令部發來的。」

在敬禮與答禮的互動下，不得不勉強放下刀叉的譚雅心中滿是不悅。

拜斯中尉你這傢伙，要不是你是常識人，我可是會讓你吃閉門羹啊。

至少給我看一下氣氛。竟然妨礙我在沒多大娛樂的前線勤務中享受美食的機會，倘若不是大事，我可原諒不了你。譚雅甚至認為這是難以置信的暴行，就算知道是情緒性的批判，也仍然免不得在心中怨聲連連。

「……現在是用餐時間喔，拜斯中尉。」

雖不到責備的程度，但言語中隱約透露著不滿語氣。當長官用這種語氣說話時，大部分的部下都會遲疑。不論是誰，都不想特意惹長官不開心。然而在緊急情況下，他們也不會因此而屈服。而現在正是那個緊急的情況。

「真是非常抱歉。但這件事非常緊急。」

接著，從他不是拿出通信筒，而是單純提出簡短暗碼的行動上，感受到麻煩事的味道。

「嗯？不是命令文件嗎？」

一般的命令會用電報傳遞。

既然是給指揮官的命令，除了通訊兵是例外之外，不允許任何人比指揮官先看到內容。

所以簡短暗碼是在沒必要用電報通訊時，或是通訊內容無法用電報傳遞時使用的。

簡單來講，不是無聊的事情，就是極為麻煩並且無聊的事情。

「不，是立即出面命令。」

「立即出面命令？我知道了。」

啊，這日子太糟糕了。

今天肯定會是個沒啥好事的一天。

[chapter]

VI

第陸章

火的試煉

Ordeal of fire

就算是平凡的人類，
只要給予他們理由，就會毫無限制地做出惡行。
在亞雷努，人們如此陳腐地為惡。

《亞雷努總結報告》

chapter VI

現代　倫迪尼姆

每年一到這個時期，心情就變得沉重。
各位晚安。
我是ＷＴＮ特派員安德魯。
……今天要放送的不是紀錄片。
儘管主題仍然是要回顧那場戰爭所發生的事，但今天要帶著祈禱的心回顧。因此今天將會是追悼節目。
首先就來談談在亞雷努．羅肯地區發生的暴動。各位現在所看到的影像，是在受占領地區，當地居民向帝國軍起義時的珍貴影像資料……本節目也將會不時播放血腥暴力的影像。當時究竟發生了什麼事？基於必須正視現實的宗旨，本節目已跟播放倫理機構取得播放許可，但還請各位觀眾自行決定是否要觀看。
那麼，各位有看到畫面嗎？畫面右側顯示的是卡雷里安大教堂。也是稍後所要提及的悲劇的舞台。

好，前言就說到這裡，現在將與追悼儀式的會場連線。請看現場傳來的鎮壓犧牲者追悼儀式的影像。今年終於看到各國大使出席儀式。

儘管這起事件至今仍充滿爭議，但今年雙方終於願意聯合舉辦追悼儀式，這該說是令人高興的和解吧。

最重要的是，今天是經由市民們之手，從瓦礫堆中重建起來的卡雷里安大教堂舉辦開幕式的日子，是值得紀念的一天。

那座遭到大火吞沒的亞雷努市，述說著人們克服苦難，努力復興城市的故事。

今晚將一面述說戰爭的悲劇，一面追尋那些思慮未來的人們的身影。

這裡是剛化為廢墟時的亞雷努市。

是經由當時為數不多的中立國——森林誓約同盟各州的報導小組暗中記錄下來的影像。

眼前所能夠見到的半毀建築物，各位看得出來是那座以白色大教堂聞名的卡雷里安大教堂的廢墟嗎？

事件的開端，是狩獵游擊隊所引發的武力衝突。亞雷努市本來就帶有強烈的反帝國情緒。不需要一天時間，就從小規模衝突發展成為正式的暴動。

據傳帝國軍在接獲反帝國暴動擴大與市區失去控制的報告時相當震驚。

「這樣下去，前線的大陸軍本隊的後勤路線很有可能會崩潰。」

做出這種判斷的帝國採取的對應，反映著他們對當時傾注心血維持的前線可能崩潰的恐懼，手段極為殘酷。

接獲亞雷努市爆發反帝國暴動的報告後，傑圖亞少將（當時）就向參謀本部提議要採取迅速且不擇手段的「處置」。作戰局的盧提魯德夫少將隨即提出的作戰方案，作為作戰、戰務的聯合提議，迅速在帝國軍參謀本部的緊急會議上獲得承認。於是，帝國軍獲准將戰力投入市區。

這裡的重點，即是帝國軍毫不遲疑地做出「不經由警察，直接派遣軍隊鎮壓」的決定，這點至今都還受到廣大的爭論。

一般認為可以從這項行動上看出，帝國是將這場暴動視為敵軍的非正規作戰。這也意味著，帝國軍部隊所接獲的任務並不是以鎮壓為前提，而是以掃蕩游擊隊為目的編成部隊。

針對這點，當時的帝國方面主張，亞雷努市市民已在協助並做出游擊活動下，喪失戰爭法的保護事由。

於是，亞雷努市就以極快的速度陷入戰火之中。

這裡有著當時勉強倖存下來的亞雷努市市民們的證詞。這些證詞述說著他們並不打算引發暴動，而是抗議行動激烈化的實際情況。

……當然，不論事件的開端為何，帝國的反應過於激烈仍是歷史事實。

如今儘管因為資料列為機密或消失而無法確定，但打從最初期就有至少大隊規模的魔導師侵入亞雷努市。

在發布徒具形式的警告後，魔導師的淫威就向市民們襲擊而來。所謂：

「市民就像是射擊演習的靶子一樣遭到射擊。」

「那些傢伙把被射中的人叫作分數。」

「連同市民據守的區域一起用重轟炸術式炸成粉碎。」

這些全都是今日的亞雷努市市民以滲著鮮血的回憶所述說出的悲劇。

在這一天，光是確認到的，就有半數的亞雷努市市民喪失性命。其中最大的悲劇，就是方才提到的卡雷里安大教堂的故事。

他們眼前以迅速並且過激的行動肆虐的魔導師們，只不過是先遣部隊。等到大量的預備部隊為達成徹底掃蕩與占領市區的目的經由鐵路運送過來後，市民們開始無路可逃。

這對於為了保護自己及家人而拿起武器奮戰的男女來說，他們就只剩下兩條路可以走，一條是在市區進行絕望性的抵抗，一條是聽天由命地試圖突破包圍。

但是其他沒有戰鬥能力的市民就只能據守在避難場所，現實就是如此可悲。而當時大多數人就選擇以這座卡雷里安大教堂為中心的區域作為避難地點。

針對市民的這項舉動，帝國所採取的行動至今仍有著許多爭議。大多是語帶譴責的評論。只不過在這當中，也包含著讓人對法律的複雜性與常識之間的距離感到不對勁的部分。

畢竟法學專家一致公認這場屠殺並沒有觸犯到當時的任何一項戰爭法。對各位觀眾來說，這會是個十分震撼的事實吧。

武裝起義的市民們並沒有穿著軍服。是非正規作戰人員。所以在國際法上，他們甚至沒有成為俘虜的權利。

該說正因為如此吧。當時的帝國軍就只有遠遠包圍住市民，發出一句勸告。

所謂：「立即釋放無辜的一般市民。你們的屠殺行為是不被容許的。基於戰時陸戰法規第二十六條第三項，我們要求立即釋放帝國市民。」

市民們對於這句勸告的反應，由於情況混亂的關係，就只有留下些許紀錄。不過可以確定的是，有少數偏向帝國的市民意圖逃離，並在帝國軍的面前遭到射殺。

然而，究竟是為什麼會發生這種悲劇呢？

近年來指出，很可能是共和國軍的政治宣傳導致了出乎意料的事態。換句話說，就是共和國軍對亞雷努市市民表明會迅速派遣救援並重新奪回城市的意圖。

實際上，共和國軍的部分士兵甚至做好覺悟要與帝國一戰。

一部分歷史學家指摘，這種氣氛也感染到亞雷努市的市民。

而在暴動發生後，少數共和國軍魔導師立即趕來支援的舉動，也讓不少歷史學家指摘是錯誤的判斷。

能等到共和國的救援——實際上許多倖存下來的人們，都證實他們當時懷有這種展望。

於是，帝國做出最後的勸告。

所謂：「勸告武裝叛亂的非正規作戰人員。有關各位不當拘禁俘虜帝國臣民之行為，我方基於戰時陸戰法規第八條第五項要求接見你們的主管軍官。」

對於這句勸告，亞雷努市的回答是——

「我們是亞雷努市市民。這裡沒有俘虜。只有追求自由的市民。」

他們做出這樣的答覆。

於是，帝國就當場決定基於戰時陸戰法規，對不存在俘虜與自國市民，且遭到非正規兵占領的城市展開攻略戰。

而且還為了避免在攻進市區後，因為個別士兵目視到目標所導致的責任，從遠方包圍市區，意圖用砲擊造成延燒。

部分資料指出，他們將這視為火災旋風的實證實驗，推論出特意讓火災擴大的地點。

這就是俗稱「亞雷努大屠殺」，帝國軍惡名昭彰的屠殺行為。

在這裡，我們邀請到倫迪尼姆大學的瓦爾特．哈魯邦姆教授幫忙解說。哈魯邦姆教授，我想立刻請教您，帝國軍為什麼會毫不猶豫地執行這種軍事行動呢？

「這裡需要理解帝國軍人的思考方式。他們的行為模式，總之就是很容易偏向軍事方面。換句話說，就是面對現象，總之就想要附加理論的個性。

所謂戰略性的思考云云。

這樣你就能理解，對這些人來說，西方戰區軍在前線展開部署的後方地區發生暴動，會具有怎樣的意思了。

就循序漸進地想想看吧。首先，帝國軍當然會假設，這是反帝國派系所煽動的暴動，畢竟在帝國內部，西方戰區的亞雷努．羅肯地區一直存在著抵抗運動與游擊活動的火種。

我認為無法徹底否定這項假設正是問題的本質。

隨後考慮到在起義後，西方帝國軍的後方地區遭到截斷的情況，接下來就很單純了。

他們當時的帝國軍參謀本部，首先害怕的是在抽出戰力擔任鎮壓部隊之前，西方軍會動彈不得的可能性。由於當時他們將自國的大半戰力都投注在萊茵戰線上，所以只要民兵趁共和國軍將西方軍困在前線時四處作亂，就足以讓西方工業地帶失守吧。

再來就是暴動沒有擴大，停留在亞雷努．羅肯地區的可能性。這樣儘管能守住工業地帶……但亞雷努市可是鐵路補給線的要衝，我認為這是個重點。

倘若補給線遭到壓制，不論軍隊再精實強悍，都沒辦法長期戰鬥下去。

而這將很可能導致帝國害怕的最糟事態。至少所發生的事態，就算會讓帝國方面這樣思考，也沒有什麼好不可思議的。

事實上，一般認為當亞雷努．羅肯地區爆發反帝國運動時，帝國所受到的戰略性衝擊是難以估計的。

由我自己從軍時的經驗可以斷言，後方後勤路線機能不全，不論對誰來說都是光想到就讓人害怕的狀況。

考慮到這點，我認為帝國軍應該有設想到共和國軍突擊部隊四處作亂的情況。這樣一來，就算想盡早解決事態，也能預見市民會與共和國軍的魔導師會合，讓抵抗變得更加激烈，這想必讓他們非常頭疼吧。

如此一來，維持戰力不足的前線並讓後方穩定下來，就幾乎是無法同時達到的要求。

這兩道難題，讓帝國面臨到相當大的困境。唯一慶幸，或是說不幸的是，游擊用的魔導師部隊已加強了戰力。

當時司令部手邊保留的魔導師部隊，作為帝國軍預備戰力具有一定以上的戰力。這是帝國軍能選擇動用這批部隊鎮壓分離獨立運動的狀況。

不用說，一旦動員這批部隊，就表示沒有預備部隊可用來對抗滲透襲擊。

當然這樣一來，就甚至會擔憂主戰線崩潰。外加上魔導師部隊在都市鎮壓戰中，頂多只能用來威嚇與牽制。

然而他們卻能將前線的敵部隊殲滅或擊退。

該以擊退發動攻勢的共和國軍優先嗎？

在這種情況下，淪為兵力空白地帶的後方區域，暴動將很有可能徹底擴大。

這樣一來，也會對補給線造成顯著的不良影響，這在消耗戰中可能導致極大損害。

損害的規模，將會是只能勉強抵禦敵軍的前線所無法承受的吧。

那要先鎮壓起義嗎？

但讓唯一的預備戰力將時間花費在鎮壓起義上相當致命。

一旦遭到困住，喪失時間的話，就將容許突破防線的共和國軍正面滲透，損害將會擴大到難以估計的程度。

這將會讓好不容易才抵禦住戰略性奇襲並將敵軍擊退所付出的犧牲全部白費，他們無法容忍這種事情發生。

相對的，共和國軍則認為這是項保證成功的作戰。

不論帝國採取怎樣的方針，最後都能達到一定的成果。

事態發展至此，讓帝國軍犯下不該留在歷史上的明確惡行。

無人知道這是誰下達的命令。就連是誰實行的，也沒有留下明確的記錄。這名軍人就像是一名沒留下記錄的人物。

是實現奇蹟似的防衛戰的最佳軍人，同時也是玷汙帝國名譽的最惡質的軍人。

由於戰爭已經結束，如今有許多人批評那位軍人。但以我個人而言，想替站在這個立場上的人們辯護。在當時的狀況下，不存在著其他替代方案，況且這還是以命令的形式下達。

能確定的是，帝國的戰線確實是因此得救了。但我不得不說，這對個人而言是個難以贊同的手法。」

瓦爾特・哈魯邦姆教授，感謝您的解說。

各位，請看接下來的影像……這是哈魯邦姆教授提供的帝國軍參謀本部的內部資料。

說不定能用「以極端追求『合理性』」來評價她這個人。

軍司令部解開了枷鎖。為了勝利，賢明地解除她的限制。這是軍方的、帝國的命令，身為一名軍人不得不從。這種正當理由，將把成功靠理性壓抑的衝動解放開來。或是說，消滅掉讓她猶豫的理由。

野獸一口咬上拋在眼前的食物是誰的責任？我相信這只會是在饑餓的野獸面前拋下祭品的那些傢伙的責任。

※從帝國軍參謀本部的垃圾桶中發現到的隨手筆記。

「參謀總長，你是料想到會有這種事態嗎？」

面對事態的嚴重，軍團長邊掩飾僵硬的聲音，邊故作從容地向召集起來的參謀團詢問。

實際上，儘管能克制表情，但內心也極為焦慮。共和國軍的動作比本國預料的還要快。

結果與預測狀況相反，雖說人數稀少，但也已收到增援的魔導師進入亞雷努市的情報。

恐怕亞雷努的防備，將會伴隨著時間經過獲得強化。相對的，我方的計畫則是破綻百出。儘管好不容易逐漸掌握到當初的混亂已平復下來的狀況，但這忙得團團轉的模樣，真是丟臉到讓人看不下去，我們這樣還算是帝國軍嗎？

就連參謀本部保證會派來增援的鎮壓部隊也耽誤了。讓人真想破口大罵，負責管理行程的鐵路課軍官究竟在幹什麼啊？

然而亞雷努市失陷的情況過於嚴重，讓他們甚至應該容忍這種程度的缺失。光是行經那裡的鐵路癱瘓一天，要將數萬噸的砲彈與糧食運往前線的後勤路線，就會在物理上遭到截斷。倘若一個師團每天不能以最低五百噸，最好是一千噸的速度運送物資，前線部隊就會難以為繼的數據，對參謀本部而言至今仍接近是一場惡夢。

而且甚至也沒辦法用替代路線運送。畢竟那裡一如字面意思，是甚至包含調車場的重要中繼點。就算還有許多支線，但要說到能不能支撐前線所需，鐵路部面無血色的蒼白表情恐怕述說了一切。所謂後勤的辛勞，到如今已讓帝國軍重新自覺到，是在重大進攻作戰時的阿基里斯之腱。更不用說他們曾在北方截斷過敵軍的後勤。

正因為如此，指揮官們的腦海中儘管只有瞬間，也依舊針對在這種情勢之下，野戰憲兵竟沒辦法妥善鎮壓叛亂分子一事，充斥著類似遷怒的激怒情緒。

那群坐領乾薪的飯桶——會語帶譏笑地喃喃說出這種話的人，絕對不只軍團長而已。

儘管不知道那群憲兵自豪的野戰憲兵們上哪裡睡午覺了，但怠忽職守也該有個限度吧。雖然沒人說出口，但心中全都在想：要是習慣午睡，怎麼不乾脆到鄉下隱居算了。任誰都邊朝著地面吐口水邊喃喃抱怨。

要是我們忠勇的魔導師有一個中隊在場，想必就能防止這種醜態——就一如某人所抱怨的一樣，事態就是如此可惜。如今，事態已開始加速惡化。幾乎必須要預設最糟糕的事態。

後方地區發生暴動，讓部隊陷入動彈不得的狀況。

一旦前線有所動作，共和國軍恐怕就會跟著行動吧？既然無法杜絕這種不安，動員的前線兵力就必須停留在最低限度上。然而，前線只要中斷補給數日，就會迅速喪失作戰能力。

所以，一定得要排除亞雷努市所存在的威脅。但這是個說來容易做來難的世界。既然市民已和共和國軍的魔導師會合，想要迅速排除就是極為困難之事。

「是的，正如您所說的。作戰參謀，說明情況。」

然而或許該說句真不愧是參謀團吧，他們在短時間內就整理好針對這個事態的分析。就算是事前從未預測過的狀況，也能在處理各種事務時成為助力。

「是的，這……這終究只是基於純粹的軍事觀點，在所追求的目標極為限定的預測狀況下，作為戰略研究的一環所進行的討論結果。」

「那是什麼？能派得上用場嗎？」

問題就只有他們整理好的報告能不能派上用場而已。

畢竟，事態已惡化到這種程度。不覺得半吊子的策略有辦法解決問題。這種時候，只要能一舉解決問題，不論要怎麼做都行。

……只不過，從他們的語氣來看，實在是不太能夠期待。

「要說這能不能用，毫無疑問是能得到一定的成果。可是，那個……同時也必須要做出重大的抉擇……」

給我說乾脆點！他壓抑著想開罵的衝動。

「時間有限，總之給我說明吧。」

「是的，本預測是以要在極短時間內，排除包含魔導師，且正在市區建構防衛線當中的敵部隊為宗旨，由軍大學戰略研究委員會所提出的預測狀況。」

覺得可疑的軍團長所得到的答案，就聽起來像是個有效的提案。由軍大學的戰略研究委員會提出，就表示這個方案的可用性已獲得認可。倘若能在城鎮戰時，在短時間內排除包含敵魔導師的防衛部隊，在現況下的可用性將會是難以估計。

「……這是相當劃時代的策略吧。怎麼會沒有傳達給全軍知道？」

這句疑問，是針對「既然有用，為什麼沒有傳達」的疑惑所問。

「難道會抵觸沃爾姆斯公約嗎？」

或許是感到相同的疑惑，參謀總長開口說出他所擔憂的國際條約。

倘若要迅速占領市區，並且還要排除抵抗勢力，假如不使用重砲或毒氣應該很困難吧，這種事他們也想像得到。當然，在市區施放毒氣是不被准許的行為。而且，應該就連參謀本部也未持有毒氣裝備。

「不，根據軍法官表示，這項策略並沒有抵觸到現存的一切國際條約。」

「這樣不是更好了。究竟是哪裡有問題？」

只不過既然合法，應該就沒有理由遲疑吧。老實講，現在是分秒必爭的狀況。

這種時候可沒時間陪軍法官做法學爭論。不耐煩地敲打著桌面，軍團長用眼神催促猶豫的參謀繼續說下去。

「這個預測狀況是以在都市區域，基於純粹的軍事觀點認定該區域只存在著敵方戰力，並且不存在著非戰鬥人員的假設所制定的策略。」

「這算什麼啊？這種天馬行空的預測，能拿來用嗎？」

真想大罵「你們是笨蛋嗎！」的預測狀況。這世上怎麼可能會存在著只有敵軍事戰力居住的城市。

城市裡大都是住著一般市民。頂多就是參雜著民兵在內。更別說亞雷努市在遭到占領時，就已確認到多數的市民。

「不，我們可運用法律手段創造出這種狀況。」

不論是答覆的人，還是詢問的人，都刻意讓語氣感受不到一絲情感。

「這算是一種詐欺。軍法官表示，只要能排除非戰鬥人員，正當性就能獲得保證。」

「……也就是要不分男女老少統統殺掉嗎？」

明確到讓人無法誤解的事態。眾人的腦海中浮現起城鎮戰的情況。啊，以城鎮戰為名的浴血掃蕩戰。不論是誰都能理解，既然要真心進行不像樣的城鎮戰，這就是在討論法律合理性之前的問題了。

「是將整座城市一起燒掉，這種極為單純且明確的方法。」

想盡早結束這一切。被以這種語氣要求說明的作戰參謀繼續說下去。想乾脆當作沒有下文的人，不只有非得說下去的他一人而已。

「火攻？只不過，這是傳統老招沒錯，但對方可是魔導師喔。」

「您曾聽過火災旋風這個現象嗎？」

這是值得恐懼的報告書，或是惡魔所想出來的計畫書。想出這種計畫的人，肯定是狡猾到會受到惡魔邀請的律師或罪犯。想法幾乎脫離人類的範圍。就彷彿是把理性與良知遺忘在母親胎盤上的惡魔才肯定有辦法想出來的內容。

竟然有人能把在技術上可能實現的事，當作實際上能夠執行的事來思考……就身為一個人來講，相當有問題。

「不，我還是第一次聽說。」

「本預測是在檢證完過去的大規模火災事例後所制定的。」

城鎮戰會受到各種規範限制。在過往，至少是以該如何對應這些規範作為研究對象，沒有人會想到要去尋求擺脫法律限制的方法。

不對，姑且不論是好是壞，軍人本來就是法律的門外漢，打從一開始就沒有意願想要面對。說好聽點是木訥，說難聽點就是軍隊無論如何都會帶有反智主義的部分。正因為如此，他們不習慣所謂的法理解釋這種東西。

但對軍人而言，他們對交戰規則也有一定程度的了解，知道對市民發動無差別攻擊，就像是警察在犯人持有人質時，去尋求連同人質一起將犯人炸飛的方法一樣。

逮捕犯人確實是最優先的事項。但是就因為這樣，而有了不是救出人質，而是排除人質的念頭？對一般人來說只能說是超乎常理的觀念，將會是軍人的常識。

只不過這當中存在著一個微妙的問題，就是軍人的常識經常不得不以上個世代的戰爭作為基準，因此有時也會淪為陳腐的倫理道德。

然而這種只追求目的合理性的思考模式幾乎可說是種異常，恐怕就連軍人的合理性思考模式都難以接受。

「是魔導師進行火攻時的理想模式其中之一的抵達點。」

「姑且不論理論，實踐呢？」

「在陸軍演習場試驗的結果，有達到近似預測狀況的現象。只要從複數地點調整並進行火攻的話，將能充分獲得實現。」

而等到理解時，軍團長就對自軍所收到的計畫書感到害怕。

……啊，神呀。

為什麼……為什麼要讓我做出這種事情？

為什麼我必須要下令執行這份惡魔的計畫書呢？

接獲立即出面命令並做出回應後，就發現掛著上尉階級章的情報軍官前來迎接。總而言之，就是他帶來不怎麼好的消息吧。如此判斷後，譚雅極為平穩的深呼吸，準備聽取壞消息。

不論何時都要冷靜沉著。

只不過她隨即就喪失這種想法。這個消息就是如此地具有衝擊性。內容是——

「後方地區遭到截斷了。」

當聽到壞消息時，人最重要的就是能不能從中發現到好的一面——這是我的前輩給予我的一句建言。

從那之後，我就一直忠實遵守著這句建言。

沒錯，好比說現在，我就覺得沒有把手中這杯後方司令部招待的真咖啡喝下去，真的是太好了。這可是不論噴出來還是嗆到都很浪費的貴重物品。

……偏偏是後方遭到截斷？補給線呢？

「是的，提古雷查夫大隊長。是游擊隊的叛亂行動。」

「在這種時期嗎！」

腦海中閃過的念頭，是共和國軍在幕後操控。截斷後方。後勤崩潰。這樣一來，就會全軍敗走了。

這種情況就連三歲小孩都能輕易想像到吧。在帝國軍的主力遭到拘束的狀況下，後方要衝的游擊活動激化？共和國怎麼可能不火上加油。同時，游擊隊也不可能不用這加進來的油玩火。這是顯而易見的道理。

想必已經盛大地延燒起來了吧。這種麻煩的事態基本上只會以加速度惡化下去，事情向來都是如此。例外的情況屈指可數。

「是的，正是在這種時期。」

該大罵混帳東西的事態。

聽到報告的譚雅會表情僵硬也是自然的反應。以咬牙切齒的苦澀表情心想，難怪司令部人員們的表情會如此陰沉。自己現在大概也有露出這種的表情吧，譚雅以略為冷靜的感覺自嘲想著。儘管在部下面前不該有這種反應，但這只不過是理想論。聽到這消息的軍官想必都露出相同的表情，並對自己臉孔僵硬的反應感到焦慮吧。

「情況呢？」

「當地駐守的憲兵隊與部分駐紮部隊勉強試著壓制，但情勢依舊迅速惡化。」

「事態危急，妳能鎮壓嗎？」

這就某種意思上，是一如所料的最糟事態。那群無能的野戰憲兵竟給我搞出這種飛機來。拜他們所賜，讓現在就相當於是火燒屁股。倘若置之不理，後方就會受到重創；倘若耗費太久時間滅火，前線就會遭到突破。這要是弄得不好，就是欠缺砲彈與食糧的壕溝戰。

不論再怎麼樂觀思考，都是會屍橫遍野的大慘案吧。甚至得做好防線遭到突破的覺悟。

「我不清楚。但必須得要立即準備。」

「確實如此。現在下令待命。給我等候命令隨時出動。」

不知道該說是希望還是願望，也不是沒有奢想過，事態說不定會自然收斂或是平復下來。但這種樂觀性的推論，到頭來往往都會落空。

實際上，情勢也無視於這種願望急速惡化。已確認到共和國軍發動攻勢的徵兆，司令部終於被迫要做出抉擇。

結果到最後，還是只能追求純粹的軍事合理性。

決定這個事態的，是共和國軍的增援與游擊隊會合的報告。事到如今，軍方已做出非常明確的結論。既然存在著無法退讓的底線，就要以維持底線為優先。

「空降？糟糕！是魔導師。共和國發動空降作戰！似乎要與亞雷努市的叛徒會合！」

管制發出的悲鳴。

倘若是單純不包含魔導師的武裝叛變的叛徒，儘管鎮壓困難，但依舊有可能靠警察的力量解決。只要投入步兵師團，或許也有辦法收拾局面吧。

但反過來說，一旦淪為以魔導師為對手的城鎮戰，就算是重裝的步兵師團也必須要有付出極大代價的覺悟。畢竟，市區是充滿遮蔽物與障礙物的立體戰場。儘管無法大聲宣揚，但城鎮戰甚至被說是最能讓魔導師發揮本領的戰場。因此，情況將不得不演變成正式的城鎮戰。

「迎擊呢？」

正因為如此，魔導師參與都市防衛所具備的意義格外重大。倘若是武裝暴徒，只要從集結中的預備部隊中抽出步兵旅團，就算會花費一點時間也應該能夠鎮壓。就算是靠警察與內政部的人手，只要肯流血就有辦法控制情況也說不定。

但不同於在平地或防衛據點的迎擊，情況一旦發展成要攻打有魔導師固守的都市，就必須要派出軍隊，而且還是靠物量輾壓的效果薄弱的難事。一如字面意思，有必要不顧一切損害，連同整個市街區域一起占領。

所以要用魔導師最不擅長的空對空戰鬥阻止，西方防空網應該就是為了這點而準備的。本來的話。

「沒能趕上，被迂迴避開了。」

然而，預測狀況與現況嚴重背離。理當游刃有餘的航空戰力，輪班制度早已崩潰許久。幾乎連日全力出擊的帝國軍航空艦隊，甚至陷入光是填補萊茵空戰的損害就自顧不暇的狀況。

除了確保空中優勢之外，航空部隊的任務也超乎預期的多樣化。因此有些過度工作的航空部隊，在連預期之外的任務也會遭到動員的現實面前，讓開戰前的計畫完全崩潰。航空部隊也是在實際投入可能執行的任務之後，才總算開始理解到需求的領域，制空權所具備的意義也遠遠超出開戰前的認知。

達基亞就被當作是掌控空權的一方將能掌控一切的典型案例。該說正因為如此吧，所以帝國軍航空艦隊才會為了取得前線附近的制空權傾注全力，意圖確保空中優勢。

最後不僅成功穩定戰線，還在某種程度內確立前線的空中優勢，但也因此顧此失彼，導致嚴重缺乏人力阻礙敵方針對後方地區的奇襲，也算是某種諷刺吧……簡直像是攻守互換的諾登。

「情況不妙。再這樣下去，將無法避免他們拿下橋頭堡。」

「會是對魔導師戰鬥嗎？而且還是以守株待兔的魔導師為對手。」

沒錯，情況正是如此。愈慢鎮壓，事態的惡化就會愈致命。

儘管送入市區的魔導師規模不明，但可以想見他們會組織起相當的抵抗戰力。畢竟，這是我們帝國軍率先採用過的戰術。就算再討厭也很清楚這點。

「……提古雷查夫少校，立刻前往司令室。」

因此——

這不是某人明確地做出抉擇，而是迫於情勢不得不這麼做。

歷史意外地會重蹈覆轍。

統一曆一九二四年四月十三日　第十七研究室（帝國軍大學聯合戰略研究會議）

「基於以上論述，隨著戰局的變遷，戰場會轉移到市區的可能性極高。」

這是教官站在桌面上攤開的戰況圖前結束狀況概論的一句話，是基於帝國正逐漸在萊茵戰線挽回局勢的情況所統括的戰局概要。

儘管兩軍仍處於互相爭奪些許荒蕪之地的狀況下，但帝國軍正一步步地推進戰線。就算是微不足道的步伐，但推進就是推進。從遭到壓制的狀況重整旗鼓到能策畫反攻是相當大的成果。

所以伴隨著局面變化，在共和國領土上的各種戰鬥也開始帶有現實的意味，譚雅一度思考過這件事。

總歸來講就是「城鎮戰」。

倘若是作為防禦要衝與交通起點的城市，就難以想像擔任防衛的共和國會輕言棄守。最糟糕的是，市區想必也居住著大量的一般市民。

儘管會有部分市民跑去避難或是遭到疏散，但怎麼想都還會有足以維持城市機能的市民留在市內。

「於是，參謀本部提出的課題，即是針對城鎮戰的對應。」

就跟譚雅預料的一樣，教官提出的課題也是基於這點的對應策略。

戰爭法對於會波及非戰鬥人員形式的城鎮戰極為批判。儘管不清楚是不是認真的，但是作為觸發條款，對於特意以會波及非戰鬥人員的形式發動攻擊的國家，法規甚至認可採取無條件經濟制裁的權利。

雖然觸發條款的啟用與否，實際上是依各國自行決定……但以帝國的立場來看，這項條文光是如此就相當棘手。所以才會基於政治的必要性，要求以盡可能不給予其他列強正當理由的形式占領。

當然，就算這麼做也只不過是在爭取時間。畢竟基於國家安全的核心，這當中有著在地緣政治學上足以讓各列強介入的充分理由。

……所以就算只有一時半刻，也要想辦法延後他們介入的時間。

「老實說，倘若不能波及非戰鬥人員，就只能選擇圍城進行斷糧戰術。」

但在場的所有參與會議的人都非常清楚，這項要求究竟有多麼偏離現實。

同時也能理解這個讓人想大罵髒話的現況，就算是不可能的任務，也是戰略上不得不做的要素。正因為如此，才會委婉地以修辭學的表現述說這是不可能的事。所謂強迫背負起政治責任的現場，總是只能像這樣默默哭泣。

就算說是要圍城進行斷糧戰術，但想要慢條斯理地持續包圍到攻陷城市也是極為困難的一件事。光是要以將近敵軍三倍的兵力圍城，就無法想像會對後勤路線造成多大的負擔。

「乾脆讓前線維持不動，貫徹防禦到敵軍承受不住，就不用去煩惱這種問題了。」

倘若只單純考慮到戰力集中原則，防衛將會比進攻還要有利。就算這在軍方內部還只是一種假說，但如此認為的軍官也不在少數。譚雅認為，他們也不是不想追求勝利。儘管如此——譚雅重新思考。愈是想到要綁手綁腳的打仗，帝國軍的軍官們腦袋就愈是激昂不起來。

「在協約聯合不是成功辦到了？」

「請考慮國力差距。而且就是因為這麼做，才會讓這麼多戰力困在北方方面。」

譚雅一面恭聽眼前的議論，一面早早認定不可能在現實的城鎮戰中顧慮到市民安危。就連那個美軍，光是想要打一場對市民友善的城鎮戰，就落得痛苦不堪的下場。

在總體戰的時代，要友善顧慮市民是不可能辦到的事，譚雅只能放棄這種想法。

光是現在就有大半的剩餘戰力被困在北方與西方。後勤路線的負擔，甚至已大幅超出開戰前的預期。就連對付國力、人口都遠遠不及自己的小國都打成這副德性。照這情況來看，這在不全力以赴就會遭到吞沒的列強大戰之中，是不可能辦到的事。遵照國際法規的規定在打仗時顧慮市民，已難以說是個現實的方法，這讓譚雅懊惱不已。

就算具有能立即投入大量物資的工業基礎，補給線依舊發出悲鳴，究竟該如何防止食糧與各種消耗品告罄，早已達到讓後方負責人痛苦不堪的層級。

「……恕我失禮，請問討論這種事有意義嗎？」

因此她開口插話。聽起來可愛內容卻相當貧乏。懷有這種自覺的譚雅特意保持平坦的語氣，淡然地開口說出話語。

這是一般應該會遭到斥責的發言內容。只不過，身為發言者的譚雅相信這不成大礙。

「提古雷查夫學員，說明妳這句話的用意。」

「是，圍城進行斷糧戰術是中古世紀，說得再好也是前現代悠哉的攻城戰在做的事。」

說得清楚一點，就是鄂圖曼帝國的維也納之圍，或是拿破崙發起的遠征義大利等。這是在鐵路出現前的前現代時代的戰法，對於在打現代戰爭的軍隊來說恐怕是不可能的任務。

倘若要淪落到用這種戰法打仗，那還是別打會比較好。

「既然如此……」

當然，她也知道現實除了斷糧戰術之外沒有多少選擇。不過，這是所有人打從一開始就徹底明白的問題。

在這裡的眾人，並不是為了討論這種再清楚也不過的事情聚集起來。

要是連腦力激盪法也無法找出答案，那還不如想辦法鑽法律的漏洞。

實際上要不要實行先不論，但在討論時不檢討各種可能性，這個缺失也未免太大了。

身為好歹受過知識教育的個人，這是無法避免遭到批判為不誠實的失態。

既然如此，就算是為了討論而討論也沒關係，現在應該要從其他方向進行思考，譚雅單純地確信這點。

看在就某種意思上，將城鎮戰視為歷史上的事實理解的人眼中，城鎮戰的問題就在於「該怎樣去打」。

「我們難道不是該去思考，該怎樣才能讓城鎮戰本身合法化嗎？」

城鎮戰受到國際法的限制？那麼摸索城鎮戰以外的攻略方法，就像是在遵守對方的規則比賽一樣。說得極端一點，就像是在對方的大本營進行重要的商業談判。

這樣多半是贏不了。倒不如翻轉局面，讓談判在自己的大本營上進行。

換句話說，換個角度思考該如何讓城鎮戰合法化，不也是一種可行的討論方向嗎？不過說到是否要在實戰中執行，光看伊拉克與阿富汗的下場，當然還是敬謝不敏。一想到這裡，不免覺得只要像華沙那樣將整個區域一起炸飛，就不用費太大的工夫打城鎮戰了，全面戰爭儘管麻煩，但也不是辦不到的事情——譚雅甚至在心中打起這種如意算盤。

「……提古雷查夫學員，妳在軍大學沒修過戰爭法的教育課程嗎？」

「不，我已修完學分。認為這是一門相當有意思的課程。」

法律是自從在學生時代修完法學（包含憲法理論）與民法Ａ、Ｂ以來的再次接觸。姑且也在國際關係理論與國際行政學上涉足過國際法。就這層意思上，讓她對於在闊別許久之後，還能獲得機會學習法律這位文明統治者一事，純粹地感到快樂。

正因為如此，就算是基於法學基礎，譚雅也能懷著確信如此斷言。這個觀念毫無問題，在法理上也沒有矛盾。

「……那麼，妳儘管學過戰爭法還這麼說？」

「是的，教官。」

畢竟，這雖是理所當然的事，但不論是哪一條法律，大都會保留可以解釋的餘地。正因為如此，合理市場才會存在著這麼多的空間，容許討人厭的法律蟑螂之輩四處作亂。就連專利訴訟這種費時費力的案子，法律蟑螂都有辦法從中謀取利益……所以在美國那種訴訟社會當中，才會有大量的律師活躍，不斷盛大地展開訴訟會戰。總歸來講，法律這種東西只要透過解釋與運用，辦得到的事情也會辦不到，辦不到的事情也能辦得到。

正因為如此，諸如某個和平的島國國家，才能一面宣稱未持有軍隊，一面備有大量出色的武器，成為這種不可思議的國家。雖說是比放棄軍隊要稍微好一些的判斷，不過法律解釋的幅度就是能有這麼廣大。

生性認真的帝國認真地重新解釋法律會有什麼問題嗎？看在譚雅眼中，這只不過是極為自然的發展。

當然，在帝國進行法律解釋，最終會侵犯到掌握國家權力的皇帝陛下的權限，是種禁忌……但所謂的國際法是軍方該學習的部分所以完全沒問題。灰色即是白色，譚雅對此深信不疑。

「這是解釋的問題。除了國際法明確禁止的行為之外，都只是經由解釋而遭到限制。」

「具體來說呢？」

「這只是其中一個例子，比方說『軍隊不可對存有非戰鬥人員的區域發動無差別攻擊』這項條款。」

光看條款的內容，想必是無法在住有大量非戰鬥人員的市區打仗。不過這可以反過來想，敵人也同樣受到限制。畢竟，軍隊將會因此背負上保護義務。

「這乍看之下是限制攻擊方的條款，但防禦方當然也會受到限制。要求他們護衛難民在法律上是可能的行為，這表示他們倘若沒有陪同難民一起離開……就能解釋成那裡沒有市民。」

「……原來如此。所以呢？」

由於獲准說下去，她就繼續開口。

不過，法律爭論大半都是牽強附會的藉口。就算法院會做出最終的裁定，國際法也依舊會受到國家之間的解釋大幅左右。

「不管怎麼說，戰爭法上有規定非戰鬥人員的保護義務，並要求要用盡一切手段達成這項義務。根據用法，我們或許能活用這項規定。」

比方說，倘若讓少數部隊潛入非戰鬥人員居住的區域，讓他們遭受到攻擊的話，情況會如何呢？只要有一發流彈命中市民，就有辦法創造出正當理由。不過這算是比較極端的做法。還有其他正當性再稍微強一點的做法。

「或是讓敵方做出沒有非戰鬥人員存在的宣言，就能一舉解決這項限制吧。」

「什麼？」

「也就是會抵抗到最後一名市民為止之類的發言。只要把這句話解釋成每一位市民都是民兵的話，就甚至能不認可他們作為俘虜的權利，解決這個事態。」

……舊南斯拉夫曾宣稱全國民眾都是士兵，既然是士兵，就算炸死也算不上是戰爭罪，這是屬於這種強詞奪理的解釋。不過這雖說是極端言論，但只要深入追究法律解釋，甚至能在某種程度內顛倒是非。

當然，就連正義與公平的概念也能扭曲。

嗯。所以，這有什麼問題嗎？概念是概念，但惡法亦法。說到底，這是個上帝、惡魔、存在X之類的存在猖獗跋扈的世界。倘若針對正義為何這件事深入思考，反倒會懷疑起制定這個存有戰爭的世界的傢伙，難道不是邪惡的一方嗎？

這也就是說，我只不過是在善盡身為一個善良個人的義務。

QED。

軍團長親自把一介少校找來，所幸是不常發生的罕見情況。不過對軍團長而言，恐怕很難因為這事不常發生而感到高興。畢竟以微小的可能性來講，自己說不定總有一天還是會有機會把這個怪物找來。

就算說這只是有可能的事，心情也不會因此好轉。

「高興吧，提古雷查夫少校。」

「是的。」

軍團長一面極力避免直視眼前端正姿勢的怪物，一面把這當成工作與她面對面。在他看來，所謂的魔導師，是對一般人來說超乎些許以上的異質存在。

人類憑藉自己的力量翱翔天際，靠著魔導之力干涉現實世界。儘管這不是無法理解理論的領域，但在實際目睹到後，在情感上依舊是怎樣都無法接受。

然而，軍團長可以充滿自信地斷然說出以下這句話。眼前的這名少校，就連行動原理也幾乎沒有人能在理論上或情感上理解。只能說觀念、結構、存在方式全都扭曲的冷硬眼瞳。儘管有著一雙碧眼，與帶給人柔和印象的端正容貌，眼神卻述說著一切的異質容貌。

「方面軍司令部要對妳下達特別命令。」

未滿十歲就任官。

聽到時還能笑說這就是所謂的少年兵，但遇到時的第一印象卻是戰鬥機器。儘管當場就修正認知，但至今仍不覺得有徹底理解她的存在。銀翼突擊章持有人曁為了戰鬥而生的妖精，這個事前評價毫無疑問就是字面上的意思。或許是因為她端正的容貌，會有人暗中稱呼她為吸血鬼也是無可厚非的事。

「一四二二起發布特別命令。」

命令她負責簡單的野戰教導，結果卻難以置信地教導在夜間針對敵前進壕的近身奇襲。而且損耗率還低得驚人。儘管在迎擊戰時最為勇猛果敢地奮戰建立戰功，損耗率卻比這個戰場上的其他任何一個部隊都還要低。只聽這些，會覺得她是個完美能幹的軍人吧。

完美過頭了。無可非議的正確言論與實際成績。因此，無人能阻止這傢伙。可以理解以前那

解說

【QED】

證明完畢。

名叫作雷魯根的中校為什麼會在試圖排除她的時候失敗了。不對，在這之前軍法官們會對她撒手不管，還有外交部會放棄針對她也是基於這個原因。

「迅速排除滲透到後方的亞雷努市的敵魔導師部隊。隨後與友軍會合，並且控制亞雷努市，以上。」

共和國軍魔導師空降到後方的亞雷努市。這就某種意思上完全是警戒缺口遭到針對的情況。最後還讓游擊活動發展成暴動。倘若無法控制亞雷努市，就無法使用鐵路；無法使用鐵路，後勤補給就會中斷。

這也就是說——軍團長參雜自嘲地做出結論。這樣一來，要是後勤補給中斷，士兵們就會餓肚子；這樣一來，戰爭會有怎樣的結局，就連三歲小孩也很清楚。

光是如此，高層就不是懷著半吊子的覺悟。不對，他們恐怕早已做好覺悟。任誰都能開始感受到，命令之中蘊含著這種意志。

他們似乎認為「既然別無選擇」，就算要將亞雷努市化為灰燼也在所不辭。

現在早已伴隨堅決的警告，向亞雷努市發布撤離命令與宵禁令。依照所收到的計畫書指示，之後叛徒要是沒有老實投降，似乎就要連同亞雷努市一起「適當地處理掉」。

而她在政治上受到的信賴，足以在這件事上成為些許助力。畢竟她能幹到令人恐懼。

「有什麼疑問嗎？」

「請指示所預估的敵戰力。」

「至少是大隊規模。」

擔任尖兵的是名為二〇三的航空魔導大隊。為了排除會在都市鎮壓戰中形成阻礙的魔導師而投入戰場。

但上頭對燒燬亞雷努市一事也多少感到遲疑的樣子。大概是覺得，「最好」是能不用動手就讓事態平息下來。只有對砲兵隊與航空部隊下達準備出擊的命令，還不到立即出動的程度。

該說是正因為如此吧，該說是姑且有在最後作為不在場證明吧。據說第二〇三航空魔導大隊將會在排除敵魔導師部隊後進行投降勸告。問題就在於，倘若亞雷努市民沒有因此喪失戰意，我方也將會沒有退路。

「組成呢？」

「除少數的共和國軍魔導師外，其餘全是民兵。已有多數的亞雷努市民犧牲了。」

而最令人恐懼的事實就近在身旁。眼前的魔導少校曾在軍大學時期發表過她對國際法的卓越見解。這種時候所謂的卓越，與平常時的意義不太一樣。

說得極端點，就是她擁有著能預期到今天這樣的事態並加以解決的惡魔般的頭腦。

畢竟我很清楚，以亞雷努市民的犧牲作為軍事行動的正當理由，就是她的提案。

沒想到在聽戰務局的傑圖亞少將說明一切經過後，答應收下她這件事會讓我如此後悔。

那個混帳，應該要再多珍惜一下學長的胃啊。

「還真是令人難過。話說到這，雖是無聊的小道消息，但我聽說市內存在著游擊隊。」

「耳朵太好也很麻煩呢。是把某些聲音聽錯了吧。」

「所以，我們的敵人就只有共和國軍吧。」

終究只有。沒錯，會有軍官特意確認我們的敵人「終究只有」共和國軍嗎？倘若是尋常軍官的話，甚至不會對這件事存有疑問。畢竟在萊茵戰線，說到敵人就意味著是指共和國。

「這還用說。他們可是一群不遵守陸戰公約的傢伙，必須要立即去保護非戰鬥人員。」

然而，正因為如此，會重新確認「敵人」這句話的意思也就是說……倘若不是明確理解這所代表的意思是不會這樣問的。

「還真是個大舞台。豪華絢爛地以寡敵眾，是要爭取時間嗎？」

「哎呀，少校。看是要勝利或是去英靈殿，就選妳自己喜歡的一邊吧。」

「也就是殲滅取勝的命令吧。」

也對，會做出這種解釋確實是無可厚非。

除了實行在理論上不受法律限制的區域殲滅戰之外，還有辦法獲勝嗎？

換句話說，這就像是在命令她成為大量殺人犯，甚至算不上戰鬥。

就算要根據軍大學的法學解釋正確到何種地步來決定做法，依舊只能認為這明顯是以屠殺作為前提制定的計畫。

不對，也有聽過謠言，這項計畫與她本人有關。這個表情，這份從容。看來謠言不見得都是錯誤的。她異於人類的程度讓人不得不這樣想。

「啊，還有，昨日一一〇〇有向亞雷努市發出避難勸告，不過妳可以認為該市已完全遭到占領了。」

「這也就是說？」

「全部解決掉，上頭是這麼說的。在法律上，那裡就只有共和國軍部隊。」

就老實說出來吧。就算隱瞞也幾乎沒有意義。畢竟，這名彷彿戰鬥機器的軍人所需要的單純只有許可與命令吧。

她會嚴守規則，這反過來講，她絕對不會打破規則去做些多餘的事情。這傢伙似乎對自己設置了某種奇妙的限制。

「太糟糕了。我們這下往前是地獄，往後也是地獄吧。」

提古雷查夫少校大言不慚地開口說道。但既然如此，為什麼能笑得這麼開心？

那個臉頰泛紅的歡喜笑容是怎麼一回事！嘴中露出的牙齒究竟是什麼意思？為什麼……能夠……笑得這麼開心？……該死的吸血鬼。

「……這是都市鎮壓戰。是與時間的戰鬥。」

還好沒有人發現自己在這瞬間退縮了。

邊懷著這種想法，軍團長邊自覺到從她身上感受到明確的恐怖。

「這不算什麼，該市已完全遭到占領了吧？既然如此，只要連同市區一起蹂躪就好。」

「少校？」

「倘若有民間人士在就會受到限制。但既然已完全遭到占領就不用客氣了。」

妳所謂的不用客氣是想做什麼？軍團長壓抑著打從心底想要這麼問的心情。他對自己說，這肯定是不要知道會比較好。

「只不過，還真是遺憾。」

這樣骰子就擲出了吧。

對擲骰人來說，恐怕從未有過如此讓人作噁的骰子吧。

「『嗯，還真是非常之遺憾且無可奈何』。可是，我們是軍人。既然是命令，就只能讓瑰麗的亞雷努市付之一炬了。」

該死的惡魔。傑圖亞與盧提魯德夫這兩個該死的混帳。

看來為了贏得勝仗，他們打算不擇手段。一如字面意思，用上所有一切能用的手段。

就算陷入瘋狂，就算要不擇手段犯下某種罪行，也要贏得這場戰爭。就算是軍人，也已經壞掉了。

「……軍人可不是用來做這種事的啊。」

「是的，就跟您說的一樣。可是，不論是誰都無法隨心所欲地過活。」

就如妳所說的，提古雷查夫魔導少校。

只不過，應該也沒有人比貴官還要適合當軍人吧。或許地獄般的萊茵戰線，對妳來說是安居之地也說不定呢。

以最優先的召集命令，從最前線附近的待命壕被叫到後方安全的司令部壕，還以為會是什麼事，結果是要解決滲透到後方重要據點的敵魔導師的排除命令。奉命執行反魔導師戰鬥，是極為普通的任務。

但不同以往的是，場所是在市區。而且還是以帝國軍主要鐵路運輸網的樞紐——亞雷努市為舞台。要依照命令迅速俐落……而且要不擇手段地排除，上頭的上頭的上頭傳來這種嚴命。

這對已經釐清狀況，依照自己的方式理解事態的譚雅來說，並不是什麼難事。想得簡單點，自己的立場總歸來說，就像是受命去粉碎布拉格之春（註：捷克斯洛伐克國內的一場政治民主化運動）一樣吧。

敵魔導師似乎還有與其他大隊規模的民兵會合，所以不是用戰車，而是要用魔導師與大砲處理掉起義的民兵——這種單純的命令。

倘若消滅暴徒就是這次的命令，這在譚雅所知的歷史當中並不是什麼罕見的事，讓她有點失望。當然，考慮到補給線陷入危機的意思，這絕不是件輕鬆的任務。這種事譚雅非常清楚。

不過，也就只有這樣。倘若湧現暴徒，只要一句軍令下令擊潰他們就好。就為了下達這種命令，方面軍的軍團長還特意想與前線軍官的自己談判，所以忍不住再三確認起來。

當明白到真的只是要對付暴徒的時候，甚至得要想辦法壓抑忍不住想笑的衝動。這事一點也不難。不對，反倒還是離開前線附近的最佳好機會。

做出這種判斷，立即衝向大隊司令部準備展開行動，不過才是剛剛的事。

……直到這時才總算是注意到，所受領的命令文件上有著令人非常在意的部分。

儘管在法律上是白的，卻暗示著無差別戰略轟炸的可能性是怎麼一回事？

排除敵魔導師後，倘若殘存部隊不肯投降時的步驟太可怕了。當理解到這部分時，譚雅拚命運轉著腦袋。沒錯，粉碎布拉格之春的ＷＴＯ可是ＷＴＯ。並不是在民主主義之類的旗幟之下展開的行動。也就是說，歷史譴責了這種行為。

畢竟計畫書上，竟要求用榴彈或爆裂式盡可能地破壞石造建築物。這在軍事上是完全正確，因為這樣做將能暴露出建築物內部的可燃物。

然後是要以燃燒彈為主進行轟炸吧。不，光是讓砲兵隊發射安裝定時信管的榴彈，說不定就能充分燒燬一切。只要集結起來的帝國軍各部隊以這種規模徹底集中火力，就能完成亞雷努市與德勒斯登市（註：德國薩克森自由州的首府，曾在二戰時遭到大規模空襲毀滅）的共通點。

……就算沒出錯，這也是屠殺。不過，這算是標準地用砲兵代替針對市區的地毯式轟炸，類似華沙鎮壓。要說是極為一般的戰鬥，也確實是在一般的範圍之內。

但不妙的是，這是所謂戰敗國這麼做會出局，戰勝國這麼做不僅會無罪開釋，甚至還不會被視為問題的灰色地帶。要是因為某種緣故演變成糟糕事態，我也很有可能會被提名為戰犯。這種危險我可是敬謝不敏。

不過那個糟糕事態，同時也是帝國戰敗後的事。也就是假設不會戰敗，現在要是拒絕命令，就會因為無視軍令與敵前逃亡等雜七雜八的理由遭到槍斃。

畢竟，命令就是命令。而且是就目前來說毫無問題的命令。沒有拒絕的根據，也沒有害怕的理由。就算申訴也不會受理吧。不對，說到底就連有沒有時間申訴都很微妙。

但就算是這樣，既然連貫徹在法律上毫無問題的行動，都會在遠東軍事法庭上因為法律的溯及既往遭到判刑，無論如何都要採取人道行動就是必備條件。除此之外，甚至還必須採取完全不

解說

【WTO】

華沙條約組織部隊。

會遭人在背後非議的行動。也就是不得不玩一趟善人的扮家家酒。

這樣一來，就不是有必要極力遵守法律的問題了。我的天啊。不對，該說是如不採取人道行為就會有生命危險吧。就算想放水，但要是沒有能放水的理由導致戰果不彰也很麻煩。

……不對，等一下。理由的話我有。我旗下應該有許多礙手礙腳的補充兵。既然有他們扯後腿，等將敵魔導師排除完畢時，其他部隊應該也已經抵達。這樣一來，之後說不定能以人員損傷與疲憊為理由交接任務。

這樣一來，就不用弄髒自己的手。至少，即使在展開部隊的時候拖延太久時間，這種程度的放水或許不會讓上頭認為我的能力大有問題。哎呀，早知道會這樣，就應該對補充兵再稍微寬容一些了。

嗯？不對，可是決策者會有代負責任。假如補充兵誤射民眾的話會怎樣？不用說，身為帶隊負責人的我肯定會被送上軍事法庭或成為社會輿論的犧牲品吧。就算發生這種事，倘若是帝國戰勝時的軍事法庭倒也還好。

運氣好還可以期待無罪開釋。想也是理所當然。這可說是剛分發下來的新兵會有多少責任這種層面的問題。只不過，要是戰敗就會被當作復仇的祭品。這可就麻煩了。雖認為是個好主意，但看來是行不通。

乾脆把目擊證人解決掉吧，譚雅瞬間考慮起保密手段。不過也隨即想到，屠殺不論如何都一定會留下生存者的證詞，而打消自己的膚淺想法。

就算可能性無限接近零，也依舊不等於零。而且只要翻閱歷史，就能知道證人這種東西，實際上隨便都能捏造出來。倘若沒有，就會毫不遲疑捏造的國家究竟有多少啊？

「……真不想幹。」

對譚雅來說，實際情況讓她只能這樣喃喃抱怨。畢竟距離出擊幾乎沒剩下多少時間了。而我優秀的部下們不愧聚集了一群最喜歡戰爭的傢伙，在聽聞出擊命令的同時就已集結完畢了。

這樣應該能立即做好出擊準備吧。早知如此，就不該下令就第二級戰鬥位置。

扭曲著端正的容貌，以死魚般的眼神看著部下們以該死的機敏動作就位，譚雅的內心是五味雜陳。心中懷著該怎麼辦才好的疑問。

由於曾不小心領到勳章，所以很容易被認為是貨真價實的帝國主義者。不對，肯定會這樣認為。這樣一來，往後等著我的將會是不愉快的人生。瞧瞧德國。那群在戰時熱衷的納粹沒一個有好下場。

親衛隊至今仍然是爭議不斷。能正常過活的，頂多是空軍的王牌駕駛員。儘管如此，大多數人也在戰後遭到共產主義者拘留過一段時期。就沒有哪裡有漏洞可鑽嗎？也不能像哈特曼那樣遭到拘留。（註：埃里希·阿爾弗雷德·哈特曼「Erich Alfred "Bubi" Hartmann」二次世界大戰時期德國空軍的戰鬥機飛行員）

……不，等等。有一個人。有一名叫魯德爾的軍人。他別說是堅定，甚至是堪比鋼筋水泥的反共主義者且支持納粹的軍人。但在戰後卻意外地享受人生。就是他。只要效仿他就好了！

這對格蘭茲少尉來說，就跟往常一樣的傳達下來。

「大隊各員，要郊遊了。」

在二級配置下受到召集，格蘭茲少尉總之不想遲到地衝到集合地點。等待著他的，是板著臉露出滿面看似不愉快的表情的大隊長。仔細一看，發現她別說是一臉煩躁，甚至一副憤憤不平的模樣。

這下肯定沒什麼好事。

之前就曾宣稱是平行追擊，而進行追逐敵魔導師越過主戰線多達五十公里的追擊戰。至少要做好她會說出「夜間時跟我到敵戰壕一趟」這種事的覺悟。

「航空艦隊的蠢蛋們沒逮到人，讓敵魔導師滲透到亞雷努市了。」

然而少校口中說出的，是儘管做好覺悟也依舊感到震撼的話語。雖然早有聽到風聲，但在正式場合經由長官之口獲得肯定，心情依舊很沉重。

前線主要補給地點的中繼點淪陷這件事的嚴重性。倘若每天運送糧食的鐵路設施宣告明天起將無法運作，不論是誰都很清楚這會對後勤造成致命性的影響。沒有補給的戰爭，是連一介兵卒都不得不理解到事態嚴重性的明確地戰略惡夢。

是因為事態危急嗎？平時總是從容不迫的提古雷查夫少校也不掩情緒，明顯表現出不愉快。畢竟，敵魔導師空降滲透到後方的傳聞，就連格蘭茲少尉都感到啞口無言。竟然會逮不到慢吞吞飛行的運輸機！

「而且，他們還與民兵會合的樣子。亞雷努如今已落入共和國軍之手。」

這是個壞消息。但老實講，這又怎麼了？瞬間，以格蘭茲為首的數名魔導師難以理解事情的嚴重性。戰場的行動典範在排除敵人這點上，不會要求進行更深入的思考。

所以不論是民兵還是魔導師，就格蘭茲所知是只要排除掉就好的問題。光靠魔導師與民兵應該不可能完全防衛住一座城市。欠缺步兵這個兵科，想要占領城市是痴人作夢。民兵或許能靠人數彌補，但怎麼想都不認為他們能抵禦組織戰鬥。

就這點來講，第二〇三航空魔導大隊不論是好是壞，都是熟知最前線的做法，將遂行戰爭作為行動基準的戰爭產物。

解說

【魯德爾】讓某騙人百科悔改為正直人士的偉大教化前輩。或是說打爛無數戰車的對戰車擊破王。

「當然，我們要奪回城市。」

作為正確至極的結論，就連開口的譚雅自己也確信只能奪回城市。這是不是殺人就是被殺的戰場。身處在這之中，這就只是換一個場地的事。與補給線遭到截斷的恐懼相比，出擊命令就某方面來講早已習慣。不論是格蘭茲還是譚雅，他們在戰場上都很容易偏向偏激的思考，認為應該這麼做就是充分的理由。

「然後，這裡有個難題。」

然而正因為如此，平常時總是有效率地傳達簡潔作戰目標的提古雷查夫少校，此時卻刻意地吸了一口氣。

仔細一看，周遭隊伍中的大隊主要軍官們也各個表情僵硬。

究竟是怎麼了？格蘭茲也稍微端正姿勢。

「亞雷努市……」

搞不懂情況等待著接下來的話語，結果卻讓他錯愕。提古雷查夫少校才說到「亞雷努市」就停住了。

就連衝向地獄的突擊命令恐怕都會淡然發出的長官竟然猶豫了。拋開某種事物，硬是去做難以承受的某種行為。

從她身上感受到這種悲壯且沉重的某種情感。就在部隊肅靜下來，周遭鴉雀無聲時——事情不太對勁。彷彿理所當然似的在意起出擊狀況的士兵們也開始感到疑惑。

而就像是要打斷他們的疑慮，少校繼續把話說下去。

「亞雷努市被認定已遭到共和國軍占領。各位，我們在奪回亞雷努市時，必須要將共和國軍『盡數』排除。」

啊？這不是極為當然的事嗎？既然魔導師是以與民兵會合的形式占領城市，不將共和國軍魔導師盡數排除會有很大的風險。這有需要說嗎？

這稱得上是難題嗎？不太清楚狀況的格蘭茲少尉陷入混亂。

不對，正確來講，大多數的補充兵甚至感受到這跟以往的命令沒有兩樣。只是跟以往一樣，依舊是聽從長官命令出擊——甚至讓他們產生這種想法。

有人知道情況嗎？尋求著疑問的解答，朝拜斯中尉的方向看去。在那裡，看到表情略為緊繃的中尉身影。感受到某種異常。他的表情上明顯浮現著緊張與動搖。還有像是要克制什麼似的深呼吸。

只不過，這究竟是為什麼？就連在萊茵戰線都堪稱菁英，擁有豐富經驗的老練魔導師究竟為什麼會有這種反應？

「當然，嚴禁攻擊『非戰鬥人員』。只不過，針對城鎮戰的『物件損毀』已經獲得了『破壞許可』，所以不列為禁止攻擊的對象。」

然後是慎重叮嚀的交戰規則。極為普通的交戰規則。硬要說的話，頂多是在市區攻擊所造成的物件損毀能獲得免責的程度。而這也只不過是包含在通常的程序之中。

「此外，在與敵魔導師交戰前與排除後，要分別進行投降勸告。」

我有……我有哪裡忽略了嗎？茫然陷入不太清楚的不安感之中。

「請注意，在進行投降勸告時，要暫時停止交戰。」

所傳達的事情本身跟平常出擊時一樣。硬要說有哪裡不同，就只有城鎮戰的部分。當然，也有幾項交戰規則的限制因此改變。只不過，即使交戰規定的限制有變，但主要任務依舊是反魔導師戰鬥。

……應該是這樣才對。

硬要說的話，就是投降勸告吧。可是在城鎮戰中，讓敵部隊投降所造成的犧牲會比掃蕩戰來得少是顯而易見的事。就算遭到拒絕，也只是進行有點麻煩的掃蕩戰就能解決。

「倘若敵方接受投降勸告就沒問題。『倘若不接受，就要改進行掃蕩戰』。以上。」

實際上，長官的語氣也極為平淡，就跟往常一樣讓人感受不到一絲一毫的情緒。願意投降就沒問題。

要是不願意，就跟往常一樣改進行掃蕩戰這點也非常普通。

硬要說的話，就是覺得不太對勁。彷彿存在著某種歧異似的無法釋然的感覺。就算是這樣，也不該在出擊前煩惱這些雜念。做出這種判斷，格蘭茲少尉開始對演算寶珠與步槍做出擊前的最後確認。與其在戰場上因為缺乏保養讓自己的武器無法使用，還不如忘掉這些雜念。

被灌輸學習是邁向生存的第一步的他們，一天比一天習慣戰場。

然後在下一瞬間，提古雷查夫少校所率領的他們，就跟預定一樣出現在戰場上。

「Bravo leader 呼叫戰域管制。是 Named！資料發送。請確認。」

雖說一如預期，但帝國軍的反應只能用迅速兩字表示。短短數小時就有大隊規模的魔導師立即趕來。

那些傢伙似乎認為事態相當嚴重。這可以說不枉他們毅然進行有點勉強的空降作戰吧。

共和國特種作戰部隊第二魔導中隊司令畢安特中校在發現這讓人不太起勁的作戰具有某種意義後，不由得感到安心。儘管緊張，也依舊有達成任務。他如今總算是有餘力憤恨地看著自己僵硬的手掌。

共和國正一步步被逼入絕境。所期待的達基亞參戰完全適得其反，協約聯合那邊也來不及用艦隊阻止登陸部隊，落得只能咬牙看著他們逐漸解體的窘境。恐怕將逐漸疲弱下去的惡夢。

不用說，聯合王國有在檯面下主動聯繫儘管是公開的祕密，但他們是為了自己的國家利益才會提供援助。提供援助的條件，怎樣都很可能會讓共和國面臨到喪失一切海外權益的困境。

考慮到身為列強的發言權可能不保的嚴重性，無論如何都必須盡可能靠自己解決。得在聯合王國參戰之前盡可能推回戰線。在這種帶有政治策略的意圖下，他們毅然執行看在畢安特中校眼中只能說是瘋狂的後方滲透作戰。

所謂的國家利益說得真好。

「已確認……『萊茵的惡魔』？那些傢伙把大人物拿出來啦。」

但不愧是關係到國家利益，至少這個如意算盤似乎沒有打錯。成功將在萊茵戰線上，只要是魔導師就一定聽聞過其名的身分不明 Named 拉離主戰線。

擅長高機動戰與長距離射擊戰的 Named 與旗下指揮的精銳部隊。是在萊茵戰線擔任帝國軍游擊部隊負責區域防禦的一群棘手傢伙，屬於優先擊破度高的部隊。

將甚至能擔任機動防禦的這批部隊拉離前線，擁有比單純將大隊規模的魔導師拉離前線更大的意義；將具有老練的 Named，並會確實攻擊我方要害的傢伙們拉離前線，在戰場上擁有著無法以數字判讀的重大效果。

「但話說回來……這可不是能輕鬆對付的對手。是棘手的對手啊。」

一旦要占領亞雷努市這種規模的城市，還不能缺少數個師團程度的地面戰力。不論是從最前線抽出，還是動員預備部隊，全看帝國軍的參謀本部而定，但看來他們似乎是要打從一開始就全力以赴。要是能稍微掉以輕心，分批投入戰力的話就輕鬆多了。

但無論如何，只要控制住作為交通起點的亞雷努市，帝國的補給線應該就會在這數日內無以為繼。既然如此，就算只有數日，只要抵禦住敵增援的攻勢就能確實獲得戰果。就但願前線能在這段期間內達成那個什麼大反攻的計畫。

「Bravo leader 呼叫戰域管制。你要我們與那個大隊進行長距離戰？」

不過，就算是帶著特種作戰部隊的精銳們，要向那個「萊茵的惡魔」挑起長距離戰也相當吃力吧。

雖說對長距離戰的期待，本來就只有能稍微削減敵戰力的程度。

「作戰不變。長距離戰本來就只是牽制。努力進行遲滯戰鬥吧。」

就算不行也毫無損失。既然只對長距離戰懷著這種程度的期待就沒有問題。

射擊線只要能牽制就夠了。真正的用意，是要逼迫他們採取迴避機動，進而打亂陣形並導致疲憊。

總而言之，重點是要努力進行遲滯戰鬥。時間是我們的夥伴。

「「收到。」」

立即按照所制定的程序開始行動。由潛伏在數棟大樓裡的魔導師們發動擾亂射擊。

雖說這不太能造成直擊，但就算敵人是 Named，這也不是能輕易無視的攻擊類型。

畢竟，統一的射擊管制可是共和國軍魔導師的得意領域。倘若飛得太過悠哉，甚至有辦法造成直擊。

「敵魔導師，散開。我方的長距離狙擊遭到迴避。」

但就彷彿理所當然似的，攻擊看來是被避開了。本來還懷著某種程度的期待，說不定能多少造成一些損害。但這樣看來……別說是造成一些損害，實際上幾乎沒造成任何損害吧。

「……只不過，竟然即時投入大隊規模的魔導師。就算是不顧會對萊茵戰線造成的影響當機立斷，動作也比預期快太多了。」

而敵方的對應比事前評估來得迅速這點也相當棘手。看在預定計畫失控的畢安特中校眼中，這讓他頭痛不已。就算能分散敵正面戰力是件好事，但他們毫不遲疑就投入大隊規模的魔導師，而且還是精銳部隊的事實，也表示必須得要做好覺悟，發動攻勢的地面部隊也會比預期來得相當大規模，並在更加早期的時候襲來。

看來敵方很重視要早期奪回亞雷努市。倘若他們懷有要讓戰線後撤的覺悟，在這種最糟糕的情況下，很容易發展成相當不妙的事態。

「用兩個中隊去牽制『萊茵的惡魔』們，這也是沒辦法的事。」

畢竟是要將負責執行特殊任務的魔導師，投入多達兩個中隊的數量。牽制萊茵的惡魔這種事，要說只是任務的一環也不為過。對於副官的這種語氣，也有著不是不能夠理解的部分。

「關鍵會是城鎮戰吧。只不過，可撐不了兩週以上喔。」

但不管怎麼說，要是對手比預期的還要重視我方，也讓人想長嘆一聲。

按照當初的預期，頂多是單純的突擊或是中隊規模的魔導師。一口氣就派出大隊規模，也能感受到對手的認真程度。

不過最重要的，還是毫不遲疑就派出 Named 的對應讓人頭痛。

「只要前線開始反攻作戰，敵方造成的壓力就會衰減。最重要的一點，倘若是補給中斷、防禦變薄弱的防禦陣地，應該就有可能突破吧？」

「這只是樂觀的判斷。儘管希望能成功，但果然很困難吧。」

雖說有友軍支援，並成功與亞雷努市民組成的游擊隊會合，但要是正規地面部隊發動攻勢，情況會怎樣呢？在魔導師的支援下，防守方的火力在根本上劣於帝國。最重要的是，就連彈藥都是經由空投，除了少量的補給外，就只有當地的儲備物資與各魔導師手邊的物資。

這樣恐怕無法支撐太久，犧牲也會很大。最重要的是，恐怕得將應該守護的市民作為擋箭牌戰鬥，陷入這種軍人引以為恥的窘境吧。

……一部分信奉什麼國家利益的傢伙們，甚至覺得在最糟的情況下，就算犧牲游擊隊也要爭取時間的樣子。儘管合理，卻是國家令人討厭的一面。

「那在最糟的情況下，就要一邊努力進行遲滯戰鬥，一邊努力讓損害極大化嘍？」

「只能這麼做了。不管怎麼說，這算是軍人的宿命吧。」

而屈辱的是，自己的任務總歸來講，就是要忠實履行將市民當作擋箭牌的作戰。既然說這麼做就有可能打贏戰爭，就不得不這麼做了吧。

但看在軍人眼中，也沒有任何一項作戰會比這還要讓人質疑自己的存在意義。身為共和國軍人，卻要為了共和國讓共和國市民去死，簡直是本末倒置。

「敵前鋒，突破防空識別區！正急速逼近市區上空！」

但他是名軍人。明白思考行為就算有意義，也必須要選擇時間與地點這種程度的事，不然早就死了。

「司令，再這樣下去……」

「我知道。要來了。準備近距離伏擊戰！」

既然敵人正在逼近，就只能將對自身任務的糾葛暫且擱下，為了活下去竭盡全力。畢竟後悔是只有活著的人才能擁有的特權。

將不要命地滲透突襲後方地區的對手排除掉，你曾經接受過這種命令嗎？我在今天之前都沒有。這讓我想對這份幸運由衷感到高興，並感慨現在的不幸。

但不論面對任何事，我都想毫不屈服地確實做好自己的工作。我最近察覺到身為這種工作人的自己。想以身為會用常識思考的常識人為榮。

但不管怎麼說，光是像這樣乘風翱翔天際就有迎擊飛來，這世道變得還真是冷漠呢——譚雅一面故作嘆息，一面在千鈞一髮之際避開共和國軍自傲的遠距離統一射擊。就算光線媲美某處與人類敵對的有機系資源回收裝置（註：指遊戲《Muv-Luv Alternative》中的敵人BETA）一樣射來，但光是靠人類的觀測員在瞄準，命中率就是天差地遠的低。

不過要是遭到直擊，威力很可能會貫穿防禦膜與外殼把人擊墜，所以閃避的一方也得認真以待。大致上來講，倘若盡全力將魔力灌注在九五式上就說不定能夠擋住，但這麼做等於是精神自殺，讓人猶豫。因此，閃避是最好的方法。

「進入戰鬥！好快，那些傢伙很強喔。」

但就像難以百戰百勝一樣，想要無傷突破看來是不可能。反擊砲火的密度，濃密到讓譚雅忍不住錯愕，在達基亞與諾登不斷欺凌二線級對手的結果，就在這時付出了代價。出乎預料的反擊規模只要各自迴避就好，但這樣卻會大幅打亂突擊陣形。

哪怕這是兼作為針對共和國軍自傲的統一射擊的對策所採取的編隊。這讓我不得不深刻感受到，光靠速度與散開就想突破敵射擊陣地果然困難。速度等同裝甲的概念果然有哪裡很勉強。現在還算好，但要是以共產黨那種火力信徒為對手，說不定就真的很危險。

「謝列布里亞科夫少尉，不好意思，我不知道為什麼有點累……能給我強壯劑嗎？」

就在譚雅想著這些事情時，拜斯中尉隔著無線電傳來的疲憊語氣，讓她忍不住蹙起眉頭。有點累？在萊茵與諾登經歷過嚴酷使喚的自己的副隊長才這樣就累了？

譚雅連忙要副官把士兵的燃料——酒丟過去，順便看一下他的狀況，不久後謝列布里亞科夫少尉透過無線電傳來的焦急高喊聲，解答了讓她的疑問。

「拜斯中尉你中彈了！請趕快止血！」

「什麼？」

「沒注意到嗎！止血帶，快！」

等到那邊像是開始急救之後，基於那個謝列布里亞科夫竟然朝拜斯大吼大叫的狀況來看，譚雅理解到前者應該是對的，並嘆了口氣。部下與其說是缺乏戰意，更像是腎上腺素分泌過剩而感受不到痛覺的狂戰士，這項事實讓她莫名沮喪。

明明沒有特別餵食甲基安非他命藥劑（註：興奮劑）卻是這副德行。這是該高興獲得最優秀的士兵，還是該感慨自己找來一群最糟糕的戰爭中毒的部下，真是教人為難。

「……那個連自己中彈也沒發現的蠢蛋狀況如何？」

「生命沒有大礙，但應該難以再繼續戰鬥下去。」

「什麼？沒辦法。拜斯，快給我退下吧。」

儘管這麼說，腦海中卻瞬間閃過失去有能助手的恐懼。就算是戰爭狂，他也算是有常識的那一類，更重要的是，這會對指揮系統造成嚴重影響，在這種混戰狀態下是格外致命。不過譚雅隨即就轉換觀念，不能只顧著眼前的利害，還得要對應長期的問題才行。

善良的拜斯中尉是隊上最有常識的人，看來是對這項作戰懷著許多煩惱的樣子。他會脫離戰線，即表示自己作為魔導師出類拔萃的一名部下險些遭到擊墜的事態。通常來講，拜斯中尉也是名能以 Ace of Aces 為目標的人才。

……倘若不是僥倖擊中，就很可能意味著共和國軍的迎擊能力有著令人恐懼的水準。

「可是，大隊長……」

「夠了，退下吧。就算少你一個也不會有問題。與其在這礙手礙腳，還不如趕快跟中彈的傢伙們一起ＲＴＢ吧。」

正經是不錯，但要是正經要員脫離戰線可就非常困擾了。既然隊上沒有其他正經的人，正經的人就只會剩下我一個。在一群戰爭狂當中就只有我是常識人，就算是惡夢也該有個限度吧。

這樣一來，不用說肯定會搞得我身心俱疲。能在戰爭這種異常現象當中保持常識的人極為珍貴。失去這種人的部隊，管理起來會非常棘手。

常識人基本上就算是在關鍵時刻，判斷力也不會受損。重視市場與合理性的現代人，正是支撐現代資本主義社會的人才。在名為戰爭的浪費之下，讓像他們這樣的人才遭到浪費，真是一件恐怖的事。

等到戰後，將這些最棒和最聰明的人才浪費掉的帝國經濟會變得如何，真讓人不敢想。

該趁現在把手頭上的薪水換成黃金或實際物品吧。感覺不論打贏打輸，帝國的未來都不怎麼光明。

「遵命……祝武運昌隆。」

「你想太多了。是猶豫了吧？你這個大笨蛋。等我回去後就給我做好覺悟吧。」

只不過，首先必須要活過現在。儘管麻煩又不怎麼想做，但必須要將據守在亞雷努市裡的偏共和國分子們予以粉碎。

以人類而言這是不太能容許的行為。就算說除掉會比較輕鬆是合理的想法，侵害人權也不值得稱讚。沒錯，就連博愛主義的我也認為將毫無關係的人們牽連進來是不應當的行為。

因為是善良且有良知的拜斯中尉，就算在法律上沒有問題，心中也肯定很糾結。總歸來講，就是機動受到猶豫與遲疑的束縛，結果導致中彈吧。這也不是不能理解。

但如果要我說的話，要是自己處在相同的立場，也同樣會想這麼做規避責任。

唯有這點讓人羨慕。就這麼討厭擔任屠殺的幫兇嗎？

雖然真的是很討厭——儘管如此自嘲，也還是必須要讓亞雷努市的游擊隊員們為了我方的方便去死。

所謂的幫兇，只不過是廣義的概念。我單純只是什麼事也沒做。所謂，不見、不聞、不言的三隻猴子。

這是現代刑法所謂的不作為的行為，但並不是直接的行為主體。換句話說，就只是需要爭論有沒有通報義務的問題。

就連魯德爾，哪怕轟炸掉蘇聯這麼多戰車、戰艦、戰鬥機與裝甲列車，也依舊能在戰俘營等處獲得免責。總歸來講，他就只是出擊，而這種程度的行為並不足以追究責任。

很好。總歸來講，我也只要善盡一名軍人的義務，應該就不會有太大的問題。

啊，法律真是太棒了。

「是的。真是非常抱歉。」

話雖是這麼說，但既然有問題，就不會有人想自願從軍，這是相同的道理。雖然也覺得，這世上本來就不存在著什麼會讓人「嘻哈！」地自願從軍的作戰。究竟是為什麼要戰爭呢？我不禁這麼想。

今天也要從事這種蠻不講理的作戰吧。

譚雅儘管是真心感到頭疼，但她可沒有會在戰場上悠哉地陷入沉思的自殺慾望。切換思考，優先處理眼前的問題。

「別在意。這也是你呢。很好，肯尼希中尉。你接手拜斯中尉的指揮權。」

「遵命。」

既然沒辦法，就適當地重新編制指揮權。不論怎麼選擇，反魔導師戰鬥頂多就是在牽制的程度內壓制敵人的任務。

只要敵魔導師還健在，就必須進行某種程度的打擊。

「各員，準備近身戰突擊。警戒伏擊。對手很能幹。要是小看了他們，你們很可能會被料理掉喔。」

「大隊長，敵魔導師正在後退！那些傢伙打算據守在市區裡。」

只不過，這項計畫是以敵方會積極出動迎擊為前提所制定的。

「呃，沒辦法，中止突擊。照這個樣子壓制下去。」

換句話說，與市區外圍伏擊的敵魔導師交戰是職責所在，但超過這範圍就不是了。

所以，只要將敵魔導師從能攻擊市區外部的地區中排除掉的話，至少譚雅的任務就算是大致達成。

簡單說，就是只要將敵方壓制在無法對轟炸機與砲兵隊出手的位置上，工作就結束了。

「大隊長？」

「只要趕走就好。就這樣壓制敵軍，然後發出投降勸告。」

「……可以嗎？」

正因為理解命令的意思，數名中隊長才會以遲疑的語氣回話。當然，他們不論是誰，都不是會在開始掃蕩戰後猶豫攻擊的傢伙。只不過，他們也不是完全無法預料在之後會發生的事態。

「那不是我們的工作。至少，我的工作是對付魔導師。不包括城鎮戰。」

只不過，這種事譚雅早就想通了。倒不如說，既然把重點放在該如何不弄髒自己的手，在發出投降勸告後迅速脫離就有著任何事物都無法取代的優先度。

這是項簡單的工作。而且就算是間接害死了誰，至少不是我親自下的手。

既然如此——

「……我知道了。」

儘管猶豫，到最後誰也沒有堅持反對。不論是好是壞。這也就是說，大夥都是儘管有意見，卻能夠忍氣吞聲的成年人。

所謂的企業，重點就是要忍耐。不論是接待、解僱，還是無藥可救的上司。必須要忍耐的事情實在太多，所以只要能避免，就會缺乏猶豫的理由。更別說對軍人來說，命令是最佳的藉口。

「聯絡砲兵隊與轟炸機部隊，說我們要發出投降勸告了。」

然後是交接任務。要是他們肯接受投降勸告就好。若是不行就用轟炸解決。僅此而已。

不過對手並不是會老實接受投降勸告的人，所以這接近是既定事項。換句話說，就是要請他們成為我們的免死金牌。

「掩護呢？」

「第二中隊，去擔任直接掩護。」

只不過，沒有比發出投降勸告更好的做法。倘若對方是明理的人，也不是完全沒有選擇投降的可能性。只要事先發出投降勸告，心情也會輕鬆不少，更重要的是，就算面臨審判，這也能作為辯護方的資料善加運用。

「好，發出勸告吧。」

要是做了也沒有損失，那麼不做就等同是對資本主義的造反。

既然幾乎能確定會被拒絕，頂多就是為了強調訴求裝出真摯的表現吧。不過這毫無疑問地有花費成本的價值在。而且要是能因此投降的話，就真的是感激不盡。畢竟彈藥費與時間可是很寶貴的。

雖說以現實來講，大量投降的情況對後勤路線與部隊的負擔比較大就是了。而且上頭早就以絕對不可能投降為前提，滿懷幹勁地想要發動殲滅戰。儘管覺得應該要做好風險迴避，但既然降低成本也是一項重要要素，這就絕對不是該遭到譴責的決定。

真受不了。不過現場人員應該不需要考慮到這種地步吧。

好，那就開始吧。

「立即釋放無辜的一般市民。你們的屠殺行為是不被容許的。基於戰時陸戰法規第二十六條第三項，我們要求立即釋放帝國市民。」

名目是要求釋放一般市民。話雖是這麼說，但亞雷努市原本可是共和國都市，居住在這裡具有帝國國籍的人，頂多就是軍人或軍方雇員。

恐怕早就在造反時遭到殺害或是處以私刑了。縱使有人活下來，也不覺得他們會老實釋放。倒不如說，那些傢伙會殺害還活著的帝國市民洩憤的機率還比較高。

讓人覺得，真虧他們有心實踐這種劇本。用科幻小說描寫核戰過後的世界與實際發動核戰之間，可是存在著令人難以置信的差異呀。

「有在觀測吧。發現到了嗎？」

「……是的，他們開槍了。嗯，影像在這裡。」

然後跟預期的一樣，民兵射殺了俘虜，大罵著某些話語。不論在哪個時代，無人管制的民兵會做的事情就只有那幾樣。正因為如此，正規軍隊與民兵才會是不同的東西。要當自由鬥士是不錯，但毫無秩序的自由，到最後只會是達到盛大的內部暴力這種結果的某種公害。那些傢伙明明只要自己聚在一起就好，卻將從事善良經濟活動的市民牽連進來，實在是無可救藥。

啊，照這個發展來看，那些被逼到走投無路的傢伙們大概是在大罵「去死吧，帝國混帳」之類的話吧。

雖然不習慣戰鬥行為的人，往往很容易做出這種行為。就算信奉著崇高的理念，人類要是未經過訓練，就無可奈何地會是感情的奴隸。更別說是未經過組織訓練的持槍老百姓，大概就是這種程度。

軍人也跟社會人士一樣，要是未經過訓練，就算穿上制服也一樣沒辦法用，對民兵期待這種事只是在白費功夫，應該是沒有討論的必要。所以用經濟學的方式來講，這可用人力資本的重要性來表示吧。

「聯絡ＨＱ。傳送影像，要求准許即時救援。」

然而，這同時也是天大的良機。已經善盡義務發出名目上的投降勸告。之後就只需要參加殲滅戰，但基於往後的政治立場，怎樣都想盡可能避免這麼做。這也是個穩健的理由，是任誰都不會追究責任的理由。

而現在正是絕佳的機會，保護自國國民這個盛大的正當理由就擺在眼前。天底下哪會有軍隊，會譴責想去拯救自國市民的軍人呢？至少，拯救遭到俘虜的帝國臣民，在政治上是安全的行為。以軍事上來看，這或許會被視為沒有大太意義的行為，但事態發展到現在，就只是殲滅戰的準備階段。

既然如此，之後就是講求要在政治上如何表現的階段。在這種時候，致力於保護自國國民而沒有直接參與殲滅戰的事實，在萬一的情況下將能成為免死金牌。最起碼能代替它。

「ＨＱ收到。准許立即實行。」

「Pixie01 收到。將立即實行。」

很好，要救人了。去做好事吧。這是為了自己。一如古人常說的，做好事會有好報。

而對格蘭茲與維夏來說，這是場名為掃蕩戰的屠殺。不對，已經習慣這種場面的維夏還承受得住吧。她至少知道在戰場上迷惘的危險性。

但看在格蘭茲眼中，這是煉獄，這是地獄。

「HQ呼叫作戰參與部隊。開始進行掃蕩戰。去掃蕩『共和國軍』吧。」

黑灰交織的世界點綴著鮮紅火焰，視野裡盡是隱約閃爍的閃光。散漫的意識捕捉到某處傳來的聲響，是HQ向全體戰區發出的命令。隔著無線電傳來的聲音，平坦到令他錯愕，沒想到聽起來會如此地不真實。

然而，命令本身卻帶著意義。沒錯，這是命令。遵照命令，格蘭茲這個人來到了這裡。

來到這裡，扣下扳機殺害敵兵。不對，殺的是人。

然後也理解到，直到方才為止鼻子都莫名感到不對勁的理由。哪怕早已聞習慣戰場的味道，也依舊刺鼻的臭味。臭味的真相是人類烤焦的味道。腐臭無法掩蓋的，新鮮的，剛烤好的屍體。混著蛋白質的空氣腥臭莫名。

早該在很久以前就吐光的某種酸性物體幾乎奪口而出，只能拚命壓抑著這股衝動。該說，真不愧是正在適應戰場的人吧。格蘭茲少尉還算是平靜，至少有辦法努力去理解狀況。

從投降勸告開始，直到剛剛都還在試圖分離民兵與市民。但這嚴格來講，是要將市民認定為民兵的手續吧。總而言之，就在不用將市民定義成非戰鬥人員的瞬間，帝國毫不留情地開始攻擊城市。

自己很幸運地從事受俘的帝國軍方雇員的救援任務。對於提古雷查夫少校是名會優先選擇我方而不是敵人的軍人所感到的不對勁，也隨即獲得解答。這個人就單純是根據優先順序的問題做出判斷。

所謂，軍人是國民的守護者，倘若要問排除敵人與救援國民之間該以何者優先，當然只會是救援國民。

這似乎是價值基準的問題。換句話說，就是相較於自國市民，她由衷覺得敵兵的性命無關緊要。多虧這點，讓他們有幸能在開始砲擊前的短暫時間裡，將囚禁在市區裡的人們救出。

「已排除敵軍的組織性抵抗。接下來，去分別擊破吧。」

滿懷鬥志的共和國市民們在概念上，確實是打算與帝國交戰吧；他們在意識上，應該是想要挺身守護共和國吧。但至少從救出的軍方雇員們的身體與遺體上，看得出他們的惡意。

然而，就算是如此，格蘭茲少尉也不可能享受眼前所展開的光景。

另一方面，他們的長官譚雅則是對於能夠不弄髒自己的手，旁觀意外順利的掃蕩戰這點感到滿足。

用榴彈粉碎石造建築物的屋頂，在盡可能讓室內可燃物暴露出來後，朝內部發射燃燒彈。然後再次用榴彈破壞建築物，避免火勢遭到撲滅並送入空氣促使延燒。

接著再一次發射燃燒彈。不斷重複這個過程，亞雷努就在短短數個小時內，陷入了恐怖的業火之中。

市民搭設的路障毫無意義。

豈止如此，就連與他們會合的共和國軍魔導師恐怕都已遭大火吞沒。市區毫無疑問已經淪為比地獄變相圖還要可怕的地獄。

對於這點，率領部隊的譚雅心中所想的事很單純。上帝肯定會很哀傷吧。前提要是祂真的存在的話。

不管怎麼說，看來存在X也沒有善良到會對這種災害伸出援手。這也是沒辦法的事情。能拯救人類的，在任何時候都只會是人類。忘記這種理所當然的事情跑去依靠宗教，可說是人類的脆弱吧。

不過譚雅深深相信，正是這種脆弱讓人類的歷史交替。正因為如此，她同時才不想弄髒自己的手，純粹去救援淪為俘虜的帝國軍方雇員。

若無其事地採取這種脆弱的人類群體意識所希望的行為，這才是不忘替將來的藉口做好準備的現實主義者啊——如此自我吹噓。

另一方面，格蘭茲毫無餘力察覺指揮官的這種內心想法，對他來說，不弄髒自己的雙手從事純白的救援任務是心中的唯一依靠。所謂，至少不用射殺名為市民的非戰鬥人員的辯解。所謂，他是在救人，而不是在屠殺非戰鬥人員的藉口。

這只是在這個戰場上的某種虛構假象……只要還能維持，就能成為心靈的慰藉。

然而這種虛構假象，就在民兵拒絕大隊長提古雷查夫少校的投降勸告後輕易破滅了。

我們的大隊是為了執行這項任務的尖兵，倘若沒有救助帝國臣民的名義，就必須要參與這場廝殺。而現在，他還有他所屬的第二〇三航空魔導大隊，將不得不執行這項本來的任務。

「Pixie01 收到。請指示目標。」

迅速確實地奪回帝國俘虜的第二〇三航空魔導大隊，早已重新編制完畢，等候下一道命令。

這是他們本來的任務，就算沒人說出口，眾人也全都明白的攻擊計畫，任誰也含糊其辭的那個計畫。但難以置信的是，大隊長提古雷查夫少校似乎打算參與在那個亞雷努市所發生的某種恐怖行為……而且是自己主動參與。

亞雷努的人們早已別說是戰鬥手段，就連能否生存下來都很渺茫。但不論是帝國軍司令部也好，大隊司令部也好，各中隊指揮官也好，這都不是能夠滿足的狀況。既然目標存在於眼前，就不承認攻擊以外的選擇。

他們只知道這種解決方式。所以哪怕沒有人願意開口，但在受到隨口一句的正式詢問後，就不得不開口發出的追擊命令確實存在著。而以往常的語氣與ＨＱ聯絡的大隊長，早已重新編制好部隊，向上頭催促著接下來的指示。

「ＨＱ呼叫 Pixie 大隊。退後中的敵殘存魔導師在擔任殿軍。能排除嗎？」

「已目視到……沒有問題，能排除。」

作為教育的一環被分配到指揮中隊。這是不是表示自己備受期待啊——曾對這件事老實感到高興的自己，實在是錯得讓人恨之入骨……畢竟在這裡，我聽到這世上最要不得的消息。我竟然要在這裡學習大隊長的指揮方式！

提古雷查夫少校的視線前方，確實看得到聚集著一定人數的團體。就算再不情願，這也是能以目視確認的距離，完全不可能看錯。而且，殿軍儘管遍體鱗傷，但確實是……確實是一群看似共和國軍魔導師的傢伙。

只不過，唯有魔導師才能使用的強化觀測術式所捕捉到的光景，卻也告訴我在那群破破爛爛的魔導師們背後的人們，就單純是一般民眾。沒錯，是怎樣都不覺得能夠戰鬥的一群人。他們的臉上浮現著憤怒與恐懼，還有絕望以及對逃離戰場的些許希望。等察覺到時，格蘭茲少尉就突然陷入一種自己也難以言喻的情緒之中。竟要將守護那群民眾的最後一面盾牌扯掉嗎？

「排除殿軍後，砲兵隊預定要掃射殘留敵軍。請在十分鐘內結束。」

……而司令部似乎不容許那群聚集起來的「敵軍」逃離。沒錯，那個是軍隊。是軍隊啊——

格蘭茲儘管腦袋清楚，但情緒卻發出吶喊——怎麼能容許……怎麼能容許做出這種事情！

然而，自己的長官卻不打算對這道命令提出任何反駁。對提古雷查夫少校下達的命令，是掃蕩在砲兵隊的砲擊之下展開防護術式保護民眾的殘留敵軍，一如字面意思，是針對費盡心力試圖讓民眾逃離戰場的魔導師們的掃蕩命令。

然而格蘭茲早已學到，自己的長官在這種時候，恐怕會不帶一絲情感地淡然實行命令……這是身為軍人的正確表現。這並沒有錯。並沒有……錯。

「ＨＱ呼叫 Pixie 大隊。以上，通訊結束。」

高層單純地結束通訊，他們的意思相當明確。

動手吧——如此宣告的命令。

而這麼做的結果，等到他們消失之後，所展開的防護術式也會在瞬間消失吧。這樣一來，緊接著砲兵隊就會毫無疑問地將跟隨在他們身後的民眾粉碎。

砲兵隊恐怕會在不知道「敵軍」真實身分的情況下，漂亮地將他們炸成粉碎吧。我們至少只會與「魔導師」交戰，不會直接攻擊跟隨在他們背後的民眾，但是卻能充分理解到在這之後所會發生的事情。

不對，是十分清楚會發生什麼事。我們的行動是要粉碎他們最後的盾牌。

「Pixie 大隊，收到任務。我們將全力以赴。」

在排除掉那群魔導師們的瞬間，其餘民眾的性命也將灰飛煙滅。砲兵隊的集中射擊。而且還是在沒有戰壕，甚至只存在著坍崩瓦礫的空曠平地上。認為這樣會有人活下來的人，腦子根本有問題。

最重要的是，砲兵是要朝不知道該如何從砲擊中生存下來的市民全力射擊的話……這真是太瘋狂了。

「……大隊長，請再考慮一下！要是……要是我們將他們排除掉的話……」

等回過神來時，就連自己也難以置信，我竟然忍不住向長官提出抗議。

自覺到臉色變得一片蒼白。

這是相當於抗命罪的暴行。對司令部所下達的命令提出反駁。這可不是一介少尉能對擔任大隊長職務的人做出的事情。最重要的是，嘴中說出的話語幾乎相當於是在抗命。

「『帝國的敵人』將會被炸飛吧。這不是很好嗎？」

「但……那個是！」

所以才會這麼做吧。至少，儘管感到遲疑，也依舊提出反駁。

陷入自己也不太清楚的混亂之中，格蘭茲少尉勉強為了阻止提古雷查夫少校，而打斷了她的話語。

然而，提古雷查夫少校儘管聽到他這麼說也依舊毫不在乎。

「格蘭茲少尉。逃走的敵人仍有辦法拿起槍。為了朝我們射擊。」

啊，是呀。看那群人泛著憎惡的表情。共和國毫無疑問……毫無疑問地能從那群人當中獲得熱心的新兵吧。要說到戰意，既然憎恨著帝國，就肯定完全不需要擔心。

但就因為這樣，所以就要殺？只要是敵人，就要殺掉嗎？

不知道是意會到這份糾結，還是不經意的舉動，提古雷查夫少校在最後確實補上了一句重要的話。

「只要不攻擊敵人就會被攻擊。至少，在下令停止攻擊之前都必須繼續攻擊。更重要的是，這是命令。」

然後等回過神來時，就已經重重摔在地面上了。吃進土的感覺。不對，與其說是土，更該說是泥巴。

受到沉重撞擊的臉孔儘管述說著疼痛，也依舊能勉強維持著清楚的意識。

不是強烈的踢擊，就只是絆倒而已，這該算是溫柔吧。

「我就當作沒聽到吧。這是命令。給我把槍拿起來。是工作的時間了。」

沒錯，這是命令。明明就知道，既然是命令就不得不去做。

因為這是命令。該死。是命令啊。

午安。長距離列車坐起來的感覺不怎麼舒服。儘管一等車相較之下算是相當不錯，但由於是在戰時，果然也就只有不錯的程度。外加上還要讓軍方的列車砲與運輸車輛優先移動，所以時刻表錯亂的情況極為嚴重。

在這種狀況下，要說到我該做的事情，頂多就是看看文件或是喝喝涼掉的咖啡。由於什麼保密措施的關係，不僅是無線電靜默，甚至還禁止離開一等車廂，這究竟是怎麼了？

啊，餐點基本上是由鐵路提供，所以比較正常。不過現在的氣氛也沒辦法讓人悠哉地享受餐點吧。

而且菜單的主菜還很不貼心的是燉牛肉濃湯。

嗯，平常時應該會很高興地享用，但現在是稍微不太想看到的菜單。

是很好吃啦。雖然很好吃，但直到剛剛都還在戰場上看了各種東西，所以吃不太下去。我是不吝於老實承認這道菜很好吃啦。嗯。這要是肉醬多利亞焗飯，就實在是沒辦法嚥下去吧。

譚雅就以這種感覺，半開玩笑地碎碎唸道。

愉快不已的法律爭論，與實際上嘗試實踐有著完全不同的意義。比方說，在全民皆兵或總體戰的情況下宣稱全體國民皆是軍人的話，是否就能假定國內不存在著民間人士？這種胡來的假設真的有意義嗎？

一般來講，這種事不會成真。問題就在於，就連照道理來想絕不可能的假設，在現實當中都開始有迫切需求的情況。這是個怎樣的時代啊？

人不把人當人看，用過即拋。至少用得聰明一點再拋棄也還有辦法討論，但在這裡完全是無作為。難以容許的浪費，外加上有效率地運用資源的資源回收方式也還尚未成熟。不對，更接近完全無視。

真想質問他們，知不知道人力資本投資得花上多少成本啊。明明只要想到魔導師的培育費用與時間，就知道不該隨隨便便讓他們戰死了。

豈止如此，前些日子連就讀大學、研修博士課程的科學家都派到前線。要是輕忽科學，明明就會在新兵器或新技術上落後敵人。唉，對手拿出雷達與ＶＴ信管，我方卻拿不出來的情況，我可是敬謝不敏。

對手在推動曼哈頓計畫（註：第二次世界大戰期間研發與製造原子彈的一項大型軍事工程），我方卻讓科學家在最前線戰死，這可說是利敵行為吧。啊，不過那個瘋子是該死沒錯。

愛因斯坦博士作為士兵完全派不上用場，但他對國家做出的貢獻卻遠超乎一介士兵啊！與其讓愛因斯坦或諾貝爾這樣的人拿槍，還不如讓他們拿起鉛筆計算方程式，就連這點也搞不懂嗎！當然，像瘋子那樣陷入瘋狂的傢伙們要另當別論。

這種作為，就跟讓諾貝爾那樣的人到前線戰鬥一樣的無意義。讓他去研究硝化甘油才有益於這個世界。順道一提，他同時也是獎勵和平以防資源浪費的一名優秀的人力資源守護者。

也就是說，這全是為了人類的未來。

「阿爾弗雷德．諾貝爾博士：發現能在盡可能的最短時間內，殺害前所未有的大量人類的方法，藉此累積財富的人（By 維基百科）。」他是獲得這種高度評價的人物，同時也沒有人比他還要重視效率！

倘若是我，還會再加註「並致力於保護人力資源」這句話。

啊，這是何等的人力資本浪費！要是缺乏的不是職位而是人才的話，只要從前線挖角不就好了？不覺得正是因為這麼做，所以才會鬧人才荒嗎？

雖然最近總算是獲得改善的樣子。

不過懷著這種想法所寫下的筆記，就只有能記載在正式呈報書上的程度。

雖是搭乘火車，但因為是在戰時，車窗外看不到什麼好景致，所以非常閒。

既然是被叫過去的，也只好忍受這份無聊了。

多虧了將亞雷努市徹底粉碎，讓現在應該有了不少餘力。不僅向部隊發出休養許可，上頭還開始檢討，要將集結起來的部隊重新配置。不過這種程度還在預料之中。

但沒想到我竟然會被獨自叫去帝國的參謀本部，這究竟是怎麼一回事？

我有做出什麼會被找過去的事情嗎？——就算真摯回顧之前的行動，也不覺得有特別犯下什麼失誤。

嗯，雖說是貫徹人命救助的行動，但也有將敵魔導師徹底排除。

在更早之前的萊茵戰線時，雖說是在戰地的簡易授勳，但也有基於數項功勳獲得授勳。

應該是沒特別做出什麼問題行動。

就連部下的管理，也不記得有特別犯下什麼失誤。當然，像山下先生那樣因為部下的過失遭到軍事審判這種事，我可是敬謝不敏，所以我的大隊規矩定得極為嚴格。

絕不允許虐待俘虜。基本上基於部隊的性質，擁有俘虜本身算是罕見的情形，但可以抬頭挺胸地斷言，我們絕沒有對擄獲的情報來源施加一切的拷問與虐待行為。與囚禁著不必要的大量俘虜，再對糧食問題感到頭疼的外行人不同，這裡就只會收容四十八人所能夠負擔的俘虜，所以要說輕鬆也確實相當輕鬆。

擁有極度忠於國際法規並專心軍務的理想部下，讓我避免掉一些麻煩事，可說是輕鬆愜意。真的是搞不懂為什麼會被叫過去。

「打擾了。好久不見，提古雷查夫少校。」

似曾耳聞的聲音，打斷在百般無聊下險些脫軌的思索。隔間的入口處，站著一名穿著校官外套的軍官。在想這會是誰之前，就在看到對方的臉後隱約理解事態。

「好久不見，烏卡少校。很高興你別來無恙。」

連忙起身，拿下帽子敬禮。雖說以軍禮的觀點來看，本來應該要連後腦杓綁著的頭髮也一併解開。所幸在前線附近，不存在著要這麼死板運用的禮儀。

是說，記得有聽說烏卡少校是跑去從事後方勤務。應該是陸軍鐵路部或後勤司令部。

他應該是軍大學的同學當中最為飛黃騰達的人。早在自己任命為上尉時，就已經升上校官。應該會是除了戰地勤務組之外，快速升上中校的人吧。

啊，真教人羨慕。畢竟離開後勤司令部後，應該就能前往參謀本部或是在軍大學擔任教職。是打好關係不會有任何損失的對象。

「啊，我也很高興貴官別來無恙。亞雷努的事我聽說了。辛苦妳了。」

「不好意思，事關軍機，所以詳情就……」

而且還是軍大學同學，比點頭之交還要親近，也多少知道他的為人。倒不如說，透過同學會與身為將校的某種階級性關係，儘管隱晦，卻也註定讓將校之間存在著明確的紐帶。換句話說，就是管道。

「沒關係。我今天幾乎算是傑圖亞閣下的跑腿。應該跟妳是同一件事吧。」

解說

【山下先生】 別名「yamashita standard」，被認為是在國際刑事法院（ＩＣＣ）促成ＩＣＣ規約第二十八條的判例。換句話說，是山下上將基於「既然部下犯錯，那你就負起代負責任吧」這種煩死人的感覺，在美國軍事法庭遭到審判以來的稱呼。

應該說正因如此吧。所以能察覺到，他應該是被派來充當傳令兵。似乎很辛苦的樣子。
姑且不論這點，同一件事是什麼意思？
「你知道些什麼消息嗎？」
「……也好，貴官的話應該沒問題吧。」
該說是嘴巴牢靠還是不牢靠呢。不過烏卡少校是名意外有良知的人，就坦率感謝他對我的信任吧。
沒有比為了達成某事所建立起的管道、關係與人脈還要便利且重要的東西了。
「如今，陸軍鐵路部正被要求提出緊急戰區運輸的計畫。我是要去報告此事。」
「……恕我失禮，我看不出此事與自己的關聯性。身為野戰軍官，我頂多是被運送的那一方不是嗎？」
陸軍鐵路部對於採用內線戰略的帝國來說，是不可或缺的單位。一旦他們無法圓滑地運送軍隊，就無法有效率地移動戰力，導致戰力無法集中。這樣一來，大陸軍就會有如一頭體型龐大到無法轉身的巨象。
既然是如此重要的單位，會被要求提出移動戰區的緊急運輸計畫應該是常有的事吧。
這樣很好。
但這為什麼會跟自己被叫過去是同一件事啊？

這麼說雖然有點奇怪，但自己是魔導師，而且還只是大隊指揮官這種戰術單位。頂多就是聽從命令，搭乘某種交通工具前往某處的程度。若要用飛的，也許還會下令要自行飛往某處。

完全沒有特地把我叫去帝都的必要性才對。

「是有關戰區的問題，上頭似乎打算讓萊茵戰線後撤。」

「讓萊茵戰線……該不會是要撤退吧？」

正因如此，即使是譚雅也無法瞬間理解烏卡少校的話中含意。

明明都推進到這裡了，卻要將戰線後撤？

「沒錯。似乎是要後撤戰線，強迫對方流血的樣子。」

後撤戰線，強迫流血……原來是這樣啊。竟要以這種規模重現漢尼拔的坎尼會戰！

「……太驚人了。儘管大膽，卻是個有趣的主意。」

哎呀，自己也變遲鈍了。這樣可沒辦法嘲笑協和式客機的失敗。不要可惜投入虧本事業的資金，而是要可惜更進一步的虧損，應該要忠於這項大原則才對。一旦待在前線，重視經濟合理性的感覺就彷彿會變得遲鈍，所以才讓人害怕。

還是存在X打算毀掉我這名現代合理精神的忠實信徒嗎？的確，如果是那傢伙隨口說出的有戰爭的世界……有必要注意這種文字脈絡。然而可怕的是，自己心中對市場與合理性的感覺確實是險些麻痺。

啊，戰爭還真是罪孽深重。真想盡快從這種人類的瘋狂與浪費之中逃脫。我們應該打一場經濟戰爭，一如字面意思地放棄實彈交鋒的實戰。

「只不過，能撤嗎？」

但話說回來，傑圖亞少將閣下還真是想出驚人的辦法，譚雅不惜感慨。

推進戰線確實是很費工夫，但後退應該就沒這麼困難。倒不如說，就算敵人會發動追擊，也能預期損害會比朝重防禦的戰壕毅然突襲來得少。這主意不壞。只要整頓好參差不齊的戰線，想必就能以萬全的正面戰力與敵軍交戰。

既然已攻進共和國領土，補給線應該會是敵方占優勢，但我方也會在撤退後輕鬆不少。

當然，這是以對手會發動追擊作為前提。

「所以才會情報管制呢……看樣子，我們是打算演一齣戲吧。」

「你是說……演戲？」

「聽好，少校。我們因為亞雷努市的混亂導致後勤路線崩壞，無法再維持前線了。」

……稍等一下。

真的能用這種設定讓前線後撤嗎？

就算再怎麼樣假設共和國無能，他們應該還是會派出偵察部隊吧。

「那個……這實在是有點勉強吧。不論是經由第三國還是參與部隊的報告，我想真相很快就會洩漏出去。」

「正好相反。是要經由第三國散布政治宣傳。所謂，在亞雷努市市民英雄般的抵抗之下，帝國軍的鐵路路線幾乎全滅。」

竟然是這樣做。我由衷感到佩服。雖然我並未專門學過政治宣傳，也能立刻想像得到這會多麼有效。老實說，我完全沒預料到這個世界，而且還是這個年代的人，會在這個時間點就想出這種情報戰。

在這個缺乏總體戰概念的世界。

這讓我重新感受到，人類實在是富有適應力與靈活性的優秀生物。

既然這麼聰明卻還是會戰爭，實在很不合理就是了。

不過行為經濟學要說的話，就是基於感情面解釋人類這種矛盾集合體的經濟學。

相信也有著許多有趣的論點吧。

亞雷努市市民英雄般捨命地奮戰，讓帝國軍的戰線產生動搖，豈能白費他們的戰果——只要有人如此登高一呼，想必很難抑止住這股壓倒性的感情浪潮。

「該不會是想奪走他們的選擇權吧？」

好極了。簡直就像是遭到俾斯麥擺布的拿破崙三世的再現。埃姆斯密電事件還真是古典外交的歷史偉業。只是一介常識人的我甚至驚訝，沒想到還有這一招。

這就某種意思上等同是在挑釁。

不對，倘若俾斯麥是挑釁，我們就算是引誘吧？不過，就算詳細的分類要交給學會處理，還是想發自內心地送上好極了的讚詞。

「就是這麼回事。縱使沒來救援，也只要低語『被拋棄了』就好。就算散布這種政治宣傳，我們也沒有損失。」

「了不起的構想，居然能想到這種做法。」

哎呀。

在國民的團結很重要的總體戰下，給共和國政府貼上對抵抗的市民見死不救的標籤，還真是討人厭的手法。

國家在理性思考下，會為了大多數人的利益而犧牲掉少數人——這可不是國民情感所能接受的事。

倒不如說，能公然主張這種事的國家，頂多只有蘇維埃這類的國家。要說到波布（註：赤柬最高領導人，柬埔寨共產黨總書記），他犧牲掉的少數可是約有國民的三分之一。

不過也有國家是用保護國民的名目開戰，所以是半斤八兩也說不定。

而以傳教士遭到殺害的名目出兵，我覺得早已相當於是標準台詞。帝國在過去好幾次的紛爭當中也幹過相同的事情。

當然，純粹以外交上的爭議重點來看，是不該怠於保護自國的國民。倒不如說，稅金可是因此繳納的。既然就連夜警國家，人民也會希望政府在保障國民安全這件事上發揮機能，這就是國家該要去做的事吧。（註：主張國家只負責防範外敵、確保國內治安、保護個人財產所必要的最低限度的責任的自由主義國家觀）

就這層意思上，保障國家安全可是國家的義務。不過，也還是有個限度吧。

啊，想得太遠了。現在可不是沉思的時候。

「只不過，這跟我有什麼關係？」

如此宏大的戰略，怎麼會跟像我這樣的一介野戰軍官有關？

真的是難以想像，究竟是為什麼？

我認為，就保密的觀點來看，基於知道的人愈少就愈不會洩漏的原則，應該只會允許必要的人接觸情報。

「很簡單。後退時的殿軍，似乎就是貴官的第二〇三航空魔導大隊。」

「……看來是對我抱持著相當過大的評價啊。」

這麼說來，只要考慮到該怎樣處置知道太多內情的人……用高額的退休金與年金封口讓對方閉嘴是民間的做法。不過這麼做會增加成本也是事實。所以才會經常聽到黃金降落傘太過昂貴的批判吧。（註：一種補償協議，當目標公司被收購時，公司高層可得到巨額補償費用）

反過來講，要是可惜這筆支出又想要合理地解決，就只好讓對方再也無法開口。而要在戰場上合法達成這件事，該怎麼做連想都不用去想。

……是要封亞雷努市的口嗎？等察覺到時，就感到背上竄起一陣惡寒。

說不定是我想太多了，但他們該不會是在懷疑我的忠誠心吧？沒錯，一旦走投無路，我是會最優先保全自己。但我姑且也有立下功績。加上凡事都自認為有向組織展現出格外的忠誠。

不，是在亞雷努市時的猶豫被發現了嗎？只不過，我不記得有以這麼拙劣的理由犯下錯誤。保護自國軍方雇員可是出色的藉口。

嗯，我想這應該沒有問題。但要是這樣，為什麼會指派我擔任殿軍？

「雖只是遲滯防禦，但想必會很艱難吧。恐怕是找妳過去討論這件事。」

「在半包圍下的遲滯防禦？就算讓我失去半數的部下，也爭取不到時間呢。」

這雖是在軍官學校常被問到的問題，但沒想到會真的面臨到這種處境。能做但是不去做與試著實踐之間有著完全不同的意思。

要把部下當作擋箭牌，這種美好的詞句說起來倒還簡單，但要實際執行，就必須採取恐怖管理吧。

至少這超出像我這樣的年輕將校所能負擔的限度。

「會多達半數……這樣不就接近是全滅嗎？」

「嗯，恐怕會這樣吧。沒想到竟然會遇到要實踐軍官學校口頭測驗的情況。」

真想大叫別開玩笑了，但沒有比這更沒意義的事。我自認多少理解烏卡少校這個人。

總歸來講，他不是個會開玩笑的人。

既然也沒特別想到他會在這裡欺騙我的理由，還是假設這是事實會比較妥當。也就是說，要我在軍隊的最尾端一面遲滯作戰一面撤退？這是委婉地要我去死的優雅說法吧。

這可說是該讓 Shimadzu 家那種戰鬥民族去幹，而不是該讓一介魔導師去做的事情吧？忍不住有種想從列車窗口逃離的衝動，好不容易才克制下來。現在就算逃走，事態也完全不會改善。之後就是該如何解決了。不對，是該如何活下來了。必須要想辦法尋找活路。

所幸我的部下們皆是有能的擋箭牌。最壞的情況下，恐怕有必要活用 Shimadzu 家自傲的捨奸戰術（註：撤退時不斷派小部隊捨命阻擋敵軍追擊的戰法）。這應該要去申請專利吧。不論在什麼時候，都必須要遵守規則。

「妳想太多了。這不會花費太多時間的。不就只是警戒嗎？」

解說

【Shimadzu 家】　指島津家。

「要保持常在戰場的精神，就必須得要預測最壞的情況做好打算。雖然我也覺得這種個性很討厭。」

所謂，只要能趕快讓戰線後撤應該就不會太辛苦的願望。換句話說，也就只是願望。可不能把命賭在這種願望上。必須要做好萬全的準備擔任殿軍。我的天呀。

早知道會這麼難受，剛剛就不應該吃燉牛肉濃湯了。好想吐。

魯德爾這個人會愛喝牛奶，是因為沒有其他好消化的食物吧？

不對，那個人要說的話，感覺是真的戰爭中毒的樣子。不過為了健康著想，自己說不定也該效仿他喝牛奶的習慣。

之後再認真考慮看看吧。

「……我這邊也會做好萬全準備，盡量不耗費太久的時間。」

「烏卡少校，就拜託你了。」

總之，這算什麼呢？

要是之後能跟傑圖亞少將閣下直接談判，請求他撤回這項決定就好了。

但目的是要封口的話，就絕對會被拒絕吧。

不對，就算沒有拒絕，之後也依舊會伴隨著遭到處理掉的危險性。

既然如此，為了活下來，還必須考慮在最壞的情況下向共和國投降。不對，向共和國投降會很危險吧。

……把聯合王國艦艇弄沉的事故實在太不走運了。最壞的情況下，很可能會為了什麼共和國與聯合王國的長期友好關係，而被當成祭品獻上。倒不如說，肯定會變成這樣。

既然如此，首先果然還是必須要想辦法脫離這個險境。

「不管怎麼說，身為軍人就必須善盡職責，事情就是這樣吧。」

該死，得要裝作一無所知地活下來。當然，這要是個誤會就再好也不過了。

與其抱持著樂觀的預期行動然後失敗，悲觀地進行準備還比較妥當。在計算成本時假設沒問題、沒問題，因此過度相信五．七公尺這個基準的結果會是什麼樣呢？

不用說，既然是企業，注重成本就是理所當然的事。倒不如說，挑起沒有成本概念的戰爭的國家還比較奇怪。我是堅決地支持和平。不過也相當贊成為了獲取限定利益的地區介入。合理的經濟主體所發起的戰爭，成本應該還會控制在容許範圍之內。

但這要是說到法國蝸牛的基準又怎麼樣呢？那與其說是發電廠，更像是要塞。雖說他們打造的要塞在各種意思上都廣受好評。比方說馬奇諾防線。（註：法國首都巴黎的暱稱，意指法國核工業公司阿海琺所搭建的核電廠，現因為嚴重虧損而面臨經營重組）

啊，糟糕。看來知性的好奇心與純粹的思考開始想些有的沒的了。

「不管怎麼說呢。提古雷查夫少校，現在就先乾杯慶祝我們的重逢吧。」

chapter VI

「這邊只有假咖啡喔，要是你不介意的話。」

總之就從下次起準備牛奶吧。順道一提，帝國不知道為何，身為牛奶產地十分出名。

[chapter]

VII

第柒章

前進準備

Preparation for move forwards

朋友，向帝國獻上勝利吧！

——傑圖亞／盧提魯德夫兩少將《萊茵戰線的協議備忘錄》

譚雅・提古雷查夫魔導少校一臉不滿地向前進。不對，是被逼著前進。深入敵地進攻對帝國軍人來說應該要懷著百感交集的想法享受吧，但譚雅心中就單純只有「我不想死」這種身為人理所當然的感情。

作為在種種理由下被逼著突擊的人的心情，這有點算是無可奈何。儘管如此，譚雅也依舊一面俐落地朝敵兵顯現術式讓血櫻綻放，一面作為只看表現會是極為勇猛的一介野戰軍官，哪怕是在現狀之下也依舊竭盡全力地指揮突擊。

「Break！Break！」「04，FOX3！FOX3！」「該死！13被幹掉了！」「01呼叫10、11，過去掩護！然後趕快把人拖下去！」

部隊的通訊狀況比往常少了一份從容。部隊在作戰行動當中口氣粗暴並不稀奇，但要是演變成話語中透露出拚命感與死命感的互相叫罵，在第二〇三航空魔導大隊這種身經百戰的部隊裡卻是意外罕見。

但這也是無可厚非的事——譚雅忍不住仰天長嘆，並無意識地妄想用緊握的拳頭將看不見的存在X的腦袋揍飛。

若真有神，頂多就是像邪惡的電腦那樣不知變通的存在吧。想到這裡，譚雅就為了在戰場上活下去強制凍結無益的思考，重新將注意力分配到戰鬥行動上。

遮天蔽日的砲彈。這已經超出天空狹窄的層級。從地面反向朝天空密集發射的是鐵塊。單純地以數量，就單純一味地以堪稱暴虐的數量，讓鐵塊一味地朝單一目標飛去。

倘若在黑暗中此起彼落的砲火象徵著人類的行為，恐怕可以斷言文明就某種意思上已達到與究極的理想進化完全相反的極點吧。

地獄即是萊茵。煉獄的試煉，如今就在此地。

人命在這裡最為便宜。不對，是每日突破最低價格，通往地獄的最近車站。死神與惡魔生意興隆之地。相對於子彈，人命已陷入可怕的通貨緊縮的世界。是這個世界上，生死邊界最為曖昧的煉獄。

就連知名的魔導師也逃離不了這項原則，萊茵甚至是這個世上最可怕的魔導師墳場。

「Fairy01呼叫CP，已遭到完全包圍。支撐不了太久。目前狀況？」

對高度八千英尺的打擊力不足的，就只有魔導師。對戰鬥機來說，這甚至是游刃有餘的容許高度。

更別說是以這種航空機為目標預測對空射擊的高射砲的榴彈與對空散彈的濃密彈幕，將能輕易殺掉魔導師。

防禦膜是與魔導師的身體間隔一公尺左右展開的魔導障壁。只要能在這裡防禦住，對魔導師來說就等於完全無害。不過雖說是魔導障壁，但強度可不怎麼強。

遭受直擊時，防禦膜所能防禦住的攻擊一般來講單發是一二・七ｍｍ。當然，儘管存在著個體差異，但要是遭到飽和攻擊，就連步兵的步槍也很有可能削弱魔導障壁貫穿防禦。而要是專注防禦，將資源分配到障壁上的話，就能抵禦四〇ｍｍ程度的攻擊。但就算假設這麼做，也沒辦法承受大口徑砲彈的直擊。更別說只要中彈一次，變得難以維持飛行的話，就連依靠速度閃避的可能性都會很渺茫。

最後可依靠的防禦殼，是魔導師以自身的力量直接讓肉體覆蓋上防禦裝甲，所以相當堅固。但既然沒辦法扭曲物理法則，就必須要有承受著彈衝擊的覺悟。

縱使能夠分散，一旦遭受到一二〇ｍｍ口徑的直擊，就會因為內臟受到的衝擊立刻完蛋吧。運氣好也是瞬間失明，要不然就是墜落。大致上，直接變成絞肉的人應該比較多。

不知道是幸還是不幸，我所持有的艾連穆姆九五式能用防禦膜彈開八八ｍｍ程度的攻擊。理論上似乎還可能生成連更大口徑的一二〇ｍｍ級的直擊都能抵禦住的防禦殼。雖然我不想實際嘗試就是了。會想在實戰中測試防彈背心性能的就只有研究人員，他們不可能會用到吧。

外加上這時所散發的高濃度干涉因子會引發廣域的魔導障礙。這甚至可能會讓偵測率極端下降。說得簡單一點，就是會處於類似將ＥＣＭ開到最強的狀態下。

這在夜間，就連要用光學儀器捕捉飛行物體都極為困難吧。

不用說，既然這類似ＥＣＭ，就毫無疑問會產生過度明顯的反應。

雷達要是出現空白地帶，那裡有著某種東西就是一目了然。

因此，不適合隱密行動。但就算偵測到存在，只要無法鎖定，導引彈或統一射擊之類的攻擊就不成威脅，所以在以高速進行突破與襲擾時作為隱身衣是相當優秀。

雖然作為重大且致命的副作用是會讓人精神失常，但這也是沒辦法的事。

「第二階段即將完成。在第三階段發令前，各部隊繼續所規定的作戰行動。」

充滿雜訊的無線電。

不僅經過加密，還透過寶珠將指向性電波以特殊形式使用的魔導師之間的通訊。儘管勉強能用來通話，但就只有滿足最低需求，以實用性為主。高濃度殘留魔力的雜訊非常刺耳。

解說

【ＥＣＭ】　電子反制手段（electronic countermeasure）。諸如通訊干擾等。

既然要擾亂共和國軍的觀測，所以無法明確得知友軍的動向這點真討厭。畢竟殿軍與其說是朝敵地突出，倒不如說是朝敵地突進。

如果是波及整個戰區的大規模機動，隱密就會成為極為重要的課題。雖說是混在黑夜之中撤收，師團規模還另當別論，方面軍規模情況就不可同日而語了。

而且就算是機動性、快速反應能力卓越的魔導師，戰力也不足以掩護整個萊茵戰線。更別說就只有派出一個人數略為不足的加強魔導師大隊，尋常的手段根本不可能辦到。

因此想出來的辦法即是欺敵作戰，經由武裝偵查讓敵方相信會有攻擊計畫的假情報。參謀本部研判不可能在大規模戰區機動的同時隱瞞鐵路網路活性化的事態，所以反過來特意流出鐵路網路開始頻繁活動的情報。

所謂「為了大規模的攻擊計畫，出現集結物資與增強兵力的動向」。

實際上手法也相當精湛，要是沒有在帝都與傑圖亞少將會面時被悄悄告知，就連我也會相信有攻擊計畫這回事。

在帝都，參謀本部的新聞官雖說是在非正式場合，卻也提到「大規模作戰」的字眼，導致傳出「萊茵戰線的大規模作戰」的風聲。

還有開始頻繁動作的鐵路網路與物資。這是要引誘敵軍進攻並加以殲滅的大規模欺敵撤退計畫，物資不論再多都很必要。而且亞雷努市還徹底進行了報導管制。

拜這所賜，成功讓大部分的情報傳遞管道誤認帝國軍現在的動向，是要增援鎮壓亞雷努市的造反行動。關於鎮壓，帝國儘管覺得恥辱也依舊坦承失敗。無法用封口令徹底防堵的部分，就讓他們徹底誤認為鎮壓成功的情報是為了掩飾失敗所散布的謠言，這種與事實完全相反的情況。

儘管缺乏材料推測共和國會怎樣判斷這些情報，但考慮到人大都傾向於相信自己想相信的事物，多少可以期待一下。

但就算是這樣，應該還是會對世間盛傳補給出現困難的帝國會自暴自棄地發動全面攻勢一事感到半信半疑。但雖說只是半信半疑，也還真虧能隱瞞過去。

欺敵作戰獲得優秀成果，似乎讓共和國也稍微警戒起自暴自棄的攻勢了。毫無前例的深入規模，以及投入帝國軍在萊茵戰線屈指可數的精銳航空魔導大隊所進行的武裝偵查作戰，「一如帝國所期望的」獲得共和國軍堅實的歡迎。

正因為如此，譚雅與旗下大隊才不得不模擬不顧犧牲的武裝偵查任務，反映帝國軍自暴自棄的焦慮。

而共和國軍對武裝偵查部隊的深入早有防備的報告，對帝國軍參謀本部來說可是一道佳音。敵人上當了——這是讓所有人都鬆了一口氣的喜訊。這樣就不用擔心撤退中的部隊屁股會被狠狠踹上一腳了。

但參謀軍官對在現場展開死鬥的譚雅來說，是相當於存在X的微笑的不妙事態。為了不讓敵方察覺這是欺敵行動，讓大隊不得不一如字面意思地進行不顧犧牲的武裝偵查。

第二〇三航空魔導大隊正散開在萊茵全區實行武裝偵查，他們全是為了不讓敵方發現友軍正在撤退的誘餌兼殿軍。

後方應該正在將沉重的野戰砲後送。等到這個階段完畢後，再來就是步兵的撤收。而工兵隊也早已經設置好陷阱，預計再過不了幾個小時就能撤退完畢。所以為了爭取這幾個小時的時間，自己的部隊不得不遭受到敵方的強烈攻勢。

這個戰線會頻繁進行武裝偵查的目的，是要引誘出對方的防禦態勢與戰力配置加以確認。雙方都認為這是所謂大規模攻勢的前兆，所以防守方會優先藏匿戰力，並且不會積極地動用預備兵力。這樣將能爭取到讓帝國軍撤退的寶貴時間，於是譚雅與旗下大隊就不得不向前突擊。畢竟軍令是這樣要求的。

當然，為了阻止他們收集情報，共和國軍將會用濃密的地面射擊熱烈歡迎。外加上還有迎擊部隊從略為後方的距離出差過來，生存率實在不怎麼高。只不過，武裝偵查甚至會以突擊時的部隊損耗率作為基準就是了。

「Fairy08呼叫01。我中彈了。要脫離戰場。」

實際上，飛在身旁的部下陷入難以繼續戰鬥的狀況也不怎麼稀奇。只論迎擊效率的話，既然雷達呈現空白地帶，統一射擊就是痴人說夢。

反過來說，假如是熟練的雷達觀測射擊，就可能有效率地迎擊吧。

但容易依賴雷達觀測射擊與魔導師的統一射擊的共和國軍，夜間的目視戰鬥非常差勁。

儘管如此卻陸續有損害傳出，跟敵人投入的鐵塊數量比較有關係。

就算是命中率差勁的槍砲，亂槍打鳥也會命中目標。真是可怕。

……看到這麼浪費的情況，就實在是悔不當初沒有買砲彈公司的股票。

雖說是單價便宜利潤率低的消耗品，但要是被如此浪費地使用，利益也會相當可觀吧。因為軍需物資的利潤容易被壓低，所以把薪水投資到資源股上說不定是個錯誤。

「01收到。06、09去掩護。在我連開兩槍的期間內協助他撤退。」

事到如今後悔也沒有用。只能一面檢討當初為何會做出這種判斷，一面將這種反省活用在未來上。

這才是有建設性的未來志向，樂觀進取的態度不論何時都很重要。

總之，現在必須要填補部下中彈所造成的漏洞。漏洞當然要補起來，但就算這麼說，也沒有事情比讓我避免冒險還要重要。但你覺得害怕危險而不去掩護是正解嗎？儘管遺憾，但這是錯誤答案。

外行人往往會害怕看得到的恐怖。會不會因為做了某些事情而導致恐怖的事態逼近——在這種恐懼下感到緊張，全身僵硬。

所以外行人會擔心，自己說不定會因為開槍而暴露位置。沒錯，這種危險性本身是正確的認知吧。但這終究是外行人的想法。

放棄做某件事情，就只會喪失達成某件事情的機會。所失利益才是人最該害怕的東西。一旦在這種狀況下提供掩護，兩名部下就會為了支援一名部下的撤退加入掩護，這樣一來就會形成三人團體。在我進行兩次支援射擊後，天空就會布滿砲彈爆炸的煙霧與探照燈的光芒。事到如今，區區兩次攻擊的程度不太容易被發現吧。

倒不如可以期待，支援撤退的部下會成為發出盛大反應的誘餌。這也就是說，在他們撤退的期間內，敵人的視線將會被他們獨占。要是能用些許的風險大幅避開危險，當然是這樣做比較合理。而且他們姑且還是有退到安全圈的可能性，所以就賽局理論來說並不壞吧。畢竟這可不是零和遊戲。

更重要的是，只要能用掩護部下撤退的名目製造誘餌，就能一面擺出重視部下的姿態，一面追求自身的利益，還能提高中彈的蠢蛋的獲救機率，這正是雙贏局面。

「大隊長，這樣太危險了。」

當然，身為專家的部下們也知道這樣做的危險。我也很清楚他們想提出抗議，不想擔任危險誘餌的心情。

「這是沒辦法的事。時間有限，趕快行動吧。」

然而，很可悲地——不對，對我來說應該說是幸運吧。這裡是軍隊，而我是以長官的身分在率領部下。

只不過正因為是軍隊，自己才會在這裡面臨到這種辛苦的窘境——一想到這，譚雅就有點後悔莫及。擔任長官的傑圖亞少將閣下在帝都直接以書面嚴格下令，要我在盧提魯德夫少將閣下的指揮下行動。

交到手上的命令文件，是經由官方管道，以正式的文件格式發布。也就是說，既然盧提魯德夫閣下下令要我擔任殿軍，我就只能照做。真是簡單明瞭的世界。

「這雖是艱難的任務，但我相信貴官一定能夠達成」？

「上頭對貴官抱持著極大的期望」？

在這世上，肯定不會再有其他人能如此漂亮地委婉表現封口這件事吧。既然毫不理會我的抗議，就一定是這樣沒錯。這說不定是我的誤會，但最好還是悲觀地做好準備。

所以在悲觀地做好準備後，就樂觀地採取行動吧。以理想來講，果然還是想跟參謀本部建立雙贏關係。說到底，自己身為參謀軍官應該沒有帶給他們壞印象。

既然如此，是基於軍事的必要性被當成棄子的可能性就絕對不小。

一想到這，譚雅就自己露出些許苦笑——果然是太過杞人憂天了。

上頭的意圖果然還是想打破戰局吧。倘若有機會，還想再與兩位少將閣下建立起合作關係；

要是可以的話，也想要再次獲得與他們長談的機會。話雖如此，但這也要能平安無事度過眼前的危機。未來也很重要，但現在活下來比這還要重要。

迅速將干涉式從演算寶珠封進步槍的子彈裡。為了擋住胡亂射上來的子彈，讓防禦殼有如盾牌一樣在部下的前方展開。

藉由阻擋射線，置身在一時的安全狀況之下。反過來說，也是共和國軍的蠢蛋們甚至搞不懂有某種阻擋射線的牆壁經由干涉式顯現出來的狀況。當然，他們至少能發現到前方的誘餌吧。

這樣一來，就肯定會有大半的彈幕集中到那邊去。

「01呼叫06、09。快去掩護。這支撐不了太久。」

總之，太過悠哉的話誘餌也支撐不了太久。明明就希望他們能盡可能把注意力集中在我以外的人身上。

Hurry、Hurry、Hurry！

「收到。祝武運昌隆。」

「嗯，也祝你們……受到主的庇佑。」

該死的是，比起武運昌隆，我竟然脫口說出「主的庇佑」這種意義不明的話語。儘管好想哭，但在這種狀況下，很遺憾的要是少掉艾連穆姆九五式，防禦膜就很可能被立即炸飛，讓我連同防禦殼一起粉身碎骨。

存在X的存在應該就像是某種消費者貸款吧。就算不想借錢，也不該借錢，依舊讓你不得不去借錢的存在。去吃屎吧。

能對高度八千英尺產生有效傷害的迎擊兵器頂多就是高射砲，但這反過來說，同時也是在被擊中時不可能平安無事的攻擊。

「CP呼叫Fairy。報告損耗率與狀況。」

「Fairy01呼叫CP。已有半數人員脫離。現在預定行程已達成半數。尚未發現搜尋中的共和國軍彈藥庫。」

拜這所賜，就連我隊上健壯的魔導師也出現多名脫隊者。儘管沒出現半名死者，但無法再回歸戰線的人應該也不少吧。在招募時老實有寫上無止境的危險真是太好了。

要是被指責是虛偽宣傳，老實講可是會違背現代產生的商業原則。我可沒低能到認為不斷喊著「標示錯誤」就能瞞過市場。在信用經濟上無法獲得信用可是非常恐怖的一件事。

真受不了，該安心地嘆一口氣，還是該因為受到「如果是在達基亞把工廠炸燬的第二〇三航空魔導大隊，就一定能炸燬敵方的彈藥庫」這種不負責任的期待而感慨呢？

「CP收到。01，這裡有個壞消息。」

我儘管不相信運氣，但回想起前人重視運氣這項要素的事例。據說偉大的松下先生在錄用員工時，似乎會詢問那個人的運氣好壞。在遭受到被丟進這個瘋狂世界的非人道對待之前，我無法理解他這麼做的理由。

但如今我能明白，就算或許只是機率論的問題，運氣這項要素也有著值得研究的價值。

「什麼事？」

「雷達圈邊緣有一群大隊規模的魔導師，正在急速地逼近萊茵戰線。在第三階段完成前，阻止他們。」

「……Fairy01 收到。將開始阻止戰鬥。除此之外呢？」

說得還真輕鬆。壓抑著內心湧出的憤慨，同時勉強維持著事務性的語調。

就算說是阻止戰鬥，但我們這邊實際上是以兩個中隊規模在進行武裝偵查。而且因為散開的關係，還不是密集隊形，外加上光是通過防禦陣地就已消耗不少戰力。

相對的，迎擊方還充滿餘力。只要沒有誤射，敵陣地上空就是對方的主場。

就連在緊張感與心理層面上也肯定會輕鬆許多。

這邊雖說是精銳盡出，但就算命令我們迎擊，這也不是能說聲「是，我知道了」就輕易答應下來的對手吧。

最重要的是，這是為了阻止武裝偵查而從地面起飛的大隊。

不用說肯定是菁英部隊。我可不想因為樂觀地認為敵人全是笨蛋這種滿懷希望的預測自殺。

除了悲觀地做好準備之外，沒有其他活下來的方法。

「已獲得即時中止武裝偵查的許可了。」

然後，嗯，看來是獲得有趣的許可了。如有必要可中止武裝偵查的許可，實際上是很難得能夠獲得。的確，既然下令進行阻止戰鬥，撤退也按照計畫順利進展，為了避免更多的損害，作為其中一個選項，確實是有可能中止武裝偵查。

所以上頭會允許中止看起來是很合理。但是，希望你能好好想一想。倘若是我，就絕對不會撤退。倒不如說，只要稍微想一下，就會知道軍事的合理性是個陷阱。

就算是善意的提議，但這要是經過鋪設的通往地獄的單行道，倒不如繞路在荒野上奔馳還比較安全。

「……麻煩幫我說不需要。」

我可不是外行人。身為一個重視合理性思考的經濟人，我可不是白白接受訓練的。可不是被存在X那種不合理的存在設計出來的。我可以賭上在生存競爭中活下來，擁有知性的進化論贏家——智人的尊嚴發誓。

解說

【松下】　指松下幸之助先生。

「咦？妳說什麼？」

「武裝偵查的本來目的，就是要調查敵人的攔截戰力。要是在這裡中止武裝偵查，欺敵行動的意圖就很可能洩露。」

要是經由武裝偵查欺瞞撤退的意圖失敗，殿軍就必須抵抗到最後一刻爭取時間。而要是爭取時間失敗，一切就完蛋了。不是有秩序地撤退，而是淪落到無秩序逃竄的地面部隊，將很可能慘遭蹂躪。

因此就連這段通訊內容，本來也應該是就算經過加密也要避免。

即使有點勉強，譚雅就只有讓友軍趕快撤退的選項可以選。如果是下達命令的一方，殿軍應該會一如字面意思，收到就算全滅也要爭取時間的命令吧。自己要是下令的一方，應該也會毫不遲疑地下達這種命令。這是當然的事。這當中要是有什麼問題，就只會是如今的自己是接受命令的一方這點。該死。

不管怎麼說，會逃避與共和國軍的大隊交戰，而選擇與共和國萊茵方面的全體部隊打一場追擊戰的人簡直是愚蠢透頂。

所以只要考慮到風險，就會知道沒有比在這裡支撐下去更好的方法。我可不是不知道，可惜些許的虧損而怠慢投資是有多麼愚蠢的人。最終的報酬才是最重要的。

「既然在第三階段結束前不能讓他們察覺到，所能選擇的選項就只有繼續任務，將迎擊部隊擊墜了。」

「……收到。我會盡可能催促他們的。」

「拜託了。願主保佑你。」

最後，因為對方願意協助而鬆了口氣。還真是嚴厲。好啦，就算是為了活下去，也要不輸給這個異常世界而堅強努力吧。

哪怕內心幾乎崩潰，我也完全不打算賤賣自己的性命，在戰場上不集中精神地飛行。就為了自己的性命努力吧。

「聽好，通知大隊各員。是對魔導師戰鬥。去教導他們挑戰我們有多麼愚蠢吧。」

真是受不了。與其向我們發起挑戰，怎麼不悠哉地待在後方享受休假啊？無薪加班就個人來講，由於對勞動生產率沒有太大的貢獻，所以不怎麼想讚賞。到底是為什麼會如此積極地參與這種麻煩的戰爭啊？

這對愛好和平的我來說還真是教人難過。沒有人像我這樣深愛著人類，儘管如此，也很少有人像我這樣被命令去殺害人類。詛咒自身的命運對有理性的人來說是可恥的行為吧。但就算是這樣，也依舊不得不覺得這有哪裡不太講理。

感覺就像是腦海中如今也浮現出存在X自以為是該死的超越者，而擺出的得意嘴臉一樣。神呀，倘若祢真的存在，祢肯定是個無藥可救的混帳吧。

人生還真是無法如人所願，真想過著風平浪靜的人生。

那一天，並沒有什麼特別的前兆。眾人皆會異口同聲地說「這是個平凡的日子」。不對，是一如往常的戰場。

硬要說的話，頂多就是聯合王國基於親善目的派遣數名軍事觀察官來訪。只不過這種程度的事，無法讓已疲憊不堪的感情掀起一絲波濤。

在一些長官與他們用完晚餐相談甚歡後，那些傢伙就在我方主管軍官的帶領下開始視察。不知是好是壞，對現場的士兵來說，他們算不上是能引起興趣關心的對象。精疲力盡的士兵把這當作是無關緊要的瑣事，不感興趣地貪圖著睡眠。

不過這個時候，共和國軍第二二師團所屬的第三魔導大隊也早已升空。在地上安眠的士兵與升空飛行的士兵，雙方都忠於自己的工作。對在接獲緊急起飛命令後升空從事迎擊任務的魔導師來說，守護友軍的安眠就某種意思上也算是任務之一。

迎擊部隊所接獲的任務，是要排除毅然進行武裝偵查的敵魔導大隊，次要任務則還有預測要擔任友軍地面部隊的掩護。經由騷擾性質的奇襲妨礙部隊睡眠的狀況接連不斷是目前最為嚴重的問題，所以他們接獲到的恢復寧靜的任務，有著不在前線的人難以理解的重要性。

「管制呼叫各員。今天的來賓非常認真，相當棘手喔。」

而在那一天，戰區管制官所告知的話語儘管透露著些許凝重，但同時也充滿著船到橋頭自然直的心態。倘若是師團或連隊規模的魔導師發起的武裝突破或滲透襲擊倒還另當別論，要擊退大隊規模的武裝偵查並不是什麼難事。

畢竟，就算掛著武裝兩字，本質上也還是偵查行動，稍微交手一下就會撤退了吧。不過今天突擊過來的傢伙們相當有幹勁，這種評價接近是種坦率的讚賞。只有尋常的覺悟，可是沒辦法闖到這邊來的。而且，以作為騷擾攻擊發出的噪音規模來看影響絕對不小，所以千萬不能掉以輕心……不論是在哪個時代，都會有著單純的數量問題。

「管制，侵入的來賓是？」

「加強大隊規模。已突破第三防衛線。要突破第四防衛線也只是時間的問題吧。」

一般來講，武裝偵查部隊在第一防衛線與第二防衛線附近試探過陣地與快速反應的水準後就會撤退。這是因為在出擊陣地附近能期待獲得掩護，就算來到第二防衛線附近，想要返回基地也比較容易。倘若是這種程度，前線的各戰壕也早已做好防備，影響有限。更重要的是，這種程度還不需要把在後方貪圖安眠的將兵們叫醒。

會與頻繁派來作為佯攻與牽制的武裝偵查部隊頻頻爆發小規模衝突，也是因為要是這個地區每次遭到入侵就發布警報把全軍叫醒，才正中敵人的下懷。

任誰也懷著想安靜地解決一切的心願與敵突擊部隊交戰。夜間的武裝偵查部隊與迎擊部隊之間的小規模衝突，持續到甚至被諷刺為夜間名景的程度。

「太快了。防衛線的傢伙是在混什麼啊？」

該說正因為如此吧。負責迎擊的魔導師們在這瞬間，對速度過快的敵人感到困惑。雖是理所當然的事，但滲透到足以突破第三防衛線的武裝偵查部隊看來相當認真。再這樣下去，非常有可能讓他們掌握到共和國軍的防空洞與作戰中心的位置。

帝國軍要自暴自棄發動大規模攻勢的傳聞。

雖是半信半疑……但敵人要不是懷著相當的決心突擊，可以說友軍的防衛線一般來講是不可能容許對方滲透到第三防衛線吧。而且更重要的是，早在第二防衛線快遭到突破時，就該向待命部隊下達緊急起飛命令。等到第三防衛線遭到突破時才總算下達出擊命令，反應可說是難以置信的緩慢。

「偵查網路被廣域魔導干擾癱瘓，所以耽擱了不少時間。」

當然，這項事實也不得不反映在管制官苦澀的語調上。因為狀況不明，所以不斷重複著待命指示，最後卻要他們緊急起飛攔截，讓人有點難以接受。

結果讓他們面臨到得在最終防衛線前阻止敵部隊的窘境。這是很可能導致讓敵部隊帶回情報的風險，以及讓友軍在騷擾攻擊下遭受損害的狀況。是任誰都會忍不住感到苦澀的狀況。

只要讓區區一個大隊程度的魔導師突破防衛線，萊茵總司令部就會被這批敵人輕易擊潰吧。

但一想到他們會帶回去的情報，也很容易導致悽慘的結果。

應該會有數名高官因為對應廣域魔導干擾的速度太慢而丟掉腦袋，也能確定通訊兵們將會拖著電纜四處爬行努力加強聯絡線路。而掩護他們，也將會是我們的工作吧。

「還有，對空射擊似乎是仰賴光學儀器。請留意敵戰力依舊健在的可能性。」

「收到。我也不想小看負傷的野獸。除此之外，在已知敵情的範圍內就好，還知道些什麼情報嗎？」

不管怎麼說，將來的事情等將來再說，今天有今天的任務要做。而且這還是會比往常再艱難一點的任務。眾人皆在這時首次意識到事情的棘手程度。

然後令人錯愕的是，不同於攔截有所消耗的敵魔導師，而是有可能要與戰力比較有所保留的傢伙們交鋒。要在該死的夜幕包圍下展開夜間迎擊戰，也比事前預測的狀況還要艱難。

倘若友軍的對空射擊全仰賴光學儀器，就甚至還必須擔心會不會遭到友軍誤擊。只要想到敵我識別混亂的情形，這就不是不可能發生的事。相對的，敵人就只要亂打一通就能達成目的，雙方有著不公平的勝敗條件。

雖說基於阻止任務的性質，我方會占有人數與地利的優勢，但光是這樣就夠討人厭了。

「干擾很嚴重，因此無法成功識別，不過統裁官判斷是精銳。也有帝國會發動大規模攻勢的傳聞。別大意。」

「感謝助言。各位，繃緊神經上吧！」

指揮官的聲音鼓舞部下，要他們繃緊神經以萬全態勢挑戰。作為絕對不會輕忽大意的戰士，他們所懷著的是帶有適度緊張感的戰意與決心。

只不過，光以結果論來說……

他們犯錯了。不是該繃緊神經，反倒是必須要拚命地死中求活。

「大隊長呼叫各員。發現敵蹤，準備交戰。」

由於是夜晚，雙方的目視範圍都很狹隘這點替共和國招致了災害。

雙方幾乎是同時發現對方，雙方大隊長也幾乎同時發出交戰宣言。事情很簡單。經由組織性戰鬥與統一射擊，以集團擊潰帝國軍魔導師個別的質量，是共和國軍魔導師的戰鬥準則。

夜間，在遭到貼近的範圍內發生實質上的意外遭遇戰，況且現場還存在著高魔導濃度所導致的強力干擾。

再怎麼保守評論，這都是他們所不擅長的戰鬥吧。而且，對方還是擁有卓越近戰技術並身經百戰擁有豐富經驗的魔導師們所組成的部隊。

尋常部隊不可能抵禦得住，在達基亞與諾登經由鐵與血鍛鍊出來的利刃帶來的衝擊。

要是前衛能再多支撐一下，後衛說不定就有時間逃跑；然後要是後衛再多一些人，應該就能以緊急射擊阻止對方逼近，爭取時間讓前衛逃跑吧。

但這全都差之毫釐，結果導致了悲劇。衝擊造成了混亂，衝鋒鎗撒出的術彈則是讓混亂更加擴大。

遭到敵人壓制的損害與止不住出血的情況惡化。

帝國軍魔導師的帶隊指揮官釋放出的爆裂式漂亮地讓前衛開出大洞，同時為了擊潰各中隊指揮官，複數的光學系射擊式朝著這個大洞射出，讓共和國軍的指揮系統一如字面意思地在斬首行動下崩潰。

儘管很勉強，但此時的共和國軍仍舊……仍舊有辦法進行組織性的抵抗。他們隨即為了堵住前衛開出的缺口，由後衛毅然地進行制壓射擊。

霎時間，後衛就為了堵住開出的缺口支援前衛。面對這種程度的損傷，他們還有力氣意圖重組戰力。這份拚命的抵抗，稍微挫敗敵人的進攻意圖，成功阻止他們接近後衛，不過犧牲了對生存下來的前衛的火力支援。盡全力將火力投注在阻止接近上的後衛已毫無餘力掩護前衛部隊。

而突擊行動在他們的拚命抵抗下受到阻礙的帝國軍魔導師，就瞬間將目標切換到遭到孤立的共和國軍前衛上。

帝國軍約兩個中隊的魔導師對上共和國軍兩個中隊的前衛。只不過後者的指揮系統已完全中斷，甚至還欠缺友軍的支援射擊，處於遭到隔離孤立的狀態下，就只會淪為各個擊破的對象。

結果，共和國軍的前衛與帝國軍的人數逆轉。早在後衛自顧不暇時，遭到突擊的前衛的命運就已經決定了。一邊是平時總在共和國軍可恨的統一射擊下無法逼近的帝國軍魔導師；一邊是靠著友軍的統一射擊阻止殘存敵兵捨命突圍的共和國軍魔導師。當他們雙方接觸時，帝國軍魔導師就為了一吐平時的怨氣，爽快地揮下刀刃。

「Fairy 大隊，各員注意。現在開始追擊戰。」

接著就是非常簡單的結果。等到失去護衛的後衛連忙想要撤退時，一切都已經太遲了。相對於提高速度發動襲擊的帝國軍，共和國軍沒能爭取到足以擺脫追擊的距離與速度。無法藉由緊急加速脫離戰場的結果，共和國軍第二二師團所屬第三魔導大隊就在這一戰中被認定遭到殲滅。

生存者很諷刺地，只有最初被爆裂式擊墜並撿回一條命的數人。

到頭來，共和國軍就連緊急出動萊茵總司令部珍藏的菁英魔導連隊也無法成功捕捉侵入的大隊。豈止如此，甚至還犯下讓數處物資預置場遭到燒燬的缺失。這也因此讓共和國軍司令部的注意力完全移到侵入的部隊上。

大規模攻勢的風聲，傳聞中亞雷努市的命運。

「他們勇敢地戰鬥到最後一人」。

正因為是撼動人心的政治宣傳，所以讓共和國相信那些有著悲壯下場的人們所做出的貢獻。絕不能白白浪費他們的犧牲。

窮困的帝國軍與達到極限的補給線，這問題對帝國來說儘管有可能迅速解決，但也確實是一記沉重的打擊。正因如此，帝國才會為了打破這最糟糕的事態，毫不遲疑地採取軍事行動。為了前線的安寧，也為了帝國的安寧。

但也正因為如此，不論是那一國的人們都這麼想……這種事已經受夠了。帝國因此對不可靠的補給線現狀抱頭苦惱，共和國在敵軍不可靠的補給線狀況上發現希望。

考慮到傳聞中的帝國軍動向，任誰都會這麼想吧。帝國現在的狀況並不安穩，而這完全是事實。帝國軍參謀本部醒悟到，要是一面靠受創的鐵路網路進行補給，一面繼續專心打擊游擊活動的話，就只是漫無目的的維持戰線讓現況不斷拖延下去，怎樣都划不來。

這種客觀的事實助長了共和國的混亂與誤解。任誰都毫不懷疑地相信帝國軍這個強大的軍事機構，會為了解決問題再次發起曾在達基亞與諾登發起過的大規模攻勢打破戰局。

而且除了開戰時極為迫不得已的遲滯作戰，帝國總是死守著國土。沒錯，死守國土。

這是認為沒有人會想撤離自己的土地的刻板印象，但這對以鮮血換取寸土尺地的共和國軍將兵們來說是顯而易見的真理。畢竟他們基於不願放棄祖國的想法，自滿地堆積起大量的死屍成功守護住國土。

所以就結果來說，讓他們完全誤判化作戰爭機器到超乎常識的帝國軍參謀本部的意圖，該說共和國軍的將兵們是自行落入這個情感的陷阱吧。

結果在那一天，帝國軍成功不讓共和國發現地放棄戰線。

差不多該說一下帝國所抱持的邁向勝利的種子吧。

事情的開端，是針對重防禦陣地的武裝偵查。這項作戰行動需付出重大犧牲，但也具有戰術必要性，存在著極為深刻的兩難困境。

比方說，就連代表萊茵惡鬼們的精銳部隊，都會在突擊前被判定就算再好也會死傷半數的事實，就是比任何事物都還要能明確闡述這份危險的證據。

但縱使以這些前提討論，也依舊得基於軍事上的緊迫必要性進行武裝偵查，只要是司令部或參謀軍官，任誰都能理解並背負著這種困境。

加強大隊規模的武裝偵查犧牲太大，但倘若不派出這種規模又無法達成所制定的目標。

面臨到這種困境的帝國軍，就要求技術廠研究能突破敵重防衛陣地並能進行一定程度偵查行動的新兵器。作為解決問題的技術管道，帝國軍的技術人員們提出幾項試行方案，當中認為有希望實現的是航空技術廠的答覆，他們提議開發高空偵察裝置，藉此在地面射擊的射程之外飛行。

原本在偵查這方面上就擁有特種偵查任務編組的航空部隊確實是很優秀。

但看在其他單位眼中，姑且不論航空偵查的潛在可能性，這當中也包含著要說到能否以目前的技術水準實現，就不得不蹙起眉頭的部分。提升高度說起來簡單，但要追求能在高空飛行的航空機，在技術面上必須克服的障礙實在太多，不是能輕易辦到的事。

就在此時，阿德海特．馮．修格魯主任工程師就基於魔導技術的觀點，提議了一個方法論與解決管道。

「……武裝偵查用特殊追加加速裝置？」

『這是什麼啊？』

對於在看到概要時任誰也會感到的疑問，答案就某種意思上很單純。

武裝偵查本來就必須要衝向敵人的迎擊線。既然如此，最好是以突擊為前提，投入能進行打帶跑戰術的兼具重武裝且高速度的單位。

因此只要以超加速在遭到敵陣迎擊前突破就好，所以只要把追加加速裝置裝在魔導師身上，一切就都迎刃而解了。

這樣一來就有辦法測量敵陣地的防禦水準與迎擊的對應水準，所以只要使用武裝偵查用特殊追加加速裝置，就能解決所有的問題。

只要以魔導師進行武裝偵查就能達到某種程度的目的，這個理論是正確的。正因為如此，所以有關武裝偵查這方面，傳統上都是運用步兵或魔導師多於航空機。

但同時以實際情況來講，他們的犧牲也已經超乎所能容許的限度。因此才會尋求技術廠的意見，然後所得到的結論即是這個。

「沒錯，就讓魔導師以高速突擊吧。」

原來如此，只要改變觀點來看，確實是只要提升魔導師的突破成功率就好。所以只要靠速度突破防衛線就好也是事實。只不過，過去從未有過能在這種速度與高度下活動的魔導師。

既然如此，只要去想該如何實現這件事就好，能站在這種角度思考的阿德海特・馮・修格魯是一種「天才（天災）」。

他的答案是，只要用外部裝置提升速度與高度就好。

批評這與航空技術廠的想法相差無幾的人就只有看到表面，畢竟他的提案實際上就只重視速度，高度則是副產品。

所以是追加加速裝置。不過要說到他的「天才（天災）」姿態，直接看他提出的設計圖會比較容易理解吧。

裝置上搭載著多具使用聯胺燃料的超大型噴射器，而且居然是靠搭載複數的這種即拋式裝置來確保續航距離，然後還能藉由將燃料用盡的外部燃油箱一齊拋棄讓終端速度更加提升。

此外還放棄調整噴射器這個最大的技術障礙，乾脆將噴射器當作單純持續加速的工具，藉此克服技術障礙。沒錯，單純只要筆直飛行。換句話說，就是運作時魔導師幾乎無法調節速度。

姑且是有準備硼添加物槽讓魔導師能在敵地上空加速，但這是兩回事。依靠毒性估計是氰化氫十倍以上的硼添加物所進行的加速是用來緊急迴避。

而震波阻力的激增與對應衝擊波的氣動彈性等令人擔憂的問題，全都沿用魔導師的防禦膜與防禦殼來對應。

（被評為只有航空機絕對無法採用的徹底即拋式才有可能達到。）

以超音速追求一．五馬赫這種難以置信的速度拋開一切的迎擊。

而且純粹以技術觀點來看，這比開發新型偵察機還要容易實現。更重要的是，這有可能迅速投入實戰運用。

不過要附加一點，就是這個追加加速裝置是即拋式，並且幾乎只能直線運動的工具。

所以需要魔導師在突破敵陣地後自行設法返回基地。這怎麼想，都是直達地獄的單程車票。即使前去偵查，抵達了、看到了，但要是回不來就毫無意義。

在實用化時，縱使在技術上有可能實現，但要是無法運用豈不是毫無意義？就在這種就某方面上算是理所當然的意見開始出現時。

空降部隊的軍官以完全不同層面的概念喃喃說出一句話。

「用這個把『部隊』送到敵後方地區如何？」

說出這個提案。

的確，把單一個人送到敵後方地區是極為危險，要返回基地肯定是困難至極。原來如此，沒有歸還手段的追加加速裝置作為偵查工具完全是缺陷品，但只要不限定用在武裝偵查上，這將能比空降更加確實地將魔導師投射到後方地區。

而且還能穿過敵人的迎擊網。畢竟，倘若只需要飛行的話，就能打造出遠遠超出地面射擊實用高度的裝置。雖要看使用方法，但只要運用得當，甚至能期待以中隊規模的魔導師打擊敵司令部遂行斬首行動。

追加加速裝置的研究就是在這個時候，決定從技術廠管轄移轉到參謀本部，由戰務的傑圖亞少將出面接管。研究本身儘管是繼續交給修格魯主任工程師等人負責，不過需要對參謀本部進行詳細報告。

然後，理解到箇中價值的參謀本部欣喜若狂。當中特別是游擊戰論支持者們一如字面意思地瘋狂支持這個「追加加速裝置」，甚至在推進計畫之際視其為最優先採取的措施。參謀本部一如字面意思地援助這項研究。

他們的援助也獲得了回報，「追加加速裝置」就在亞雷努市遭到游擊隊們一時占領之前，完成了原型。

而認為要形成關鍵的防禦殼與防禦膜所必要的性能，很偶然地艾連穆姆工廠製九七式「突擊機動」演算寶珠正好滿足。

參加實驗的測試人員表示，「突擊機動」演算寶珠的性能完全符合要求。

而且還保證具有一定程度的信賴性，因此緊急製造出二十具先行量產機種投入運用。

看到這項成果的參謀本部，就在決戰計畫上進行儘管細微卻十分重要的修正。

這對盧提魯德夫少將所制定的共和國軍引誘殲滅戰略來說可是一道佳音。於是他就在傑圖亞少將發現到技術研究所所開發的這樣裝置後，以修改作戰原案的形式制定了某項計畫。據說雙方都非常高興。所謂這將能實現他們，以及就某種意思上所有參謀軍官的理想。

「Schrecken und Ehrfurcht」。

冠上「衝擊與恐懼」之名的這項作戰，第一階段的目的簡單明瞭。

「藉由直接打擊敵司令部的衝擊將敵戰線導向崩潰」。

僅此而已。

統一曆一九二五年五月十八日　萊茵第二防衛線

萬里無雲的寒冷夜晚。帝國軍第二〇三航空魔導大隊的沃倫．格蘭茲魔導少尉，穿著附有羊毛的野戰外套值班。闊別許久的寧靜夜晚。沒錯，寧靜的夜晚。喝著野戰配給品的咖啡，坐在椅子上悠哉待命的平穩時光。

沒有砲彈落在附近的爆炸聲，警戒滲透襲擊的警報也不會響起的平穩夜晚。最後一次度過連步槍聲響也沒有的夜晚是在什麼時候呢，非常久遠到想不起來了。

製造出這種局面的，是高層懷著直接決定需要非比尋常的覺悟，毅然執行的戰線整理。

平安地讓戰線成功後撤重組的結果，讓開始急忙進軍的共和國部隊忙著移動到空白地帶，沒空理會我方的樣子。因此替戰場帶來短暫的空閒時光，而為了讓精疲力盡的士兵們休養，連大隊長也丟下一句「減少出擊好好休息吧」就躺回床上了。

該說是拜這所賜吧。讓部隊不用面對權威者的提古雷查夫大隊長，度過一個闊別許久到幾乎沒有印象的沒有緊張感的夜晚。

儘管是平常時肯定會忙著夜間迎擊戰鬥與應付滲透襲擊的時間，也依舊安然無事。

就連待在明知安全的後方基地，也會為了應付夜間奇襲再稍微緊張一點吧。當然，部隊並沒有鬆懈下來。

就算是精疲力盡，徹底累到連泥巴都能當床躺的程度也一樣，正因為如此他們才能應付快速反應命令。

只不過，還是隱約感到多了一份從容。

理由很明確。

單純因為大半的共和國軍正忙著朝空白地帶進軍，無暇理會我們的陣地。

打從共和國從他們固若金湯的要塞防線飛奔而出時，就一直熱心地努力擴張戰果。

如今他們就只想著要占領遭到棄置的空白地帶推進前線，更勝過衝向防備森嚴的壕溝線浪費鐵與血吧。

因此，讓前所未有的平穩夜晚得以實現。

不用說，對於後撤前線這件事並不是沒感到不安。然而那個大隊長斬釘截鐵地說了。我們明天將會是一舉結束這場戰爭的先鋒。這意味著從明天起，將會有正式的進攻戰在等著我們。

不過只要想到這樣就能結束戰爭的話，心情也多少輕鬆了些。畢竟有著能讓那位大隊長自信滿滿說出的作戰。就算無法讓共和國解體，應該也能確保帝國的安全。

這樣一來，之後等著他們的，就是復興在這場戰爭下受傷的國土。

……回想起甚至沒有餘力思考將來的激戰生活，感受到周遭傳來的關懷目光。

總覺得，距離上一次關心身邊的事物似乎是很久以前的事了。實際上這也不是一段多長的期間。正因為如此，這段出乎意料的短暫寧靜時光，也足以充分讓人回顧起至今為止的激戰。

為了平復情緒，拿起有點涼掉的咖啡杯。儘管直到剛剛都還不經意地喝著，但現在想想這咖啡用了很好的咖啡豆。雖說是配給品，只不過仔細想想，打從能領到咖啡豆時就相當稀奇了。考慮到沸水的稀有性，這應該很奢侈吧。

儘管因為正在值勤所以禁止酒精飲料，不過根據大隊長的興趣所準備的咖啡相當充實，這還真是讓人感激。

似乎是買了不少，能不用在想事情時喝到假咖啡，老實講真是太好了。沒錯，等回過神來的時候，格蘭茲就甚至在意起這種事情。

看來真的是心有餘力呢——注意到這點的他，露出了苦笑……大隊基於重重戰鬥的損耗重新編成。就算損耗率再低，也無法避免一定程度的損耗，於是第二〇三航空魔導大隊也將補充兵們編入隊伍，並從其他部隊吸收一部分的隊員。實際上，格蘭茲等人也是在那個時候，作為補充人員臨時編入大隊之中。

這等於是在教導完成的同時就納入編制的形式，該說這樣比調離接受訓練的熟悉大隊，轉調到陌生部隊受到千辛萬苦來得好吧。不管怎麼說，現在是基於母體的二〇三大隊，在文件上稱為帝國軍臨時混合第二〇三大隊。

賦予我們的呼號是Fairy，似乎就是妖精的意思。總歸來講，這是文件上的處置。總有一天會再次作為第二〇三航空魔導大隊的人員在文件上進行轉調，將加在大隊前面的臨時兩字去除。

考慮到這些情況，就自然能察覺到臨時編成這種形式所暗示的意思。上頭似乎是打算等預定近期內執行的作戰結束後正式地重新編成大隊吧。

就像這樣一面胡思亂想，一面平靜地啜飲咖啡。平穩到在戰場上不可能會有的夜晚。從戰壕眺望的天空明明應該就跟往常一樣，然而在和平時，看起來卻是莫名新鮮到讓人驚訝的夜空。

習慣戰場後，機槍與夜間擾亂射擊的砲火停歇，反倒讓人覺得不可思議到冷靜不下來。

「……冷靜點，少尉。這樣看起來實在很可疑喔。」

不過反應得太過度，果然會被周遭的人提醒。哎呀，還想說這下總算是能在鋼鐵暴風肆虐的萊茵戰線上好好睡一覺了。

看在學長們的眼中，自己依舊還是隻帶著殼的雛鳥吧。

「抱歉，拜斯中尉。」

是之前在亞雷努市中彈負傷的拜斯中尉。所幸他的復原情況良好，終於在前陣子返回隊上，這是令大隊眾人高興的好消息。畢竟大家都有受到個性穩重，總是會用各種方式關照全體情況的拜斯中尉的幫助。

而且值班軍官明明只要自己一個就好，拜斯中尉卻以要取回實戰經驗的感覺與直覺為由特地跑來幫忙，拜這所賜讓肩膀的力道放鬆了不少。

無聊與緊張是值班的敵人，沒有比能排解這些的學長陪同還要更令人感激的事了。

「不過，我也能理解這種感受。老實講，我自己也冷靜不下來。」

中尉聳了聳肩。可從他這無意間的動作上看出中彈的右肩似乎已無大礙。雖說前幾天他甚至還與大隊長進行模擬戰作為出院慶祝與復健……但副隊長康復果然是讓人鬆了一口氣。

但話說回來——格蘭茲同時也忽然思索起一句令他在意的話。中尉說他也冷靜不下來。

「……果然會覺得不對勁吧。」

「當然。畢竟我們大隊自組成以來，一直都是待在最前線上。」
拜斯中尉苦笑著將手中杯子裡的咖啡一飲而盡。
身為一名經歷過激戰的軍官，他臉上浮現的苦笑讓人很感興趣。
到底為什麼會這麼笑呢？
闊別許久地感到這種疑問。考慮到至今的人生，這只是一段短暫的時間，但是戰場生活卻不得不讓人感到足以跟過往的半輩子匹敵的漫長。現在想想，還真是一段相當高密度的日子。
「啊，貴官們不知道啊。」
而看到格蘭茲少尉臉上的疑惑神情，拜斯中尉露出像是突然想到似的表情。原本以為他也一定知道，但仔細想想格蘭茲少尉等人才剛到任沒多久。不是從大隊編成當初就留下來的老兵。
所謂到任部隊的逸事，都是從學長那邊聽來的。而他們編入部隊的經過，緊促到甚至沒時間做這種極為一般的交流。等到經過實戰的洗禮、度過砲火的災厄之後，才總算是獲得能互相聊聊大隊的日子。
現在想想，這就某種意思上就跟招募當時說的一樣，一想到這裡，拜斯中尉就不自覺地破顏微笑。
「這是個好機會，就來說一下往事吧。」
畢竟難得有時間。既然是個好機會，就該用來交換意見吧。

隨後在吩咐勤務兵添加咖啡後，拜斯中尉就在桌面上彷彿回想起往事一般地仰望起來。看著他的側臉，格蘭茲少尉霎時覺得——原來中尉也是會露出這種表情的人啊。

……自己所認識的中尉，果然只是擺出一張中尉的表情。

雖說已經熟悉大隊，但相處的日子終究還是很淺，他如今再次自覺到這一點。

「你知道我本來是東部軍所屬的人嗎？」

「不，這我是第一次聽到。」

格蘭茲等人是在速成教育後就直接配屬。也就是說，是在提前畢業的同時被丟到前線上。讓人再次感受到這是個幾乎沒有任何多餘時間的狀況。

本來必須要互相聊聊好讓他們適應部隊的學長們，直到現在才首次有機會告知學長們以前的所屬單位。但身處在這種空間下，不論是學長們還是格蘭茲都沒空注意到這種事而握起槍來。

原來如此，中尉一邊微笑點頭，一邊背誦起某些字句。

「『我們將經常領導著他，經常不捨棄他，經常走向充滿荊棘的道路，經常置身戰場。

一切都是為了勝利。

所追求的魔導師，將前往艱難的戰場，領取微薄的報酬，過著槍林彈雨的陰暗生活，承擔難以承擔的危險，無法保證生還。

等到生還之際，將能獲得名譽與讚賞』。」

「有聽過嗎」的催促眼神。但格蘭茲少尉露出一副無法理解的表情，連問都不需要。想說沒有問的必要，拜斯中尉就繼續把話說下去。

「這是在志願報名二〇三時所告知的話，意思是別想活著回去。」

浮現苦笑的表情上交織著各種情感，有後悔，有些許自嘲，還有著滿溢而出的懷古思緒，應該是學長們共同經歷過的感觸。

「年輕時候的我過度相信力量，愚昧到妄想成為英雄，過度相信身為魔導師的自己。」

「沒這回事，中尉。中尉並沒有這樣……」

「好啦，不用幫我說話，這是事實。然後，我就被少校狠狠教訓了一頓。那個訓練真的會讓人脫胎換骨啊。」

不由分說地在雪山上被踢飛，淪為砲兵隊的靶子，以及維持著氣喘吁吁幾乎喘不過氣來的呼吸在高空飛行。還真虧自己能撐過來，拜斯中尉儘管因為回想起這段恐怖的經驗顫抖，也還是發自內心地喃喃說道。

那個曾讓他二度差點停止心跳的經驗，要說訓練也確實是訓練吧。就連參雜實彈的對砲兵訓練，也只能自暴自棄地認為這要說是訓練也確實是訓練吧。實際上，訓練的內容極為嚴酷，搞不好甚至比實戰還要恐怖。

而拜斯中尉也因此確信一件事，狀況或許已經慘烈到連我們在現場感受到的麻煩氣息都不算什麼的地步吧。

訓練是很花錢的一件事，他基於副指揮官的立場，就算再不願意也對此深有所感。大隊的演習費用早已經用掉相當於一個差勁連隊的年度預算，在那個極端討厭浪費的提古雷查夫少校底下例外地大手筆花費的演習費用是一筆龐大的數目。

那個討厭浪費的大隊長究竟是認為實戰會有多麼激烈啊，我不只一次對此感到疑惑。不過在以達基亞的失態、諾登的洗刷汙名等種種形式經歷過實戰後，才總算是有某種程度的理解。身為提古雷查夫少校的副隊長，理解到一個簡單明瞭的原則。

提古雷查夫少校是在徹底的訓練之後，意圖在出擊建立戰果的同時，兼作為實戰形式的訓練教導部隊，階段性地將部隊調整成一個戰鬥部隊。

這就某種意思上，可說是要將速成的大隊培育成徹底的精銳吧。

正因為如此，所以當得知她甘願以中途補充人員的形式讓部隊的訓練程度下降時，我甚至懷疑起自己的耳朵，想說到底發生了什麼事。

或許該說，早在要教導格蘭茲少尉等人時，就對這意外的任務感到驚訝，覺得還真虧她願意接受。因此，可以說有某種理由，讓大隊長的思考方針從大隊編成時徹底的精銳選拔主義轉變成促成栽培。

這也能說是對自己長官的嗅覺所抱持的某種信賴吧。當中一定有某種導致變化的理由。

所謂「不論如何，就算只是湊數，也需要魔導師的理由」。

光是這點，就讓拜斯中尉在意起格蘭茲等新加入成員組。最值得高興的是，感受到格蘭茲少尉應該能成為一名好軍官，這是個令人高興的誤算。

正因為如此，就算大隊長沒有說出許多事情，也還是要委婉地將現實傳達給像他們這樣的新加入成員組。這是拜斯中尉的體貼方式。

統一曆一九二五年五月二十一日　帝國軍參謀本部第一（陸軍）晚餐室

盧提魯德夫少將記得曾聽說過，參謀本部的伙食基於要是讓戰地歸來的士兵們羨慕成何體統這種極為正當的理由，所以材料費與食材都會跟最前線一樣。

雖是這麼聽說過，但最前線的伙食有比這還難吃嗎？……懷著這種想法，他儘管不甘願，也還是配著水勉強把乾硬的戰時麵包吞下去。極度懷疑想出這種東西的食物委員會真的有自己試吃過嗎？——心中強烈浮現這種實戰經驗者特有的諷刺感想。

既然是那些傢伙，就肯定是基於營養學的觀點不斷地檢討議論，就連製造成本與原料的確保等實施項目都詳細檢討過了，但到最後卻誰也沒注意到最關鍵的味道。倘若不是這樣——盧提魯德夫少將邊用水將嘴中殘留的乾巴巴口感洗掉，邊伴隨嘆息地感慨起來。到底是誰想到要量產這種麵包的？

不過就這點來講，眼前的傑圖亞倒是若無其事地吃著，自暴自棄地接受這個麵包。說不定自暴自棄意外地正是這麵包最大的調味料——盧提魯德夫少將邊這麼想，邊暫時將對麵包的恨意擱置一旁。

計畫幾乎全都按照預定進行著，「向前方脫離」的準備幾乎完美。

「Schrecken und Ehrfurcht」（「衝擊與恐懼」）作戰，即將進入發起前的倒數計時。

更加地向前進。我們就唯有前進一途。

「我們竟然在默默用餐，看來是意外地緊張啊。」

「原來如此，哼……說得還真好。緊張啊。傑圖亞，我還以為就只有你這傢伙，跟這個詞無緣呢。」

「彼此彼此，我反倒是驚訝你居然會緊張呢。」

軍大學以來的同學同志之間的玩笑話。

不過，盧提魯德夫少將不吝於承認自己確實是在緊張。

這是事關祖國命運的大規模作戰。要是旋轉門無法發揮作用，要是無法砍下敵人的腦袋……一切就得從頭開始。

儘管如此——他是這麼想的。

帝國就只有向前邁進這條活路可走。

不對，是只有前進這條道路。

既然如此，他們能做的就是向前方脫離。

更加地向前，更加地向前。

替祖國開闢出一條道路吧。將阻擋在祖國前方的障礙全部擊破吧。因為我們已立下誓言，要替祖國開闢出邁向未來的道路。

「『朋友，向帝國獻上勝利吧！』」

當天，萊茵戰線

「提古雷查夫少校呼叫各員，即刻起認定已到指定時間一七〇〇。」

在密封命令的指定時間，與副官對時的譚雅以嚴肅的語氣讀出手錶的指針時間。

「拜斯中尉同意。」

她在看了一眼同時也是副指揮官的拜斯中尉遵照手續，同樣地確認時間，在在場軍官們的日誌上留下毫無誤解餘地的記錄後，就點頭拔出腰間的小刀。

「很好，那就開封吧。」

隨手用小刀割開嚴密的包裝，取出一疊文件。根據紙張的手感，恐怕是印有參謀本部浮水印的易燃油紙。還細心地用水溶性墨水打字，顯示出他們就連不起眼之處也處理得相當用心。

譚雅懷著這種想法，以冷靜的目光閱覽翻開的文件，大致上掌握文件要表達的意思。

……極端來講，這是只有打通前方道路的解決策略，要是無法靠力量前進，就只要靠更強大的力量前進就好的構造。

正因如此，帝國軍參謀本部的作戰、戰務才會做出就某方面而言如此脫離常軌的結論。

自己想不到除了向前方脫離以外的活路。

既然如此……

要是只能前進，就只好不顧一切，絕不停下腳步地向前邁進。

「副官，招集部隊。副隊長，你先看一下文件。」

早已習慣的互動。集結部下，向副指揮官傳達狀況，準備出擊。

既然如此，就跟往常一樣簡單地向軍官們傳達作戰宗旨。

「軍官注意，就唯有毫不遲疑地向前進。向前進，更加地向前邁進吧。」

沒錯，絕不允許停下腳步。

「堅決地向前進，絕不允許活著停下腳步。」

這恐怕是最初也是最後的機會，所以無論如何都要闖越過去。

只有向前進。

更加地向前邁進。

（《幼女戰記② Plus Ultra》結束）

[Side story]

外傳

借來的貓

A borrowed cat

這是在一個天氣陰寒的日子裡發生的事。

譚雅．提古雷查夫魔導少尉以前所未有的孤獨，獨自一人面對曾以為永無止盡，持續長達七十二小時的絕望般的抵抗。

帝都柏盧的一隅，帝國軍中樞聚集的這塊土地上，她孤立無援。

面對不知恐懼為何物，不屈不撓的可怕對手展開的波狀攻擊，處理能力一下子就達到飽和極限，讓情況瞬間惡化成無法負荷的狀況。

她應該是從諾登生還，以活人之姿受領銀翼突擊章，甚至獲贈「白銀」這個優美別名的卓越野戰軍官。然而這位提古雷查夫少尉，卻只被允許像個不知該怎麼打仗的新兵一樣，呆然看著的嚴酷局面。

就算孤軍奮鬥、拚命抵抗也徒勞無功地慘遭蹂躪，這簡直就是屈辱。持續感受著無能為力的無力感，她甚至湧現出彷彿心靈逐漸遭到削弱的虛無感。

但就算是這樣——也不允許逃跑。

這對於帝國軍人、對於軍人，也就是對於以契約為基礎的現代文明人來說，是重大的背信行為。最重要的是，就算想採取緊急避難措施，敵前逃亡也會處以槍決。

前進是地獄，但逃跑卻是毀滅。

既然如此，譚雅激勵起膽怯的心，再次湧起決心要抵抗到最後一刻。

在諾登與中隊交戰時，自己不是甚至做好一死的覺悟嗎？

不是陪那個沒常識的瘋子，被迫進行過大量的危險實驗嗎？

然而自己如今卻在這裡，像這樣存活下來。沒錯，我活下來了。自己絕對沒有屈服。

不屈的意志，對自由意志與自身的尊嚴近乎頑固的忠誠。

將這全部蘊含在心中，她——譚雅．提古雷查夫魔導少尉擺出毅然的姿態，以絕不退讓的覺悟迎接這一刻。

「小雅，妳在嗎？」

真是可悲。

「很好，今天一定要幫妳好好打扮打扮！」

不論是絕不退讓的覺悟……

「既然機會難得！我也有準備可愛的服裝喔！這一定要試穿看看呢！」

還是誓言抵抗的意志……

「既然如此，那就趕快去換衣服吧！」

就連自己的尊嚴也……

「還有，這是新的束腹。由於小雅說穿起來很難行動，所以我準備了最方便行動的款式。趕快穿上、趕快穿上。」

今日在這裡，就只是一味地慘遭蹂躪。

……事情的開端，是三天前接到的命令。

這本來應該是在銀翼突擊章的受動與轉調後方單位的同時，稍微協助一下後方業務的任務。當然，不僅限於軍隊，只要是在組織裡，上頭所謂的「稍微」之類的話，要問到正解是否就一如字面意思，實在是相當可疑。

然而，這似乎不是要像隻實驗白老鼠似的配合實驗，最後再被瘋子開發出來的東西炸飛，也似乎不是要在最前線從事孤立無援的遲滯作戰，應該真的就單純是要在政治宣傳的報導上回答一兩句提問。

實際上，在收到命令文件時，明明應該是沒有任何問題。遵照命令文件的指示，穿著第一種軍裝敲響文化宣傳局的大門時，齒輪開始失控。

將頭髮塞進漿洗好的筆挺軍帽下，遵照軍裝規定將銀翼突擊章閃亮地別在胸口，機敏地動著在諾登負傷之際，經由魔導師專用的高度魔導醫療治療後康復的雙手雙腳，打算展現出身為軍人的模範敬禮。軍靴也擦到跟鏡子一樣，就連軍官學校的帶隊中士都無從挑剔。

「當身處萊希時，一如字面意思，要有身為魔導軍官楷模的自覺」——自認為有遵照命令文件的這一段話，準備好完全的態勢。就跟過去留下無數張政治宣傳照片的英雄們一樣，是述說著華麗風貌的瑰麗軍裝。

畢竟初次見面的印象會大幅影響對一個人的看法，所以自認為有在穿著上相當講究。

——儘管如此，自己仍舊犯下了一個重大錯誤。譚雅不得不理解到這個事實。

才剛踏入室內，就感到集中過來的視線與漏出的嘆息。

不容拒絕地被拖去的地方，有著同樣露出失望的表情，同時喋喋不休地說著莫名其妙的話的女性軍方雇員們。

等回過神來時，新買的馬褲就被瞬間扒掉，費了大半天時間擦亮的軍靴被丟開，就算勉強死守住上衣，軍帽也消失無蹤。

抵抗徒勞無功，而強塞過來的衣服是羞恥心難以接受的款式。裙襬及地又輕飄飄，造型令人費解的裙子，以及怎樣都不適合行軍的女用綁帶靴。

不過跟她們帶著笑容喃喃說出的一句話相比，就連這些都還有……還有討論餘地吧。

「肌膚居然這麼漂亮，真是太棒了！聽說妳受過傷，我還很擔心呢……軍醫們的醫術還真是高超！腿也很修長，那也稍微試一下這件吧！」

那是一件輕飄飄的裙子。只不過，不知道為什麼，是在坐下後會凸顯出修長雙腿的款式。然後最後一擊是將緊繃的束腹以宛如刑具一般的緊度緊緊地綁在身上。

趕快……趕快給我結束吧。譚雅單純只期望這點的心願也落空，這個過程就這樣持續了半天時光。等到身心幾乎要化為空殼時，女性公務員才總算停手。終於……結束了。就在她不經意地差點露出這種安心念頭時，譚雅聽到一句彷彿讓心臟凍結的話語。

「既然是第一天，簡單的服裝搭配就先這樣，接著來實際上妝看看吧！」

第一天？……第一天！

還有下一次嗎！忍不住感到驚愕的心理動搖。

「呃，妳的頭髮怎麼了！有好好保養嗎！」

「是的？那個，有按照衛生規定……」

按照規定切齊的頭髮。這就某種意思上，是專為古禮繁多的帝國軍貴族階級制定的規定所稍微遺留下來的殘渣。是基於「為了辨別年少從軍者之性別」之類的理由，所以未滿正規徵兵年齡的軍官學校畢業女性需要維持長及肩膀的頭髮這種難以理解的規定。試著調查後發現，這原本似乎是假設貴族階級的女性從軍時的規定。

真是可悲，在一板一眼的帝國軍裡，就連自己也不容拒絕地必須得要蓄髮。不過，譚雅自負有完美地盡到義務。是有確實量過，一如規定的長度。

「夠了。妳有梳頭嗎？」

「不好意思，那個……」

「平常使用的梳子是？」

「是配給的……」

無可奈何的是，這無法解決女性的表情隨著每次答覆變得愈來愈險惡的事態。

「等等，妳說配給的，我記得那個……不是塑膠梳子嗎？」

「是的，妳說的沒錯。」

「真是不敢相信！妳要從頭開始學起！」

面對話一說完，隨即拿出好幾把梳子開始滔滔不絕的女性，譚雅的精神就在物理層面上猛烈地不斷遭到削弱。

……存在X啊，在這種時候，就算是祢也無所謂了。

既然僭稱為神，頭髮這點問題就趕快給我解決掉啊。不，我當然知道這是不可能的事。就算知道……

她的思緒開始在心中想著這種事關存在理由的蠢話打發時間。然而，她險些就要逃避現實的精神，被眼前隨便丟著的燙髮鉗激起危機感，隨即再次建構起來。

「那個，不好意思。這個是……」

「啊，怎麼啦，妳還是有興趣的嘛！也是，我也覺得妳的頭髮在燙過之後會更有魅力呢。那麼，就來試看看吧？」

「不了，那個……我說……要用燙髮鉗？」

「嗯，是要弄波浪捲吧？」

女性笑著說自己對燙波浪捲的手藝很有自信。不過老實講，早在聽到要用到燙髮鉗時，譚雅的精神就只想著一件事，無論如何都一定要想辦法避免這件事發生。

「啊，不了，那個……似乎會妨礙到軍務……」

「也是呢，儘管很遺憾，但也只能忍著點了。那麼，既然機會難得，就算只有上妝也要幫妳弄得漂漂亮亮的。」

「……平常時的打扮不行嗎？」

老實講，這是自己也覺得太遲的一句話。儘管愧於承認自己被她們的氣勢壓倒，但既然實際上沒有說出口，這就是無法否定的事實吧。儘管如此，譚雅也還是鼓起勇氣發問。所謂，穿著第一種軍裝不行嗎？

「我說妳啊，那種服裝穿起來實在太粗野了。就算再溫柔一點，像個女孩子一樣講話也沒關係喔。就算是軍隊，也沒道理要妳一定得要表現得像個男人。」

「不，是因為那樣比較輕鬆。」

「哎呀，可是，至少試一下嘛。距離活動當天還有四天多，就好好努力吧？」

結果是一如字面意思地一口回絕。

——早知道是這樣，就算是戰場也好，好想回去。

究竟像這樣在心底喃喃唸了幾遍呢？

這種情況竟持續了三天。不論是抹在臉上的粉底帶來的不協調感，口紅的厭煩感，還是緊緊綁著的束腹，全都忍受下來了。

……既然宣傳局追求的是楚楚可憐的愛國者，那麼這個……要是把這個視為軍隊下達的命令要求……就別無選擇了。

扼殺自己。

這可是工作。笑，快給我笑。

「初次見面！我是白銀，譚雅．提古雷查夫喔！」

（完）

Appendixe

附錄

【歷史概略圖】

歷史概略圖

第二年❶

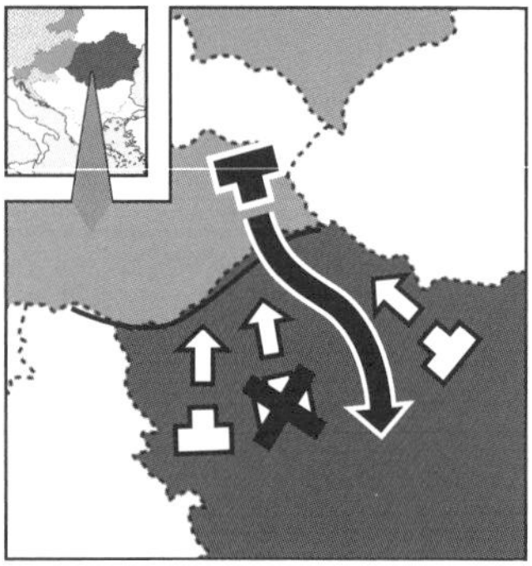

❶達基亞大公國全軍動員，由集結在國境附近的三個集團軍開始越境作戰。

❷快速反應展開的帝國軍第二〇三航空魔導大隊確保制空權。在空中優勢下，蹂躪敵地面部隊的前鋒指揮系統。

❸帝國軍解除第七航空艦隊的兵力使用限制。

❹趁著敵地面部隊在航空攻擊下陷入混亂的空隙，第二〇三航空魔導大隊侵入敵首都。之後，炸燬敵兵工廠。

第二年❷

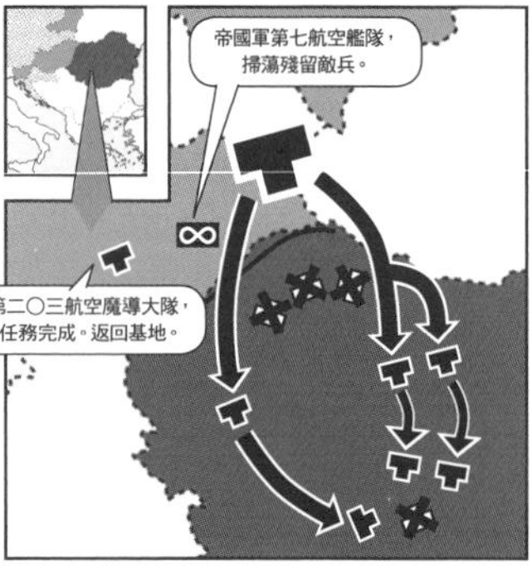
帝國軍第七航空艦隊，
掃蕩殘留敵兵。
第二〇三航空魔導大隊，
任務完成。返回基地。

❶在第七航空艦隊的支援下，帝國軍開始反攻作戰。

❷帝國軍部隊突破中央戰線，並進一步截斷達基亞公國軍的後勤路線。

❸達基亞公國軍全軍撤退。由於鐵路線路的混亂，導致地面部隊的撤退遲滯。無法抑止損害擴大，讓軍隊主力加速瓦解。達基亞公國軍喪失了主力的三個集團軍。帝國軍開始壓制戰。

❹帝國軍第二〇三航空魔導大隊轉調諾登方面。

❺以後，順利壓制，成功占領達基亞首都。

達基亞戰總結

↓基於編制產生的機動性、火力的優勢、機動力的差距，以及確立制空權，讓帝國軍獲得被稱為「最具實戰性的機動演習」的壓倒性勝利。

第二年③

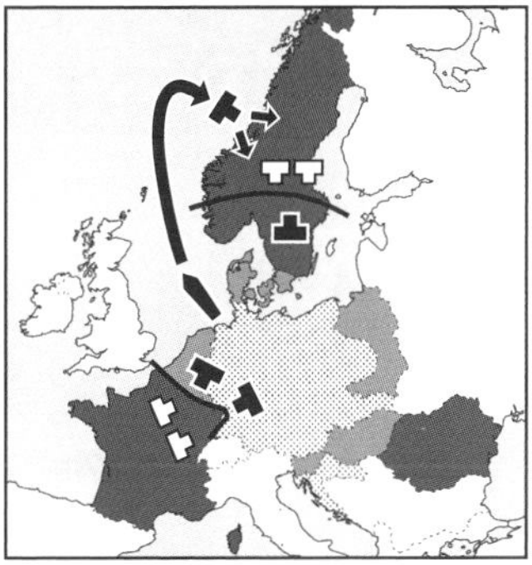

1 第二〇三航空魔導大隊在諾登參與迎擊戰。與安森中校率領的協約聯合軍突擊部隊交戰。

2 帝國軍北方方面軍，在大洋艦隊的支援下實行登陸作戰。從事作戰的第二〇三航空魔導大隊等部隊，以空降方式占領了峽灣防衛砲台。之後在艦隊的支援下，帝國軍部隊成功地登陸。

3 協約聯合軍因後方後勤路線中斷導致前線崩潰。以後，首都失陷的殘存部隊退往北方，嘗試進行防戰。

歷史概略圖

第二年❹

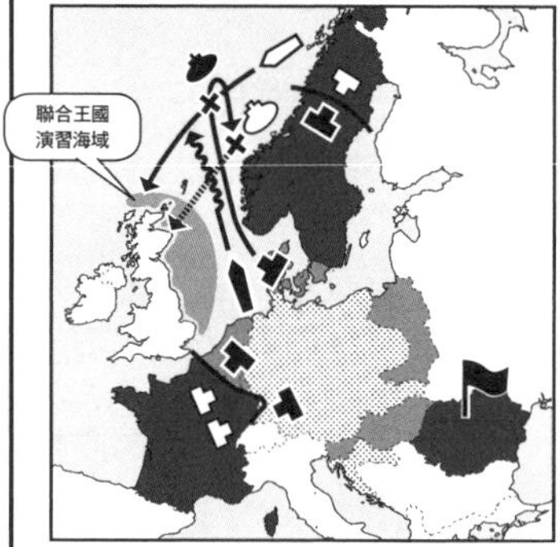

1 協約聯合十人委員會，為樹立實質上的流亡政權開始逃脫作戰。同日，聯合王國本國艦隊在帝國軍封鎖海域附近發起大規模演習。

2 帝國軍大洋艦隊與其他航空、魔導部隊，以在封鎖海域阻止敵方逃脫為目的出擊。

3 從事搜索支援任務的第二〇三航空魔導大隊遭遇艦隊。同時帝國軍潛艇以魚雷攻擊。

4 成功發現敵艦隊的第二〇三及潛水艇部隊提出接觸報告。隨後返回基地的第二〇三航空魔導大隊，途中接獲可疑船隻的目擊報告前往臨檢。

5 第二〇三航空魔導大隊擊沉國籍不明的潛艇。

6 帝國軍北方方面軍，實質占領協約聯合全域。以後，繼續掃蕩殘留敵軍。

北方戰爭總結

↓以整體來看，帝國軍收拾好大幅改變戰爭方針所引起的諸多混亂，並成功整理好戰線。

此外經由這場戰役，確立起作為大規模機動戰，從敵地後方登陸藉此破壞敵後勤路線的破壞模型。

同時，基於數項戰鬥教訓，帝國軍實施艦隊以及魔導師的聯合演習。針對對艦戰鬥的諸多問題進行協議。

第三年❶

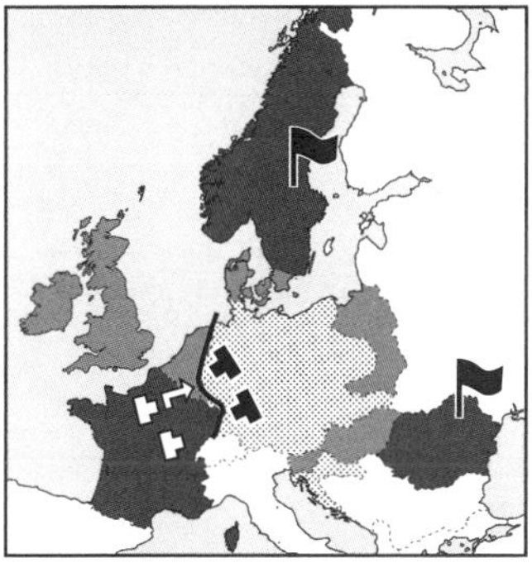

❶第二〇三航空魔導大隊轉調萊茵戰線。

❷帝國軍面臨到，在後方後勤路線上的亞雷努市爆發親共和國派市民發起的武裝叛變。基於自軍被敵軍搶先截斷補給線的危機感，投入第二〇三航空魔導大隊以及其他複數的部隊進行武力鎮壓。

❸帝國軍參謀本部企圖整理戰線。目的是大規模反攻作戰前的戰力集結與戰線整理。在名目上，邊宣揚後方後勤路線的不穩定，邊開始情報戰。

❹帝國軍毅然放棄低地地區，進行大規模的戰線整理。在該作戰中，第二〇三航空魔導大隊擔任殿軍。

後記

在打招呼前，我カルロ・ゼン有件事情可以斷言。

ENTERBRAIN這家出版社腦子果然有很多洞。對於《幼女戰記》這種書名，在修稿時完全不考慮到政治正不正確。由於在第一集的修稿作業時，完全沒有針對這點吐過半句槽，讓我認真煩惱起他們的勇者等級究竟有多高。

好啦，儘管有點遲，還是重新向各位打聲招呼。

同時購買第一、二集的讀者，初次見面，您好。感謝您購買了兩本這麼厚的小說。這麼說或許有點太遲了……但倘若方便的話，還請先確認過第一集的後記，再麻煩勞駕到這邊來。

接著，等待第二集出刊的第一集的各位讀者，非常抱歉讓各位等了這麼久，我個人感到非常之遺憾。畢竟，在第一集書末寫上預定「明年春季」發售（註：此指日版第一集最後的預告頁）是很好，不過我還以為說的是南半球的春季（大謊）。說得極端一點，這就是克勞塞維茲所謂的內部摩擦吧。然後，還因為搬家之類的瑣事弄得手忙腳亂。雖說要避免提到企業名，但某大廠通訊公司居然是用東側基準的服務讓我欲哭無淚。這就是所謂的外部摩擦。

也就是說，關於為什麼會拖延，就寫在克勞塞維茲的《戰爭論》這本書上。哎呀，戰爭迷霧真是可怕。結論，這不是カルロ・ゼン的錯。

……然後是，下一集我想會輕量化，盡早送到各位手上。畢竟實在太厚了，就連後記也被罵說：給我寫短一點！

好啦，既然已盡到該有的說明責任（斷定），就讓我來抱怨幾句吧。講白了，就是為什麼比起提古，大家更喜歡格蘭茲呀、拜斯呀，還有傑／盧這對大叔搭檔啊？

請再看一下封面，這可是名為《幼女戰記》的輕小說。是輕小說。

是認識的作家表示，也很受到小孩子們歡迎，大受好評的輕小說。也就是說，這是個適合闔家觀賞的故事。

不可思議的是，就連編輯也說：「大叔回也不錯呢。還有就是，比提古更有親近感，讓人很安心呢ｗ」像這樣露骨地要我增加戲分。我是不會屈服於壓力的。

因此，為了不讓《幼女戰記》遭到輿論譴責是標題詐欺，我以為就算要對抗要求增加酷帥大叔戲分的編輯，以及來自於部分讀者們的壓力，也要拚命做好自己的本分。

請各位安心地等待第三集。

補述：上次不小心忘記寫到了。我有在 Twitter 上和平地讚揚愛與和平和民主主義。（@sonzaix）

二〇一四年五月　カルロ・ゼン

Kadokawa Light Novels

©2013 Ninj @ Entertainment

忍者殺手 火燒新埼玉 1~4（完）

Kadokawa Fantastic Novels

作者：布拉德雷・龐德／菲利浦・N・摩西　插畫：わらいなく

忍者殺手VS.總會集團的戰爭，在此劃下句點！
在twitter上掀起熱潮的翻譯連載小說，第一部完結！

妻兒慘遭殺害的忍者殺手，全心全意投入了復仇之戰。跨越了無數的困境，現在那可憎的仇人——老元・寬就在眼前！這場有你沒我、壯烈至極的戰鬥，究竟鹿死誰手!?奔跑吧！忍者殺手！動手吧！忍者殺手！咕哇——！爆裂四散！再會啦！

各 **NT$260~350/HK$75~105**

台灣角川

©REKI KAWAHARA 2014

Kadokawa Light Novels

Sword Art Online刀劍神域 1~15 待續

Kadokawa Fantastic Novels

作者：川原 礫　插畫：abec

「桐人，告訴我……
我到底……該怎麼辦才好？」

激鬥的半年之後，愛麗絲帶著沒有意志，只以空虛表情坐在輪椅上的桐人寄居在「盧利特村」當中。把整合騎士「守護人界」的職責託付給貝爾庫利的愛麗絲選擇跟桐人一起度過安靜的生活。而「最終負荷實驗」也一刻一刻地逼近「地底世界」……

各 NT$190~260/HK$50~75

台灣角川

Kadokawa Light Novels

©2014 Kugane Maruyama

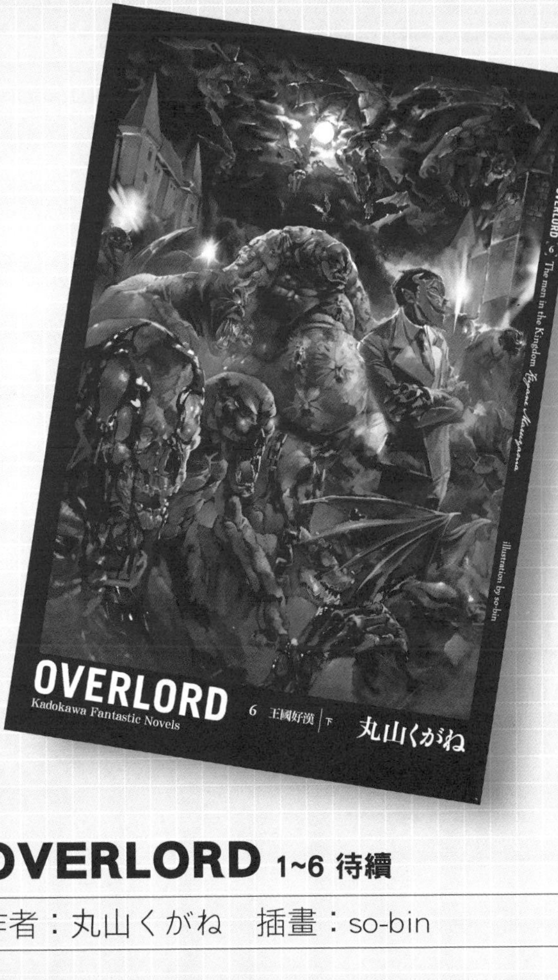

OVERLORD 1~6 待續

Kadokawa Fantastic Novels

作者：丸山くがね　插畫：so-bin

面對假面大惡魔的進攻，
可有拯救的手段嗎？

潛伏在王國的地下組織「八指」與最強的戰鬥集團「六臂」開始行動了。迎擊的是拉裘斯率領的精鋼級冒險者「蒼薔薇」。騎士們為了守護公主前往最前線。被嚴苛的抗爭漩渦所捲入，王都壟罩在紅蓮之火當中！

台灣角川

各 NT$250~280/HK$75~85

國家圖書館出版品預行編目資料

幼女戰記. 2, Plus Ultra / カルロ.ゼン作 ; 薛智恆譯.
-- 初版. -- 臺北市 : 臺灣角川, 2015.09
面 ;　公分. -- (Kadokawa fantastic novels)
譯自 : 幼女戦記. 2, Plus Ultra
ISBN 978-986-366-705-6(平裝)

861.57　　　　104015085

Kadokawa
Fantastic
Novels

幼女戰記 2
Plus Ultra

（原著名：幼女戦記 2 Plus Ultra）

2015年10月28日 初版第1刷發行
2022年8月19日 初版第8刷發行

作者：カルロ・ゼン
插畫：篠月しのぶ
譯者：薛智恆

發行人：岩崎剛人
總編輯：蔡佩芬
編輯：邱瓈萱
美術設計：黃永漢
印務：李明修（主任）、張加恩（主任）、張凱棋

發行所：台灣角川股份有限公司
地址：104台北市中山區松江路223號3樓
電話：（02）2515-3000
傳真：（02）2515-0033
網址：www.kadokawa.com.tw
劃撥帳戶：台灣角川股份有限公司
劃撥帳號：19487412
法律顧問：有澤法律事務所
製版：巨茂科技印刷有限公司
ISBN：978-986-366-705-6

※版權所有，未經許可，不許轉載。
※本書如有破損、裝訂錯誤，請持購買憑證回原購買處或連同憑證寄回出版社更換。

YOJO SENKI Vol.2 Plus Ultra
©2014 Carlo Zen
First published in Japan in 2014 by KADOKAWA CORPORATION, Tokyo.
Complex Chinese translation rights arranged with KADOKAWA CORPORATION, Tokyo.